실미도-P

실미도-P

펴 낸 날 2025년 1월 13일

지 은 이 김성수
펴 낸 이 이기성
기획편집 이지희, 서해주, 최혜율
표지디자인 이지희
책임마케팅 강보현, 김성욱
펴 낸 곳 도서출판 생각나눔
출판등록 제 2018-000288호
주   소 경기 고양시 덕양구 청초로 66, 덕은리버워크 B동 1708호, 1709호
전   화 02-325-5100
팩   스 02-325-5101
홈페이지 www.생각나눔.kr
이 메 일 bookmain@think-book.com

• 책값은 표지 뒷면에 표기되어 있습니다.
  ISBN 979-11-7048-813-2(04810) | 979-11-7048-812-5(세트)

저자의 말

이 소설은 군인들의 암매장 현장을 직접 목격했다는 가정하에 근 50여 년을 가슴에 응어리처럼 두었던 이야기로, 2016년 6월부터 원고로 정리하기 시작하여 2023년부터 컴퓨터에 저장 작업을 하였고 현재도 정리 및 저장 중입니다.

북파공작 부대였던 실미도 부대가 1970년 11월 인천에 주둔한 파견대장이 바뀐 이후 해군 출신 5명의 UDU 대원이 실미도 부대에 파견되어 대자국국민 테러 부대로 바뀐 임무를 상상하다 보니 바보처럼 혼자서 주장하는 글이 되었습니다.

실미도 사건 당시 사망한 공작원분들 중 찾는 가족이 아예 없는 일부 공작원이 부평 공동묘지에 암매장되었습니다. 소설 속이지만 그분들이 꼭 가족을 찾아 억울함을 풀었으면 합니다.

사건 당시 살아서 영웅담처럼 쩍쩍대는 일부 관련자들의 비도덕성도 제대로 알아야 합니다.

우리 사회의 약자들인 한센인들이 함께 어울리고, 집 없어 차가운 밤거리를 헤매는 분들도 사회 구성원의 한 축으로 대접까지는 몰라도 멸시를 당하면 안 된다고 생각합니다.

국방의 의무를 다하는 자랑스런 우리의 장병들과 그들을 지휘하는 간부들의 노고에 진심으로 머리 숙여 감사드리며, 몸과 마음 건강히 전역하여 따뜻하고 건강한 사회로 돌아오시길 바랍니다.

사업가로 돈을 버는 게 목적이었던 오스카 쉰들러는 술과 여자에 빠진 방

탕한 생활로 나치당 소속이면서도 본인의 재산을 뇌물로 모두 잃으면서 목숨을 걸고 아무것도 가진 거 없는 유대인들의 목숨을 구하기 위해 탈출을 도왔습니다.

어떤 지도자는 자국민의 자유를 고문과 죽임으로 억압하면서 한강의 기적을 이루었다며 역사에 남기를 바랍니다.

재산을 잃어가면서 사람을 살린 쉰들러는 열방의 의인이 되었고, 국가의 재산을 마음대로 나누어 가지고 국민을 고문하고 죽였던 우리의 어떤 지도자는 독재자란 이름으로 남았습니다.

경제도 자유를 가진 행복한 가정이 있는 국민이 이룰 때 진정성이 있다고 생각합니다.

독재자는 독재자로 남아야지 고속도로 깔았다고, 조금 일찍 수출 100억 불 달성했다고 민족의 영웅으로 대하면 그에게 억울하게 당한 수많은 영혼이 편히 잠을 이루지 못할 것입니다.

오늘날 아무것도 가진 것 없이 쫄쫄 굶으면서 목숨을 건진 쉰들러 리스트들이 행복합니까?

아니면 아버지나 삼촌들 남산에 끌려가 억울하게 죽거나 정신이상자 된 가족들이 행복합니까? 독재자는 사람을 죽이며 경제를 살렸기에 그냥 독재자입니다.

그리고 영웅은 내 모든 것을 잃고서도 사람을 살렸기에 영웅이 되어야 합니다. 우리의 영웅은 믿음직하게 나라를 굳건히 지켜 주는 자랑스러운 대한민국의 국군 장병님들입니다.

충성!

목

차

인
물

기상천

실미도 사건의 실체를 세상에 알리려 먼저 세상을 떠난 실미도 부대 동료 공작원들의 국가에 의한 잔학무도한 범죄로 맺힌 한을 풀어주기 위하여 실미도 사건이 일어난 지 반세기도 더 지난 시기에 실제 나이 80이 넘어서 은행 총기 난사 사건을 일으킨 범인으로, 주민등록상으론 1942년생이다.

실미도 사건 당일, 동료와 탈출에 성공하여 부평 공동묘지 내, 일명 부랑자 임시 수용소인 거지촌에서 선거철이 다가와 출생 미신고자 일제 신고등록과 인구조사 중 운 좋게 자진신고에 합법적으로 정부에 출생신고해서 꿈에도 그리던 가짜 신분을 획득한다.

산 넘어 나환자촌에 터를 잡고 나이가 차서 고아원에서 쫓겨나 갈 곳 없는 18세 띠동갑 아내를 만나 행복하고 안정된 가정을 이루고 행복하게 살지만, 뒤늦게 동료공작원들의 한을 풀어주기 위해 함께 탈출한 동료 김일봉과 동료들의 명예도 찾고 실미도 사건의 진실을 밝히기로 도모한다.

반공을 앞세워 죄 없는 간첩을 만들어내고 쿠데타군의 총칼로 세운 군부 독재자의 정권 유지를 위한 대국민 테러 부대의 존재를 세상에 알리기로 맹세한 것이다.

인생 말년에 억울해 구천을 떠돌고 있을 동료들의 가슴 시린 한을 풀고자 은행 총기 난사 사건을 일으킨 당사자로, 정보부와 보안사 탈출자 추적 명단에는 충청도가 고향이며 주소지에는 아직도 그의 부모를 모시며 평생 사랑하는 남편을 기다리며 재가하지 않은 아내가 아들과 함께 살고 있다.

그의 본명은 문태섭으로, 흐릿한 작은 증명사진에 부모와 처 그리고 입대 당시 갓 돌을 지난 어린 외아들이 있는 1939년 7월 22일생이며 음력생일인 7월 6일도 빛바랜 누런 종이에 흐릿한 잉크로 기록되어 나와 있다.

갑자기 사라진 큰아들의 제삿날 100세가 넘도록 아들이 살아 돌아오기만을 기다리던 어머니가 공군 부대에서 휴가 나온 증손자와 티브이를 시청하던 중 은행 총기 난사 강도 사건 후 숨어서 기자회견을 하는 아들 문태섭의 이름을 듣고 화면에 나온 꿈에 그리던 쭈글쭈글한 아들의 얼굴을 쓰다듬는다.

더는 아무 말씀도 못 하시고 따스한 눈물을 흘리며 평생 가슴에 품었던 한을 풀고 미소 띤 얼굴로 돌아가시고, 남편의 제사상을 차리던 문태섭의 본처는 평생을 기다리던 남편이 살아있다는 소식에 놀라서 거의 혼절하다시피 넋을 잃고 부엌 바닥에 풀린 눈으로 한참을 주저앉아 있다.

아버지 제사상에 놓인 빛바랜 사진과 긴 시간 모셨던 신위를 내리고 슬픔인지 기쁨인지 모를 눈물을 흘리며 수십 년 전부터 준비해 둔 할머니의 영정사진과 신위로 바꾸고 있다.

교육대장

공작원들에게 가장 무서운 공포의 존재로, 파견대장의 명령과 지시에 따라 공작원들의 신변을 임의 처리 및 생사여탈권을 관례상 법적인 책임 없이 쥐고 있다.

더 말하면 입만 아픈 그냥 인간쓰레기로 파견대장의 지시에 의한 그의 악행은 항상 공작원들을 죽음의 공포에 몰아넣는 실미도 부대 부패의 원천인 자이다.

교육대장이 벗은 모자를 오른손에 꽉 쥐고 햇빛에 비친 굵은 3돈짜리 금가락지가 반짝였을 때는 이유를 막론하고 처벌 대상 동료 공작원을 반드시 죽여야 하며 이 상황을 공작원들은 교육대장이 뚜껑이 열렸다고 표현한다.

사후 공작원들의 시신은 훈련의 일환으로 동료 공작원들의 실습 및 교육 자료로 쓰기 위해 칼로 난도질 후 그들의 해골과 다리뼈는 살로부터 분리되어 발라진 후 일부는 부대 내 내무반과 초소 등에 걸린다.

여러 명의 뒤섞인 가느다란 가슴뼈와 엉덩이뼈 등은 강력하게 항의하는 또 다른 북파공작원의 일부 유족을 달래기 위하여 작전 중 전사라는 그럴싸한 사망통지서와 함께 통속의 번호 뽑듯 무작위로 전달하여 유가족의 입부터 막는 데 이용한다.

UDU 대원

실미도 부대 파견자는 대통령 근접 경호원 출신 등 총 5명의 UDU 대원들로, 공작원들을 북파공작 임무에서 독재 정권 유지를 위한 대국민 테러 훈련에 적합하도록 훈련시키려 1970년 말(10월에서 11월)경 파견 나왔으며, 일부 UDU 대원은 교육대장을 인천에서 무자비하게 팼고 인천의 모 카지노 호텔과 근처에 있는 폭포수 다방을 아지트로 하여 명령에 따라 대북침투와 대국민 테러를 시기와 장소를 불문하고 병행해서 행동하는 행동대원이다.

이들의 파견 후 부대의 훈련 내용과 관련 주특기 교관과 기간병들이 바뀌었고 대국민 테러 훈련을 알게 된 공작원들에 의해 사건이 벌어지게 된 직접적인 원인 제공자들이다.

길부곤

운동에 능한 만능 스포츠맨으로, 특출한 대북 첩보요원이다. 1962년 10월 해군에 입대한 UDU로, 1960년대 초, 대통령 가족 휴가 시 실미도 건너편 섬 끝에 있던 소무의도에서 수중 근접경호 임무를 수행했고 실미도 부대 교육대장을 인천 시내에서 죽기 직전까지 폭행한 당사자이다.

인천 모 호텔 카시노 매니저 김깁진을 죽을 정도로 폭행하여 입원시키고 화해를 위해 병문안할 때 매니저 여동생 복희 씨를 만나 실미도 사건 이후 당해에 함께 미국 엘에이로 이주하였다.

UDU 대원 중에서도 아주 특이하게 외부로 알려진 흔적과 정확한 기록이 극소수이지만, 그들 세계에서는 최고로 인정받는 유능한 첩보원으로 모든 것이 베일에 쌓여 있다.

UDT 출신으로 1964년 6월 16일부터 동년 10월 16일까지 동 교육을 우수한 성적으로 이수하였고, 실미도 사건의 원인이 된 실미도 부대의 자국민에 자행할 테러 훈련과 교육은 1970년 10월 말경 또는 새로운 파견대장이 임명된 11월 16일 이후 북파 훈련 종료와 동시에 길부곤 포함 UDU 대원 5명이 파견 온 후부터 시작되었다.

실미도 사건 후 1979년 7월 13일, 정보부의 전폭적인 협조로 개봉한 한미합작 영화에 '소련에서 물로 기름을 만든 과학자를 구한다는 영화'의 주인공으로 출연하였으며, 1971년 실미도 사건 후 외국에 정착하여 5년이란 단시간에 재*태권도협회 회장을 지냈고, 그 후 세계*민족체육대회 *대단장 등 체육계에 영향을 미쳤다. 10·26 이후 88올림픽 때를 제외하고 태권도 외에 특별한 이력을 가진 정황이 아예 없고 발명에 취미를 가진 자로 북파 부대 최상위 보상금을 수령하였다.

유가람

아버지가 유력 모 중앙 일간지 신문기자 출신으로 10대 후반에 충청도 모처에서 패싸움을 하다 상대를 밀어서 죽였고, 사형선고와 사형 집행이 가능한 집단폭행치사범에서 중앙일간지 편집장인 그의 아버지의 도움으로 경찰 조사 중 북파공작원을 모집 중이던 홍소령을 만나 뇌물로 사건 자체를 무마하고 실미도 부대를 스스로 입대한 유일한 자진입대자이다.

실미도 사건 당일 체포되었으나 정보부도 신문의 기사화를 막기 위하여 아들의 목숨을 살려달라고 방방 뜨며 애원하는 그의 아버지와 합의를 보고 여권을 만들어줘 미국으로 보낸다.

엘에이에서 옷 관련 사업을 성공한 후 한국에 방문, 단 하루 만에 총 7명의 여성과 각각 맞선 후에 결혼한 걸로 유명하며, 한인사회에서는 승승장구한 성공한 사업가이자 유명한 산악인이다.

산악회 회장으로 활동 중 함께하던 3명의 여성 회원들이 발을 헛디디고 낭떠러지로 미끄러지듯 차례로 굴러떨어지자 앞뒤 보지 않고 뛰어내려 구하려다 휘어진 나무에 부딪힌 충격에 목이 꺾여 2010년대 중반에 사망한 실미도 공작원 출신이지만 모 작가가 살아있다고 주장하는 그 공작원은 아니다.

작두맨

작두는 일반적으로 농촌에서 쇠여물인 볏짚 등을 자르는 공구로, 사망으로 발표한 공작원의 수를 맞추기 위하여 가족이 없는 북파공작원들의 목을 절단하는 데 사용하였고, 실미도사건 당시엔 북파공작원의 신분 확인을 못하게 잘린 머리통은 함마로 으깨 알아보지 못하게 분리하여 인천 앞바다에 버렸다.

1·21 사태 당시 자수한 김신주를 제외하고 아군에 체포된 3명의 북한군들을 짧은 시간 안에 강제 전향을 시키기 위하여 그들을 위협하는 과정에서 조장의 목을 자르며 2명을 윽박질러 전향서를 받고 북으로 넘어가게 했을 때 사용하던 서슬이 퍼런 날카로운 날을 가진 바로 그 작두다.

그 이후 전향하지 않은 남파간첩과 용도폐기된 북파공작원들을 상대로 몇 번을 더 사용했다는 진실이 불확실한 소문까지는 들리지만, 목격한 당사자인 북파공작원들은 당연히 목이 절단되어 죽었고, 당시 남산 직원이 지하실을 정리하다가 마지막으로 봤다는 목격담은 있지만, 지금은 소재가 사라져 역사에 진실만이 기록되어 있는 북파공작원들의 목만 절단한 공포의 살인 작두며, 이를 행하는 전문 요원이 정해져 있었고, 남산에서는 그를 작두맨이라 불렀다.

1.

탕- 탕탕 탕탕타앵! 드르륵 드르륵 드륵 드르릭! 택! 택!
드르르르륵 드르르르르으르릭!
피잉 피이잉 띠오-옹!
또오옹- 띠오옹!
탁! 타악!

사라진 개머리판에 총구도 짧게 잘린 M2 카빈이 불꽃
을 튕기며 실탄들을 순식간에 토하듯이 쏟아내자 혹시라도 불발탄이
생길까 걱정하던 범인의 안도하는 얼굴이 보인다.
반세기도 전에 실미도에서 하루가 멀다 하고 다루던 총을 또다시 꺼
내 든 이유는 함께 살아난 동료 김일봉과 함께 옛 동지들의 한을 풀어
주기 위해 수십 년을 망설이다 흘러간 세월만큼 주름이 얼굴 전체를
감싼 지금에야 함께했던 동료들을 위하여 가슴속에 의무처럼 여기던
행동을 옮기게 된 것이다.

지난날 아들의 상무대 후반기 면회 날 아내와 내 앞에서 아들을 구타한 구대장을 죽이려고 개머리판을 없애고 총구를 짧게 자른 후 한처럼 품고서 먼저 간 동료들을 위하여 목숨을 건 것이다.

　층고가 2층에 가까운 은행 천장을 향해 발사된 실탄들은 혼자 총을 쏘는 것치고는 바닥에 떨어지는 탄피의 수가 너무 많고 그 소리 또한 일반 소총수 1개 분대가 한꺼번에 갈겨대는 총소리에 버금가며 일부는 천장에 작은 구멍들을 내며 햇볕이 쨍쨍한 구름 한 점 없는 푸른 허공 속으로 날듯이 불꽃을 튀고 또 일부는 단단한 시멘트에 박히는 것도 몇 발 있다.

　천장 안의 동으로 된 수도 파이프나 단단한 곳에 맞은 일부 도비탄은 튕겨 나와 바닥과 벽에 찌익 긁힌 자국들을 내며 바닥에 떨어져 정신을 차리지 못하고 한참을 이곳저곳을 맴돌며 튕기고 부딪쳐 댄다.

　일부 튕겨 나온 뜨거운 탄피는 가속을 잃은 도비탄처럼 엎드려 있는 은행 간부의 손등에 스치자 울부짖는 듯한 소리와 함께 한참을 더 뒹굴다 식어가는 탄피와 함께 스스로 조용해진다.

　총소리가 울리고 탄피가 바닥에 떨어져 쇳소리를 내며 튕기고 나뒹굴 때마다 은행 총기 난사 강도 행각에 놀란 은행 직원과 손님들은 얼마나 놀랐는지 바닥에 엎어지면서도 돈과 금붙이는 안 뺏기려는 듯 숨길 곳을 찾아 속옷 이곳저곳을 휘젓고 있다.

　다리 마비로 출금하려고 휠체어에 앉아있던 하지마비인 장애인도 얼마나 놀랐는지 스스로 휠체어를 뒤로 힘껏 밀어내며 바닥을 향해 튕기듯이 쓰러져 엎어진다.

은행 안의 직원과 손님 등 모든 사람들은 서로 부딪쳐 쓰러지면서도 총기를 난사하는 범인을 향한 두 눈 만큼은 크게 뜬 체 그의 앙상한 뼈에 겨우 붙어있는 늙어빠진 몰골을 보고 놀라움을 감추지 못하고 있다.

얼굴과 목에 주름이 자글자글하고 얼굴과 목이 보이는 피부는 촘촘히 뿌려진 검버섯에 앙상하게 딱 붙어있는 쭈글쭈글한 얼굴 가죽은 축 늘어져 뼈대만 앙상히 남은 것 같다.

얼굴에 굵은 주름이 파인 가냘픈 노인네가 범인인 것을 직접보고도 믿지 못하겠다는 듯이 두 눈을 크게 뜨고 군사 작전에 가까운 본능적이고 반사적으로 움직이는 것을 목격하고는 놀라움을 감추지 못하는 은행원들과 손님들이다.

늙은이의 이해할 수 없는 총기 난사 은행강도 행각이 왕복 8차선 사거리 모퉁이 높다란 은행 건물 내에서 실탄을 긁어대는 커다란 총소리와 함께 여기저기로 흩어져 도망가는 놀란 시민들의 움직임도 널따란 유리 창문을 통해 훤히 보인다.

허리춤엔 조선 시대를 들먹일 정도로 오래된 잔뜩 녹이 슨 언제 터질지 불안한 구식 수류탄 한 발이 동그란 안전핀 고리에 연결된 굵은 열쇠고리에 길게 늘어뜨리고 마치 그 옛날 특수훈련을 받은 용맹한 군인처럼 모든 동작이 너무나 빠르고 자연스럽게 이어지고 있다.

오래되어 시커멓게 녹슨 탄창도 서민들의 찢어지는 듯한 아픈 경제 사정을 악용해 높은 이자로 구입한 하얀 수입 대리석 바닥에 통통통 연달아 미끄러지듯 한참을 튕기는 동안 새 탄창을 빠르고 아주 능숙하게 갈아 끼운다.

쭈글쭈글하고 햇볕에 검게 그을린 검지 끝마디를 방아쇠 고리 안으로 깊숙이 밀어 넣고 세게 굽히면서 한 번에 길게 잡아당겨 또다시 밝은 LED 전구가 박힌 천장을 향해 쏘기 시작한다.

드르륵! 드르르르르르르르르르륵!

드드드드득!

젊은 시절, 북한 김일성이를 무찌른다는 애국심으로 섬에서 열심히 훈련을 받다 갑자기 독재자에 의한 자국민테러 부대로 전환된 작전 임무를 알고 동료들과 함께 일으킨 실미도 사건은 탈영이나 단순 탈출 사건이 절대 아니다.

자국민을 테러하려는 집단으로 만드는 군부군사 쿠데타 집단과 일인 독재자로부터 국민을 보호하려고 의연히 일으킨 애국적인 군사 행동이었지만, 사건 중에 일어난 억울한 민간인이나 명령에 따르는 힘없는 경찰, 그리고 예비군에게 준 피해는 합리화시키지 않고 머리 숙여 진심으로 용서를 빌 뿐이다.

당시 탈출하다 거지촌에 들어가기 전 묘지에 감추었던 총과 실탄 그리고 수류탄 관리를 훈련받은 대로 얼마나 잘했는지 긴 세월에 있던 빛은 바랬어도 녹슨 자국 하나 없이 방금 사용한 것처럼 반들반들하다.

반세기 이상을 실단과 총기 관리에 힘쓴 노력이 보이며 단 한 발의 불발탄도 없이 30발들이 빛바랜 탄창 두 개가 벌겋게 단 총구에 핀 연기와 함께 금세 텅 빈다.

튕기는 탄피들이 통통거리며 튀느라 바닥에 이리저리 제멋대로 구르다 총기 난사범이 옮기는 굽 낮은 해진 낡은 군화에 부딪히고 차여 이리저리 사방 구석으로 튀며 엎드려 있는 은행 간부의 손끝에 탄피가 닿자 뜨거운지 손을 마구 흔들어대며 어쩔 줄을 모른다.

지팡이가 필요할 것 같은 나이의 노인네지만 능숙하게 버튼을 눌러 탄창을 바닥에 패대기치듯이 떨어뜨리고 옆구리 혁대에 깊이 끼고 있던 탄창은 지그재그로 실탄들은 머금고 검은색이 흐릿하게 바랜 세월을 알려주고 있다.

두 번의 연발로 갈겨댄 후, 마지막 탄창으로 바꿔 끼고 여유롭게 허공에 한 발 한 발 실탄을 쏘며 총기를 다루는 모습이 또렷한 눈동자로 총 쏘는 실력만큼은 거의 본능에 가깝다.

관내 순찰 중 관할 서에서 급하게 무전 연락을 받고 제일 먼저 사건 현장에 출동한 김 순경도 급하게 꺼낸 권총은 쏘지도 못하고 번개 치듯 커다란 총소리와 믿을 수 없는 늙은 예상 밖의 범인의 꼬질꼬질한 행태에 놀라 본분을 잊고 멍한 상태로 한참을 움직이질 못하고 있다.

주름진 목과 땟국물에 절인 국방색 가방 줄을 거칠게 두르고 커다란 돈뭉치를 등에 멘 날렵한 범인의 달아나는 뒷모습에 귀신에 홀린 듯 깜짝 놀라 대응 사격은커녕 추격하며 따라가지도 못하고 능숙하고 날렵한 늙은 총기난사범의 행동을 구경하듯 범인을 잡아야 하는 본인의 임무도 망각한 채 멍하니 한참을 쳐다보고만 있다.

꽤 나이 들어 주름진 얼굴에 맨정신엔 입을 수 없는 너덜해진 옛날 군바리 상의와 거기에 갯벌과 맨땅에 뒹굴어대서 다 헤어진 옛날 구식 군대의 얼룩무늬 바지, 그리고 밑창이 닳고 닳아서 거의 없는 얇아진 검은 군화를 신고 푹 눌러쓴 모자 뒤로 몇 가락 남지 않은 허옇게 바랜 기다란 머리카락을 노란 고무줄로 꽁꽁 동여맸다.

얇게 동여매진 몇 줄기 길게 기른 흰 머리카락이 사건 현장에서 뜀박질하듯 달려나가는 모습은 젊은이도 따라 할 수 없을 정도의 노인의 빠른 발걸음에 의해 뭉쳐진 머리카락이 뭉치째 뒤로 날릴 정도로 빠르고 날렵하게 이동하듯이 도망가고 있는 것이다.

그 노인의 빠른 움직임에 일순간 바람이 일고 그의 날렵한 행동이 젊은 시절 거침없이 뛰고 날았었던 인간성을 말살한 악랄한 훈련이었기에 독기와 억울함으로 그의 삶 자체가 울분에 가득 찬 노인인 것이다.

너무나 용감무쌍하게 빠르고 민첩한 노인의 은행 문을 박차고 뛰어나가는 뒷모습에 그 누구도 감히 저지할 생각도 못 하고 한참을 멍하니 지켜보며 무엇을 잘못 보았다는 듯이 커다랗게 놀란 눈동자들만 서로 쳐다보며 굴리고 있다.

총소리에 무서워 은행 바닥에 바싹 엎드렸던 직원들은 쭈글쭈글한 늙은 범인이 총기 난사 후 사라진 뒤에도 한참 동안 일어날 생각들은 못 하고 입을 헤벌린 채 간신히 고개만 치켜든다.

김 순경도 눈앞에서 벌어지는 장면이 보고도 믿기지 않았고, 노인의 민첩함이라고는 도무지 상상이 안 가고 눈이 따라잡을 수 없는 정도의 신출귀몰을 신창운 털옥 이후에 다시 볼 줄은 그것도 현직 경찰 생활 중에 직접 목격할 줄은 정말 몰랐다.

대한민국 역사상 아무리 은행 총기 난사 강도라 해도 총을 쏘아도 대개가 실탄이 없는 공포탄 한두 발이 전부이거나 아니면 인질을 잡고 총은 협박과 겁박용으로 범행에 이용해왔다.

기상천은 왼발을 앞으로 쭉 내밀고 허리 벨트에 개머리판 없는 총을 밀착 고정시킨 후, 총구를 비스듬하게 천장을 향한 안정된 자세에 연발로 총구가 벌겋게 달아오르도록 탄창 하나를 한 번에 쏘는 실력 자체는 특수 훈련을 받은 그 어떤 젊은 군인보다도 멋지고 훌륭하다.

족히 팔십은 넘어 보이는 얼굴이 쭈글쭈글한 가냘프면서노 눈빛반은 맹수에 버금가게 반짝이는 매서운 노인이라서 순간적으로 기에 팍 눌려 감히 장전된 권총을 손에 들고도 쏠 생각도 하지 못했다는 것을 스스로 알고는 더욱 놀라고 있는 것이다.

평소 제대로 앉아 쉬지도 못하고 은행 직원의 눈치를 보던 미화원들이 하도 바닥을 닦아서인지 은행 바닥에 엎드렸던 창구 직원들은 하얀 제복 상의에 묻지도 않은 먼지를 털면서 일어날 때쯤 많은 사람이 오가던 8차선 큰 대로에는 무서운 총소리에 놀랐는지 일반인 사람은 아무도 없다.

제복을 입은 수많은 도내 경찰 순찰차부터 언제부터 있었는지 얼굴을 완전히 가리다시피 반짝이는 눈만 보이는 경찰특공대 그리고 좀처럼 민간인 사건에 끼지 않는 인천 지역 모 사단의 중대급 인원의 병사들이 야영까지 하려는지 A텐트와 더플백에 군용 모포까지 싣고 완전무장에 연대에서 지원받은 여러 대의 두돈반 K-711A1 차량으로 실려와 은행 둘레에 경계근무를 하며 요소요소에 퍼져있다.

은행 앞 왕복 8차선 도로에 육군의 두 개짜리 별판이 새겨진 사단장의 지프차와 인천 지역 모 공수부대의 별 하나가 반짝이는 벌건 번호판의 모 여단 소속의 1호차도 작전참모인 듯한 3호 지프차와 함께 부대 번호를 파란색 청테이프로 가리고 꽉 막힌 도로의 작은 틈을 찾아서 차량 앞대가리 반을 인도를 걸치고 세우기 시작한다.

검은 철모와 검은 안경에 시커먼 마스크 모자로 철저히 얼굴을 가린 경찰 특공대원들은 길가 골목길 담 모서리와 건물 꼭대기에 뛰어올라 노리쇠를 후퇴전진시킨 최신형 HK416 소총 총구를 범인이 앞에 보이면 당장이라도 쏠 듯이 앞으로 총구를 길게 내밀고 검은 선글라스 뒤에 번쩍이는 눈동자를 부릅뜨고 늙은 은행강도의 뒤를 찾아서 조를 이뤄 쫓기 시작한다.

민간인 노인에 의한 은행 총기 사건이란 분명 민간인을 대상으로 한 형사 사건인데도 하이바를 걸친 군사경찰들이 탈영병을 뒤쫓듯이 은행을 경계로 작전을 펴고 17사단에서 출동해 완전무장한 중대 병력도 범인이 얼마나 위험한지 골목골목을 일부는 2인 일조도 아닌 3인 일조로 쫓고 일부는 지키며 장전된 총을 들고 경계근무를 선다.

치익치익!

검은 군화에 얼룩무늬 바지, 그리고 긴 흰머리 한 노인네라고 범인의 인상착의가 군용무전기와 이어폰을 통해 계속 들려오고 은행 옥상에 설치된 대형 LED 화면에서는 사건 당시 천장을 향해 총기를 갈기는 범인의 모습과 등에 돈을 잔뜩 지고 도망가는 범인을 보는 즉시 신고해달라는 경찰 정장의 담화문과 함께 교대로 돌아가며 연속해서 나오고 있다.

경찰 순찰차 고성능 스피커에서도 민간인은 절대 집 밖으로 나오지 말라고 소리를 지르듯 연속으로 경고 방송을 하고 있지만 호기심이 있는 몇 명의 시민들은 조금이라도 더 보고 싶어 위험한 사건 현장에 머리를 들이밀면서까지 구경하고 있다.

동쪽과 남쪽 하늘로부터 타타타 소리가 들리는가 싶더니 사거리 코너에 위치한 은행 상공을 빙빙 도는 하얀 놈제에 파란색을 누른 경찰 헬리콥터가 떠 있다.

국방색에 완전무장을 한 최신식 AH-64E v6 헬기들이 개인 화기가 아닌 저격용으로 장거리 망원렌즈까지 장착하고 더 멀리 있는 목표물을 맞추기 위해 총열까지 길게 연결한 개조된 기관총 부리를 헬기 밖으로 내놓고 편대를 이뤄 은행 상공을 향해 다가오는 것이 아닌가?

그리고 방송 3사와 각 통신사 및 신문사의 로고가 커다랗게 새겨진 헬기들도 카메라 렌즈를 헬기 밖으로 내밀며 현장 취재와 생중계를 위해 경찰과 육군의 헬기들과 뒤섞여 아슬아슬한 간격을 유지한 채 범죄 현장인 은행 상공을 중심으로 돌고 있다.

무엇보다도 놀라운 건 사건 직후부터 제일 먼저 서쪽 하늘에서 동체를 고정시킨 채 은행 주위를 감시하는 헬기는 정보부의 마크를 커다란 천으로 가리고 있다.

지상에서도 신문사 특파원으로 가장한 외국의 정보 요원 몇 명도 발빠르게 움직이고 있다.

다 늙은 민간인인 은행 총기 난사 강도가 아무리 총기를 사용했다

해도 북한의 무장공비나 하물며 그 나이에 탈영병도 아닐 텐데 이게 정보부의 헬기와 육군의 헬기가 그것도 편대를 이루어 뜰 정도의 큰 사건이고, 더욱이 아군과 적군이 대치 중인 군사 사건인지도 의문이 생긴다.

　도대체 민간인 사건에 왜 군대 헬기가 동원되는지 이때까지는 아무도 이해를 하지 못하고, 더군다나 수사를 해야 할 경찰도 북한군 등 적들을 지키며 싸워야 할 군대가 왜 작전에 나서는지 이유를 알지 못하지만, 더욱 모르고 있는 건 경찰조차 통제를 받고 있는 짧은 머리에 사복을 입고 은행 주위에 쫙 깔린 보안사와 정보부 요원들의 알 수 없는 특별한 임무다.

　경찰의 물샐틈없는 불심검문과 사복형사들이 바쁘게 왔다 갔다 하고 골목골목 인사하듯이 매달려 있는 검은 CCTV는 움직이는 물체의 동선을 찾아 위아래와 좌우로 바쁜 렌즈의 움직임이 있고 공중에 뜬 군 헬기들은 초배율 망원경으로 범인의 행적을 찾고 있지만, 사건 후 은행을 뛰쳐나간 초로의 늙은 범인의 모습은 아예 보이질 않는다.

　경찰의 수사와는 별개로 자체 조사를 하고 있는 국방부도 금속보다 훨씬 가볍고 고열과 저열에 강한 온도와 심한 압력의 변화에도 변형이 제로에 가까운 JHP684로 명명된 특수 재료로 가공은 경도가 높은 다이아몬드로만 할 수 있고, 엔진의 중요 부속품도 100% 국내 기술로 제작한 인공위성으로 범인 색출을 위해 특별히 동원한다.

　온 국민의 성원 속에 국가의 엄격한 통제를 받아 생산량이 통제되고 국외에 수출 자체를 아예 하지 못하게 한국산업표준인 KS에도 미등록

한 JHP684 특수물질을 넣은 얼음을 초저온에서 초고압으로 압축 성형시켜 만든 원재료로 만들었고, 소나기가 내리거나 먹구름이 있는 악천우의 날씨에도 전혀 개의치 않는 엔진 출력으로 세계 최초로 전천후 발사가 가능한 이동기지를 실미도 서쪽 바다 위 무동력 바지선 위의 발사대에서 쏘아 올린 몇 기의 군사위성이 특수한 임무를 위해 이동하기 시작한다.

지난겨울, 눈이 펄펄 내리던 차가운 날에 온 국민의 염원을 담아 쏘아 올린 자랑스런 우리의 초고배율 열 탐지 정지위성이 은행 총기 난사 강도를 추적하기 위해 고궤도인 35,826km 상공에서 세계 최초로 선보인 낙하하는 듯한 급강하로 저궤도에 빠르게 이동한 후 전파를 통한 음성 정보와 카메라 줌을 최대한 잡아당겨 사건이 일어난 은행을 중심으로 쥐 잡듯이 둘레를 샅샅이 훑는다.

지상 센터에서도 총기 난사 범행 시 찍힌 사진과 녹음된 범인의 목소리와 들숨과 날숨의 주파수를 정밀분석해 범인의 목소리를 찾기 위해 지하는 물론 지상 100m 상공까지 실시간으로 전파를 발사하여 목소리의 주인공인 범인을 추적하고 있다.

공기 중에 떠도는 음성 정보를 분석해 제주도에 있는 우주 기지국을 거치지 않고 급히 내려온 보안사령관과 지역 보안부대장이 참석한 인천 지역 모 사단 작전처 모니터 상에 커다란 사진과 함께 범인의 음성인 빨간색과 일반인 소리인 파란색으로 구분되어 음성 그래프로 알기 쉽게 실시간 제공되고 있다.

같은 시각, 언제 나타났는지 건너편 길에 서 있는 검은 리무진 안에도 반짝이는 두 눈을 검은 선글라스 뒤에 감춘 사나이들이 사건 현장을 째려보듯이 계속 응시하고 있다.

조수석의 요원 한 명은 밑으로 살짝 열린 창문 틈에 기다란 망원렌즈 카메라로 도망가는 노인의 사진을 찍으려 하지만 너무 빠르게 달아나 범인의 뒷모습이 담긴 여러 장과 고개 돌린 모습을 간신히 한 장 찍고 범인을 쫓을 새도 없이 놓치고 말았다.

떨어진 탄피 한 개를 주워 챙긴 요원이 재빠르게 차에 타자 시동은 켜 놓고 대기하던 운전요원이 밟고 있었던 브레이크 페달을 떼면서 천천히 큰길 모퉁이를 돌기 시작한다.

하얀 구두에 파란 머리를 하고 반바지에 땟물이 줄줄 흐르는 티셔츠를 입은 산발한 머리의 미친 노인이 대낮부터 술에 취한 듯 노래를 흥얼대며 리무진 앞을 지나간다.

뜻 모를 미소로 수봉공원 언덕길 주택가 담벼락 사이에 찔레꽃 덩굴과 어울려 핀 붉은 능소화 꽃줄기를 왼쪽 귀 위로 푹 찔러 넣고 촘촘히 서 있는 경찰들 사이를 목소리 크게 반야심경을 읊으며 유유히 지나간다.

가까이 있던 경찰이 총기 난사 은행 강도 사건 현장이라 매우 위험하다며 저리 비키라고 술에 취한 노인의 옷을 잡아당기며 세게 밀쳐버리자 아무 힘 없는 노인은 길 밖으로 종잇장처럼 내팽개쳐진다.

힘없는 노인네의 휘청거리는 몸과 휘날리는 머리카락의 굳지 않은 페인트가 불만이 있는 듯 경찰을 향해 공격하듯이 몇 방울 튕겨 파랗게 일자로 물들인다.

자기 아버지 아니라고 그냥 아무 이유도 없이 미운 남편의 배다른 자식 팽개쳐 밀듯이 길 밖으로 아주 세게 떠밀려 튕기듯이 날아간 노인은 뒤도 돌아보지 않고 사라지는 얼굴엔 안도의 한숨 소리를 뱉지만 아무도 듣거나 관심을 갖지 않는다.

　검은 리무진 안에서는 행동요원이 건네준 탄피를 받고 이리저리 돌려가며 보고 있던 오십 대의 신사가 벌건 대낮에 정신 나간 이상한 영감뱅이라며 내팽개쳐져 쫓겨나는 노인을 보며 무심한 듯 한마디 한다

　또다시 한 번도 본 적 없는 기다란 구식탄피를 만지작거리더니 무슨 생각이 났는지 고개를 갸우뚱하다 앞 좌석 운전석 의자 뒤를 세게 차며 리무진이 밀려서 떠나갈 듯이 크게 소리를 지른다.

　"야야! 차 돌려, 빨리 돌려!"

　뒷좌석에 등을 푸욱 파묻고 있던 50대 신사는 조금 전에 지나간 노인네를 찾으려고 빠르게 좌우를 두리번거리지만 사방을 둘러봐도 방금 지나간 팔십 대의 노인네는 머리털도 보이질 않는다.

　경찰들도 은행을 중심으로 재빠르게 모든 출구를 봉쇄하고 사방팔방 통로들을 막고 의심 가는 사람들을 검문하지만, 그 어디에서도 술 취해서 쫓겨난 범인! 아니 총을 든 흰머리의 노인 모습은 아예 보이질 않는다.

　열심히 범인을 쫓던 경찰이 제대로 밥도 못 먹고 굶다시피 근무를 하는 게 불만인지 골목길 쓰레기통 옆에 파란 페인트가 몇 방울 떨어진 채 입구가 부러져 페인트가 잔뜩 묻고 비스듬히 누워있는 스프레이통을 뺑 하고 힘껏 걷어차자 찢어진 입구 안에 남아있던 페인트가 사

방으로 튕기며 담벼락에 파란 점들을 붓으로 뿌리듯이 쫙 퍼진다.

사무실에 돌아온 50대 신사는 대원들과 책상 위에 탄피를 올려놓고 범죄 현장에서 찍힌 늙은 노인의 사진과 군복 입은 젊은 병사가 찍힌 빛바랜 50년도 더 지난 조그만 옛날 증명사진을 보고 눈코입 얼굴 이곳저곳을 세세히 대조하며 곰곰이 생각하고 있다.

"음! 구식 7.62mm NATO형의 M59용 탄피라! 너희들 생각은 어때?"

"네, 그놈 같습니다."

"너는? 네, 저도 같은 놈 맞는 거 같습니다."

"좋아! 기록에 의하면 우리 고참들이 1973년에도 쫓고 1987년도에도 쫓아다녔다는 김정기 그자는 사진으로 보면 얼굴형이 약간 달걀형으로 일단 아닌 것 같지?"

"지금도 마찬가지지만 당시 우리 부에서는 김정기의 사돈에 팔촌은 물론 하다못해 죽은 조상들 묘까지 파악하고 정기적으로 점검하고 있었잖아?!"

"네, 그자는 2005년도 벽제 발굴할 때 유골의 임자가 누구든 간에 유전자가 가족과 일치하게 나오게끔 작전을 해서 성공했다는 루머는 담당 부서 요원들 간의 대화에서 전해 들었지만, 잘 아시다시피 사실 확인은 같은 정보 계통도 부서별로 서로 쉬쉬하는 분위기라 알아내기가 쉽지 않습니다."

"지금 유족이나 국민들은 살아난 탈출자 명단에서 완전히 제외된 줄 알고 있고 발표도 그렇게 한 걸로 알고 있지만, 김정기에 대한 또 다른 부서의 추적 자체는 아직 멈추지 않은 것 같습니다.”

“아니, 그럼 벽제 유해 발굴 당시쯤 김정기 조상 산소에 사람이 들어갈 만한 구덩이가 관까지 연결되어 훼손은 물론 유골 일부도 사라진 채 도굴됐다는 당시 보고는 … 으음!”

기가 차는지 소리도 없이 헛웃음으로 허탈해하던 신사는 더 할 말을 잊었는지 쓴웃음을 지며 말을 이어간다.

“일부 노인네들은 좋은 게 좋다고 어제 얻어터진 건 선거 때 정치가가 누런 이 드러내며 의미 없는 웃음 한 번만 주면 새카맣게들 잊으니 말이야. 참 그렇게 보면 선거 때마다 구구리 하듯이 던져주는 고무신 받아들고 막걸리 한 잔 얻어먹은 죄로 일단은 학연이나 지연으로 보지도 않고 찍어주다 얼마 못 가 땅을 치며 후회하는 걸 계속 반복하는데 유권자들의 주름이 늘어갈수록 더 심해지는 이유를 도대체 모르겠단 말이야?! 어떻게 보면 우리 국민들도 똑똑하면서도 참 어수룩한 면도 있어!? 그런 국민들 때문에 우리 같은 부서가 작전하기 편한 것도 있지만 말이야?”

“역사는 흐르는 게 아니라 반복한다고 엘에이 한인타운을 걷던 다니엘 아빠가 말했다잖아요!”

“다니엘 아빠가 누군데?”

“네, 우리 부에서 관리하는 장소인 부평 공동묘지 통행하는 길 가운데 암매장하는 거 목격한 놈입니다.”

“잘 알지, 잘 알고말고. 그것도 아주! 달아난 공작원들 추적하는 요원치고 그놈 모르면 우리 요원도 아니잖아! 그놈도 어떡하든 우리 손에 죽여야겠는데! 안 그래도 우리 쪽에서 눈엣가시로 여기고 몇 번이나 다 늙은 정보원 붙이고, 살해 계획까지 있다는 건 우리 부서도 알고 있지만, 영사관 영사들의 입을 통해서 살해계획이 당사자한테 유출됐잖아? 그놈이 영사관에 와서 살려달라고 민원인이 꽉 찬 민원실에서 모두가 알게끔 난리를 치는 바람에 … 어떻게 못 하고 추이만 보고 있다는 거야? 고놈 인천공항에 발만 디디면 감방에 처넣을 것도 없이 찍소리도 못하게 저 필리핀 누구처럼 비행기에서 내리자마자 보세구역으로 옮겨 쥐도 새도 모르게 죽여야 하는데…. 다른 나라라 옛날에 일본에서 김대주 납치할 때처럼 쉽지가 않네!

나라 생각하는 놈이니까 외국 수사기관엔 신고 안 할 거라고 영사관도 자체 분석을 믿고 있나 봐! 그놈이 영사관 들락거린 것도 유족에게 알리기 위한 거까지 합치면 벌써 20년이잖아!? 하지만 주재국 정보나 수사 기관도 벌써 알고 있을 거야! 다만 양국 외교 생각해서 겉으로 드러내지만 않았을 뿐일 거야.

생각해봐, 영사관이라는 곳이 국가 간 정보의 바다인데 … 안 그래? 엘에이 영사관 직원이 몇 명인지 알아? 자그마치 열아홉 명이야! 그 직원들이 전부 한국 국적만 있을까? 그리고 애국자들만 모였을까? 참! 말도 안 나오는데 민원실 문 비밀번호가 뭔지 알아? 아주 간단해. 왼쪽 줄 위에서 아래로 다섯 번 계속 누르고, 그러니까 1, 3, 5, 7, 9일 거고, 끝에 두 개 버튼 중 하나만 눌러주면 개인과 국가정보가 가득한 민원영사가 책임지고 있는 일종의 공용 사무실로 우체부도 막 드나드는데 그 우체부 국적이 대한민국은 아니잖아?

그러니까 우리도 지금은 죽이진 못하고 국내로 들어오길 빌다시피 바라면서 다니엘 아빠인지 그놈의 움직임만 보고 있는 거잖아!

20세기 말을 떠들썩하게 맞이하던 오래전에 공신력 있다는 국가 최고 감정 기관에서 유서 대필이라며 말도 안 되게 감정 자체를 조작해서 억울한 사람 감방 보내고 우리 국민들 바보로 만든 그걸 벌써들 잊었나 봐? 얼마나 억울하면 잃어버린 명예 찾겠다며 암 걸린 몸으로 억울함 푼다며 죽어가면서도 병원보다 법원을 더 늘락날락하고도 아식도 억울함을 풀지도 못한 거 뻔히 보고도 몰라? 감정을 잘못한 거 뻔히 알고도 정권에 입맛 맞추려고 국괴수 이름 걸고 거짓 감정서를 법원에 제출한 건 피해자에겐 믿었던 희망을 죽였으니까 날강도나 살인보다 더한 아주 큰 범죄지! 무슨 놈의 감정 결과는 정권이 바뀔 때마다 바뀌는지?

우리나라 국괴수는 그때 죽은 거야! '날리면' 한번 해봐 민간감정사가 뭐라고 감정할 거 같아? 우방국 대통령 이름이 한글로 번역하면 '날리면'이냐고? 아무리 세상이 좋아졌다지만 사람 이름을 번역할 거라곤 꿈에도 생각을 못 하잖아? 그 감정사도 이해가 되는 게 권력을 쥐고 무대포로 우기며 마누라에게 끽소리도 못하는 바보가 휘둘러대는 검찰 권력이 겁나 일단은 자기도 살기 위해 뱉을 수는 있다지만 국민을 생각한다면 절대 그러면 안 되지!"

주정꾼이 무서워 절대 '날리면'이라며 술꾼 비위 맞추려 간에 붙어서 억지 감정서 떼어주고 은근슬쩍 넘어가다간 얼마 못 가 크게 후회하면서 또 뭔 일 나는 거 우리 5년마다 겪어봤잖아?! 하기야, 판단력 좋은 대가리 가진 일부 판사도 알아서 기는데 꼴통 짓 하는 감정사야 오죽 하려고!? 그래도 저렇게 자기 살기 위해서 정권의 따까리 짓 하며 가짜나 거짓으로 감정하고 판결하는 놈들은 우리 국민들이 더 나은 미래를 생각한다면 이해나 용서하지 말고 공소시효 없이 국법으로 엄하게 꼭 다스려야 할 거야. 어떻게 보면 그게 진짜 용서하는 건지도 몰라!

내가 근무한 지도 꽤 되지만 저렇게 정권에 알아서 기는 놈들 보면은 우리 입장에서는 일은 편해서 좋은데 나라 돌아가는 꼴을 생각하면은 어떨 땐 따까리인 저놈들이 살인자보다 더 무섭고 나쁘다니까! 몇 년 전에 못 봤어?! 여동생 머리채 잡아 벽에 부딪혀 대면서 전기 고문 운운하면서 족치니까 공무원이었던 그의 오빠가 빵 굽듯이 자연스럽게 간첩으로 만들어졌잖아! 솔직히 내가 피해자여도 억울해서 팔짝 뛰고 허파 뒤집어져서 제명에 못 죽을 거야! 사람 눈에서 흘린다고 다 눈물은 아니잖아. 그중에는 너무 억울해서 죽지 못해 할 수 없이 흘려야만 하는 정말 시뻘건 피도 있거든!

그런 꼴 당하기 싫고 아니꼬우면 지들이 정권을 잡든지! 하기야, 우리 부는 정권이 바뀌면 앞면 싹 까고 새 정권에 거머리처럼 착 달라붙고, 어제까지 함께했던 정권은 양말 뒤집듯이 완전히 까발려 감방 보내는 데 일조해 왔던 거처럼 5년마다 요리 붙었다 조리 붙었다 곡예운전하면서 공짜 카드 긁어대며 녹봉이나 또박또박 타 먹으면 되잖아?

우리 모두 여기 취직한 뒤로 백빈 사 먹은 직들 없잖아? 이젠 비싼 회는 지겨워서 못 먹을 정도라 웬만하면 호텔 정식 먹는 우리잖아!? 학교 다닐 땐 커피값 1,000원도 아까워 백 원짜리 자판기 커피만 찾아서 마셨는데 여기 들어오고부터는 차 값 물어보고 마신 적이 없어. 우리에겐 나라에서 주는 카드 있으니까 가격 안 보고 녹차 먹고, 쌍화차 찾는 거지 솔직히 내 돈이면 아까워서 꼭 참다가 커피도 집에서 타 먹을 거야.

거기다 김정기 유골이라며 DNA 감정한 그 대학의 꼴통 좋은 학생은 식권 위조해서 발칵 뒤집고 어떤 교수는 배아줄기세포 연구 조작해서 대한민국을 세계의 웃음거리로 만든 그게 일종의 DNA 조작인데 다른 대학도 아니고 사기 치고 DNA 조작 경력이 있는 바로 그 대학교에서 한 감정을 또 믿다니…! 한 번 해병은 영원한 해병인 거처럼 한번 사기꾼은 영원한 사기꾼인데 말이야?

하긴 요새는 위 대가리 몇 명 때문에 귀신보다 선량한 부하를 잡지만 말이야? 일부 정부 기관에 나라 '국' 자나 '국립'이 왜 들어가는 줄 알아? 제일 좋은 대학들 나와서 떼로 지조 없이 정권이 바뀔 때마다, 아니 정확히 말하면 5년마다 고스톱판의 국화 열끗처럼 요리조리 왔다 갔다 하는 역할은 거의 똑같이 언제나 국민을 속이거나 버릴 수 있다는 일종의 비문이란 걸 우리 국민들이 알아야 하는데….

우리 추적 대상 리스트에는 김정기 그가 아직도 계속 있고, 그를 쫓고 있는 이유가 그의 얼굴 없는 시신을 근무했던 기간병이나 교관들도 못 알아봤잖아? 더군다나 출생신고는 되었어도 때맞춰 파출소에 가서 신고한 후에 발급받아야 할 주민등록증도 섬에 갇혀있느라 발급이 안 되었으니 지문 조회도 할 수 없었어. 유족인 가족도 사진상 확인을 못 했고 또한 아무도 확신해서 알지 못한 것도 있지만, DNA 검사할 때 유족도 달래고 여론도 잠재우기 위해 동일 DNA가 나오도록 우리의 선배들이 모종의 임무를 성공적으로 수행했기 때문으로 알고들 있는 거 아닐까?! 국가고시에 8번이나 떨어져도 대통령 나온 그 대학 머리가 아닌 상식적으로 생각해보자고!?

김정기하고 심길보, 그리고 전관영이가 인천에서 함께 죽었다고 하는데 단체로 암매장한 곳에서 상식적으로 김정기 유해만 발굴됐다면 이해를 하면 안 되는 거잖아!

유해가 나오려면 김정기, 심길보, 그리고 전관영이 다 나오든지 안 나오려면 적어도 한곳에서 사망한 공작원 3명은 모두 안 나와야 정상이 아닐까? 그런데 김정기만 떡 하니 나와? 진짜 김정기 뼈일까? 난 김정기 아니다에 다 걸게! 너희들은 어디에 걸 거야?”

“당연히 아니다에 걸지요. 저는 목숨도 걸 수 있습니다.”

“그리고 만일 우리 생각과 정보가 맞다면 그 늙은이가 단순 범죄인이라도 범죄의 의도가 세상에 밝혀지기 전에 그리고 경찰에 체포되기 전에 쥐도 새도 모르게 먼저 처치해야 할 거야? 옛날 프랑스 닭장에서 뼛가루도 못 찾게 피를 짜내며 갈려 죽은 우리 김 부장님처럼 저 기상천, 아니 문태섭도 그렇게 시신은 물론 머리털 하나도 찾지 못하게 해야 할 거야. 아! 뭘 해도 거리낌 없던 옛날이 그립다!”

무조건 명령에 따라야 하는 조직의 특성을 알기에 그의 눈엔 실핏줄이 벌겋게 퍼지며 나라를 위한 일이라며 스스로 자위하면서 그것이 우리 조직이 존재하는 이유라고 억지를 부리면서 아가리 끝에 달린 두툼한 입술을 놀린다.

"우리끼리 있어서 하는 말이지만 사건의 진실을 감추고 숨기기 위해서 수십 년간 국가기관에서 적도 아니고 애국자들 죽이려고 추적하며 감시하는 나라는 지구 상에 아마 우리뿐이 없을 걸?!

하지만 우리의 임무도 잊어서는 안 된다며 한참을 떠들어대던 신사가 정색을 하며 바로 앉는다.

"우리 조직은 살인이든 납치든 간에 참과 거짓은 아예 생각 안 하고 정의와 불의도 우리 스스로 구분 짓지 않으며 오직 대한민국의 국익을 위해서는 꼭 해야 할 일이고 그게 보이지 않는 우리의 존재의 이유이며 그 임무를 무감각으로 수행하는 게 우리가 국가에 충성하는 거고 그 임무를 거부 없이 수행해야만 우리의 존재도 가치가 있는 거야!

발굴 유골 처리할 때도 유족들은 본인들 생각만 해서 19구 중에 겨우 8구(?) 정도만 확인된 유골을 일부 유족들 욕심 채우려 유족 확인도 안 된 유골과 일반인이 섞인 나머지 시신의 뼛가루까지 나눠서 실미도 부대 공작원들 유골처럼 모셨다고 하는데 거기에 섞인 일반인이나 유족을 못 찾은 유골들은 자기 가족이 아닐지도 모르는데 죽어서라도 얼마나 억울하겠어?

이것저것 다 떠나서 우리도 존재의 이유와 임무도 있으니까 그놈의 노인네는 지금이라도 당장 우리 총에 맞아 뒈져야 정상이고 그래야 나라가 떠들썩하지 않지!? 내가 생각하기에도 살려두기엔 그에게서 나올 우리 대한민국 정부가 꼭 감추어야 할 암울한 역사적 사실이 너무 많거든! 그래서 50년 이상을 우리 정보부가 많은 예산과 힘을 들여 사활을 걸고 탈출 공작원 그자들을 잡으려고 우리가 전문팀들까지 꾸려서 두 눈 부릅뜨고 쫓고 찾아다닌 거 아니겠어? 사진들 당장 본부로 넘겨서 제대로 확인받고, 그리고 너는 본부에 가는 길에 걔네 기록이란 기록은 한 장도 남기지 말고 모조리 가져와."

50년 이상을 추적한 보람과 두둑한 포상에 특진할 기회를 이제야 찾았고 잡을 수 있다는 희망을 갖고 엷은 미소를 짓는 신사다.

길고 높고 넓은 그레이 컬러 캐비닛이 복도를 따라 좌우로 키 높이로 아주 길게 서 있고, 컴퓨터로 서류가 있는 캐비닛 위치를 찾는 직원이 한참을 걸어 몇십 년을 잠겨있던 캐비닛 맨 아래 칸을 열기 위해 쪼그려 앉아 손잡이에 낀 먼지부터 닦아낸다.

얼마 만에 열리는 캐비닛인지 잘 열리지도 않았지만, 서류들을 천천히 앞으로 젖히며 드디어 찾아든 서류는 오랜 세월을 잠갔는지 약간은 누런색에 진하지 않은 검은 먹지로 찍힌 빛바랜 타이핑 검은 먹지글자가 깊은 잠에서 깨어나고 있다.

양팔에 토시를 겨드랑까지 길게 낀 검은 제복의 본부 직원은 꾹 다문 입술에 웃음기 하나 없는 얼굴로 건 제목이 맞는지 내용물이 제대로 점검되었는지를 확인하고 서류를 들고 커다란 고성능 복사기의 파란색 스위치를 누르며 앞에 선체로 기다린다.

전체 명단이 카피되어 나오고 각 개인의 신상이 적힌 복사된 비밀서류들이 한참을 밀려 나와 복사기 출구에 순서대로 두껍게 척척 겹쳐진다.

1) 정보부 파견 공군 부대원 명단 및 신원 조회 결과

2) 실미도 공작원들의 근무 기간 및 사망 원인과 장소(사망자 사진 첨부)

3) 1970년 10월 부대 해체 및 부대 해체 취소 결정

4) 1970년 11월 부대 재창립 목표 변경 및 변경 목적(북파 목적 교육 전면 취소)

5) 1971년 전반기 체육관 건립 및 예산 편성

6) 국내 VVIP에 대항하는 고위험분자 제거 교육을 위한 파견 및 재배치 현황

7) 해군 UDT 8기 출신 외 총 5명의 UDU 파견자 명단

8) 1971년 8월 23일 사건 후 실미도 부대 파견 UDU 대원들 관리 현황

9) 8·23 사건 후 공작 대원 처리 및 매장지 관리 현황(대방동, 부평 공동 묘지, 벽제, 오류동)

10) 사건 관련 국외 이주 UDU 대원 사업 지원 현황(태권도, 영화 제작)

11) 분실된 총기 및 실탄 회수 현황

12) 오류동 2325부대 사격장 총살 집행 공작원 명단 및 시신 처리 현황 (매장 사진 동봉)

13) 미체포 공작원 사망 처리 대체 시신 인원 및 신원

14) 정보부 파견 부대원 사망자 시신 부대 앞 맹렬 항의 유족 명단

15) 경인도로 상 사망 경찰, 민간인, 향토예비군 명단 및 보상

16) 동작동 국립묘지 17묘역 실미도 피해 기간병 시신(11기) 안장자 명단

17) 지역별 목격자 및 관계자 통제 및 관리 현황

18) 탈출 공작원 및 생사 미확인자 명단

19) 기소 안 한 체포 공작원들 부평군 부대 총살 집행 상황 결과 보고 (사진 첨부)

20) 기소 안 한 체포 공작원들 3인 서해안 모 비행장 총살 집행 상황 결과 보고(사진 첨부)

21) VVIP 지시에 의한 반대파 정치인 및 민간인에 대한 UDU 작전 활동 현황

22) 대국민 테러 명령 불복종자 실미도 공작원들 처리 현황

23) 유한양행 앞 버스 견인 및 처리 관리 상황(공군 본부 내 항공 의료원)

24) 공작원 신원 확인 사진 및 총살 집행 후 여러 장의 사망 사진들이 맨 뒷장에 여러 번 스테이플러에 단단히 찍힌 채 흰 밧줄에 단단히 묶이고 왼쪽 가슴엔 두껍게 붉은 피가 겹쳐 무릎도 펴지 못한 채 검은 망토를 뒤집어쓴 끔찍한 모습으로 땅바닥에 널브러져 있다.

근무자 손에 들려 나오는 겉장엔 '1급 비밀'이라 시뻘건 글씨로 살벌하게 써있고, 그 아래 영어로도 'TOP SECRET'이라 경고 직인과 함께 카피되어 있다.

그리고 비교적 최근에 작성한 듯한 종이 색이 틀린 문서 몇 장이 바로 옆의 캐비닛에 보고서 형식으로 철이 되어 있다.

A) 엘A 총영사관 관내 부평 암매장 목격자 및 제보자 살해 계획 및 실패 이유

B) 서해안 모 비행장 체포 공작원 총살 피집행자 확인 명단(시신 처리 사진 첨부)

C) 1993년 5월 4일 신남아 5월호 당시 소대장에 의한 실미도 사건 발표 이후 부평 공동묘지 암매장 현장 확인 및 재조사(현직 변호사인 암매장 총책임자 대동)

D) 국방부조사본부 미국 방문 보고서(제보자 통화로 만남 거부)

E) 국방부 인권담당관실에 의한 부평군 부대 실미도 공작원 총살 증언 무마 현황

F) 유해 관련 제보자(김○○) 면담 결과

2005년 9월 2일

생산 기관	국방부	관리번호	CA0252281
생산 년도	2005년	문서 유형	일반 문서
공개 구분	부분 공개 내용에 따라 열람이 제한됩니다	보존 기간	영구
관리 기간	영구기록물 관리기간		
기록물 형태	일반 기록물		
페이지 정보	252–263/12		
서고 정보	성남 나라기록관	기록물등록번호	2005129000000017800

G) 기록물 건제목 업무 보고(면담 결과 보고)* 원문 없음

기록의 철제목 과거사위 제2호 사건(실미도 사건 기록철 2)
* 해당 철의 건제목 목록이 보여집니다.

생산 년도	2005	관리번호	CA0252281
생산 기관	국방부	기록물 형태	일반 문서
종료 연도	2006		
공개 구분	부분 공개 내용에 따라 열람이 제한됩니다	보존 기간	영구
기록물철 분류번호	1290000999999992005000008001		
소장 위치	성남 나라기록관		

H) 2013년 6월 12일 실미도 파견 UDU 대원 사망(미국 현지) 확인 보고서

I) 2018년 8월 28일 부평 공동묘지 암매장 제보 지역 제보자 협조로 현장 점검(사진 첨부)

J) 2018년 9월 6일 부평군 부대 실미도 공작원 총살 제보자 증언 청취(동영상 첨부)

K) 유가족에게 부평 공동묘지 내 암매장 제보 정보 확인(미국 제보자와 동일인이 아님)

L) 2021년 부평 공동묘지(현 인천 가족공원) 암매장 제보 위치 도로 공사 현황

그리고 정보가 누락 되었었는지 "미국 이주 실미도 체포 공작원 유가람 산악회 활동 중 사망"이라며 두 장의 A4용지에 철이 되어 따로 분리되어 있다.

그리고 하얗고 반들반들한 종이 색부터 다른 "2021년 부평 공동묘지 암매장 현장 도로 공사" 보고서도 최신식 컴퓨터 글자꼴로 앞장의 제목과 뒷장의 '작업 완료'라는 짧은 보고 내용이 담긴 단 두 장짜리 보고서 형태로 나온다.

정밀 감식을 위해 탄피와 모든 정황이 담긴 서류를 빨리 본부로 넘기고 더 많은 정보를 얻어 명령을 이행하기 위해 그들은 오랜만에 시대가 바뀌어도 아직도 버리지 못한 국민을 상대로 음지에서 할 더러운 임무를 위해 더 바쁜 일정을 맞이하게 된다.

캐비닛에서 꺼낸 건 그 유명한 사건인 실미도 공작원들의 억울한 사건 전모를 간직하고 영원히 잠들 뻔한 '2325부대 파견대(684) 실미도 공작원 신상 일지'가 한 노인이 은행에서 쏘아댄 탄피의 출처를 확인한 정보부로 인해 반세기도 더 지나서 세상에 나오게 된 것이다.

그의 손에 들린 문서는 카메라가 있는 동선을 따라 최종 결재권자인 부장의 책상으로 바로 옮겨지고, 일급이었던 문서 뭉치가 기록의 중요도에 따라 분할되면서 사안에 따라 1급 1건과 2급 3건, 그리고 대외비로 재분류되어 각 문서에 맞게 철해진 후 서류봉투에 넣어 봉인하고 몇 번의 뻘건 직인이 찍인 후 사각 철제가방에 넣은 채 또다시 봉인된다.

한참을 기다린 끝에 1급 비취인가증을 가지고 본부에서 근무하는 고위정보부원과 수발요원의 2급 비취인가증도 함께 보여준 후에도 각자 서명한 보안 각서를 제출한 후에야 간신히 건네받는다.

전달된 문서는 지역 최고 책임자 1인만 볼 수 있는 1급 문서의 접수를 위해 내부에서조차 정확한 직위와 신원을 알 수 없는 요원이 새까만 선글라스를 낀 채 직접 철제 가방의 봉인을 아무 말도 없이 일일이 확인 대조 후에 연다.

2급 비취인가증을 가진 대다수 요원도 전달된 가방에서 문서를 꺼내 읽기 시작한다.

2.

　그 시각, 수사본부가 차려진 구월동 인천광역시청에서 남쪽으로 한 블록 정도 떨어져 있는 인천 경찰청의 은행 총기 난동 강도 사건 수사본부장도 책상에 놓인 비닐봉지 속에 들어있는 단단한 탄피들을 손으로 눌러가듯이 살피며 깊은 생각에 머리를 굴리느라 바빠지고 있다.

　평소라면 사건 지역으로 주안사거리 담당 지역인 미추홀 경찰서에 수사본부가 차려졌겠지만, 사건의 중요성과 아직도 회수 못 한 총기로 인해 불안해하는 민간인의 안전을 위해서 아주 드물게 광역경찰청에서 직접 사건을 수사하게 된 것으로 대외적으로 알려져 있다.

　하지만 내부 상황을 고려하면 보안사와 정보부가 민간인 사건에 붙었을 때는 우리 경찰이 모르는 무언가가 있을 거라 생각하고 눈치 빠른 경찰청장이 이해관계가 있을 거 같은 중앙부처의 높은 인사들의 외압을 피하기 위하여 중앙에 있는 국가수사본부 대신 사건이 일어난 지역인 인천경찰청으로 직접 사건을 챙긴 것이다.

"이봐! 김 경사, 가져왔으면 빨리 펼쳐봐!"

수사에 관련된 경찰 간부들은 널따란 테이블 위로 탄피가 또르륵 흐르는 소리를 들으며 바닥에 펼치고 확인하는 것은 대한민국의 해방 이후의 '군용총기 분실현황'과 'M2 카빈소총과 실탄 연도별 분실현황' 보고서로 복사가 금지되고 오직 열람만 가능한 단 한 부짜리 내부 비밀문서이기에 펼쳐 놓고 그때그때 서로 돌려가면서 볼 수밖에 없는 것이다.

한동안 아무 말 없이 가만히 듣고 있던 경찰 생활을 의경 의무복무부터 순경 밑바닥을 마당 쓸듯이 훑고 이 자리까지 힘들게 올라온 간부가 몇 가닥 없는 머리카락을 침까지 발라가며 소중하게 뒤로 넘기면서 무슨 생각이 났는지 고개를 갸우뚱한다.

대한민국에서 M2 카빈총과 탄창째 실탄을 함께 분실한 사건은 거의 없는데 총이면 총, 실탄이면 실탄이지 총과 실탄을 그것도 탄창과 함께 다량으로 분실한 건 실미도 사건이 거의 유일하고 이후 카빈총 사건은 1972년 9월에 있었고, 구로동 사건은 1973년인데 그것도 M1 소총인 것이다.

더욱이 구로동 사건은 범인도 잡혀서 총기가 회수된 걸로 안다며 가운데 머리가 한 움큼 빠지고 짬밥을 먹을 만큼 먹은 만년수사관이 머리카락 없이 땀에 절어 반짝이는 소갈머리를 박박 긁어대며 간신히 더듬어낸 기억을 자랑스럽다는 듯이 토해낸다.

범인이 사용한 총기는 분명히 탄두가 짧은 동탄으로 탄피 길이와 사진을 봐서는 M2 소총인데 도대체 총은 그렇다 하더라도 밀수가 아니라면 총기 관리가 강력한 대한민국에서 30발들이 탄창 3개에 그 많은 구식 실탄은 도대체 어디서 났을까?

더군다나 허리춤에 흔들리며 길게 매달린 녹슨 수류탄의 출처는 군과 총에 대한 정보가 일절 없는 경찰의 입장에서는 도저히 설명이 안 되고 있다.

"아! 그래! 맞아!?"

등받이에 깊게 몸을 파묻고 있던 특별수사본부장이 "맞아! 맞아!" 하며 무엇이 생각났는지 책상을 탁하고 치며 계급에 어울리지 않게 체통을 지키지 못하고 자리에서 벌떡 일어났다 자리에 다시 앉는다.

번쩍 뜨인 눈으로 한동안 좌우로 훑어대더니 빙 둘러앉은 간부들과 뒷줄에 서 있는 담당 수사관들을 알았다는 듯이 미소 띤 얼굴로 빙 둘러본다.

"맞아! 한동안 떠돌던 소문대로 분명히 그들 중의 일부가 살아있었어! 그 사람들 중의 한 명이 아니라면 대한민국의 내놓으라는 모든 정보 계통이 이처럼 불을 켜대며 난리를 칠 일이 없을 것이며, 이번 은행 총기 난사 강도 사건은 말 자체가 성립될 수가 없거든!

솔직히 은행 총기 난사 사건은 맞지만 아무리 생각해도 특별히 돈이 필요한 나이는 아닌 거 같고, 단시간에 감출 수 있는 얼굴을 일부로 노출한 범인이 하는 행동은 자기를 알아봐 달라는 듯 신상을 완전히 노출한 걸 보면 사람을 죽이거나 돈을 빼앗으려는 강도 살인 사건은 아닌 거 같거든!?"

당시 국방부 기밀 철에는 옛날 송도를 거쳐 인천에서 서울 대방동까지 사건이 이어지던 실미도 사건 때 각종 총기를 11자루 이상 못 찾았고 수류탄은 연막탄 포함 2발과 7.62mm 실탄은 동그라미 4개로 0000개라 표시되어 있어 아예 분실 수량도 정확히 파악하지 못하고 있었고 사건 당시 그 총기들을 찾기 위해 경찰과 국방부가 공조수사를 했던 문서가 누렇게 변한 채 있었던 것이다.

"그래, 살아있었어!"

특별수사본부장은 경사에서 경위로 막 진급하여 넘어가려고 대기하고 있던 시절인 아주 오래진에 들었던 기억을 생각하고 기억을 되살리면서 말하기 시작한다.

"아마 그래서 그 당시 학교 선생님도 거기에 안 가려고 발버둥 치다 그렇게 된 걸 거야!"

옛날 경찰청이 이곳 구월동으로 이전할 때 부서의 짐 정리를 하면서 한참 위 고참에게 들었던 기억을 떠올리기 시작한다.

그때 대화의 시작은 사무실 이삿짐을 정리하다 쉬는 중에 따뜻한 믹스 커피 한 잔을 마시는 자리에 부서 인원 몇 명이 모였고, 누군가 말하길 커피 공장은 커피를 공짜로 마시니까 한 모금 마시고 창가에 쭉 늘어놓은 걸 보고 사장이 대노했고, 그 이후 한잔에 10원씩 받으니까 깨끗해지더래.

그 자리에서 이야기의 시발점은 커피를 물 마시듯이 들이키며 지금 이 경찰청 자리가 어떤 자리인지 아냐 하는 고참의 느닷없는 질문에서 시작되었지. 1970년 말인가? 1971년도 초? 몹시 추운 겨울날, 지금 우리가 있는 경찰청과 인천광역시청 둘레는 서로 아카시아나무와 철망 등으로 울타리를 친 후 과수원 간에 작은 쪽문을 통해 드나들던

배밭이거나 미꾸라지와 붕어가 너무 많아서 양동이에 쓸어담던 논이었다고 해.

20번인가 21번 시내버스가 흙먼지 일으키면서 장수동 쪽으로 다니긴 했는데 아주 뜸해서 대다수는 15원이나 20원 하던 그 버스값도 아낄 겸 운동을 핑계 대고 동인천은 몰라도 한 시간 정도 걸리는 석바위 시장 정도는 걸어 다니기도 했다고 했어.

그때는 저기 간석오거리로 가는 저 큰길은 아예 없었을 때고, 시청 청사 뒤 조금 떨어진 곳은 미꾸라지와 작은 붕어가 넘쳐나던 동서로 흐르던 폭 3미터에 무릎 정도로 물이 닿는 중간급의 개울이었고, 지금 백화점 있는 곳쯤은 보기 드물게 하얀 백합을 기르던 아주 넓은 꽃밭이었다고 들은 기억도 생각이 나네.

그 큰길이 생기기 시작한 때는 판문점 8·18 도끼 만행 사건이 나기 얼마 전인데 당시는 비가 오면 신발 바닥에 진흙이 떨어지지 않는 질퍽한 황톳길이었다고 들은 거 같아.

중요한 이야기의 시작은 석촌 입구, 그러니까 지금은 간석오거리로 바뀌었지만 당시는 석촌 입구라 불리던 삼거리였고, 경찰과 헌병대 초소가 같이 있어서 수원행 버스가 올 시간이면 꼭 경찰과 헌병이 각 한 명씩 조를 이루어 버스 시간에 맞추어 길을 건너가 있다가 직행이나 완행버스를 세우고 검문을 했고, 버스 안의 휴가 나온 군인들은 아무 죄도 없이 이유 불문하고 일단은 개처럼 끌려 나왔던 곳이야.

초소 뒤 골목길에서 바닥에 빡빡 기게 해서 군기를 잡은 후에 조사를 받고 속된말로 헌병 꼴리는 대로 운이 아주아주 좋으면 더 이상 맞지 않거나 얼차려 받지 않고 다음 버스 올 때까지 1시간 이상을 기다리던 곳이야.

이제 그때 들었던 고참의 이야기를 본론으로 들어가 볼게. 간석오거리에서 경인선을 따라 서울 쪽으로 가다 보면 원통이 고개 초입 왼쪽으로 국민학교가 지금도 있는데, 1학년 3반에 아주 날렵한 젊은 선생님이 북파 부대원을 모집하는 공군 정보부대 소속으로 정보부에 파견 나온 물색관인 홍 소령을 저녁에 주막에서 긱자 막걸리 흰진하다가 시로 혼자니까 밀려오는 손님에 합석해서 한잔했나 봐.

홍 소령은 다른 북파 부대 공작원을 만날 때도 써먹었던 거짓말처럼 태국에 파견된 노동자에 준해 학교 선생 월급의 몇 배가 되는 미화 600달러 이상을 받을 수 있다는 사탕발림을 시작으로 몇 번에 걸친 회유와 거짓에 결국은 속아서 젊은 혈기에 앞뒤 생각 없이 특수부대원으로 간다고 도장까지 찍은 서류를 작성 후에 약속을 단단히 하고 술도 얻어먹고 용돈도 좀 두둑하게 받았나 봐.

특수부대원으로 가려면 학교에 사직서도 제출해야 하고 해서 가까운 사람들한테 물어보니까 가면 무조건 죽는다고 모두가 말리고 난리였을 거라는 것은 당시를 살았거나 경험했던 사람이라면 누구나 일말의 의심도 없이 쉽게 상상이 갈 거야.

그 선생님이 며칠을 깊이 생각하고 고민하다가 가면 죽는다며 결사적으로 말리는 가족도 있고 정신을 차리고 생각해보니 솔직히 무섭기도 해서 안 가려고 다시 만난 홍 소령에게 못 간다는 말을 했을 거 아니야?

그 소리를 듣는 홍 소령의 붉으락푸르락 하는 얼굴이 떠오르는 건

인품 없는 인품을 가진 막무가내 그의 성품을 감안한다면 당연히 떠오르잖아?

다음 날, 퇴근하는 버스에는 교문 앞에서 하루 종일 서성이던 건장한 청년 몇 명이 뒤따라 버스에 올라탔지만 살벌한 눈초리만 뿌렸을 뿐 당일은 아무 일이 없어서 안심했었나 봐.

그 선생님은 그 후에 학교에서 물색관인 홍 소령과 그 청년들의 이야기를 가깝게 지내는 몇몇 스스럼 없는 가까운 동료 선생님들에게 아무런 생각 없이 전후의 이야기를 했었나 봐.

바로 그 다음 날, 하얀 보자기에 도시락을 싸 들고 집에서 나간 후 학교에도 출근을 안 해서 집에도 알아보고 하다가 그 고참이 근무하고 있던 전화로 경찰에도 실종신고가 들어왔었는데. 그때 마침 실종 신고를 접수한 순경이 아까 말한 지금은 퇴직한 그 고참이었다는 거야.

이틀이 지나고 3일이 지나도 우리 경찰도 찾을 수 없으니까 같은 학교 젊은 선생님 몇 분도 수업을 옆 반에 맡기고 같이 찾아 나섰는데 선생님들은 들은 이야기가 있어서인지 나름대로 서로 말은 안 해도 보복으로 죽었을 것이라 무언 속에 내부적으로 단정은 짓고 있었던 거 같아.

당시 허허벌판이고 사람도 보이지 않는 여기 구월동 인천경찰청 둘레를 산사람을 찾아 나선 게 아니라 직장 동료의 시신이라도 거두려는 애틋한 마음으로 샅샅이 뒤지기 시작했었나 봐.

근 일주일 만에 선생님의 시신을 찾긴 찾았는데 개울에 얼음이 두껍게 얼고 찬바람이 세차게 불던 날 선생님의 얼굴은 퉁퉁 부었고 얼마나 맞았는지 꽁꽁 언 시신은 아주 **빳빳하게** 누워있던 그 장소가 바로 여기 수사본부가 차려진 인천광역시 경찰청 둘레 어디쯤 논바닥이었다는 거야.

우리는 오래된 경찰생활에 범죄자들의 특성을 잘 알잖아? 쓰리꾼들은 훔친 지갑을 의자 밑에 밀어 넣고 잔뜩 찡그린 인상에 쌍욕을 해대며 버스에서 내렸고, 그 앙갚음으로 그 쓰리꾼 패들이 죽였다고 잠깐 소문이 돌긴 했어.

그 이후 학교에서는 무슨 이유인지 그 선생님 이야기는 낭떠러지에 떨어진 바위처럼 갑자기 쏙 들어갔고, 가족들은 범인을 못 잡아도 하소연할 때도 없었는데 그 이후에 누가 만들었는지 떠도는 말에 의하면 버스에서 가방을 면도칼로 그어서 지갑을 훔치는 쓰리꾼을 보고 지갑 임자에게 알려줬다가 앙갚음을 당했다는 밑도 끝도 없는 이야기로 사건의 본질과는 너무도 멀어지다 어느새 없던 사건처럼 사라진 거야.

당시에는 누가 봐도 쓰리꾼은 오직 돈이 목적이라서 앙갚음 할 땐 면도칼로 얼굴을 그어대는 부상은 있었어도 사람을 며칠씩 미행하면서 죽이는 정도까지는 아니었잖아.

이 은행 총기 난사 강도 사건을 보니까 고참이 말하던 좋은 대학교 체육과를 졸업한 아주 날렵하였다는 그 국민학교 1학년 3반 젊은 선생님 살인 사건이 왜 갑자기 떠오르는지를 모르겠네.

나도 국민학교 1학년 때 3반이었고, 말해준 그 고참도 로또보다 힘든 초중고 전부 3반만 했었다는 말을 들어서인지 그 사건이 떠오르면 잊지를 못하고 기억하고 있는 거 같아. "자! 그건 그렇고 모두들 힘내

보자." 하면서 앞에 놓였던 물통을 들어 마시며 수사요원들을 향해 과거엔 이런 일도 있었다는 듯이 두서없이 하던 말을 끝낸다.

수사본부장은 무릎을 탁 치며 자리에서 또 한 번 벌떡 일어났다 앉는다.

"맞아! 그동안 소문으로만 들리던 그들 중의 일부가 분명히 살아있던 거야! 범인은 분명 실미도 사건과 관련해 무슨 억울한 말을 하려고 사건을 벌인 걸 거야! 범인의 나이 먹은 늙은 얼굴을 보더라도 그들 중 일부가 분명히 살아있던 거야!? 분명히 명단에 아예 없거나 국방부가 발표한 사망자 명단에 있는 공작원 중의 누군가가 탈출에 성공해서 그때 일을 세상에 알리고 싶어 벌인 걸 거야."

그 시간 총기를 든 범인을 아직 잡지를 못했고 총기도 회수하지 못하였기에 국민의 안전을 위해 전국에 경찰의 갑호비상이 걸린 수사본부엔 각 시도 경찰청에서 지원하는 특수부 인원도 계속 늘어나고 있다.

은행 CCTV에 찍힌 범인의 사진과 은행에서 총을 쏘는 모습이 모자이크 처리 없이 생방송을 통해 전국에 방송되고도 범인의 신병은 물론 범행에 사용한 총기도 아직 못 찾았고, 범인에 대한 수 많은 제보가 전화통의 불이 날 정도로 쏟아져 들어온다.

은행 내에서 수많은 인질을 잡고 총기를 난사하는 범행 순간이 담긴 동영상이 화면 제일 위에 뜨자 수사는 생각할 것도 없이 처음부터 공개수사로 전개된다.

일정한 장단에 흔들리며 달리는 지하철과 버스에서도 화면 가득히 은행을 털며 기관총을 쏘듯이 쏘아대는 영상을 반복해서 방영하는 범인의 총기 난사 모습을 핸드폰에서 눈을 떼지 못하는 청년들과 학생들도 말은 없지만 놀란 눈들이 대낮 인천의 대형 은행에서 아주 대범한 총기 난사에 이은 은행을 터는 모습이 빼빼하게 힘 하나 없어 보이는 늙은 노인의 범행이라 더욱 놀라는 거 같다.

군과도 연결되어 있을 수도 있겠다 싶고 아주 특수한 사건이 될 수도 있다고 판단한 눈치 빠른 경찰총장의 특별지시로 이례적으로 빠르고 정확한 수사를 위해 몇 년 선에 생긴 국가수사본부에 수사를 맡기려다 군과 정보기관 그리고 상부의 정확한 의중을 몰라 청장이 직보를 받을 수 있는 인천광역시경찰청 내에 차렸다.

특별수사본부장을 중심으로 간부들이 원형 테이블 앞에 물통 하나씩을 쭉 세워두고 책임자를 통해 미리 나눠준 보고서를 보면서 수사 진행 상황을 커다란 대형 모니터를 통해 본격적으로 브리핑받는다.

"지금은 군에서도 잘 쓰지 않는 무거운 구식 7.62mm NATO형 보통탄으로, 생산 초기 63mm 탄피가 색깔이 바랜 미군이 쓰던 구식탄창 두 개와 함께 사건 현장에서 다량 발견되었습니다.

정확히 말하면 탄창 두 개는 생산연도가 1960년대 동맹국이고 그것도 탄피가 초기에 생산된 기다란 63mm인 30발들이 탄창입니다. 사진상 소총은 M2 카빈이 확실한데 문제는 이 총이 지금은 대한민국 예비군도 안 쓴 지가 오래되어 국방부 군수국에서 분해 밀봉관리하는 걸로 알고 있고, 근래까지 분실 신고도 아예 없어 총기의 원래 소재를 파악하는 데 어려움이 있습니다.

더욱 중요한 건 탄피 번호가 보안에 걸려 있어 국방부의 절대적인 협조 없이는 우리 경찰로서는 정상적으로 실탄의 출처를 알 수 없는 게 초기 수사에 있어 가장 큰 문제입니다. 그래서 범인 체포도 중요하지만, 지금 가장 시급한 건 탄피의 원소재지와 최종 이동 경로를 알아내는 것도 매우 중요하고, 그래야 범인의 실체를 밝혀내고 수사하는데 도움이 될 겁니다. 그리고 범인은 믿기 어렵지만, CCTV 영상 사진상 80대로, 이는 최근에 개발되어 인간의 머리를 능가하는 AI 컴퓨터가 안면인식에 더한 인간 세포 분열을 역추적해서 추리한 예상 나이입니다.

청장님의 특별지시대로 이 사건은 성급한 우리 경찰 지휘부의 생각일지는 모르지만, 정보부나 보안사 그리고 군 내부의 협조 없이는 쉽게 풀리지 않을 거란 상부 의견도 있으니 참고들 하시고, 목말라 물 찾는 놈이 먼저 우물 판다고 각별히 국방부와 각 기관 잘 협조해서 사건을 해결합시다. 만약 협조받을 거 있으면 책상에 앉아 공문만 주고받으며 기다리지 말고 국방부나 보안사 담당자들을 직접 찾아가서 만나 해결하기를 바랍니다.

다행인 건 범인의 사진이 있어 쉽게 잡을 수도 있겠지만, 우리 경찰에게 그보다 더 중요한 건 범인이 범행을 자백해도 무죄가 선고되는 일도 있으니 만약을 위해 구속상신과 기소를 할 수 있는 확실한 증거를 다수 잡아야 한다는 것입니다. 2팀은 최대한 빨리 범인의 주소지 신원 파악과 주변인들의 움직임 등 기본 수사에 힘써주시고, 3팀은 사건 현장 은행을 중심으로 증거와 물증 및 범인의 예상 이동 경로로 움직여 주시고, 4팀은 소총과 실탄의 출처 파악에 힘써 주시길 바라며, 각 팀 공히 범인과 마주칠 시 총기를 휴대하고 있을 수 있으니 선조치 후보고도 따지거나 문책하지 않고 사건이 사건이니만큼 2계급 특진을 위해 경찰청에 상신하도록 약속하겠습니다.

그리고 각 팀은 공히 특진 욕심에 중요 정보 감추지 말고 총기 위치 파악 및 범행과 관련 증거 나오는 것 있는 대로 수사본부 1팀으로 최대한 빨리 보고 바랍니다. 그리고 1팀은 각 지방경찰청 수사지원 인력에 최대한 협조하고 불편 없는 지원 바랍니다.

자! 그럼 범인을 빨리 체포해서 국민의 안전과 우리 경찰의 위상을 지킵시다. 이것으로 간단히 브리핑 마치겠습니다."

회의를 마친 특별수사본부장은 의자를 돌리며 눈을 감은 채 어디론가 전화를 건다.

3.

국방부 군수국도 총기와 탄피의 출처를 찾으려고 옛날 미군 부대 보급부터 라이선스로 국내에서 생산한 소총 실탄까지 모든 서류를 다 뒤져보고 있다.

무슨 사건이기에 독재의 산물이라고 국회에서 폐기를 논하던 수십 년 전에 행했던 육군의 위수령이 사건 현장이 속한 인천 모 사단에 국방부장관의 명령으로 군 내부적으로 발동된다.

인천 지역 군부대는 거의 전쟁에 준하여 완전군장에 각 육군부대는 부대 이동을 위해 일 년에 한두 번 훈련 때나 몇 발씩 사격했던 MG60 기관총까지 장착한 중장비 차량까지 각 부대 위병소부터 길게 늘어서 땅이 울리는 소리를 내며 시동을 켠 부대원들이 잠도 자지 못한 채 출동명령만을 기다리고 있고, 공군과 해군 그리고 해병대도 외박은 물론 외출도 작전상 필요 시 소수 인원에만 허용하고, 전시에 준하는 전투에 필요한 모든 준비를 한다.

국방부 장관의 군수차관보 호출로 국방부도 빠르게 돌아가고 의자를 등진 채 뒷짐을 지고 한참을 고민하던 국방부 장관이 먼저 입을 연다.

"내 예상이 맞나?"

"네, 그런 거 같습니다."

"월남전 초기에 보급받아 국내로 들어온 7.62mm NATO형 보통탄인 M59형 63mm인 구식 탄피가 맞습니다."

군수차관보가 보고하자 국방부가 발표할 의무가 있냐고 장관이 물어본다.

"네! 그건!?"

"우리 국방부가 위험한 여론과 VVIP의 눈치까지 감수하면서 일부러 국민에게 알릴 의무나 필요는 없을 거 같고, 이번에도 대변인 성명으로 우기고 버티다 보면 쉽게 넘어갈 수 있을 거 같습니다. 그리고 서류상에 나타난 것처럼 공군에 넘어간 게 정확히 맞다면 대한민국과 우리 군의 명예를 위해서라도 끝까지 감춰야 하며 특히 청와대나 아니 우리 건물에 있는 VVIP 승낙 없이 군 스스로 발표하면 장관님과 우리 국방부가 난처한 입장에 놓일 수 있을 겁니다.

만약 이 사실이 언론에 뜬다면 저번처럼 전의 전 정부의 일이니까 언론과 무조건 덤벼드는 유튜버들의 협조를 얻어 거짓보도라고 우겨서 버티다 덮어버리면 될 거라 생각합니다."

"으음! 하기야, 비밀이라며 우기고 버티며 덮는 건 우리가 주특기처럼 잘하긴 하지! 알았어, 나가 봐!"

군수차관보가 장관실에서 자기가 한 말에 스스로 무안했는지 어정쩡하게 물러 나오고 잠시 눈을 감고 고민하던 국방부 장관은 당장 대변인을 부르라고 비서진에 지시한다.

"넷! 알겠습니다."

언제 모였는지 국방부 기자실에는 국내에 상주하는 외신을 포함 수많은 최신 카메라와 마이크에 안경 카메라까지 끼고 대변인의 말을 바로 타이핑해주는 최신식 노트북을 든 수많은 기자들과 순번에 의해 오늘 질문을 할 기자들이 작은 소리에 수첩에 적힌 질문 연습에 열중하고 있다.

뒤로 보이는 10여 대의 방송사 카메라들도 중계를 위해 조금이라도 좋은 자리를 먼저 잡으려 분주히 움직이며 음향과 화면상태를 확인하고 있다.

"에이! 군인인 지들도 인간인지라 밥은 먹을 테고, 그런 걸 안다면 우리 기자들도 먹어야 하는 사람인데, 그래도 밥 먹는 시간은 피해서 기자회견이든 나발이든 해야 하는 거 아니야? 하기야, 군바리 대가리로 그런 거까지 생각을 하겠어. 그럴 리는 없겠지만, 엠바고도 안 걸고 위급한 보도도 아닌데 그런 생각까지 한다면 정말 참된 군인이지! 웃대가리에 딸랑딸랑거리기나 하지 그런 장교나 간부가 우리 군에 몇이나 있겠어? 아니 있긴 있겠어?! 우리 기자들이 5공 이후 국방부 취재하며 먹다 말고 남긴 밥을 전부 모아 놨다면 아마 아프리카 기아 해결할 정도는 되고도 남을 걸?!"

뻥 아닌 뻥을 치며 불만들을 토로하고 배고파 죽겠다는 시늉을 하며 돈 주고 남기고 온 밥이 아깝다며 주린 배를 꽉 눌러 움켜잡는다.

"오랜만에 시원하게 팔팔 끓는 비싼 우거지 선짓국을 시켜 밥 말아

넣고 딱 두 숟갈 뜨고 왔어."

고참 기자가 투덜대면서도 무슨 특보가 있나 궁금하다는 듯이 양복 상하의에 평소대로 편하게 슬리퍼를 신고 만나면 좋은 친구라며 미국 특파원 시절 취재 중에 만났던 외신기자에게 손을 흔들어 보이며 방송사 이름이 붙어있는 기자 지정석에 앉는다.

곧이어 국방부 대변인이 들어오자 기자들의 웅성거림도 빠르게 잦아 든다.

단 두 장짜리 종이를 달랑 들고 온 대변인은 커다랗게 발표문이 적 혀있는 종이를 단상 위에 펼치고 빈자리가 없이 내외신 기자가 빡빡하 게 앉아있는 기자석을 먼저 빙 둘러본다.

앞에 있는 마이크를 입 높이에 맞추고 준비한 문장에 눈을 고정한 채 한 줄 한 줄 읽어 내려간다.

"먼저 국방부는 금번 인천에서 발생한 은행 총기 난사 난동 강도 사 건의 총기와 실탄의 출처에 대하여 지금까지의 자체 조사 결과를 국민 여러분께 말씀드리겠습니다."

흠, 헛기침을 한번 한 대변인은 숨 한번 제대로 안 쉬면서 초등학생 이 국어책 읽듯 눈을 문장에 고정한 채 내용을 한 줄 한 줄 읽어가기 시작한다.

"첫째, 국민 여러분께서 강하고 정직한 대한민국 국군을 사랑하고 믿어 주셔서 감사합니다.

둘째, 국방부는 범인의 총기와 탄창이 국군 내부용이 아닌 걸로 잠 정 결론 내렸습니다.

셋째, 실탄은 관리번호의 출처가 대한민국 국방부에 등록된 것이 아닙니다.

넷째, 대한민국 국군은 총기와 실탄 관리에 매우 엄격합니다.

다섯째, 결론적으로 국방부 소유가 아니고, 국방부의 추적이 불가능한 불법 총기 및 실탄일 확률이 아주 높습니다.

여섯째, 국제화 사회가 되면서 과거 전쟁으로 민간인 총기 소지가 많았던 구소련 등 동구권에 의해 해상 무역 등을 통한 국적불명의 총기류가 외항 선원 등을 통해 일부 유입된 전례가 있습니다만 그것도 소형인 권총 등이지 이번처럼 총구가 길고 개머리판까지 있는 장총은 거의 없습니다.

이상의 결론에 도달함과 동시에 범행에 사용된 총기와 실탄은 자랑스런 대한민국 국방부와는 전혀 관계가 없음을 국방부는 재차 국민 여러분께 확인해 드립니다.

대한민국 국군에 힘을 주시고 항상 응원해 주시는 국민 여러분께 다시 한 번 감사의 말씀 드립니다."

대변인이 질문은 받을 생각 없이 자리를 뜨려고 몸을 국방부 건물 안 엘리베이터 쪽으로 돌리자 "총기는 발견하고 회수했습니까?", "총기의 출처가 어디입니까?" 기자들이 봉숭아 학당 학생들처럼 여기저기서 손을 흔들어 들면서 질문을 하기 시작한다. 하지만, 그 울림은 긴 복도를 따라가다 엘리베이터 문이 열리고 닫힘과 함께 사라질 뿐이다.

내가 알 바가 아니라는 듯 출입구를 향한 그의 모습은 이내 화면에서 사라지고 슬리퍼를 신은 한 티브이 방송사 고참 기자만이 평소에 만나면 좋은 친구인 듯 웃으며 인사하던 대변인을 향해 국민께 바로 알리겠다는 신념을 앞세워 뒤따라 나서며 질문에 대답해 달라고 항의한다.

엘리베이터를 타려는지 화면에는 모습이 보이지 않는 대변인과 고참 기자 사이에 외롭게 외치는 높아진 언성을 기자의 뒷모습만이 쓸쓸히 화면을 티고 전국에 생방송되고 있다.

총기 관련 기자회견장 티브이를 보며 현장 보고를 늘은 국방부상관은 감히 기자가 국방부장관인 내게 대들어 하면서 열을 받는 꼬락서니가 보안사에 근무할 때 때로 몰려다니며 폭탄주 처먹고 때 쓰던 버릇을 쪽팔려서 어떡하냐는 듯이 장관이 되어서도 좌우로 머리 돌려가며 뭐만 커서 불편한지 다리 쫙 벌리며 긁어대는 그 버릇과 함께 아직도 고치지 못한 거 같다.

청사 앞에 당장 유리 칸막이를 치라고 소리높여 고함을 치던 장관은 와이프가 껴안고 있던 반려견의 눈치를 보다 움찔대며 놀란 반려견을 달래려 머리를 쓰다듬으며 소리를 죽여 속삭이듯이 두 눈을 부릅뜬 채 온갖 인상을 다 쓰고 손에 든 보고서를 패대기치듯 날리며 지시하고 있다.

"맞아! 날리면은 이럴 때 쓰는 거지 발음도 정확한데 마누라 가방끈 부여잡고 우기는 VVIP 눈치 보느라 소신대로 감정도 못 하는 감정사도 있고 살기 위해 알아서 기는 억지 재판관도 있는데 뭘!"

옆에 있던 참모는 입찰협조 공문을 보내는 것도 생략한 채 재빠르게 전화를 들고 우리 장관님이 화가 많이 났으니 지금 당장 공병대를 부르라고 군수국장에게 전문도 없이 구두로 지시하며 국방부장관이 들으라고 큰 목소리로 전화통에 말하자 장관은 와이프 품속의 개가 놀란다며 조용히 하라고 검지를 입술에 갔다 대며 머리가 하얗게 센 참모에게 눈치를 준다.

그래도 국방부 장관은 화가 덜 풀렸는지 저 티브이 방송사만은 장관이 탈 헬리콥터는 사진도 찍지 못하게 하라고 소리를 버럭 지르자 군인보다 더 사랑을 받는 놀란 애완견 두 마리가 검찰청을 한 바퀴 돌다 온 장관 와이프 품속으로 누가 먼저랄 것도 없이 머리부터 파고든다.

장관과 보안사에 함께 있던 인연으로 폭탄주를 자주한 덕에 빈둥빈둥 놀다 한 자리를 가까스로 얻은 비서실장이 스스로 알아서 그 티브이 방송사에 이젠 만나도 반가운 친구가 아니라며 국방장관 헬리콥터 촬영 불가 전문을 당장 국방부 출입기자단에 보내라고 양손을 비벼대고 있던 비서들에게 큰 소리로 지시하다 장관 와이프 품에서 소시지를 받아먹던 개들이 놀랄까 봐 급속히 목소리를 낮춘다.

국방장관은 씨× ×팔을 나팔 불 듯이 뱉어내며 스스로 분을 참지 못하고 내 후배가 다른 사람도 아니고 이 나라의 대빵인 대통령인데 술김에 야당 놈들 마음에 안 들면 옆에 있다 계엄하라고 농담만 던져도 조금의 망설임도 없이 국회의원 놈들 국회에 못 들어가게 막고, 헬기 띄워 완전무장한 공수부대원들 국회에 쳐들어가 금배지 단 놈들 헬기로 공중에 띄우면 다 끝인 거 알아? 아침까지 마신 술이 방광을 부풀렸는지 씩씩대며 걸어가는 복도엔 국방장관의 커다란 구둣발 소리를 들으며 저런 걸 국가 지도자라고 인정했던 내 자신이 원망스러웠다.

4.

드드득 드드득! 드르륵 드르르르르르르르륵!

문태섭은 방아쇠에 걸친 엄지와 검지가 연발을 쏘아 댄 충격에 온몸이 떨리면서 아파 오는 게 옛날 같지 않다.

세월이 지나니 몸은 말을 안 듣는 데도 총은 옛날처럼 얼마나 말을 잘 듣던지!

스스로도 자기 몸짓에 놀라기는 마찬가지였던 거 같아 그 옛날 얼마나 훈련을 세게 받았으면 여든이 넘은 오늘까지도 벌겋게 달아오른 총구를 보면서도 조금의 망설임도 없이 거의 반사적으로 총을 쏘아댔잖아.

비록 개머리판은 없애고 앞의 총구도 일부 잘라냈고 어정쩡한 자세로 너무 오랜만에 만져본 총이고 간만에 방아쇠를 당겨 봐서인지 아니면 긴 세월이 흘러서인지 몸은 예전 같지 않고 이젠 가뿐하게 들고 다니던 총이 무겁고 다루기에 버겁기까지 했다.

그 옛날 그 모진 훈련을 바위비탈 섬에서 어떻게 받았으며 그 무덥던 날 사건의 소용돌이 속에서도 이렇게 살아있는 것 자체가 스스로도

용하다는 생각도 든다.

찌익 찌이익!

은행 총기 난사 후 경찰의 추적을 따돌리고 쓰레기통 옆에 미리 갖다놓은 까만 봉투를 찢어 비닐장갑을 끼고 스프레이 통을 꺼내 머리에 파란색 페인트를 뿌리기 시작하고 동시에 바닥이 닳고 닳은 군화를 벗은 후 운동화를 꺼내 신고 윗도리와 바지를 최대한 둘둘 말아 검은 봉지에 담는다.

등에 커다랗게 멨던 돈뭉치를 꼬챙이로 쿡쿡 찌르니 비닐봉지 터지는 소리가 여러 번 났고, 바람이 새는 소리와 함께 금세 작은 공만큼 양손 안에서 뭉쳐질 정도로 작아진다.

어젯밤에 몇 개의 보도블록을 일자로 걷어내고 좁고 길게 파낸 구덩이에 M2 카빈 총과 뭉툭한 수류탄을 묻고 그 옆에 검은 봉지도 흙을 덮은 후 보도블록을 제자리에 올려 발로 다져 놓고서는 왔던 은행 쪽을 향해 당당히 되돌아 걸어간다.

탄창 두 개에 60여 발의 총알을 조금의 망설임도 없이 갈겨대면서 은행을 털듯이 총을 갈겼지만, 사람은 처음부터 겨냥할 마음이 없어서인지 다친 사람은 아예 없고, 뺏거나 훔친 돈도 하나도 없으며, 당장 눈에 보이는 물적 피해는 고층 은행 건물 천장에 몇 군데 잘 보이지도 않는 작은 구멍들이 났을 뿐이다.

왜 범인은 은행원이 던져주는 돈뭉치 자루도 챙기지 않고, 세 번째 탄창으로 몇 발의 실탄을 단발로 쏘면서 사라진 것일까?

그는 자칭 1942년생으로 실제로는 1939년생인 80이 훨씬 넘은 나이가 아닌가!

젊었을 때 실미도 섬에서 국가에 의해 모질게 당했던 폭력과 명령에 의해 무조건 동료를 때려죽여야만 했던 파견대장과 교육대장의 살인교사 등 인간으로서는 도저히 일어날 수 없는 일들이 생각나 아직도 가끔 터지는 울분의 얼굴을 감추지 못하고 있다.

실미도 섬에서는 수많은 억울한 죽음들과 인간인 공작원들에게 가하는 폭력이라고는 감히 상상도 할 수 없는 힘들었던 불법적인 일들이 항상 있었지만, 그냥 말로 해서는 어느 누구도 믿거나 알아주지 않고, 더군다나 아직도 반세기 이상을 추격하는 정보부와 보안부대가 있어 노인은 한 맺힌 억울함을 정상적으로 하소연할 수도 그리고 할 때도 없었다.

노인은 피 끓는 젊은 시절, 오직 북한의 김일성과 공산당을 무찌르기 위해 무조건 국가에 충성한 죄 아닌 죄 때문에 평생을 가슴에 묻어둔 억울한 그 한을 풀기 위해 또 동료들의 억울한 죽음을 알리고 실미도에서 근무한 동료 북파공작원들의 조국을 향했던 명예를 되찾기 위해 인생의 끝에 죽을 나이가 다 되어서야 이렇게 은행 강도로 분장 아닌 분장을 하고 사건을 일으킨 것이다.

나이가 들어 얼마 남지 않은 인생에 그때처럼 또다시 목숨을 걸고 동료 공작원들의 명예를 찾을 기회를 얻고자 하는 단순한 생각에 할 수 없이 마지막 방법을 택한 것이 은행 총기 난사 난동 강도로 불리며 전국적인 이슈를 낳고 젊은이들의 멋지다는 응원 아닌 응원까지 받으며 파랑 머리를 한 팬층까지 생긴 것이다.

그날, 송도 앞바다에 내리자마자 젖은 군복이 금세 말라 버릴 정도로 쨍하고 뜨거운 햇볕에 온몸의 땀이 질질 흐르고 종점인 송도해수욕장 매표소를 뒤로하고 간판 앞을 돌아 나오는 버스를 잡아 옮겨 탔을 때만 해도 정의에 불타서 앞뒤 볼 거 없었고, 이제는 죽을 일만 남았다고 생각했었다.

이렇게 살아서 은행 강도 총기 난사까지 해야만 하는 이런 극한 상황까지 올 줄은 기상천, 아니 문태섭 자신도 미처 생각조차 못 했다. 전에 손녀딸 상견례할 때 오랜만에 가본 송도는 오리배 뜨던 해수욕장이 없어졌다는 말은 뉴스를 대해서 알고 있었지만 시뻘건 네온간판에 휘둘린 호텔과 뾰족하게 하늘을 향한 고층 빌딩에 고급 갈빗집도 즐비한 게 여기가 정말 우리가 지나간 그곳이 맞는지 의심스러울 정도였다.

목숨 걸고 서울로 진격하던 그날의 지형은 많이 변하고 없어졌지만, 일부 LMG 50과 실탄 박스를 숨겼던 소나무 푸른 숲속을 슬쩍 훑어보니 아직도 떡판을 펴든 떡장수 할머니가 앉아 있는 거 같고 멀리 보이는 석산도 돌을 많이 파내서인지 이름이 무색할 정도로 파헤쳐져 있어 윤대만이 헤어진 처와 딸을 찾아 감정을 잃은 듯한 핏발선 눈동자도 눈에 선한데, 그 높던 석산이 커다란 도로에 닿을 듯 변한 걸 보니 가슴에서 무언가 넘어오듯이 감개가 남달랐었다.

우린 섬에서도 항상 가까이 있는 죽음의 공포 때문에 동료의 사지가 발기발기 찢어져 죽은 시신을 두고서는 너무 큰 충격과 겉으론 표현할 수 없는 공포와 깊은 원한에 사무치니까 어느 순간부터는 나만 살면 된다는 이기적인 생각에 눈물도 흘리지 못했었다.

동료들인 우리가 그들 파견대장과 교육대장이 열 받아 열린 뚜껑에 모자를 벗어 손아귀에 꽉 쥘 때마다 그의 명령으로 동료 공작원인 그들을 패고 칼로 찔러 죽여야만 했기 때문에 죽은 동료의 입장에서는 우리가 자기를 죽인 당사자이기에 동료 공작원들은 죄책감에 사로잡혀 엄밀히 따지면 솔직히 슬퍼할 위치도 아니었던 것이다.

비록 노름꾼이라 큰돈 벌러 실미노에 재입대한 소상노 버스에 타자마자 인원 파악과 탈출을 지휘하다가 창밖에서 쏘아댄 33사단 해안경비대의 미한이 아빠 분대가 쏘아댄 총탄에 머리를 맞고 쓰러지고, 그 옆에 또 네 명이나 동료들이 쓰러졌다. 억울해서 감지 못하는 뜬 눈을 우리 살아있는 동료 공작원들은 미안함에 끝까지 쳐다보질 못하고, 억지로 눈을 감겨준 동료를 향해 우리 목숨도 곧 죽는 건 마찬가지이니 억울해도 먼저 가서 기다리고 있으라고만 한 것 같아.

옆에 있던 동료는 땀에 비 오듯 섞여 흘러내리는 눈물을 훔치며 부럽다는 듯이 말한다.

"야! 이 새끼야? 그래도 너는 눈을 감겨 줄 동료라도 있지?! 나는 총 맞아 뒈져도 눈 감겨 줄 가족은 물론 동료조차 없을 텐데! 씨×! 어릴 땐 형제들에게 욕 맞고, 진학 못 하고 일자리 없어 빈둥빈둥 놀 때는 동네 형들에게 이유 없이 얻어터지면서 매 맞았는데, 이제는 언제 죽을지도 모르는데 정확한 건 총 맞고 죽어야 하는 거잖아?! 여기 있는 우리 모두가 어떤 식으로든 죽을 수밖에 없으니까 말이야! 씨×! 우리는 욕 맞고, 매 맞다 하다못해 이제는 총 맞아야 인생 종 치는 거잖아?"

조금 있으면 우리도 이들과 똑같이 정부군의 총에 맞아 죽을 거라 단언했었고, 솔직히 살길도 없었고, 경험상 저들 정부군이 우리를 살려주지도 않을 거란 걸 잘 알고 있었거든.

조금 있으면 우리도 저렇게 될 건데 생각하니까 이제는 총탄이 날아드는 무서움이나 찢어지게 아픈 고통을 겪지 않아도 되는 먼저 죽은 동료 공작원들이 부럽다는 생각이 들기 시작하니까 그때부터는 아예 눈물도 나오지 않더라고.

이제는 훈련 중에 맞아 죽거나 당일 날 총에 맞아 고통이 없어져 먼저 죽은 그들이 부러웠다고 생각하면 너무 많이 앞서 나간 걸까!? 그땐 몰랐지만, 실미도에서 교관과 기간병들 다 쏴 죽이고 생각지도 못하게 일이 너무 크게 벌어지니까 되레 무서움도 없어지고 그 당시에는 오직 실미도에 갇혀 지내며 우리 국민을 날카로운 칼로 찔러대는 대국민 테러 훈련만은 하지 않으려 앞뒤 가리지 않고 국가와 민족을 위한다는 단순하게 정의에 불타는 우리 공작원들의 억울함을 분출하려고만 생각했던 거 같아.

국가가 속인 건 월급을 안 준 것도, 밥을 굶기다시피 준 것도 있었고, 또한 고향의 부모 형제나 처에게 서신 연락도 막고 휴가를 안 보내준 것도 있지만, 실미도에서 죽지만 않는다면 언젠가 고향에 돌아간다는 믿음 정도는 있었기에 오랜 시간을 속으면서도 버텼는데 군인의 신분으로 우리가 분연히 일어날 수밖에 없었던 진짜 이유는 우리가 독재정권의 하수인으로 우리 형제와 부모인 국민들에게 테러를 범해 해코지하는 걸 막는 게 가장 큰 이유였던 거 같아.

그 와중에도 생각나는 건 제일 먼저 송도에서 머리에 총 맞아 죽은 길보조장이 이른 아침 작전을 알리는 초탄을 하늘을 향해 발사하고 총 맞은 곤장장의 확실한 죽음까지 확인한 후에 핏발이 곤두선 얼굴로 씩씩거리며 제일 먼저 한 일이 그저께 옆구리를 숨도 못 쉬고 세게 차서 혼자서는 일어서지도 못하게 구타한 소대장 새끼를 찾는 일이었어. 그 얌전하던 동료가 얼마나 억울하고 열 받았으면 그렇겠어?!

물론 농담이겠지만, 자기는 진정한 노름꾼이라며 처자식보다 더 사랑하는 게 이리저리 왔다 갔다 하는 국화 열끗과 벌건 똥 쌍피라며 복숭아뼈에 굳은살이 베이도록 구들장 깔고 앉아 실눈 뜨고 바라보던 화투장을 너무 좋아한 게 흠이라면 흠이지만 말이야?

실미도에서는 자기 소대장이지만 한때는 오류동 깡패부대에서 길보가 육군을 거쳐 재입대한 공군 중대장으로 근무할 때 막 들어온 하사관인 소대장은 길보에게 감히 말도 못 걸던 군번이었는데도 실미도에서는 기간병들 시켜 한때는 상관이었던 길보를 유난히 더 괴롭혔잖아? 그 소대장 새끼만은 꼭 자기 손으로 죽인다며 우리한테 공언하면서 식당에서 위 아프다고 약 처먹고 나오는 그를 죽이기 위해 휴게실에서 튀어나오는 김 하사와 당번병에게는 겨눈 총을 쏘지도 않고 오직 소대장인 인기 없는 안 하사가 튀어나오기만을 쪼그려 자세로 한참을 기다렸나 봐.

탕~ 타앙~탕탕탕!

깜짝 놀라 급히 해안으로 몸을 튼 소대장을 향해 한 발의 빗나감도 없이 백발백중 소대장과 교관에게 배운 대로 명중시켜 죽이고 공작원들을 내무반 앞에 정렬시킨 후에도 억울함이 풀리지 않았는지 옆에 있던 조원의 실탄이 가득 찬 탄창을 빼앗듯이 받아서 갯벌에 대자로 엎어져 뒈져있는 소대장에게로 달려가 탄창 하나를 그의 등에 모두 X자로 한참을 갈겨댄 후에야 씩씩거리던 숨을 간신히 고르더군.

그놈은 혼자만 총 맞고 살았다는 휴게실병이 여기저기 간증 다니면서 33발 맞고 억울하게 죽은 거처럼 말하는 바로 그놈이야. 얼마나 억울했으면 처음 3발로 죽인 것도 모자라 확인사살도 아닌데 30발들이 탄창을 모조리 갈겼겠냐고? 벌집도 그런 벌집이 없었지! 난 그때 달팽이가 뛰는 걸 처음 봤어. 시신에 붙어있던 달팽이가 총소리에 얼마나 놀랐는지 도망가는데. 씨×! 달팽이도 위험하면 살려고 도망가는데 우리는 숨지도 도망도 못 갔잖아?! 난 그 뒤로 어디 가서든 달팽이가 느리다고 절대 말 안 해. 아마 올림픽에서 100미터 달리기를 해도 1등은 모르겠지만 2등은 실력이 되고도 남을 거야.

기간병들과 교관들을 무더기로 처리하고 나니까 당시에는 시민들에게까지 그래서는 안 됐었는데 우리가 당한 억울함만 생각하니까 버스 승객들에게 아주 큰 피해를 주고도 당시에는 죄를 짓는다는 생각조차도 못하고 일단은 살기 위해서라도 본능적으로 인질인 그들이 필요했었던 거 같아.

사건 당시에는 오직 우리 공작원들이 당한 억울함에 이를 박박 갈아대면서 우리에게 대국민 테러 훈련과 임무를 부여한 총책임자인 교육대장과 청와대를 향한 피의 복수만 생각했었던 거 같아. 물론 결과적으로 정부군과의 네 번에 걸친 교전 때문에 그때마다 동료들이 몇 명씩 죽어가느라 결국은 다 틀어졌지만 말이야.

송도에서 교전 중 총에 맞아 덜컹거리는 버스 바닥에 피를 쏟고 신음하며 죽어가는 동료들에게 우리 공작원들이 동료로서 해줄 수 있는 게 가쁜 숨을 몰아쉬며 마지막 꽉 잡은 정신줄에 흰자로 가득 찬 마주친 눈에 그냥 말없이 어깨를 툭 쳐 주는 게 우리의 마지막 인사 방법이었고, 또 그게 유일하게 동료애로 할 수 있었던 마지막 보내는 가슴 아픈 행동이었어.

죽어가는 무의식 속에서도 물을 찾던 그 동료의 간절한 외침 때문에 지금도 밥상머리에서 마누라가 나에게 물을 달라고 하면 깜짝 놀란다니까!

아파트 단지 건너에 비스듬한 언덕은 사건 난 날은 딸기도 심었던 밭이었고, 나중엔 우체국이 세워졌던 저기 중학교와 절로 올라가는 지름길인 석바위와 주원고개 사이에서는 한 동료가 송도에서 정부군과 교전 중 맞은 총에 부상을 당한 후 공작원들 무리에서 도망가다 결국은 더 이상 움직이지 못하고 담벼락에 기대어 앉아 있어도 아무도 부르거나 같이 가자고 재촉도 안 했고. 혼자 도망가는 배신자라고 인상을 쓰며 욕을 하거나 총구도 겨누질 않았어.

그 동료도 전에 보니까 부평 군부대에서 총살당했다고 하던 거 같은데 지금은 이름도 가물가물 해졌지만 힘들 때 위로하던 따뜻하고 좋은 동료였다는 건 다 늙은 지금도 잊혀지질 않아.

우리 공작원 모두가 이래저래 어차피 정부군의 총에 맞아 죽을 줄 어렴풋이들 알고 또 느꼈던 거고, 그래서 우리 후배 북파공작원들만이라도 독재자의 명령에 의해 같은 국민을 죽이고 테러하는 임무는 절대 시키지 말고 오직 북파 임무만 충실히 수행하게 해서 김일성의 목을 따고 북한군을 이겨 제대로 대접받으라는 명분이라도 만들어 놓고 죽어야 했어.

그렇게 동료들과 헤어져 다음 버스로 갈아타는데 씨×! 욕이 나도 모르게 저절로 나오는 건 살아생전 그때가 처음이었던 거 같아. 하필이면 잡아탄 차 앞번호가 5-16인 거 있지? 그놈 욕심 때문에 우리가 이 사달이 벌어졌는데 말이야. 5-16 씨×!

버스는 경인국도를 막힘없이 달리기 시작했고, 내리막길인 주원고개를 미끄러지듯이 지나 석촌 입구로 달리는 중에 일부 여자 승객들이 보자기에 싸 들고 있는 배다리 깡시장과 채미전 거리에서 산 먹음직스런 노랑 참외와 옥수수를 반은 점잖은 척 말해서 얻어먹고 반은 눈알 부릅뜨며 빼앗아 먹으면서 그동안 병적으로 느꼈던 고픈 배를 채우면서 생각했어.

지금 생각해도 우리가 경인고속도로가 있는지 몰랐으니까 경인국도로 갔지 우리 중 누구라도 경인고속도로가 생긴 줄 알았으면 앞뒤 생각 없이 무조건 경인고속도로로 갔을 거야. 그게 청와대에 훨씬 빨리 갈 수 있었을 테니까 말이야. 그렇게 됐으면 우리도 살아서 여기 이렇게 있을 수 없었을 거야.

그때 죽은 우리 동료들은 그 유명한 경인고속도로가 있는지도, 아니 고속도로가 뭔지도 아예 모르고 죽었잖아!? 결과적으로 모른 게 약이었지만, 아마 경인고속도로로 갔다면 송도에서 총 쏘아대며 쫓아오던 미한이 아버지하고 또 서로 총질하고 난리 났을 거야. 안 그래?

　모르는 게 약이라고, 경인고속도로가 있는지 몰랐으니까 이렇게 지나간 이야기를 할 수 있는 거지. 만약 5대의 택시로 동인천부터 뒤따랐다던 그들과 꽉 막힌 고속도로에서 총질을 주고받았다면…. 미한이가 못 태어났든지 아니면 우리가 지금처럼 살아있지 못했을 거야! 그때 분대장인 미한이 아빠도 가끔 티브이에 보면 손자도 본 거 같던데….

　결과적으로 경인국도를 탄 게 우리에겐 불행 중에도 신의 한 수였던 거 같아. 배도 조금 고프면 좋은 말로 달래서 얻어먹지만 정말 죽을 정도로 고프면 참을성을 상실하고 인간성이 말살되서 좋은 말로는 달라고 못하고 그래서 겁주고 인상 쓰면서 빼앗고 훔쳐 먹어서 생각지도 못하게 도둑이나 강도가 되는 거 같아.

　공작원 때 교관들 자기네 숭어 잡고 굴 따먹을 때 우리 공작원에게도 기회를 줬다면 서해 바다 지천으로 널린 게 물고기이고 줍다시피 따먹을 게 굴이고 소라인데 그것도 못하게 했다니까!

　자기들만 입인 것처럼 빙 둘러서 처먹을 때 우리 공작원들은 군침이 돌다 돌다 마른 침이 본드처럼 찐득찐득하는데도 꼬리 치는 개한테는 던져줘도 우리에겐 소라 내장도 안 줬다니까!

　우린 왜! 실미도에서도 배가 고팠는데 탈출한 지금도 배가 고픈 건지 이해가 안 됐고 이해가 안 되니까 죽음도 두렵지가 않고 헛웃음과 함께 만만하고 아무 죄 없는 승객들을 향해 마음에도 없는 씨×, ×팔 하는 까칠한 욕만 튀어나오더군. 어린 학생도 있는데 말이야!

배는 고픈데도 곧 죽을지언정 일단은 통제당하지 않고 아무한테도 지적질과 얻어터지지 않으니까 잠깐이라도 자유가 좋긴 좋더군. 그래서 누가 나에게 자유를 달라고 외쳤나 봐!

서울로 아니 정확히는 청와대이고 더 엄밀히 이야기하면 우리의 인생을 조진 군사독재자를 목표로 일으킨 사건이란 건 이제는 웬만한 대한민국 국민이면 다 알고 있을 거라고 생각해.

아까도 말했듯이 우리 실미도 부대 공작원들은 단순히 얻어터지고 못 먹고, 훈련이 힘들어서 섬을 박차고 나온 게 절대 아니잖아. 아! 또 가슴이 아프네.

윗도리를 벗어젖히고 왼쪽 가슴을 열어 밑으로 짓이겨져 울퉁불퉁 단단하게 굳은 가슴을 바라보니 또다시 고문을 당하는 듯 아픔과 억울함이 밀려온다.

그 칼날 같은 바람에 쓰라리게 춥던 날! 단단하게 얼은 얼음이 차갑다 못해 따가운 겨울바람에 둥둥 떠다니는 유난히도 춥던 그 날은! 오죽하면 돈에 눈이 멀어 목숨까지 걸고 굴이라면 환장하듯이 따던 무의도 주민들도 그 날 만은 굴밭에 얼씬거리지 않은 것은 물론 아예 보이지를 않은 날이었지? 씨×놈들!

큰 잘못도 안 한 거 같은데 군기가 빠졌다며 우리 공작원들을 살얼음이 낀 연병장 모래 위에 집합시키고 교육대장이 천천히 내려오는데 그때까지는 몰랐어. 뒷짐 진 손 안에 사각으로 된 무겁고 커다란 쇠망치가 쥐어져 있던걸. 순간 뜨끔했지.

속옷 바람에 시동 걸린 경운기처럼 덜덜 떨고 있는 우리를 향해 그 커다란 쇠망치로 한 명 한 명 가슴팍을 있는 힘껏 내려찍으면서 오는 거야. 이어서 망치를 건네받은 교관들도 똑같이 커다란 망치를 휘둘러 대면서 한 바퀴씩 도는데 이건 도저히 인간이 정신력으로 참을 수 있는 아픔이 아닌 거야. 당연히 움찔대는 동료도 있고 기절하다시피 버티질 못하고 바닥에 퍼지는 동료도 몇 명 있었지.

그 와중에 기간병까지 차례가 왔는데 어느샌가 한 놈이 물이 반쯤 든 양동이에 그 차가운 쇠망치를 담그는 거야. 그땐 놀랐지!? 기간병이 망치를 들어 올리자 물이 뚝뚝 흘러내리는가 싶더니 추운 날씨라 금세 살얼음으로 얼어버리는 거야.

그리고? 그리고는! 그 얼음이 단단히 붙은 쇠망치로 교육대장이나 교관보다 더 세게 공작원들의 가슴을 찍듯이 내려치며 자리를 옮길 때마다 모든 공작원들이 버티질 못하고 픽픽 쓰러졌는데, 그때도 그 기간병 새끼는 때리다 자기 군화에 묻은 모래는 꼭! 털어내 가며 때렸던 기억이 지금도 지워지질 않아. 농담이라도 우리 앞에서는 군대 가서 개고생했다며 곡괭이 자루로 맞은 거 정도는 아예 말도 꺼내지들 말아야 할 거야.

그렇게 실미도에서 얻어터진 게 하루 이틀도 아니고 한 달에 몇 번씩 망치로 몇 년을 얻어터졌다고 생각해봐. 양남수 그놈은 말할 때는 "아멘." 해대면서 하나님을 팔면서도 나중엔 망치로는 성에 안 찾는지 곡괭이 뾰족 선 날렵한 날로 가슴팍을 파내듯이 있는 힘껏 찍어대던 놈이었다니까!

그때 피멍이 들면서 생긴 딱지가 처음엔 한두 개 생기더니 우리가 실미도에서 빠져나올 때쯤에는 마치 육군 병장 계급장처럼 칸칸이 굳어져 이렇게 일그러진 가슴엔 아프긴 아파도 병명이 뭔지도 모르는 병까지 얻은 거야?

그 새끼는 아직도 엉덩이 쳐들고 기도하는 자기 엄마 사진을 광고처럼 슬라이드로 보여줄 때마다 "할렐루야" 외쳐대면서 신주 모시듯 자기 피 묻은 군화 들고 이사 다닌다는 소리를 들을 땐 반세기도 더 지난 지금도 한이 풀리지 않아 속이 뒤집어진다니까!

몽둥이로 때려도 아플 텐데 쇠망치로 장작 패듯이 있는 힘껏 때린 놈들도 악랄하지만, 그 쇠망치에 얼음을 얼려 때린 그 새끼는 진짜 인간도 아닌데 아직도 선한 얼굴을 무기로 여기저기 다니면서 하나님이 자기만 살렸다는 간증한다고 아멘 찾고 할렐루야 외치는 것 보면 웃음도 안 나와.

그 새끼는 휴게실에서 라면을 끓여 먹어도 쫄쫄 굶어 배고픈 보조병에게는 국물 한 방울 주질 않았고, 남아도 살살 눈웃음치면서 약 올리며 쏟아 버렸다고 우리 동료인 휴게실 보조병이 씩씩대던 거 아직도 생각이 나잖아?

그러니까 우리가 탈주하던 날 한참을 쪼그려 앉아 거총하고 기다리다 오직 양남수 한 명만 목표로 뒷목에다 총을 쏘았고 안타깝게 비켜맞아 살았는데 그것도 선전하다시피 뭐 목뼈에 맞아서 옆으로 휜 거라고 입에 거품 물고 간증하는 거 인터넷들 보니까 알고들 있을 거야?

내 나라 자기 백성을 사시미 칼로 쑤시고 죽이는 것도 모자라 우럭이나 광어 회 뜨듯이 시신을 유린하며 독재자를 맹목적으로 따르는 정보부를 통해 파견 온 UDU 대원들의 대국민 테러 훈련과 그 명령의 지시를 안 받기 위해서 목숨을 걸고 그 끔찍하고 살벌한 실미도 섬을 탈주해 나온 건데.

그들은 돌아가면서 휴가나 외박을 뻔질나게 해대지만, 우리 공작원들에겐 시간이 흘러도 제대를 알려주는 특명은커녕 가족 간의 연락은 물론 아예 내보낼 생각도 않았지. 창문 모서리에 붙은 파리처럼 목숨도 저들에게 담보로 잡혀있어서 우리 스스로는 나살 수 없으니까 할 수 없이 벌인 사건이지만, 사람이 너무 많이 죽고 민간인 피해도 크고 정부군과 몇 번에 걸친 전투를 치르는 동안 우리 공작원들도 그 상황이 너무 무서워서 사건 직후에는 모두가 제정신이 아니었던 거 같아.

우리는 그냥 김일성이 잡는 훈련을 정말 열심히 했는데, 갑자기 실내 체육관을 만들고 격투기 유단자들이 10명이나 한꺼번에 들어오고 정보부에서 대북 작전보다 대국민 테러를 더 많이 저지르던 5명의 UDU만 안 들어 왔어도, 아니 우리 공작원들에게 우리 국민들인 기자들과 야당 정치인들을 죽이고 패고, 칼로 찌르는 임무를 주려고만 안 했어도 우린 힘은 들고 악몽 같았겠지만 그래도 조금은 더 버텼겠고 실미도에서 튀어나오는 일도 아예 없었을 거야. 모두가 알다시피 사실 그때는 우리 부대만 배고프고 얻어터지며 힘들었던 시절은 아니잖아?

다른 부대도 다 배고프고 힘들었을 때인데, 더군다나 당시 우리 부대는 배가 부를 정도는 아니었어도 파견대장 바뀌고 배식도 전보다 훨씬 좋아졌던 시기이고, 하루 훈련 끝나면 양이 적은 부대 밥 때문에 배를 채우고자 눈치를 보면서도 바위와 갯벌로 해안가를 이루어진 섬이라

썰물 때는 눈감아주는 기간병들 덕에 교관들 피해 가면서 바위에 더덕더덕 붙어 튀어나온 생굴이랑 운 좋으면 조개와 낙지도 캐거나 잡아먹을 수 있고 바닷물 위로 튀어 오르는 숭어도 잡아 고추장이나 소금에 찍어 먹어서 일반 국민이 생각할 정도로 굶지는 않았던 거 같아.

실미도에 무슨 놈의 뱀과 쥐가 그렇게 많다고 뱀이나 쥐를 잡아 먹었겠냐고? 연병장에 맞닿은 게 굴밭이고 반은 갯벌인데 소라나 쭈꾸미 잡아먹지 구멍 속에 꽁꽁 숨은 뱀이나 쥐를 잡아먹는다고? 저들 기간병들이 거짓으로 말하는 거에 상상해서들 말하지 말았으면 좋겠어.

그러니까 우리는 굶어서 탈주한 게 아니란 거는 알아들을 만큼 설명이 된 거 아니야? 시대가 시대인 만큼 우리 시절에 군대 가면 맞는다는 거 당연한 걸로 생각하던 시기이고, 맞으면서도 웬만한 구타를 나름 인정하던 시기인데 우리가 맞아서 탈주했다고?! 메추리 알 까는 소리 그만하지.

여태 3년 이상 꾹 참았던 개 같은 대우와 심한 구타와 힘든 훈련도 단련되었는데 단순히 힘들다고 그리고 단순히 그까짓 술 몰래 먹다 걸려 얻어터졌다고 우리가 실미도에서 동고동락하던 교관과 기간병까지 무더기로 죽여가면서 뛰쳐나왔겠어?!

인간 이하의 고된 훈련을 이왕 삼 년 이상 참은 거 조금 더 참고 특명 떨어지는 제대 날짜를 기다리지 미쳤다고 고향의 부모 형제 놔두고 목숨을 걸겠냐고?

한마디로 우리가 단순히 그놈들에게 동료가 얻어터져 죽고, 힘들고 배고프고 대우가 나빠서 실미도에서 뛰쳐나온 게 아니란 말이야? 파견 나온 다섯 명의 해군 UDT 출신 UDU 대원들이 우리를 김일성이 죽이는 훈련만 연장해서 시켰으면 아무리 힘들고 대우가 나빠도 여태 참은 거 조금 더 참았겠지. 우리가 바보도 아니고 죽을 줄 뻔히 알면서 저놈들한테 총질을 했겠냐고!? 그랬으면 모르긴 몰라도 우리가 다 쏴 죽이고 탈주하는 실미도 사건 자체도 없었을 거야.

어느 날부터인가 총을 쏘아서 적을 제압하는 거 보다 칼을 던지는 것도 아니고 다가가서 막 패거나 사시미 갈로 그냥 푹 찌르는 훈련이 많아져서 이상하게는 생각했지만 그게 우리 국민 찌르고 패는 훈련인지는 그때는 미처 몰랐고 얼마 지나지 않은 나중에 우연히 알았어. 대통령이 아무리 정권이 좋다지만 어떻게 자기 국민에게 그럴 수 있지 하면서 정말 놀랐어.

사건 나기 일 년 전쯤, 날씨가 풀리지 않아 추운 봄에 마포 절두산 순교 성지쯤에서 검은 승용차 뒷좌석에 취한 채 타고 있던 어떤 여자를 총으로 쏴서 죽였고, 그의 오빠인 운전기사 허벅지도 꾹 눌러 마사지하듯이 쐈다고 스스럼없이 자랑스럽게 이야기하는 걸 듣기 전에는 말이야.

바닷속에서 대통령 경호하던 사람을 우리 부대에 보내 놓고 그들과 같이 국민을 죽이고 고문하는 임무를 하기 위하여 지금까지 김일성을 죽이기 위한 목표였던 북파 목적이 사라지고 자기들이 믿을 수 있고 훈련이 잘된 우리 실미도 공작원들에게 야당과 정부를 비방하는 인사들에게 행할 대국민 테러 임무를 부여하려고 했던 거지. 아마 그 UDU 대원들 5명이 들어와서 명령에 따라 그 여자를 죽였다는 말만 안 들었어도….

우린 멋모르고 훈련받은 대로 위에서 시키면 그놈들이 공비들인지 알고 아무것도 모른 채 우리 국민들 죽이고 칼로 찌르고 팼을 거야! 그들이 간첩이나 공비라고 말하면 그렇게 알고 찌르고 죽여야지 누구냐고 물어보고 칼로 찌르는 것도 아닌데 우리 공작원들이 무슨 백이 있고 알 도리가 있었겠어?

아무런 죄 없는 우리 국민들 패고 칼로 찌르는 임무를 모르면 몰라도 알고는 못 하겠더라고. 김일성이 먹따려 했던 힘든 훈련과 각종 구타와 얼차려도 조국의 통일을 위한 나름의 명분을 가지고 어렵게 버텨왔는데, 어떻게 내국민 내 형제를 찌르고 죽이는 데 쓰겠어.

동료 공작원 중에도 몇 명은 우리가 대국민 테러 부대로 전환됐다는 걸 나보다 더 빨리 눈치를 채고 있었던 거 같아. 다만 확실하지 않아서 서로 곤장장인 브락치 눈치 살피느라 말을 안 하고 또 못했을 뿐이었지.

사건이 나기 며칠 전인 1971년 8월 20일, 그 날은 잊지를 못하는 특별한 이유가 있는데 남북 분단 이후 처음으로 남북한이 비록 잠깐이지만 정오를 좌우로 남북 적십자 파견원들이 판문점으로 들어선 1차 접촉으로 남북이 전쟁 이후 공식적으로 판문점에서 처음 만난 날이고, 남북이 만난다고 라디오 뉴스에 크게 나오고 곧 통일될 것처럼 국민 모두가 들떠서 한참 좋아할 때였어.

남북이 6·25 이후 오늘 낮에 처음 만났다고 기쁘다며 무의도 훈련을 마치고 돌아오는 길에 남북이 곧 통일될 것 같은 기쁨에 넘치며 들떠있던 어떤 청년이 수영을 멈추고 술을 그것도 조그만 2홉들이 소주 한 병을 주어서 나눠 먹었다고 길보조장이 소대장한테 집중적으로 구타당한 걸 계기로 쌓이고 쌓인 게 터지다 보니까 우리가 하는 훈련이 대국민 테러라는 걸 소대장들과 곤장장이 없는 걸 확인한 후에 구석에 앉아 있던 공작원 한 명이 정의에 불타는 울분을 참지 못하고 6·25 전쟁 때 북한군이 따발총 쏘듯이 침을 튕겨대며 말하는 거야.

공작원들은 서로 알고는 있었지만 말 못하던 그즈음 이번 구타를 계기로 바뀐 훈련의 목적을 서로 이야기하게 된 거고. 사실 우린 사건 전날만 해도 제대해서 섬에서 나가고 싶은 생각은 있었지만, 항상 집난 탈출을 부추기고 구타에 불평하던 동료 공작원인 혁진의 말처럼 마음속으로 항상 탈출을 상상했어. 하지만 살아나가는 건 불가능한 걸 알았었기에 실행은 꿈도 꾸질 못했고 교관과 소대장, 기간병들을 모두 사살하는 것을 실천할 의도는 처음엔 아예 없었어.

다른 건 몰라도 교육대장이나 교관들이 우리 공작원에게도 자기들이 안 먹으면 몰라도 술에 대해서 만큼은 기간병들처럼 다 같이 똑같이 먹게 해주고 대우해줘야 하는 거 아니야? 안 그래? 근데 오류동에서 말도 못 붙이던 길보의 부하였던 새끼가 실미도에선 소대장이라고 옆구리를 집중적으로 발로 걷어차서 눕지도 못하게 만드니까 아픔도 아픔이지만 부하였던 놈한테 맞는 그 치욕은 잊을 수가 없었을 거야.

그들 교관과 기간병들은 사건 전날 밤부터 일직사관의 허락하에 교관과 소대장, 내무반과 휴게실에 모여서 섬이 떠나가라 술 처먹으면서 고래고래 노래 불러댔잖아.

쿵짝쿵짝 하면서 휴게소 냄비뚜껑 두들겨 대면서 잘난 소대장들은 노래를 부르고 기간병들은 춤추고 웃으며 회식을 하는데 술병이 자그

마치 4홉짜리 병이 20개가 넘는데 저 때는 30도짜리 2잔만 마셔도 머리가 핑 돌고 한 병만 마셔도 술병 빼앗으면서 더 마시면 죽는다고 그만 마시라고 말리던 시절이었고, 지금처럼 14도가 아니라 아주 독한 30도짜리인 거니까 요즘에 나오는 14도 소주로 따지면 모르긴 몰라도 뺑 조금 더하면 최하 100병은 한참 넘을 거야.

거기에 자유공원 아래 신포시장에서 사 왔다는 미군 부대에서만 나온다는 콩기름인 이름도 생소한 식용유에 다리 쫙 벌려 똥구녕까지 칼집이 깊이 들어간 통째 튀긴 바삭한 통닭과 순대와 만두도 자기들끼리만 먹기에는 너무 많은지 억지로 목구멍으로 욱여넣으며 토하는 한이 있더라도 일단은 처먹으면서도 우리 공작원들은 근처도 못 오게 하고 냄새도 못 맡게 한 그들이야.

참 먹을 복이 없으려니까 바람도 서해 쪽 넓은 바다를 향해 부니까 구수한 통닭 냄새를 맡아 볼 기회조차 허락하지 않는 거 있지!

교관 한 명이 비틀거리면서 남은 순대 몇 개를 부대 개한테 던져주니까 그 개가 얼마나 좋아하는지 실미도에 바람이 일고 파도가 일어나 춤출 만큼 꼬리를 세게 뒤흔드는 거야. 그 개 이름이 충성이었는데 그 이유가 뭐였는 줄 알아? 우리 공작원들에게 그 개를 보면 '충성' 하면서 인사하라고 교육대장이 지은 이름이야. 우리 공작원들이 개만도 못하다는 걸 확실하게 각인시켜준 거였어.

만약 우리 공작원에게도 먹던 순대 단 한 점만이라도 줬으면 너무 고마워서 없는 꼬리 만들어서라도 바닷가 큰 바위가 깨져 날아갈 만큼 고마움에 꼬리를 치고도 남았을 거야. 그날 만약에 교관이나 기간병 누구라도 남은 거 우리 공작원에게 단 몇 개라도 던져 줬더라면 기간 병이나 교관 중 몇 명은 더 살았을지도 모르지! 그게 사람 사는 세상에 있는 인지상정 아니야.

배고플 때 먹을 거 준 놈을 나 살기 위해서 어떻게 마주 보고 이마나 가슴에다 총을 쏘겠어!? 가슴에 쏠 총 다리에 쏘고 다리에 쏠 거면 땅바닥에 쏘는 거 아니야? 그 거무스름한 순대 한 점에 말이야!

기간병들 술 취해서 위험하게 장전된 소총 들고 근무서도 교육내장이나 일직사관인 교관은 아무 말이나 통제도 없었고 술에 취한 채 초소에 도착하자마자 총 세워 놓고 잠부터 자는 고참 기간병도 여럿 있었잖아.

거의 같은 시기인 이틀 전 금요일 밤에 우린 소주 2홉들이 한 병으로 십여 명이 한 모금씩 나눠 마셔서 간에 기별도 안 가게 마셨는데 교관과 교육대장에게 여러 번에 걸쳐 죽을 만큼 얻어터졌지. 더군다나 군대 장교 하면서도 노름에 미쳐 처자식이 도망가다시피 간 미국에 있다는 소식을 어렴풋이 알고 있다는 조장 길보는 인기 없는 안 하사한테 허리가 날아갈 정도로 맞아 아파서 종일 움직이지도 못하고 침상에 엎어져 있는데 지들은 그렇게 많이 처마시고도 아무렇지도 않고 대놓고 말술을 처먹어도 그 악마인 교육대장도 뭐라 하지 않잖아? 우리 공작원 입장에서는 다 같은 한 부대 군인이고 같은 술인데 보통 억울한 게 아니었지?!

교육대장이나 교관들이 같은 군인인 기간병과 우리 공작원에게 대하는 대우가 너무 틀리고 불공평하면 무더운 8월 쨍쨍 내리쬐는 햇볕에도 우리 공작원들은 개거품 물고 얻어터지면서 열심히 훈련받는데도 마실 거 가지고 너무 큰 차별 받으면 우리가 열을 받아? 안 받아?

더군다나 그 날이 무슨 날인지 살인을 부추긴 교육대장은 그렇다 치고 저 기간병이나 소대장들 놈들은 알고는 있었을까? 표현이 애매한데 엎친 데 덮친 격이랄까? 그 새끼들 기간병들이 모여 술 퍼마신 날이 하필이면 재작년 조돌구를 밟아 죽인 소대장이 그해 4월 본대로 복귀해 술 잔뜩 처먹고 내무반에서 코 골고 엎어져 자는 소대장인데 또다시 똑같은 상황이 오면 그때도 나라를 위해서 똑같이 할 거라며 ×× 하면서 사람 죽이는 것도 자랑이라고 인터뷰했잖아?

훈련 중 물 밖으로 머리 내밀었다고 교관 놈한테 십 분이나 군홧발에 짓밟혀 익사한 날로 조돌구의 제삿날이며 대다수 공작원들이 숨을 쉬기 위해 또, 살기 위해 짓밟힌 머리를 들려고 발버둥 치던 그 날을 생생히 기억하고 있어 나름대로 몇 명은 똥간 뒤에 모여 잠깐이나마 식당 바가지에 물 한 종아리 가운데 두고 작년처럼 묵념을 올리기도 했잖아!?

하기야 죽인 놈들이 8월 22일이 아직도 반성 못하고 훈련 잘 시켰다고 당당하게 말하는 경북 의성이 고향이라는 소대장 새끼가 물속에서 발로 밟아 죽인 조돌구 기일인 건 아예 기억도 없을 텐데 하물며 미안하거나 죄책감도 당연히 없었을 테고 저놈들한테 우리 공작원들의 죽음은 잘해야 '그까짓 것'으로 별일 아니라는 듯이 치부할 텐데 지들이 사람 죽인 걸 생각이나 했겠어?!

우리 공작원들이 생각해도 정말 착하게 살려고 노력했던 동료로 너무 불쌍하고 억울하게 삶을 마감해 공작원들도 가슴 아팠던, 그 무덥던 날의 생생한 사건 당시를 어떻게 잊을 수가 있겠어. 거기다가 작년 이맘때쯤 무의도에서 어린 기간병과 싸웠다고 동네 친구였던 동료 공작원의 칼에 찔려죽은 산태 기일도 지금쯤이잖아?

가만히 생각하니 그 날도 저녁에 밥도 주지 않은 채 두 손 뒤로 꽁꽁 묶여 끌려 나와 우리 동료들에게 고스톱 기본 3점처럼 전체 동료 대원들에게 구나낭한 후에 결국은 사기 친구 손에 죽었잖아!? 어씨 생일노 아니고 조돌구 억울하게 물귀신 된 첫 기일을 일부러 고른 듯이 새파랗게 젊은 놈들이 일 년을 두고 한날한시가 제삿날이냐고?!

산태가 내무반에 묶여서 살려달라고 그렇게 발버둥 쳐도 교육대장은 소대장과 농담하듯이 어떻게 죽일까 고민하고 있고 내가 그놈들 몰래 산태에게 물 떠먹일 땐 너무 억울하다고 말하는 거 너도 망보면서 보고 들었잖아? 더군다나 산태는 남색이라는 치욕적인 누명까지 쓰면서 맞아 죽은 이유가 뭔지 알아?

산태가 유난히 우리보다 눈치가 빨랐던 건 너도 알잖아!? 북파에 필요한 힘든 훈련들이 많이 줄어들어 이제 제대하나 보다 희망을 가졌나 봐? 그런데 웬걸 집에 보내준다는 말이 없으니까 나름 머리를 굴리다 우리를 써먹을 데가 어딨을까 여기에 생각이 멈추니까 우리가 미처 몰랐던 다른 임무가 답이라고 튀어나왔나 봐?

왜, 밧줄 타고 총 쏘고 수류탄 던지는 훈련보다 때리고 찌르는 연습만 하냐며 이럴 거면 우리를 제대시키라며 따지듯 말을 걸면서 부대 돌아가는 상황을 한참 나이 차 나는 기간병에게 넌지시 물어봤나 봐.

대답 대신 반말로 나무나 하라고 내민 기간병의 톱을 일단은 받았어야 했는데 거부하는 바람에 말싸움이 붙었고, 나름 동생뻘이고 가깝다고 느낀 기간병이 아니꼽게 반말에 이놈 저놈 섞어가며 말하니까 산태 입에서도 좋은 말이 나올 리 만무했고, 결국은 엉겨 붙어 몸싸움이 벌어졌지. 재수 없으면 엎어져도 코가 깨진다고 기간병이 차고 있었던 권총이 떨어졌는데 하필이면 주먹 쥐고 때릴 듯이 올라탄 기간병 아래 쓰러져 있는 산태 옆에 떨어졌고 되돌려 빨리 건네준다는 게 총구를 겨누는 거처럼 보여 산태도 그 상황에 순간적으로 놀라서 재빨리 미안하다고 사과했나 봐.

너도 그때 산태 얼굴 봤겠지만 19살 처먹은 젊은 놈의 기간병한테 얻어터져서 이빨도 흔들리고 눈에 실핏줄을 보면 그건 누가 봐도 산태가 더 많이 얻어터진 게 사실이잖아?! 근데 단순히 자기들은 교육자인 기간병과 교관이라고 또 산태는 교육받는 공작원이라고 구타하다가 스스로 넘어져 긁힌 것을 산태가 때렸다고 누명 씌웠다는 걸 누가 봐도 알긴 알았잖아?!

선견지명이 있던 산태를 기간병들은 몰라도 파견대장이나 교육대장은 그냥 넘어가면 북파 공작 대신 대국민 테러 부대로 전환하는 임무가 탄로 날까 봐 조금의 망설임도 없이 제대하면 효도하고 인간 구실해 본다며 버티고 있는 산태를 멀리서 교육대장 손에 꽉 쥐어진 모자를 보고 있던 교관의 지시로 동료들에 의해 연병장 끝 바닷가에서 몽둥이에 맞고 칼에 급소들만 골라 찔려 죽었잖아.

그 사건이 조돌구 죽은 지 한 일 년 후이고, 그 날이 광복절날 다음

주로 철봉대 만들려고 굵은 나무 6개 자르다가 일어난 싸움인데 일주일 후인가 토요일 날 죽었으니까? 진짜 생각해보니까 산태도 기일이 조돌구와 같은 날이었네!? 그럼 오늘 누구 하나 또 죽겠네? 누군가 농담하듯이 한마디 하는데 들으면서도 등골이 오싹하고 살벌했던 거 알아?

그리고 우리 공작원들이 실질적이고 세부적으로 계획을 세운 건 사건 당일 날 자정을 넘기고 기간병들 술 쌓아놓고 처먹으며 웃통 벗어젖히고 노래하며 여기저기 오바이트하며 끝날 때쯤이야.

진짜로 우리가 사건 계획이 있었다면 지들이 수사한 사건 기록에 나온 것처럼 교육대장 인천에 가고 기간병 10명이 외출하고 들어오기 전인 일요일 날 하지 미쳤다고 인원이 꽉 찬 당일 날인 8월 23일 월요일 날에 사건을 일으켰겠어? 13명하고 싸우는 게 유리한지 아니면 24명하고 싸울 건지 상식적으로 생각해봐요!

10시에는 끝나야 할 술자리가 주정뱅이 몇 명 때문에 새벽 한 시에 휴게실에서 기간병들 처먹은 뒷정리는 자다가 봉창 두드리는 소리에 불려간 공작원들이 찍소리도 못하고 다했잖아.

내무반 올라가면서 배에 얼마나 구겨 넣듯이 처먹었는지 지들 뱃속의 통닭에 염산 들이부은 것 같은 역겨운 토한 냄새 맡으면서 우리 공작원들이 치우고 있는데 그 옆에서 교관 새끼 끈 풀린 군화에 길은 가운데 두고 양다리 이쪽저쪽으로 꼬면서 낑낑 소리 내며 술 처먹은 주둥이로 끽동 찾고, 옐로하우스 찾으면서 군복 바지 무릎까지 내리고 허공에 친 딸딸이가 고운 능소화 꽃잎에 죽처럼 떨어질 때는 말은 못했지만 우린 너나 할 거 없이 정말 열을 받을 대로 받았어.

가족에 대한 그리움과 조금만 더 고생하면 집에 갈 수 있다는 기다림이 있는 꽃말을 지닌 능소화를 기간병이나 교관들은 모르겠지만, 능소화의 꽃말을 알고부터는 피어있는 그 자체가 우리 공작원들의 희망이고 삶의 원동력이었잖아. 참! 그놈의 꽃 한 송이가 뭐라고!?

우리 공작원들은 재작년에 소대장 새끼가 숨을 헉헉대는 동료 공작원 조돌구를 물속에 머리를 짓눌러 밟아서 억울하게 익사시켜 죽은 기일이라 서로 말은 안 해도 우울하고 슬퍼 나름대로 감정을 드러내지 않고 있었는데, 어제와 오늘 같은 일이 있고 보니 이판사판 악감정이 끓어 오를 대로 끓어 올라 있었고 교육대장이 갑자기 모자 벗고 움켜쥘까, 그리고 솔직히 내가 죄없이 죽임당할까 봐 늘 불안도 하던 시기였어.

그 많이 쏟아낸 토보다 아니 똥통에서 입에 들어왔던 똥물보다 더 더럽고 구역질 나는 건 그래도 창피한 건 아는지 교관 놈이 죽어도 양우유라고 우기며 길에 허옇게 분출한 정액을 조그만 군용 야전삽으로 덮는데 여태 꾹 참았던 자존심이 팍 상하는 게 거의 미칠 지경이었어. 그것들을 치우면서 실미도만 아니면 하면서 막내 동생뻘도 안 되는 한참 어린놈들에게 얻어터지면서 당하며 쌓였던 모든 불만이 인간적으로 버티던 한계선이 무너지고 말았어.

대통령의 정적들을 무조건 찌르고 죽이라고 명령하는 독재 정권으로부터 내 나라 내국민은 우리가 지켜야 한다는 일념에 처음으로 세밀한 탈영 계획이 사건 일으키기 전까지 단 몇 시간을 잠도 못 자고 설치면서 조장들과 일부 입이 무거운 조원들에 의해 본격적으로 짜여진 거야.

　인천과 경인국도상에서 사건을 일으킨 우리 공작원들의 입장에서는 실미도에서 몽둥이로 맞아 죽으나 탈출하다 총에 맞아 죽든지 간단히 이판사판이지만 그래도 사람이라면 복날의 개나 제주도 해안가의 똥돼지처럼 몽둥이에 맞아 죽지는 말아야 할 거 아니야?! 하고 싶지 않고 해서는 안 될 대국민 테러 훈련도 동료 공작원이 함께 모여 똘똘 뭉쳐서 안 하기로 딱 작정하니까 이제는 더 생각하고 말 것도 없더라고.

　그래! 국민들이 알아줄지는 모르지만, 우리도 애국 한번 해보자. 그날 밤, 조장들 포함 계획에 함께했거나 알고 있던 공작원들은 아침에 벌어질 일과 결과적으로 죽을 걸 뻔히 알고 보내는 마지막 밤이라 생각하니 거의 잠을 못 자고 탈출하면 어떻게든 집에 알리려고 일부 동료는 연필을 주고받으며 작은 메모지에 뭔가를 급히 써내려가거나 나름대로 가족이나 애인에게 장문의 편지를 쓰며 휴게실에서 들고 온 편지봉투를 서로 나누는 몇 명도 보였어. 한쪽 귀퉁이에서 볼록 튀어나온 배를 드러내놓고 드르렁대며 세상모르게 처자는 놈들은 오직 소대장과 공작원 중 유일하게 알랑대며 술 한잔 얻어먹은 쁘락치인 곤장장뿐이었어.

　기간병과 교관들이 술 처먹고 뒤집어 코 골며 꿈속에서조차 돈이 아까운지 유리막 안에 팬티가 다 보일 정도로 정돈해 있는 옐로 하우스도 못 가고 한 번도 빨지 않고 물려받은 듯한 노랗고 벌건 구닥다리 한복에 어제 씹던 껌 또 씹어대는 아줌마에 가까운 자칭 아가씨들이 우글대는 싸구려 끽동에서 시커먼 총알을 닦아주던 삼순이 이름 부르며 처잘 때 말이야! 아! 그때 생각하면 지금도 열 받아서 깨끗한 말을 할 수가 없고 우리 공작원들은 그때는 물론이고 살아서도 이렇게 평생 한이 된 거지!

우린 대한민국의 평화통일을 위해서 김일성이를 죽이려고 죽자 살자 열심히 훈련 받은 거지 대통령이 싫어하는 기자나 야당 지도자 등 각하의 정적들을 겁주고 죽이고 패는 테러를 하기 위해서 실미도에 온 거는 아니잖아?

우린 너무 억울해서 죽고 살고는 나중이고, 그렇게 탈출 계획이라도 하지 않으면 국민들께 알릴 방법이 없다고 생각했고, 또 젊은 우리 공작원들의 국민을 생각하는 애국적인 혈기가 왕성했던 시기하고도 딱 맞아 떨어졌어. 아무도 알아주지 않아도 진짜 나라를 위해 똘똘 뭉친 결의였고 어떻게 보면 대단한 포부를 안고 국민을 위해 힘든 행동을 하게 된 거고, 오죽하면 교관한테 붙어서 공작원들의 모든 걸 일러바치던 곤장장도 나중엔 군소리 없이 탈출에 합세했을까.

뻘건 줄이 쳐진 버스를 갈아타고 인원을 세어보니 나까지 15명이었는데 나 참! 더러워서 여기서 욕 한번 하고 갈게. 에이! 씨× 차마 욕은 못하겠네! 하필이면 바꿔 탄 버스 번호가 5·16이 뭐야!? 스치듯 잠깐 봤지만 지금도 그 번호는 못 잊고 안 잊어먹어. 5-1681! 그 5·16은 우리 공작원들에겐 너무 무서워서 경기 나는 숫자인 건 그 시대를 거쳐 본 사람이라면 다 알고 단번에 내 말을 이해할 거야!

석촌 입구를 지나 경인국도를 따라가니까 검문하는 경찰과 헌병이 교대하고 밥을 먹다가 모자도 못 쓰고 총도 못 챙긴 채 달리는 버스를 향해 서라면서 막 손짓을 하는데 잠시 후에 오토바이 탄 놈, 작은 삼발이 짐차 탄 놈들이 M1 총을 들고 무리 지어 버스에 탄 우리를 죽여야 하는 북한 공비 본 듯이 추격하며 총을 겨누며 버스 뒤를 쫓아오는 거야.

군복 입은 향토예비군들이었는데 우리는 향토예비군 생긴다는 말만 실미도에 들어갈 때쯤 들었지만 잘 알지는 못했고, 머리가 흐트러진 아줌마들도 보자기로 머리 동여매고 치마 입고 뛰어오는 거야. 느낌에 낄 데 안 낄 데 다 끼는 남편 계급장에 으스대는 반장 마누라와 통상 여편네도 끼어 있었던 건 동냥 다니면서 여기저기서 들었고, 연지곤지 찍어 바르고 티브이에 움푹 팬 흙바닥에 총 들고 엎드려 카메라에 얼굴 들이밀고 국민을 지키려고 사건을 일으킨 우리 공작원들을 북한에서 침투한 공비로 몰아서 우리를 못 죽여 한이라고 잘난 듯이 입에 거품까지 물면서 방송 인터뷰하는 것도 저녁 동냥하면서 어렴풋이 정씨네 작은 티브이를 보고 들어서 알았어. 모르긴 몰라도 정권에 맹목적으로 딸랑거리면서 설치는 치맛바람은 그때도 있었던 거 같아.

버스 뒤쪽에서 따라오지 못하게 내가 총을 어깨에 메고 뒷의자 끝에 바싹 붙어 가까이 오는 놈부터 쐈어. 배운 게 도둑질이라고, 대강 쏘는 대도 머리와 목에만 명중하면서 맥없이 픽픽 쓰러지는 거야.

그렇게 두 놈인가를 쏘고서 차 문 옆에 섰는데 앞에 해상으로 말레이시아에서 수입한 커다란 원통 나무를 잔뜩 실은 트럭이 직경 2m 이상 되는 길고 커다란 수입 목재를 3개나 싣고 힘들게 아주 천천히 원통이 고개 언덕을 기어 올라가는데 그 뒤로 미군들이 자전거를 타고 언덕을 오르는 게 힘든지 너나 할 거 없이 트럭 뒤를 잡고 언덕을 오르는 거였어.

이때다 하고 차 문을 살짝 밀어 열고 아스팔트 옆 자잘한 자갈밭에 아픈지도 모르고 그대로 굴러떨어져 내리다 얼기설기 뭉쳐있는 쥐똥나무 가로수에 튕기듯이 밀리며 엎어졌어.

똘똘 뭉쳐 의리로 함께 움직이던 대전파는 복부에 총 맞고 움직이지 못하는 임 서방이 있어서인지 뛰어내리질 못하고 동생을 만나 자기를 기다리는 처와 호적 없이 커가는 아들딸의 안위를 부탁하려고 꼭 여동생을 만나려는 임 서방과 함께 흔들림 없이 전우애를 보여줬어. 나를 따라 동료 한 명도 열린 문틈으로 연속으로 뛰어내렸는데도 버스 안 우리 동료들은 아무도 우리에게 총을 겨누거나 뭐라 하지들 않았지.

안 그래도 탈출할 기회만 엿보던 동료는 혼자는 엄두가 안 나 아버지가 국민학교 교장이라는 다른 동료에게 함께 도망가자고 했는데, 자기는 누이동생이 방직공장에 다니기 때문에 영등포까지는 무조건 살아서 가야 한다고 굳은 탈출 의지를 가지고 있었는데, 그가 몸통에 총을 맞는 바람에 동료도 포기하고 있다가 또 다른 동료인 내가 버스에서 뛰어내리는 걸 보고는 생각하고 뭐고도 없이 뒤따라서 굴러 내렸다며 너무 더워서 나오지도 않는 오줌을 쥐어짜듯이 누면서 말하는 거야. 그렇게 생각지도 못하게 우리 둘은 인연이 되어서 오늘까지 온 거야. 당시엔 버스 안 공작원이나 우리 둘이도 시간이 문제지 결국은 잡혀서 죽을 운명이었잖아!

굴러내리니 길 건너에 커다란 2층짜리 하얀 학교 건물과 정문 위로 둥글게 아치를 그린 고아원 간판을 북쪽에 담 하나 사이로 붙어있는 게 보이는 거야.

초등학교라는 건 나중에 알았는데 그 날이 여름방학이 끝난 개학 날이라 오전 중에 일찍 파해서 학생들이 없었다는 건 훗날 거지촌에 있을 때 동냥 다니면서 우연히 알았지. 학교 후문 벽에 붙어서 코를 질질 흘리고 있는 아이들이 서성이는 고아원에는 웃음기 하나 없는 새까만 아이들이 응달을 찾아 쭈그려 앉아 두껍게 굳은 누런 코딱지를 조금씩 질근질근 씹어먹으면서 흙탕물 같은 땀을 실실 흘리며 있었어.

하여튼 향토예비군이 따라오는데 다행히 버스 뒤꽁무니만 보고 계속 뒤쫓아가는 거야. 안심하고 숨을 곳을 찾는데 약산 쪽에서 길 건너 학교 모서리로 연결된 둥근 수로를 발견한 거야.

내가 등에 총을 일자로 메고 앞서서 포복으로 기어들어가고 동료가 뒤에서 따라왔어. 한참 가는데 수로도 굴이라고 들어가니 축축하고 깜깜해서 앞이 잘 안 보였고, 들어갈수록 아주 무더운 여름 날씨인데도 점점 싸늘해지는 거야. 내 앞에 또 한 사람이 머리를 내 쪽으로 내밀고 누워있는데, 처음엔 거지가 낮잠 자는 줄 알았어. 여차하면 죽이려고 칼을 입에 물고 어깨를 툭 쳤는데 몸은 따뜻한데 움직임이 없는 거야. 누군가 죽어 있는 거였어.

힘들게 시신을 밀면서 계속 나가니 국민학교 동쪽 끝으로 학교에서 잡일을 하시는 소사 아저씨 가족이 사는 단칸방 회색벽돌집이 바로 보이는 모서리쯤인 거야.

우리가 빠져나오고 시신을 얼굴부터 해서 거꾸로 밀어 넣으려 했는데 자세히 보니 맞아서 피멍이 들고 퉁퉁 부은 얼굴인데도 단번에 봐도 아는 얼굴인 조선빈이인 거야. 정말 우연도 이런 우연이 있나 싶었지? 죽은 지 얼마 안 됐다는 것은 아직도 따뜻한 몸과 머리카락 길이 보고 대번에 알았어. 공작원들은 머리를 자주 깎기 때문에 조금만 길어도 며칠 정도 됐는지 예민해서 금방 알거든.

며칠 전 동료들에게 지금 각하는 우리 국민들 고문해서 죽이는 독재자고 우리의 임무인 북파공작은 명분이고 사실은 정권에 대항하는 자들의 입을 막기 위해 우리 부대를 대국민 테러에 반드시 이용할 거라면서 우리를 집에 보내는 일이 절대 없을 거라 침까지 튀어가며 장담하던 그였어.

우리 공작원들을 UDU 대원들 5명과 팀을 이루어서 정권에 부정적인 기자와 신문사 간부들은 물론 야당 정치인과 같은 민주공화당이라도 마음에 안 들면 예외 자체가 없이 고문하고 죽인다며 불평을 했던 조선빈은 할아버지가 애국지사인지라 그 피가 흐르던 동료였어.

하다못해 대통령인 각하는 자기 아내의 오빠인 손위 처남까지도 남산에 끌고 가 칼과 총으로 협박하면서 고문하고 팼다며 우리는 절대 우리 국민을 죽이고 패는 그런 일은 할 수가 없다며 우리가 김일성이 죽이려고 실미도에 들어와 힘든 훈련받은 거지 우리 국민 죽이려고 섬에 들어온 게 아니라고 말하던 조선빈이었다.

가끔 급할 때마다 하나님을 팔아먹던 야비할 대로 야비한 휴게소 당번병이 지나다가 게슴츠레한 눈으로 훔쳐보면서 엿듣고 소대장을 통해 교육대장한테까지 보고가 올라간 뒤 사상이 불순하다며 이래저래 교육대장에겐 진작에 찍힌 놈인데 명령 불복종이란 빼도 박도 못하는 허울 좋은 덤터기를 씌운 뒤에 쥐도 새도 모르게 꽁꽁 묶인 몸뚱이로 입에는 땟국물이 줄줄 흐르는 걸레로 재갈까지 물려 비료 포대에 상반신이 허리까지 씌워진 채 부대 배 선실 밑창에 엎드려 실려 간 후 사라졌었다.

힘든 훈련 함께 받으면서 한 삼 년 이상을 바로 옆에서 함께 같은 모포 덮고 자던 파주에서 살았던 동료 공작원 조선빈인 거야. 하기야 조선빈이는 교육대장한테 찍힐 만도 했어.

몇 달 전 대통령 선거할 때 교육대장이 찍으라며 펼쳐 놓은 현직 대통령을 찍지를 않고 버티던 조선빈이 때문에 몇 번이나 선거 중지하고 한참을 얻어터진 후에 재교육을 몇 번이나 받고서도 고집을 꺾지 않고 막무가내로 김대주 후보를 찍다가 화난 교육대장이 선빈이 면전에서 선거 용지 찢어버린 일이 있었잖아?!

우리들은 암만 강심장이라도 교육대장 앞에서는 무서워서 선거용지 책상 위에 내밀기도 전에 마음엔 아예 없지만 알아서들 각하를 찍지 다른 후보는 아예 찍을 생각조차를 못한 걸 조선빈이는 했으니까 우리 공작원들한테는 가슴 시원한 영웅인 거지! 그때 얻어터지면서도 버티는 조선빈이를 보고 안쓰러우면서도 속으론 얼마나 통쾌했던지!? 교육대장이 무서워 손 흔들고 환호를 못 했지만 반항하는 조선빈이를 보면서 우리 동료들 모두가 가슴이 뻥 뚫리는 게 그렇게 시원할 수가 없더랬잖아?

그러니 목숨을 내놓고 김대주를 찍은 조선빈이 대단한 고집이고 당연히 교육대장한테 1순위로 찍히는 건 어쩌면 당연한 거 아니야? 그때 우리 공작원들 자존심 지켜준 건 조선빈이었고, 5·16 쿠데타가 일어난 날 한강 인도교를 지키며 쿠데타군에게 대항하다가 총 맞은 헌병이 자기의 큰형이라며 그 형을 생각해서라도 원수인 각하는 죽어도 안 찍고 또 못 찍는다며 얼굴이 피멍이 들게 얻어터지면서도 버틴 게 조선빈이잖아!?

우리가 북한 선거에서 김일성이 100프로 참여에 100프로 찬성이라고 얼마나 공산주의가 나쁜 거냐며 선생님들 입이 닳도록 교육시키고 받았는데 살다 보니 5·16을 일으킨 그 군사독재자가 장충체육관에서 두 번이나 100프로 찬성으로 당선됐다고 신문에 대서특필되었을 때는 온 국민이 경제발전을 위하여 간절하게 원하는 거라며 또 대대적으로 자랑하더구만.

나라님 뽑느라 체육관에 꽉 찬 인원이 북한의 김일성도 아니고 어떻게 아무도 보지 않는 비밀투표에서 반대표가 단 한 표도 없다는 게 말이 되냐고? 그것도 한두 명도 아니고 체육관을 꽉 채운 수천 명씩 모인 자리에서 두 번씩이나?

동료의 쑥 들어간 배를 만져보니 손이 푹 들어가는 거야 얼마나 맞았으면 갈비뼈가 전부 다 부러지다 못해 토막토막 으스러지고 오장육부도 날카롭게 부러진 갈비뼈에 갈기갈기 찢어진 거지. 할 말이 많은데 말이 단 한마디도 나오지 않는 걸 보면 기도 안 찬다는 게 이런 걸 거야.

풀어진 단추를 단정히 끼워주고 원래 위치로 옮기려는데 경기도경 버스가 경찰특공대들을 잔뜩 싣고 차도 거의 없는 경인국도 원통이 고갯길을 ××하듯이 빵빵대면서 지나가는 것을 도로 옆 비스듬한 언덕에 배를 바싹대고 숨은 채 납작 엎드려서 봤어.

지들도 무장공비를 상대한다고 생각하니까 얼굴의 표정이 무서움과 한편으로는 꼭 잡겠다는 영웅심으로 가득 찬 것처럼 다부진 얼굴이 열린 창문으로 잠깐이나마 스쳐 갔어.

그때부터는 조금 안심하기 시작했지. 우리가 전부 버스로 서울로 올라간 걸로 알 거라고 확신하고 숨을 곳을 찾기 시작하니까 얕은 민둥산이라 보기에도 마땅한 곳이 없는 거야. 할 수 없이 눌이 배수구에 먼저 들어가고 동료인 조선빈의 시신을 혁대를 풀어서 목을 감고 드드득대는 목뼈 부러지는 소리를 들어가면서 머리부터 잡아끌어 일단 한쪽 입구를 막았어.

아! 선빈이 애인이 이 상황을 알면 얼마나 괴롭고 슬퍼할까! 어쩌면 모르는 게 약일 수도 있을 거야? 그들의 만남은 단순한 사랑이라기보다 운명이었고 그녀를 에워싼 아우라와 후광에 첫날부터 튄 불꽃에 눈이 멀어졌다며 너무나 예쁘고 사랑스러워서 앞뒤 보지를 않고 보낸 첫날밤에 임신까지 시켰다며 하필이면 만난 첫날 딴사람이랑 선을 보기로 하였던 날이었나 봐!

그렇게 쉬는 시간마다 자랑하던 애인이고, 만날 날만 손꼽아 기다리며 망치로 내리치는 살벌한 구타와 그리고 훈련을 가장한 그 괴롭던 기합도 죽기 살기로 버텨오던 조선빈이었는데?

선빈이 말에 의하면 만난 첫날 수원까지 두 시간도 더 걸리는 약속 장소인 식당에 간 그녀가 안 돌아올까 봐 애가 얼마나 탔는지 자정이 다되어 돌아올 때까지 자리에 앉지를 못하고 뭐 묻은 개처럼 갈팡질팡

했다면서 그때 생각하면 지금도 심장이 벌렁거릴 만큼 기다렸었다며 입안에 고인 침이 마를 때까지 예쁘다고 그렇게 자랑하던 애인이었는데…! 참!

선빈이는 보지도 못한 아니 세상에 있는지 없는지도 모르는 아가의 모습을 그리며 실없는 웃음에 그 힘든 모든 훈련을 태어난 아기를 꼭 봐야 한다며 살아나가기 위해 악과 깡으로 버텼었지. 조선빈이가 매일 밤을 애타게 기다린 것도 꿈에라도 그녀와 아가를 만나길 위함이었다며 맥없이 바다 건너 동남쪽 충청도 하늘을 멍하게 보던 모습이 아직도 생생해. 그의 잠은 휴식이 아니라 오로지 그녀를 만나기 위한 수단이었던 거였어.

언제 돌아갈지 모르는 긴 실미도 훈련에 희망을 잃은 언젠가부터는 머리를 흔들어대며 부정을 하더니 스스로 포기하는 단계에 왔을 땐 동료들도 함께 마음 아파했었는데!

이렇게 또 한 번 슬픈 동료의 이야기가 가슴을 찢지만 당장 우리도 살아야 했고? 삶이 풍족하지 않아 이런저런 그만한 아픔은 있던 우리도 제 아픔들 추스르느라 동료의 아름을 제대로 위로 한번 못 했던 게 지금도 마음에 걸려. 사람 소리 나면 더 깊숙이 들어가기로 하고 불편하고 골바람이 강하게 수로를 통과하느라 밤에는 무지 추워도 살기 위해서는 여기서 찍소리도 내지 않고 무조건 2일만 죽은 듯이 버티기로 했어.

무더운 8월에 밤낮으로 교대로 자면서도 귀만은 항상 밖을 향해 열려있었고, 차가 다니는 아스팔트 아래 땅속의 수로 속이라 낮에도 서

늘하지만 고여있는 물이 얼음장처럼 차가운 거 알아? 밤의 추위와 배고픔도 억지로 버틴 게 아니라 할 수 없이 훈련받은 대로 살려고 버틴 거였지.

물은 배수구 바닥을 핥고, 가끔 뛰어드는 개구리를 잡아 양다리를 생으로 찢어서 서로 나누어 씹어 먹기도 했지만, 시간이 갈수록 배고픔만큼은 정말 참기 힘들었어. 그 와중에도 가끔 울리는 화물열차의 기적 소리는 숨어있는 우리에겐 대단히 고마운 희망고문이었던 거 같아.

흘러가는 시간을 알 수 있고 첫 무연탄을 실은 기차가 화차를 삶아 먹을 듯이 울면 정확히 새벽 4시쯤이란 건 부평역전 북광장 파출소와 버스터미널 뒤 기찻길 담벼락 바로 옆 커다란 바위 위에 집을 짓고 살았던 고모가 있어. 옛날부터 알고는 있었거든.

매일 새벽 기적 소리 꽥꽥 울리며 연탄 공장을 오가며 잠을 깨던 그 크고 지겹던 기차 소리가 이렇게 우리의 생명을 살려주는 좋은 신호가 될 줄은 꿈에도 생각을 못 했고, 정말로 힘들고 정신없는 우리를 흔들고 깨워주는 엄마 손길 같았거든. 나도 모르게 하나님 찾는 소리가 나오고 아멘 소리가 입에서 맴돌 때까진 교회라면 쳐다보지도 않던 내가 스스로 하나님을 찾을 줄은 정말 꿈에도 몰랐어.

살다 보니 별일이 다 있다는 말이 생각이 나는 거야. 그렇게 우리 둘이는 낮에는 축 늘어진 송장처럼 진짜 동료 공작원의 송장 썩어가는 냄새를 맡으면서 몸을 타고내리는 구더기와 윙윙대는 수많은 날파리들과 쥐들이 우리를 밟고 오가면서 동료의 시신을 먹이 삼을 때 우리는 긴 밤을 수로 통 속에 누워 조선빈의 시신에서 발생하는 가스 부풀어오르는 소리와 그 독소로 인하여 띵한 머리로 단 한 번도 서보지도 못하고 누워서 보낸 거야.

수로 속 고여있는 바닥 물에 몸을 오래 담그고 알았어. 사람이 먹은 게 없고 차가우면 가스도 생기질 않고 귀청이 터질 정도로 빵빵 뀌어댄 방귀도 밀어낼 힘이 없으면 나오질 않는다는 건 그때 처음 알았고, 오줌은 몸의 수분을 뺏으면서도 양은 줄었지만 단 몇 방울이라도 마지막 번데기 쥐어짜듯이 힘들게 나오긴 나왔어.

참 신기한 게 힘든 훈련받을 때도 젊었다고 여자는 생각나서 상상하며 나름대로 꿈속에서라도 몽정을 해서 위안을 삼았는데 이렇게 목숨을 걸고 쫓기는 신세가 되니까 매일 새벽에 텐트를 치던 팬티도 밋밋하고 여자와 관련해서는 생각은 물론 아무런 관심조차도 없어지고 내 몸 삼거리 중앙에 번데기가 있다고 느끼니까 남자로 자존심도 상해서 조금은 서글퍼지는 거 있지.

찻길에서 턱턱 하며 파인 아스팔트 길을 지나는 차 소리가 한참 동안 안 들리면 밤 12시이고 새벽 4시까지는 무조건 통행금지 시간이잖아? 그 시간엔 가끔 덜컹거리며 지나는 차는 파출소에는 아예 없고 경찰서에나 두세 대 정도 있던 경찰 순찰차라고 단정 지어도 틀리지 않을 거야.

이제 동료인 조선빈의 시신과도 이별을 고할 때가 온 것 같아. 얼굴은 구더기로 눈과 코가 사라져 형체를 잃은 지 이미 오래고. 그럴수록 더 튀어 오르고 있던 하얀 치아만이 사람의 얼굴이란 걸 인정하는 거 같았어. 일자로 길게 누워 매장할 수 없는 동료의 장례를 치를 준비를 하기로 했는데 우리가 총과 실탄 외에 가진 게 아무것도 없잖아. 탄창의 실탄을 한 발 빼내서 둥그런 수로 위로 우리가 알고 있는 유일한 이름인 조선빈을 비문처럼 아주 진하게 긁어 썼지 그래야 다음에 시신이 발견되면 누가 알아 늦게라도 꿈에 그리던 고향에 갈 수 있을지!

"고 조선빈(본관 모름) 군번 73194×× 실미도에서 근무 중 실종 사망"이라 실탄 끝으로 몇 번씩 진하게 그어 지워지지 않게 갖은 정성을 들여 새기다시피 했지.

군번의 두 개의 끝자리는 부대원끼리는 서로 다르지만 앞에 다섯 자리는 공작원 모두가 똑같아서 아는 번호만 쓰게 된 거야. 동료가 뭔가 아쉬운지 자기가 교회 다녔었다고 십자가 하나 만들어 주자고 해서 아무 소리 없이 작은 나뭇가지 두 개를 가로와 세로로 그의 썩어가는 움푹 팬 가슴 위에 올려주었고, 같은 동료라도 더 이상 아는 신상정보가 없어 더 기록을 못 했어.

동료가 수로 밖 학교 안 담벼락을 타고 핀 능소화 꽃송이를 가지째 꺾어와 동료 시신 가슴에 안겨주고 누가 선창했는지는 모르지만 「고향의 봄」을 누워서 부르기 시작했어.

"나의 살던 고향은 …." 누가 들을까 봐 조용히 부르던 노래를 "꽃피는 산골 …." 하면서 들으라면 들으라고 씨×대면서 이별가인 「멀어진 고향」을 이어서 크게 외쳐 부르기 시작했지.

개구쟁이 어린 시절엔 산딸기는 파랗게 입속에 있었고
작은 하얀 연기 길게 필 때 부르며 들리는 엄마의 목소리
물놀이터 벗은 바지 움틀거릴 때 부르던 엄마의 목소리
딱지치기 구슬먹기 시커면 손에도 해 넘어간 줄 몰랐고
반쯤 쪼개진 석양 빨랫줄엔 한 줄 길게 늘어선 고추잠자리
듣고 싶어라 미소 띠며 부르는 해 질 녘의 엄마의 목소리
보고 싶다 더 놀려고 함께 숨던 어린 친구들과 그리고
지금도 눈 감으면 고무신에 웃으며 달려오는 친구들
엄마의 그때 부른 소리는 지금도 고향엔 맴돌고 있다.
주걱 든 채 부르는 엄마의 모습이 저 멀리 흐려져 간다.

동료가 잘 가라면서 한마디 하는데! 씨× 왜 너만 죽었냐고?! 우리가 뭘 잘못했냐고! 살아있는 우리는 어떡하냐며 죽은 동료의 시신에 항의도 해보고 때도 써보는 동료 공작원의 누워서 훌쩍이는 소리가 밤바람을 타고 들려오기 시작했어. 보이지 않는 동료의 얼굴이지만 상상은 갔어. 모르긴 몰라도 양쪽 눈가로 진한 눈물이 흙탕물처럼 흐르고 있을 거야, 나처럼.

정말 작별할 때가 오니까 죽은 동료가 한마디 하는 거 있지! 물론 착각이겠지만! '너희들은 꼭 살아 고향에 가라!' 하는 응원의 소리가 좁디좁은 수로 속에서 아주 크게 두 귀를 흔들듯이 울리면서 들리는 듯하더라고.

마지막으로 동료가 무궁화 뿌리 부분에서 한 움큼 쥐고 온 흙을 건

네받아 세 번에 나누어 가슴에 따뜻하게 덮어주고 탄창에서 새 실탄도 한 발 꺼내서 동료 시신의 입안 깊숙이 물려 주었어.

사람이 죽으면 보통 노잣돈 하라고 10원짜리 동전을 물려주지만, 명색이 군인이고 구리이기에 우리 나름대로 없는 동전과 군번줄 대신 예의를 갖춘 거야. 구더기가 뭉쳐있어 얼굴이 훼손된 동료의 얼굴을 마지막으로 크게 한번 쓰다듬어주니까 얼굴 구석구석을 파먹던 구더기들이 더 꿈틀대기 시작하는 것을 손안에 느끼며 수로를 기어 나왔지.

전에 간석동 언덕을 타고 마치 군대 막사처럼 길게 늘어서 있던 커다란 항아리 공장에서 몇 년간 근무해서 이곳의 지리를 잘 안다는 동료를 앞세우고 지팡이 삼아 목숨을 부지하기 위해 일단은 숨어지낼 수 있는 거처를 찾기 위해 무조건 이동하기 시작했어. 그렇게 이틀을 버티고 어두운 밤에 큰 경인가도 지름길 아스팔트 대로를 두고 조용히 동쪽 얕은 산을 넘어가니까 소나무가 울창한 산과 산 사이에 차가 다닐 정도의 넓은 흙길이 나오는데 사건을 벌인 우리는 통행금지 시간이라 해도 많은 사람의 생명을 앗아간 이틀 전 사건을 모두가 알고 있어 민간인을 마주치면 안 됐고, 더욱이 군복을 입고선 긴 총을 숨길 수도 없어서 길을 떳떳이 걸을 수도 없잖아.

나중에 알았지만, 가끔 젊은 남자들이 이마에 호롱불 켜고 카바이트 냄새 내면서 약산 고개를 넘는데 광산에 교대근무 끝내고 집으로 돌아가는 광부들이었지. 밤 12시에 교대하는 걸 알았기에 그때가 밤 12시가 조금 넘었었다는 건 알았던 거고 광산 인부는 그 시간에 이동하는 거를 알기에 순경들도 통행금지 시간이라 해도 일 끝내고 집으로 돌아가는 그들만은 잡지 않았을 때야.

동료가 말하길 여기가 유명한 절이 있는 약산이라기에 쫓기는 중에도 내가 장난조로 물었어. 그럼 국어책에 나오는 김소월의 그 유명한 약산이 여기냐고? 동료는 픽 웃더니만 그 약산은 영변이고 하면서 자기도 한마디 하데.

그럼 너의 생각엔 날아다니는 파리는 프랑스제냐고 묻는 거야. 그 실없는 가벼운 농담이 쫓기는 와중에도 같이 있으니까 든든한 힘이 된다는 믿음이 생기고 오랜만에 며칠째 씻지를 못해 썩은 냄새나는 허연 이를 흐린 달빛에 드러내고 소리 없이 웃었어.

나중에 안 일이지만 약산은 요즈음으로 치면 종로3가 탑골공원 정도로 매일 일 없는 젊은이나 환갑이 넘은 남녀노소가 장구쟁이가 산소 비석에 등지고 장구를 쳐대면 노란 주전자에 든 막걸리 한 잔에 수많은 사람들이 흥겹게 어깨를 들썩이며 춤을 추고 했었어.

파리 이야기가 나와서 하는 말인데 하루 수천 명이 즐기는 산에 변소 자체가 아예 없었어. 소나무 뒤나 아래 그리고 약간 움푹 파인 곳 하다 못해 나중에는 산 전체가 지뢰밭이었나 봐. 우리는 실미도에서 배운 게 포복하면서 앞으로 전진하는 걸 배웠잖아? 처음엔 가파른 산을 오르니까 단순히 미끄럽다고만 알았는데 몇 번을 더 넘어지고 바람결에 흘러온 냄새가 군화에서 올라온다는 것을 알았던 건 산을 넘고 포도밭 위에서 잠깐 망을 보며 비 오듯 이마와 등골에 흐르는 식은땀을 훔쳐낼 때야 비로소 우리가 여러 번 똥을 밟았다는 걸 알았던 거였고 미신이라고 특별히 믿거나 싫어하지 않았는데 이상하게 기분이 좋은 거야.

똥 밟아서 액땜했다면 좀 그렇지만 우리 속담에 똥 밟은 이야기 하면 다들 좋아했잖아?! 우리도 갑자기 종교처럼 그러한 믿음을 억지로 짜 맞추기 시작하면서 마음의 안정을 찾으려 했었던 거 같아. 지금은 쫓겨도 자유가 있으니까 잡힐 때 잡히더라도 똥 밟고 좋은 해석이 되니까 나름대로 마음의 여유는 생기더라고. 참! 그 더러운 똥 밟았다고 희망이 생기고 마음의 안정이 될 줄 누가 알았겠어? 살다 보니까 인생은 꿈보다 해몽이 좋아야 희망이 생기고 좋은 게 더 좋아신다는 걸 인생 삼십 살 넘어 똥 밟고 나서야 그때 터득한 거였어.

찢어진 듯 조그만 초승달을 보니 갑자기 생각나는 거야 7월 5일, 그래 맞아 오늘이 양력 8월 25일이고, 음력으로 7월 6일인 내일이 우리 어머니께서 일제 수탈에 드신 게 없어 배 아프셔도 소리 지를 힘도 없어 가늘어진 다리에 찢어지는 아픔을 다 겪으시며 낳은 자식이 나야. 간단히 말해서 내 생일 날 고봉밥에 미역국은커녕 살인자에 탈영병 신세로 팔자에도 없는 쫓기는 신세가 된 거고 내 인생 정말 똥 밟은 날이 된 거야.

길 건너 산 길을 타기 시작하고 이곳의 지리를 아는 동료를 따라 산을 넘고 가시철사로 기다랗게 쳐진 포도밭 울타리를 따라가면서도 포도밭의 검게 익어가는 포도는 건들지 않았어. 왜냐하면, 포도 과수원은 수확 시기가 가까이 오면 보이지는 않지만 주인 식구들이 밤잠을 설치며 돌아가면서 원두막 어디선가 두 눈을 부릅뜨고 보면서 꼭 지키고 있는 건 어렸을 때 과수원 서리 해본 사람이면 다 아는 사실이잖아.

그 범인들은 모두가 낮에 인사를 나누고 함께 어울리던 동네 형이나 안 그럴 거 같은 생긋 웃는 얼굴의 동네 아줌마들이었기에 잡아도 포도를 빼앗을 수도 없었고, 거짓말같이 해 뜨는 이른 아침이면 문밖에서 아주 다정하게 부르는 소리가 들리고, 아무것도 모르는 그 집 아들이 웃으면서 훔쳐간 포도값과 비슷한 가격의 뭔가를 들고 서 있던 기억이 되새겨지는 거야.

하지만 과수원 주인과 생판 모르는 우리는 걸리면 그냥 도둑으로 변명할 기회도 없이 파출소에 넘겨져 죽어야 하는 운명인데 간이 배 밖으로 나오지 않는 이상 어떻게 포도를 훔칠 수가 있겠어? 정말 목숨 내놔야 포도를 훔치는데 죽고 싶지는 않았거든.

그 깊은 밤 산 중턱에 촘촘히 쳐진 철조망을 사이에 두고 어린 아들과 어머니가 몰래 숨어서 꼭 껴안고 울면서 이야기하는 게 보였는데 옆의 동료가 툭 치면서 그냥 가자고 하면서 하는 말이 저들도 지금 목숨을 내놓고 같이 만나고 있는 거래서 무슨 말인지 모르지만 우리 갈 길도 바빠서 그땐 궁금은 했지만 더 이상 묻지를 않았지.

이번엔 포도밭 동쪽 끝에서부터 길을 건너 채석장 오른쪽으로 우리가 지날 때마다 여기저기서 꼬꼬댁하고 닭들이 울고불고 난리 치면 기다렸다는 듯이 한 마리씩 집집이 닭장 옆에 묶여있는 개들이 짖기 시작하고 금세 작은 골 동네 개들이 다 짖기 시작하자 이집 저집에서 닭장에 도둑이 들었는지 확인하는 백열등이 켜지는 게 보이기 시작하며 사람들이 나오기 전에 그곳을 벗어나기 위해 무조건 야트막한 두 개의 오래된 부부 무덤이 있는 고갯길을 재빠르게 넘어갔어.

동네가 전부 닭장뿐이고 한센병 환자들이 모여서 양계를 하는 성계원이란 건 동료에게 들어서도 알고는 있었지만, 거지촌에 들어가서 깡통에 밥 얻으러 다닐 때 뭉그러진 그들의 손과 얼굴을 보면서 알았고, 운 좋으면 가끔 닭똥이 더덕더덕 묻은 깨진 달걀도 얻는 봉 잡은 날도 있긴 있었어.

앞뒤가 엇비슷하게 자리한 채석장 옆으로 부부의 쌍묘가 있는 또 하나의 얕은 산을 넘으니 깜깜한 밤인데도 어렴풋이 널따란 논과 개울 건너로 넓은 농장과 울퉁불퉁 엠보싱처럼 파릇파릇 수많은 산소늘이 그 너머로 보이기 시작하는 거야.

동료가 가던 걸음을 멈추고 뒤를 보며 조그맣게 말했어! 우리는 이제 살았다고 하면서 최소한 굶을 일을 없을 거라고 장담하듯이 말했지. 갑자기 무슨 힘이 남았는지 혼자 봉긋 솟아난 산소 사이 축대를 이리저리 건너뛰면서 묘지들 사이를 옮겨 다닐 때만 해도 그게 무슨 말인가 했지만, 동료의 말이 사실임을 금방 알게 됐어.

어떤 묘지 비석 앞 하얀 종이 위에 위아래 칼로 넓적하게 깎은 사과 몇 개와 비싼 배 하나, 밤과 대추 그리고 붉은 개미가 잔뜩 낀 딱딱한 떡에 통북어도 머리가 반쯤 꺾인 채 한 마리가 있는 거였어. 우리는 지긋지긋한 실미도 부대 공작원이란 걸 감추기 위해서라도 땟국물이 좔좔 흐르는 군바리 옷도 벗어서 살아나면 다음에 꼭 찾으려고 산소 옆에 개머리판과 분리한 총 두 자루와 여러 개의 탄창에 낀 실탄들과 함께 구덩이를 파고 돌돌 말아 주운 과자 비닐에 싸서 묻었는데, 이번 은행에서 일 벌일 때 입은 옷이 바로 그 군복을 빨아 입은 거고 작동 잘하라고 베어링에 쓰는 윤활유칠 잔뜩 해서 조립해 쏘아 댄 게 그 총이

105

고, 열쇠고리에 매달았던 녹슨 수류탄인 거야.

묘지 옆 구덩이에서 사망한 고인들의 유품이 불태워질 때 작업자가 수고비를 조금 받았는지 제대로 타지도 못하고 그을린 옷들이 아래에 있어 덜 탄 옷들만 뒤져서 군복과 바꿔 입었는데 타다 만 자국이 있어서인지 내가 봐도 탄 냄새가 나고 거지 중에 아주 상거지였지만, 더욱 가관인 건 일부러라도 그렇게 못할 거 같은데 하필 신발이 한 짝씩만 불에 탔는지 우리 둘은 살기 위해서 군화도 함께 묻고 짝짝이 신발을 억지로 발에 맞추고 신발이라며 신기는 신었지.

그리고 이 호주머니 저 호주머니에 먹을 것들을 무조건 챙기고 파란색 2홉들이 병에는 소주가 반병 이상이나 있었지만, 훈련받은 대로 우린 마시지 않고 버려야만 했지. 굶다가 술을 마시면 핑 돌아서 큰일 나는데 가만히 생각해보니 헛웃음이 나는 거야.

이번 사건의 원인 중의 하나가 전쟁 후 처음으로 남북한이 공식으로 만난다고 기뻐서 주민이 던져준 축하주를 숨어서 나누어 마시다 결국은 이 사달이 났는데 아이러니하게도 그 귀한 소주를 아깝다 생각하면서도 다 버리고 개울에서 물을 담아 챙기고 부평이 보이는 건너편 산으로 올라가는 도중에 배가 너무 고파서 가져간 건 산에 오르는 도중에 거의 다 먹었어.

지금 그 산이 마흔 넘어 풍악을 울려 유명해진 가수의 아버지가 모셔진 평온당 입구 왼쪽으로 손바닥만 한 보리밭이 있었고 1993년도에 싱크홀이 생겨 100여 기의 무덤이 사라진 그 위였어. 거지촌 거지들에게 살갑게 대한 별명이 꼬마인 영철이 형도 허물어진 싱크홀 속에 파문혔는데! 그러니까 옛날엔 평온당 앞 오른쪽이 고구마밭이었고, 사건 당시는 거지촌 천막이었던 거야.

산에 올라가니까 얼마나 배가 고팠었으면 다 먹고 대가리가 꺾인 딱딱한 통북어 한 마리만 남은 거야. 할 일도 없고 가만히 있으니까 훈련받으면서 매일 고래고래 악쓰며 지르던 소리도 갑자기 안 지르니까 그것도 입이 근질근질한 게 이상해서 아까 철조망에서 껴안고 울고 있던 모자가 왜 목숨을 내놓았다는 건지 눈 감고 자듯이 누워있는 동료 공작원에게 물어보았어.

며칠 숨어 지내느라 힘들어 자려고 그랬는지 귀찮다는 듯이 입만 산듯이 툭툭 뱉으며 하는 동료의 말은 당시에는 정말 믿기 힘들 정도의 충격이었어. 저 동네는 작은골이라고 커다란 사무실 겸 창고 한구석에 감방처럼 자체적으로 죄를 짓거나 다른 데서 굴러온 한센인을 일단 임시로 가두는 감금실이 있다는 것도 믿기지가 않았지만 정말 저들이 울타리를 사이에 두고 새벽에 몰래 만나는 게 손 뒤틀리고 얼굴 찌그러지는 부모들이 걸린 나병 때문이고 부모는 정부에서 집단으로 지원한 양계장이 있는 마을 내에서 그리고 미성년 어린 자식들은 국가에 의해 나병 전파 막는다고 시퍼렇게 살아있는 부모와 떨어져서 부평삼거리 논과 주유소 건너편에 있는 보육원에서 부모 없는 고아처럼 집단으로 기른다는 거야.

부모와 자식 간에 몰래 만나다 걸리거나 잘못하면 자체적으로 정한 엄한 규율이 있어 널따란 창고 내에 조그맣게 나무 기둥으로 만들어 놓은 감금실에 가두고 감방 비슷하게 운영하고 있다는 거야. 나병이 자식들한테 옮길까 봐 나라에서 접촉을 반강제로 금지시킨 거고, 젊은 부부는 아기도 못 갖게 강제로 불임수술도 시켰는데 말이 좋아 수술이지 시신 부검하는 차가운 스텐판에 강제로 눕혀서 의사도 아니고 가끔은 같이 근무하는 간호사들에 의해서 생식기 뿌리를 이리저리 자르고 찢는 거의 마취도 없이 날카로운 메스로 째고, 자르고, 꿰멘 후에 남자, 여자 구별 없이 핏물 자욱한 광목 팬티를 부여잡고 바로 퇴원시켰다는 거야. 무슨 놈의 실미도 부대도 아니고 산아 제한에 여성들은 간단한 복강경 시술도 있었다는데 무슨 실험 대상인 동물처럼 이리 찢고 저리 잘라내는지 지금 생각해도 그들에게 꼭 그렇게까지 했어야만 했는지 의심이 들긴 들어. 우리 실미도 공작원들이 억울한 것도 열 받는데 이 이야기를 들으니까 듣는 내가 얼마나 억울한지 그들 한센병 환자들이 국가 권력에 당한 것을 생각하니까 내가 당한 것도 아닌데 당하는 자체는 동병상련이라고 피가 거꾸로 치솟는 거야.

바람에 며칠을 뒹굴었는지 색깔은 누렇게 바랬고, 바위 모서리에 길게 찢어진 신문을 주워 보니 올해는 수출도 10억 달러나 하고 경부고속도로도 뻥뻥 뚫려 부산도 밥까지 먹으면서 하루에 다녀올 수 있다는 등 도저히 믿을 수 없이 아주 좋아졌다는데 이 세상에 그런 일이 있다는 것이 믿어지지가 않았지.

그걸 읽은 동료가 더워서 바닥이 보이는 소주병에 남은 마지막 물방울까지 혀를 길게 내밀고 핥으며 말하길 부산을 하루에 갔다 오면 자기 손에 장을 지진다고 하기에 나는 거기에 더해 손목을 자른다고 맞장구를 쳤었던 기억이 나.

근데 고속도로가 뭔데? 듣기로는 소나 경운기가 다니지 못하는 길이라고 하던 거 같은데! 씨×! 없는 살림에 농사짓는 우리 부모는 어디로 다니라고? 농사꾼 생각한다면 차는 안 다녀도 소나 경운기는 다니게 하는 길을 만들어야 정상 아니야? 미쳤다! 할 일 드럽게 없나 보네. 농사지을 시간에 부산에 와 내려가 점심 처먹고 오는데?

그 정도로 당시에는 우리는 고속도로 만든다는 말만 뉴스로 접하다 실미도에 갔으니 이런 대화를 나눈 것도 하나도 이상하지 않있지만, 시간이 흐르다 보니 말이 맞긴 맞더라고. 하긴 18년이나 해 처먹었으면 한두 개라도 해 놓은 건 있어야지?

그런 말 말아! 지들 뻥땅 안쳤으면 그 돈으로 손쉽게 그런 고속도로 3개는 만들었을 거야. 그리고 이건 잠이 달아난 그때 동료 공작원이 이어서 해준 이야기인데. 가슴을 후벼 파는 나환자 가족의 이야기는 차라리 안 듣는 것만 못한 거 있지.

공동묘지 골짜기 오른쪽 끝나는 곳쯤에 그러니까 지금 화장터 가기 약 100m 전쯤 산길 타는 개울 옆에 흙집 짓고 살았는데 나환자 부모에 큰 누나가 스무 살쯤이고 그 아래로 줄줄이 몇 명의 동생들이 있었지만, 부모가 나병으로 팔이 뒤틀려 등 뒤로 돌아가고 손가락도 손바닥에 붙었고, 더군다나 심하면 그 손가락이나 발가락조차도 군데군데 없고 얼굴이 흰 눈동자가 크게 보이며 찌부러지고 다물어지지 않는 입술은 힘을 주지 못해 침을 질질 흘리는 부모님이었어.

그래도 엄마는 찌그러진 얼굴을 긴 마후라로 감추듯이 둘둘 말고 손가락이 붙은 손에 헤어진 장갑을 끼고 가끔 동냥을 위해 나오기도 했지만, 아버지는 나병의 상태가 너무 심해서 손가락질 아니 지나가던 사람들이 던진 돌에 맞을까 봐 아예 밖으로 나오질 않았어.

조금 심하게 말하면 어떨 때는 먼젓번에 본 손가락 마디가 뚝 부러져서 없어지기도 했고, 입술에 힘이 없어 벌건 아랫입술 안이 밑으로 축 늘어져 줄줄 흘러내리는 침에 둘러싸인 몇 개 없는 치아가 다 보일 정도였으니까! 그들은 어떻게 해서든지 사랑하는 자식들과 가정을 이뤄 함께 살려고 성계원을 빠져나와 감방 같은 감금실과 자치권이 없는 곳에서 살고 있었던 건데 부모가 돈을 못 버니 하루에 단돈 10원이고 한 달 단돈 300원이며 일 년에 3,600원인 육성회비가 아예 없어 애들 국민학교조차도 못 보내는 거였고, 더군다나 먹고살기도 궁해서 출생신고는 아예 생각조차 못 했나 봐.

산 넘어 성계원에 살기만 해도 서로 떨어져 살아서 그렇지 나라에서 자식들 교육해 주고, 집 지을 땅과 닭장 터를 분배받아서 닭 길러 달걀 팔아 돈도 벌 수 있었고, 다달이 나라에서 쌀이고 연탄이며 다 배급을 줘서 적어도 굶지는 않았고, 나병의 완치는 몰라도 성계원 입구에 조그만 그들의 전문병원인 의원도 있어서 공짜로 약도 탈 수 있었어. 그런 데도 오직 자유와 자식과 함께 살고 싶어서 그걸 다 다 포기한 거였어 모두가 자식과 함께 살고 그놈의 자유를 위해서였지.

그 밑에 또 한집의 나병이 심하지 않은 나환자 부부가 목장과 길 하나 사이로 경계를 두고 울타리 안의 밭과 온 집안에 빨강 장미를 잔뜩 심어 놓고 텃밭을 일구어 어린 아들 둘과 흙으로 지은 나지막한 이층집에서 사는데 큰애는 겨우 국민학교 마쳤고, 둘째는 그래도 중학교는 보낸 거 같아.

아주머니 얼굴은 젊은 나이에도 쭈글쭈글하셔도 나병 상태가 음성으로 사회생활하는 데 지장이 없으셔서 예쁜 울타리에 빙 둘러 장미꽃과 산소에 필요한 국화 등을 키우시면서 묘지 성묘객에게 팔아서 경제적인 안정을 찾아 항상 웃음꽃이 피는 화목한 가정을 이루어 나름 자리를 잡았었어.

가끔 소문을 들어보니 지금은 가족 모두가 묘지 입구인 부평삼거리역 어디에선가 크게 꽃집을 하면서 잘살고 있다는 걸 어렴풋이 소문에 듣긴 들었지.

지금이야 너도나도 꽃 들고 산소 찾지만, 그때만 해도 술과 음식을 차려야 조상 모시는 줄 알 때였고 꽃 들고 산소 찾으면 정성이 없는 후레자식이라고 속으로 욕하며 손가락질할 때였으니까. 그분들이 자식들 키우려고 음성한센병 진단을 받고 꽃 팔면서 일반인과 상대하려고 노력하신 거는 계란으로 바위 친 거보다 정말 더 대단하신 거였지. 정말 그때는 사지 멀쩡한 사람들도 먹고사는 것도 힘들고 돈도 없어서 꽃은 사치품이라 아예 사지도 않았을 때인데 아주머니가 선견지명이 있으셨던 거 같아. 근데 그 팔기 힘든 꽃들을 지금도 마음대로 팔기가 힘든데 그땐 정말 더 힘들었을 거 아니야!

더군다나 누가 봐도 한 번쯤 더 보게 되는 자글자글한 주름이 덮친 표나는 얼굴에 말이야?! 나중에 생각해보니까 꽃을 좋아하신 것도 있지만, 동네 사람들하고 부딪치지를 않잖아. 동네에 꽃 파는 집이 없어 경제적으로 이해관계가 없으니 부딪치거나 쫓겨날 이유가 생기질 않아서 꽃을 팔기 시작하셨다는 생각이 들 때는 가슴이 아플 때도 있었어.

음성 판정으로 성계원을 나와 십정동이나 청천동 산골로 들어가신 분들과 공동묘지 큰골이나 삼거리 등에서 어렵게 터를 잡고 사는 나병 환자 가족분들은 한마디로 자유를 얻으려고 자식 **빼고** 모든 걸 포기한 분들이야. 일반적으로 무슨 결정을 할 때 가위바위보로 편을 가르기도 하는데 그분들은 손가락이 뭉쳐있거나 제대로 붙어있지 않아서 거짓말 같지만 가위바위보도 아예 못해.

그래서 음성인 한센인들이 성계원을 떠나면서 택한 기준이 종교인 거 있지! 하나님을 믿는 기독교분들은 청천동 깊은 골짜기로 가서 농장 개척하고 하느님을 믿는 천주교분들은 시인인 초대 자치위원장을 따라 십정동인 지금의 백운역과 동암역 사이 남쪽 얕은 언덕을 개간해서 배운 게 도둑질이라고 닭들 기르며 계란 팔아서 단체로 삶의 터전을 일구고 살았는데 아이러니하게도 성당보다 십자가 탑이 하늘을 찌르는 교회가 중앙에 떡하니 자리 잡은 거 있지?

성당은 동암역 십정사거리 못 가서 있고, 또 하나는 백운역 옆에 88 올림픽 때쯤 생겼잖아. 많지는 않지만, 종교가 없는 음성 한센인분들도 있었을 거 아니야? 그럼 종교가 없거나 나환자촌에서 뭉쳐 살기 싫어 아예 나가고 싶었던 분들은 어디로 가셨을까? 그분들은 당당히 처자식과 함께 부평삼거리와 광산 둘레에 드문드문 자리 잡고 나름대로 풍족하진 않아도 정부 배급에 큰 부족함 없이 닭들 기르고 포도 과수원이나 조그만 구멍가게 하면서 열심히 살았고, 아들딸들이 열심히 공부한 덕에 외국에 직장 얻어서 살고 크게 장사하면서 몇 명 **빼고**는 다

잘됐다는 소리를 가끔 들어.

기죽어 산 세월이 있어서인지 열심히 일해서 나름대로 출세하여 영부인과 나환자촌 위문 다니던 자치회장 했던 유명한 시인은 물론이고, 장충체육관에서 대통령 뽑는 통일주체국민회의에 출마한 국민학교도 못 다닌 이력으로 철길 옆에서 조그만 구멍가게 사장하면서 용감하게 커다란 사진 옆 이력란에 망설임 없이 국졸도 아닌 '국퇴'를 커다랗게 쓴 후 대봉령 선출하는 선거인단인 통일수체국민회의에 용감하게 줄마하신 분도 있었거든. 뭐?! 당선됐냐고? 그래도 한때는 친구 아버지시고 동네 어른이신데 난처한 질문은 그냥 넘어가면 안 될까?

50여 가구가 전부인 거지촌이 있었던 그 골짜기 동네엔 유난히 같은 나이의 친구들인 영철이라는 이름이 다섯 명으로 유난히 많았던 걸로 기억하고 있어. 우리가 암만 거지지만 대개의 집들도 갓 넘은 보릿고개로 거지 직전의 살림살이라서 비슷한 나이의 몇 명은 가깝게 지냈거든. 둘은 자살했고 또 한 명은 한식날 간석오거리 검문소가 있던 자리에서 술에 거나하게 취한 채 몸통 반을 아스팔트 찻길에 걸쳤다가 뺑소니 트럭에 치이는 사고가 난 거야.

의사들은 사람부터 살려야 했기에 올라탄 차바퀴에 짓눌려 형체를 잃은 항문과 성기는 치료조차 못 한 채 썩어서 잘라내고 목숨만 간신히 건지고 죽지 못해 간신히 살아났지만…. 유난히도 남자를 밝히던 그의 아내가 도망가자 그도 인생의 목표가 바뀌었는데 그게 어린 아들이 앞으로 혼자 살아갈 수 있게 똥통 차고 나무 패면서 장례 치르는 산소에 뻘건 육개장 밥을 해주는 일이었는데, 그것도 10원 이십원짜리 과자나 소주 파는 구멍가게까지 하면서 말이야. 그 영철이 형이 마누라의 밝힘증을 알기에 딴 남자랑 자고 와도 좋으니 어린 아들을 위해 집에는 들어와 달라고 사정했나 봐.

하다못해 그의 어머니도 며느리에게 딴 남자 데리고 들어와 살아도 좋으니 손자 생각해서 집에는 들어오라고 풀어헤친 머리로 손이 발이 되도록 사정하다 못해 빌었는데도. 결국은?! 밤낮으로 밝히던 아내는 징그럽다고 옆에조차 오지 않아 상할 대로 상한 자존심은 혹시라도 어린 아들 놔두고 집을 나갈까 봐 불안해서 죽는 날까지도 제대로 말도 못 해봤다고 했어.

결국은 딴 남자와 셋이 따뜻한 아랫목은 두 년놈에게 내주고 마누라 딴 놈과 살 섞는 소리 들어가면서 한방에서 잔 것도 잠시, 또 딴 놈이랑 눈이 맞아 아예 집을 나가 딴살림을 차리고 하루에 한 번씩 집에 들르긴 했는데 그 이유가 푼돈도 안 되는 구멍가게 매상을 챙겨가기 위해서였는데.

그 살림 차린 남자가 누구냐면 어렸을 때부터 "형! 형!" 하며 쫓아다니던 둘도 없는 동네친구의 망나니 동생이라 충격은 더 했을 거야.

자네도 건강해야 해. 먼저 죽어서 마누라 과부 만들면 데리고 노는 놈은 대개가 아주 다정했던 남편 친구들이고 얼씨구나 하고 만세 부르며 땅에 묻히기도 전에 작업 들어간다니까!

자네가 아끼고 안 먹으면서 뼈 빠지게 번 돈은 그 년놈들이 여관방에서 엉켜 재미 보느라 아까운 줄 모르고 쪽쪽 빨아대면서 흥청망청 쓴다니까!

저 건너 살던 방위 하다 탈영해서 50줄 다 되어 헌병대 잡혀간 이씨 알지? 그 날 새파랗게 어린 헌병들에게 양손 묶여서 끌려갈 때 늦게 결혼한 그의 마누라가 갓난아기 포대기에 들쳐 업고 동네방네 탄원서 써 달라고 편지지에 연필 들고 울면서 쫓아다녔잖아.

이씨가 사람은 참 좋은데 동네친구가 죽으면 조카뻘인 어린 상주와 사흘 밤낮으로 정성스레 다 세워주고 지극정성으로 장사 치르며 힘이 되어 주는데 다음 해 제사 때쯤 되면 그 친구 미망인들은 한 년도 빼놓지 않고 돌아가면서 이씨에게 여보라 불러대며 정확히 세컨드 됐잖아! 전에 '골라 먹는 맛'이라고 선전도 있는데 그 이씨가 딱 그랬다니까!?

난 빨대를 처음 본 게 애장골에 사는 이씨 친구의 미망인이 미군 부대 쓰레기장에서 나온 캔콜라를 이씨가 빨아대는 걸 처음 보고 놀라서 한참을 바라봤던 거 같아. 하여튼 그게 ×이든 빨대든 간에 이씨는 어디든지 꽂는 건 아주 잘했다니까? 빨대는 꽂으라고 있는 거라면서 한다는 말이 임자가 있고 없고는 나중이고 일단 꽂아서 꽂히면 자기 거라고 능구렁이처럼 말했잖아.

미안하다는 말이 왜!? 나왔는지 알아? 옛날엔 저런 놈들이 하도 많아서 죽은 친구 기제 돌아올 때면 그 친구도 죽은 친구 마누라 챙기고 재미 보느라 면목이 없으니까 제사상에 술 한잔 따르면서 하던 말이 "미안하네."였다고 어디서 들은 것도 같은데. 그래서 서구 어느 나라는 교통사고를 크게 내고서도 미안하다는 말은 절대 안 한다잖아.

그 영철이 형 정말 말년에 세상에 있는 망신이란 망신은 다 당한 것도 모자라 가족들에게조차 아프다는 환자티는 한 번도 내보지 못하고 개

고생만 죽도록 하다가 돌아가신 거 같아. 우리가 거지인데도 한 번도 말을 놓지 않았고, 지나갈 때 육개장 남은 거 있으면 먹고 가라고 땟국물이 좔좔 흐르는 우리들에게 자기들 먹는 그릇에 밥까지 얹어서 정성껏 주기도 했잖아. 얼마나 사람이 좋으면 거지인 우리가 형이라고 불렀을까? 그 형 그렇게 되고 우리 거지들은 더 이상 육개장을 못 먹었잖아?!

한번 생각해봐. 늦은 나이에 귀하게 얻은 어린 아들의 앞날을 위해 죽을 날 잡아놓고 옆구리에 찬 누런 오줌통과 퉁퉁 출렁거리며 육개장 끓이려고 아름드리나무에 도끼질하는 아비의 심정을.

생각난 김에 그 형님들께 묵념이라도 먼저 올리고 다시 시작할게.

5.

어느 날, 동네에선 어울리지를 못하고 아침에 일어나기만 하면 미군 부대가 있는 부평 신촌에서 놀던 10살 정도의 아이가 있었어. 처음엔 학교도 안 다니고 또 동네 또래들과도 어울리지 못하니까 단순히 놀다 오는 줄 알았는데 어느 날은 여태 보지도 못한 외국 여자들이 홀딱 벗고 신체 일부만 크게 확대된 잡지에 있는 컬러 사진을 들고 와서 호기심 어린 또래들의 반바지 입고 쪼그려 앉아 있는 다리 사이에 들이밀고 왔다 갔다 하면서 야하게 웃을 때 무얼 아는지 또래들의 얼굴이 붕 뜨고 알 수 없는 세계를 본 것처럼 모두가 멍한 상태로 한동안 얼마나 조용한지.

그 어린 또래들의 반응이 그랬는데 나중에 안 거지만 나이에 어울리지 않게 신촌의 양색시 촌에 기웃거리다 주워들은 영어 몇 개 가지고 그 어린 나이에 호객행위를 했었나 봐.

"순이가 에레나 되는 곳?! 한 번쯤 들어봤을 거야! 내 이름은 순이랍니다. 그러나 여기서는 에레나예요!"

순이가 에레나가 되는 순간 세상의 모든 것을 거의 잃었다고 보면 거의 틀리지 않을 거야. 가족관계 흐트러지지, 친구 잃는 것은 물론이고 계산하면 분명히 많이 버는데 결국은 거의 폐인 되는 절차가 거짓말처럼 기다리고 있었잖아.

열심히 일하면 잘살 수 있다는 꿈과 희망만 있고 결국은 절망하는 그런 곳을 외화 번다고 내국인들은 성범죄가 나쁜 범죄라고 죽일 놈처럼 단속하면서 특별한 지역 몇 곳은 성병 검사하는 보건소까지 갖춰놓고 국가에서 특정 지역으로 지정까지 해서 예외로 했었잖아. 그러니 대통령 입에서 남자 허리 아래 일은 묻지 말라는 말까지 나온 거잖아.

나라에 달러 없을 때 열심히들 일해서 달러 벌어준 애국자들이 기지촌 여성분들인데 밥 쫄쫄 굶었을 때 그분들 고마움 생각 못 하고 우리 사회가 곁눈질로 보고 있었잖아? 나라에서 앞장서서 단속 없이 장려하다시피 했던 그 시절 그분들이 벌어들인 달러가 있었으니까 지금 우리나라가 이 정도로 사는 거지 당시 대통령이 통치 잘해서 잘사는 게 아니란 말인 거야.

산에 나무 없으면 나무 심으려는 게 인간의 본능이고 길이 필요하면 조금 늦을 수 있었겠지만 고속도로 깔려는 마음 국민 모두가 가질 정도의 우리 민족이잖아? 지금이라도 우리 사회가 그분들에게 고마움을 전해야 한다고 생각해.

그 날 이후 동네 또래들은 특별한 경험을 해서인지 눈빛이 달라졌고 놀다가도 지나는 아가씨가 있으면 한참을 쳐다보는 걸 몇 번 봤어. 화장터 아래 개울이 꺾이는 곳에 살던 열 살 막내가 동네 또래들이 놀고 있는 곳으로 와서는 자기 미국으로 입양되어 간다고 흥분해서 자랑하는 거야.

친구들이 입양이 뭐냐고 물으니까 그의 말이 걸작이었다고 했어. 문둥병 들고 가난한 우리 엄마 아버지를 부자인 새엄마와 새아버지로 바꾸는 거라며 자기 방도 생길 거라고 자랑을 하더래. 이제는 손발이 뒤틀리고 얼굴이 찌그러져 창피한 문둥이인 엄마, 아빠와 살지 않아도 된다면서 발바닥을 땅에 비비면서 가끔 한 발을 들고 미군들이 추는 트위스트를 흥겹게 추면서 좋아하는 게 부모랑 떨어진다는데 저렇게 좋아하는 게 저게 사람인가 싶었는데.

열여덟 살 이상은 입양이 힘든데도 자기 누나는 아예 호적이 없으니까 나이를 줄여서 자기 형제자매 전부가 미국으로 입양 간다고 저 거지촌 작은 개울 건너 지금은 없어진 새하얀 납골당 문앞에서 딱지치기하는데 일부러 와서 자랑했대.

딱지를 치다 말고 친구들 중에 누가 물었나 봐. 너희 엄마 아버지는 어떻게 되는 거냐고?! 어린데도 그놈 대답이 걸작이었나 봐. 자기 부모는 나병 걸린 문둥이어서 잡히면 소록도에 가면 되고 심하게들 아프니까 아마 몇 년 못 살거고 그러면 자기들은 멀리 사니까 아주 잊고 살면 되는 거라면서 엄마가 자기들한테 부모 없다 생각하고 살라고 말해 줬다며 자랑스럽게 말했대.

그렇게 한동안 싱글벙글하던 아이가 어느 날 진짜 없어진 거야 자기 누나 형들과 함께! 걔네 부모는 병 걸려서는 각자 부모와 친척으로부터 버림받고 지금은 자식들에게 버림받은 아주 한이 서린 억울한 세상살이를 하는데 인간적으로 무슨 낙이 있고 희망과 웃음이 있겠어. 돌아다니다 경찰에 잡혀 소록도에 끌려갈까 봐 모든 자식들이 한 번에 입양되어 가는 김포공항엔 아예 나가지도 못했고 미국에 모든 자식이 단체로 입양 가는 날아오르는 비행기가 조그맣게 보이는 경찰 종합대 뒷산에 올라 비행기가 뜨고 내리는 저 멀리 김포 쪽만 종일 쳐다봤나 봐.

그 자리가 운명의 장난처럼 사건 당시 인천에서 체포되고 부평 군부대에서 재판 없이 총살당한 우리 동료 공작원들이거나 아니면 오류동에서 사형 집행된 우리 동료들이 암매장된 장소라는 게 이게 단순히 우연일까? 당시에 그 부모들 모르긴 몰라도 흙바닥 위에 눈물 한 사발은 흘렸을 거야.

너는 안 봐서 몰라. 나환자 눈썹 없는 붉은색 실핏줄이 거미줄처럼 쳐진 눈에서 커다란 흰 눈동자 아래로 눈도 껌뻑이지 못하고 줄줄 흐르는 눈물이 얼마나 가슴 아픈 눈물인지를…. 피눈물 난다는 게 이런 거고 가슴이 찢어진다는 표현은 이럴 때 하는 게 아닐까 싶어.

그의 형제자매가 미국으로 갔다는 소리를 들은 지 얼마 안 돼서 그 부모들도 볼 수가 없었는데 동네 어른들 말로는 약 먹고 같이 죽었다는 이야기도 있는데, 사실 나환자들은 웬만한 독성 있는 약을 먹어도 잘 안 죽는 이유가 독일에서 들어오는 아주 독한 약을 매일 먹거든. 그래서 나환자분들은 독한 약에 대한 아주 강한 내성이 생긴 거야. 일반인은 그 약 한 알만 먹어도 난리라도 난 듯이 실려 병원 가야 했고 두 알 먹으면 간단히 자살로 결정 나서 병원에 가도 암만 용한 의사라도 살리지를 못하는 그렇게 독한 약이야.

나이 든 한센인이 세상을 비관하며 죽으려고 집안 대들보에 목을 걸어도 한센병 특유의 딱딱해진 목살에 줄이 조여지지 않아 멀쩡하게 목줄 메고 대롱대롱 매달렸다 살아났다는 이야기도 있었는데 솔직히 사실인지는 아직도 모르겠어.

어쨌든 나환자분들은 독사에 물려도 우리가 모기에 물린 거처럼 따끔할 뿐이라서 웬만큼 독한 약을 먹고는 자살도 못 하고 그렇게 목을 매도 마음대로 죽지도 못하는 병이 천벌을 받았다는 나병이고 좋게 말해서 한센병인 거야.

그 부모들은 아파서 죽었다는 말들도 마을에 돌았는데 모르긴 몰라도 인천 앞바다에서 빠져 죽었다는 말도 한동안 돌았어. 인천 앞바다에서 남녀 둘이 뭉그러진 손가락과 빌어먹을 힘도 없는 힘으로 서로의 몸을 밧줄로 어설프게 썰물에 쓸려가던 펴지지 않는 손을 꽉 쥔 듯이 서로 엉켜 잡은 나병 시신이 떠오른 것을 발견했다는 뉴스가 지방 신문 한쪽 끝에 몇 줄 있었나 봐. 나이 40대 초중반인데도 나병 때문에 80대 할아버지, 할머니처럼 보여 신원을 알면서도 시신을 인수할 가족이 없어 무연고 처리했다는 소리를 어렴풋이 들은 것도 같아.

떠도는 어른들 말로는 이들은 아마 자식을 한두 명도 아니고 한 번에 네 명을 다시는 볼 희망조차 없는 미국에 입양 보내고 모르긴 몰라도 나병보다도 화병에 같이 죽었을 거라고도 했어.

그땐 미국은 상상도 할 수 없이 멀어서 한 번 가면 영영 못 오는 줄 알던 시절이고, 사실 비행기 표도 사기 힘들었고, 일단 일반 국민들은 여권이란 게 있는지도 아예 몰랐고, 또 있어도 일반 서민은 구경조차 할 수 없던 그런 시절이었거든. 지금 생각하면 상상이 안 가던 일인데 그 시절에는 너나 할 거 없이 다 그랬어.

울퉁불퉁한 작은 흙벽돌집에 살림살이도 그대로 있었다고 하는데 방바닥은 흙으로 다졌고 방 가운데 불쑥 튀어 오른 커다란 돌멩이는 너무 커서 캘 수가 없어 자연스럽게 삐져 올라와 있고 방 한쪽에 넓게 펼쳐진 쌀가마니가 이불과 요를 대신해서 깔려있고 입고 있는 옷과 산소에서 주워 온 몇 개의 옷에 둘레가 새까맣게 그을린 채 굵은 철사줄로 벽에 매달려 있던 커다란 냄비 하나와 몇 개의 깨진 반찬 그릇이 세간의 전부였는데.

그리고 방 안에만 있는 남편을 먹여 살리려고 얼마나 애를 썼는지 집 둘레에 널려있는 산소에서 기일 맞춰 찾아와 제를 지내고 남기고 간 음식과 당일 죽은 사람 장사지낸 산소에서 주워온 말라 비틀어져 개미들이 까맣게 올라탄 고사리나물만 몇 개 남아있었는데.

아내가 동냥하느라 깡통에 김치 자국만 벌겋게 남아 있는 손잡이가 깨져 있어 잡기도 불편한 바가지를 보고 동네 아줌마 몇 명은 눈물을 흘리다 못해 하늘을 보고 세상에 이런 천벌도 주냐고 하느님께 손가락질해대고 따지며 대성통곡을 했나 봐. 들고 온 북어를 먹긴 먹어야 하는데 그들의 가슴 아픈 이야기를 들으니까 양심에 걸려 먹을까 말까 고민을 생기게 하는 나환자 가족의 비극적인 이야기라 당시에는 충격이 아주 컸어.

그래도 가는 게 세월이라고 그렇게 나환자 여섯 가족은 동네에서 완전히 잊혀졌나 봐. 그리고 나환자래서 자식을 떠나보내는 부모의 찢어지는 심정도 있지만 부모가 나환자래서 스스로 죽음을 택한 못난 젊은 친구도 있었는데.

지금 저 아래 인천 가족 공원 출입구 있는 데쯤 큰골과 작은골이 갈라지는 관리소 뒤로 채석장이었던 바위산 안쪽 개울 옆쯤에 살았다는데, 어릴 때는 몰랐는데 나이 먹고 젊고 혈기 왕성하니까 결혼할 나이에 자연히 여자친구가 생겼을 거 아니야.

놀이 좋아서 다방에서 자 마시고 이야기할 때는 미저 몰랐었고 돌아다니며 데이트할 때도 문제가 없었는데 현실적으로 결혼하려니까 부모님께 인사시켜 달라고 23살로 혼기가 꽉 찬 여자친구가 자꾸 보채니까 비로소 현실이 보이기 시작했을 거 아니야? 인사시켜 드린다는 거짓말도 하루 이틀이고 자꾸 미루는 것도 하루 이틀이지 어느 날 할 수 없이 부모를 소개시켜 준다고 여자친구에게 단단히 약속하고 그 약속 시간엔 두 줄로 평행을 이뤄 영원히 만날 수 없는 약간 휘어진 기찻길 옆에 쪼그려 앉아서 한참을 고민했나 봐. 차마 얼굴이 노인네처럼 쭈글쭈글 찌그러지고 눈썹도 없고 다물어져야 할 입까지 힘없이 비틀어져 침을 질질 흘리고 팔까지 비틀어져 손목이 등 뒤로 돌아가 있는 부모를 사랑하는 여자친구에게 소개시킬 자신이 아예 없었던 거지.

그가 여자친구 만날 시간에 간 장소가 지금의 동암 전철역사에서 주안 쪽으로 조금 올라간 약간 휘어진 철길이었나 봐. 하늘도 맑던 그 좋은 날에 붉은 핏발을 뿌려대며 그의 가슴처럼 찢어진 시신을 추스르느라 양방향 기차가 한참 오가질 못했다는데 더 슬픈 건 그 여자친구는 자기 남자친구가 속앓이하다가 스스로 죽은 걸 모르고 아직도 혼자

살면서 원망을 한다는 가슴 아픈 이야기도 들려왔었어.

둘레 사람들은 가지고 나불대는 입이라고 죽을 깡이나 배짱이 있었다면 부딪쳐나 보라 하면서 다들 못난 놈이라고 말들을 하지만 문둥이라 하대하는 나환자를 부모로 둔 친구들을 옆에서 지켜본 사람들은 그의 처지를 이해하고도 남아서 그의 죽음에 아무 말 없이 닭똥 같은 굵은 눈물들만 흘렸다고 해.

오죽하면 건강한 사위가 나환자인 장인과 함께 살면서 한 밥상에서 함께 밥 먹는다고 해외토픽처럼 세상에서 제일 효도하는 착한 사위라며 티브이에까지 나왔을 정도로 일반 사람들이 나환자와 어울린다는 게 아주 힘든 시기였잖아!.

마지막 남은 바싹 말라 단단한 북어를 바위 위에 놓고 돌로 찧어서 뜯어 먹는데 그것도 고기라고 오랜만에 먹으니까 목이 꽉 막히는 거 알아? 목이 메어도 자유가 있으니까 똥개처럼 힘들게 훈련받으며 배고픈 거보다는 백배 좋았어.

멀리서 통행금지 해제 사이렌이 길고 크게 산을 경계로 좌우 여기저기서 울리고 잠시 후엔 우리나라 사람들이 너무 부지런하다는 걸 또 한 번 새삼 느낄 수 있는 계기가 있었지.

여기저기에서 희미하게 전등불을 하나둘 켜기 시작하는 게 조그만 창문들을 통해 사각 모양으로 다 보이고 밥을 하는지 굴뚝마다 희미하게 하얀 연기도 피어오르는 게 보이니까 우리도 따뜻한 밥을 맘껏 먹고 싶어서 침이 고이고 입맛을 쩝쩝 다시는 걸 스스로는 모르다가 동료가 입맛 다시지 말라고 해서 알아차렸어.

나도 고향 집에 있으면 공사판에 막일을 갈 준비를 하고 어머님이 학교에 가야 하는 막내 도시락 싸려고 딸그락 소리 내시면서 부엌에 계실 텐데.

　어린 나이에 시집온 사랑하는 아내도 밤을 새워 가며 아들 젖 주다가 이른 새벽 백열등 켜질 때쯤이면 졸린 눈으로 밥상을 차렸었는데…. 가만히 보니 국민학교가 아니 지금은 초등학교지!

6.

　　일직선으로 잘해야 1킬로쯤 되는 거 같은데 우리는 쫓기는 몸이라 산을 타고 돌고 돌아 뒤로 움직였으니까 길 없는 수풀을 헤치면서 적어도 한 3, 4킬로미터는 사람을 피해서 기다시피 걸어온 거 같아.

　　근데 그 정도 거리면 실미도 훈련받은 대로 적지에서 뛰면 한 15분이면 되는데 현실이 뉴스에 크게 나고 국민들의 시선이 무서워진 도망자 신세가 되어 사람 눈에 안 띄고 움직이려니까 그 가까운 거리도 들킬까 봐 숨어서 조금씩 움직이니까 두 시간도 더 걸린 거 같아.

　　그냥 큰길로 자유롭게 걸어온 게 아니고 산길이었지만 매일 엎어터지면서 뛰고 기던 훈련을 받았기에 남의 눈에 띄지 않고 가시밭길도 쉽게 이동하고 단 두세 시간 만에 이곳까지 이동할 수 있었던 거라고 생각하니 실미도에서 훈련을 정말 힘들었지만 제대로 받은 게 느껴지더라고.

　　우리 신세가 잡히면 죽어야 하는 좁은 방 안의 파리처럼 쫓기는 몸이니까 숨어야 하고 숨어야 하니까 이동이 더디고, 참 그때는 산으로 새벽에 다니면 간첩이라고 신고하라는 포스터 표어 글자가 대문짝만하게 구멍가게와 전봇대마다 둘만 낳아 잘 기르자는 산아 제한 포스터와 함께 더덕더덕 많이 붙어있었는데, 그때는 도둑이 제 발 저린다고 꼭 우리를 잡으라는 소리처럼 들렸어! 요새 말 잘못 하면 큰일 난다 해서 변명 아닌 변명은 하고 가야 할 거 같아.

사흘이 사 일이 아니고 삼일인 거처럼 대문짝이 진짜 대문짝이 아니란 말인데 그 정도로 굵은 글씨에 느낌이 큰 걸 말하는 거야. 나 분명히 진짜 대문짝이라고 안 한 거야. 대자가 크게 쓴다고 대자가 아니듯이 소자도 암만 크게 써도 적을 소 자야.

혹시 밥 먹는지 모르니까 쥐 잡아서 꼬리 잘라 오면 공책이나 연필 주면서 보상해 줬다는 표어는 생략할게. 근데 요새 영어를 우리말처럼 배운 초등학생들이 공책이라면 알아들을까 궁금하네. 연탄 색깔은 아는지? 신문지에 번데기 돌돌 말아주면 먹는지도 그냥 궁금해. 스스럼없이 부르는 할머니가 대개는 외할머니라는 걸 아는지도 솔직히 궁금하고.

밤새 한잠도 자질 않았는데도 쫓기는 몸이라는 걸 몸이 스스로 아는지 불안해서 졸리질 않고 잠도 안 와서 멍하니 기찻길을 따라 달려가는 검은 석탄 기차들 기적 소리를 들으며 부평 쪽을 보면서 아침을 맞았어. 부평 오른쪽 끝부터 힘차게 떠올랐던 붉은 해는 지금도 어디에서도 볼 수 없는 잊지 못하는 멋진 해맞이였다고 생각이 들어.

암만 쫓기는 몸이지만 자유가 생기니 생일을 챙기고 싶어 동료에게 오늘 내 생일이라고 했더니 동료가 하는 말이 특별히 아주 비싼 노래를 불러준다는 거야. 전에 노래자랑 갔다 대상 탄 걸 가지고 몇 년째 동료들 생일 때마다 우려먹는 뻔한 레퍼토리인 줄 알면서도 기분은 좋더라고. 내가 희죽 대며 소리 없는 손뼉 치며 장단에 맞춰 '노래 일방장전'했지.

실미도 생일
너의 엄니 아픈 배 꺼지며 가는 다리 흔들어 너 뱉어내시고
너를 향한 억지웃음으로 아물지 않은 다리 질질 끌고
나올 것 없는 가슴 쥐어짜 울음소리 달래며 키우셨지.
머리 대신 무거운 대가리 돈도 명예도 운도 없는 놈아.
꼴통도 이런 꼴통 그래도 달린 대가리에 생각 있다면
이왕에 나온 세상 네 어머니 생각해서 출세해라 이놈아.
불타는 의리에 줄 선물은 없어도 입은 살아 축하는 한다.
너 없는 돈 나도 없고, 명예는 물론 희망도 그리고 너처럼 꿈도
아이고! 웬수야 그 날처럼 구름에 가려 해도 뜨지 않는구나.
기다려라 군바리 또박또박 월급 받으면 그때 주마 생일선물
돈이 없어 줄 선물은 없어도 뚫린 입이라 축하는 한다.

이게 생일 노래인가 들을 때마다 의아하지만 그래도 나만을 위한 노래라 기분은 좋았다.

날이 밝으니 묘지 안이 훤히 다 보이는데 산 아래 도로에 가보진 않았지만 무슨 그랜드캐니언같이 깊고 황홀하고, 골짜기 위쪽으로 갈라진 넓은 터에 빨강 기와지붕에 온통 하얀 외국의 성전 같은 새하얀 납

골당이 보이고, 그 작은 개울 건너 넓은 밭터엔 넓고 남북으로 아주 길쭉한 검은 천막 두 동이 보여서 날렵하고 몸집이 작은 동료가 뛰어 갔다 오더니 거지들만 몰려 있다고 하면서 웃는 얼굴로 잘하면 살 수도 있을 거라고 알 수 없는 말을 할 때만 해도 무슨 말인지 몰라 얼굴만 쳐다봤던 기억이 지금도 생생해.

낮에는 위험하니까 저녁 잘 때쯤 내려가기로 약속하고 일단 큰 바위 몇 개로 만들어진 작은 동굴 틈에서 몸도 숨기고 너위도 피하면서 집힐 땐 잡히더라도 며칠 동안 제대로 자지 못한 따뜻하고 깊은 잠을 근삼 년 반 만에 아주 편하게 청했어.

바위틈을 뚫고 들어온 강렬한 햇볕에 눈을 비비며 둘레를 살피니까 많지는 않지만 산딸기도 있고, 작은 칡잎도 보여서 꼬챙이로 땅을 파서 씹어 먹었는데 더운 날 배고픈 거보다 더 참기 힘든 게 자갈과 돌들만 있는 산꼭대기라 물이 없는 거야. 어떻게 한 줄 알아?

우리가 실미도에서 생사를 넘나드는 특수부대 생존 훈련받았다고 없는 물이 절로 생기는 건 아니잖아? 그냥 없어서 못 마시고 입 꾹 다물고 버텼어. 야생에서 구하는 것도 훈련이지만 안 마시고 그늘진 응달에서 땀 안 빼고 버티는 것도 작년 햇볕 쨍쨍 쬐는 무더운 여름날에 어지러운 머리 감싸고 버티며 실미도에서 훈련을 했었거든.

날이 따뜻하니까 바위 틈에 한번 물리면 약도 없다는 까치독사들이 햇볕에 나와서 시커멓게 똬리를 틀고 있어 약간 길고 통통한 두 마리를 잡아서 점심은 비릿한 생뱀고기로 때우고. 조금 덜 익어 파란색이 지워지지 않고 무더위에 시들해진 까마중을 훑터서 입 안에 쓸어 넣고 뱀 비린내 없애려고 소금처럼 입가심했어.

조금 서쪽으로 산등선을 따라 삼거리 광산 입구 쪽으로 내려가 한낮을 보내니까 안개가 없어서인지 멀리 서해 바다에 떠 있는 커다란 외국의 큰 배도 보이고 해가 얼마나 길게 꼬리를 무는지 집집이 동그란 굴뚝에 연기가 피어오르고 군데군데 포도밭들이 넓게들 몇 개가 보이는데 세어보니까 삼거리 쪽부터 길가로 널따랗게 네 개나 있는 거야.

희망촌 건너 노란 벽의 호명사절은 보이는 거 같은 착각이 들고, 젖소들이 몰려다니는 목장과 쉴새 없이 굴속에서 은을 캐내는 광산에 덤프트럭들이 흙먼지 일으키면서 캐낸 돌들을 간석동 고개 너머로 싣고 가기 위해 삼거리 우일주유소에서 좌회전하면서 달리는 모습도 보였어.

가만히 생각하니까 밤새 땅속에서 꽝꽝하며 터지는 소리가 자주 났던 게 광산에서 은을 캐려고 암석을 뚫는 소리라는 건 거지촌에 들어간 한참 후에 밤마다 머리가 들썩이는 다이너마이트 터지는 소리였던 거 같아.

그 거지촌이 어디냐면 전에 1993년도 5월 2일자 신문에 크게 뉴스 났던 아주 커다란 싱크홀 생겼던 곳의 동쪽 끝과 작은 길 하나를 경계로 추모석 서 있는 냇가를 사이에 두고 고구마 심던 밭터야.

여름이라 낮이 길어서인지 어두워지질 않아 한참을 더 기다렸다가 이젠 진짜로 주린 배를 움켜잡고 거지들이 모여 사는 어두컴컴하고 시커먼 천막으로 큰기침 한번 하고 무조건 들어갔지. 그때 동료가 머리 위로 매어진 가마니로 된 거지촌 문앞에서 쓰디쓴 미소를 지으며 한다는 소리가 몽둥이 휘두르는 실미도 교관 쌍놈의 새끼들이 또다시 생각날 거라고 했을 땐 무슨 말인가 했는데 그걸 알고 느끼는 데는 얼마 안 걸린 거 같아.

껌껌한 밤 전등 하나 없는 천막 안으로 몽둥이 들고 패던 악질 교관과 기간병들에게 살기 위해서 버텼던 실미도 깡 하나로 무조건 들어갔는데. 아무 말들을 하지도 않고 갑자기 어두운데 아프리카 식인종들이 모여있듯이 여기저기서 주먹들이 날아오고 발길질이 주말이나 일요일 없는 달력처럼 쉴새 없이 날아오는 거야.

순간 욱해서 같이 싸우려고 주먹을 꽉 쥐는데 동료가 어렴풋이 보이는 내 모습을 보고 거지들에게 날리려고 불끈 쥔 나의 주먹을 동료는 거지들에게 뺨을 얻어터지면서도 거지들한테 휘두르지 못하게 꽉 힘주어 잡는 거야. 그리고 피할 생각하지 말고 날아오는 주먹과 발길질은 찾아다니면서라도 다 맞으래. 우리는 맞아야 살 수 있다고 일단은 무조건 많이 맞으라면서 나는 아파 죽겠는데 동료는 꼭 맞아야 한다고 귀띔하다 못해 시범을 보이듯이 거지들에게 더 맞으려고 턱을 앞으로 내밀면서 때려 달라고 발악하면서도 아프기는 한 건지 양손을 휘저으며 더 때려 달라고 사정하듯이 죽기 아니면 까무러친다는 생각처럼 그들의 날아오는 주먹을 쫓아 턱을 들이미는 거야. 나중에 알았지만 한마디로 거지들에게 죽기 직전까지 많이 맞아 못 일어나서 거지들에게 미안한 마음을 가지게 만들어 여기서 눌러살려고 나름대로 머리를 썼던 동료였어.

그때 알았어. 이곳 거지촌 위계질서가 실미도 부대보다 강하고 거지 왕초가 얼마나 권력이 센지를. 그의 한마디가 법이기도 했지만 생사여탈

권을 실미도 교육대장만 쥐고 있는 게 아니라는 걸 새삼 느꼈을 때는 거지의 시꺼먼 주먹이 얼굴을 향해 날아오는 중에도 일단은 피하지 않고 죽을 만큼 맞아야 하는 게 내 생각에도 맞다는 생각이 절로 들더라고.

거지들 배고프고 잘못 먹어서 힘없어서 맞아도 안 아플 거 같지? 혹시 궁금하면 일단 500원 내고 한 번쯤 맞아볼래? 거지들 주먹은 영양가 있게 제대로 먹은 게 없어서인지 힘은 없는데 살로 때리는 게 아니라 톡 튀어나온 뾰족한 뼈로 맞으니까 나름대로 그것도 참기 힘들고 주먹에 묻혀 날아온 온갖 음식물을 만지고 씻지를 않은 주먹질에 딸려 설렁탕에 깍두기처럼 바람결과 함께 따라오는 형언하기 힘든 시큼한 냄새는 아픈 거보다 구역질 날 정도로 더 참기가 너무 힘들었어.

그날 그것도 생일 전야에 정말 원 없이 실컷 두들겨 맞았고 시커먼 가마니와 지저분한 바닥을 경계로 팽개쳐지듯이 널브러져 있는데 배운 사람들이니까 큰 대 자는 내가 여기에 안 써도 다 알 거야?! 둘 다 사지 좌우로 넓게 펴고 마포 걸레로 커다란 한자 쓰듯이 큰 대 자로 쭉 뻗고 눈동자도 허옇게 풀려 기절을 하였나 봐!

심하게 맞았던 기억이 있어서인지 실눈을 살짝 뜨고 깨보니 둘이 먼지 쌓이고 시꺼멓게 더러운 가마니 위에 옥수수 말리듯이 널브러져 뉘어져 있고 시커먼 얼굴에 눈동자들만 깜빡대며 가마니보다 더 시꺼멓게 꽉 찬 거지들 무리가 눈망울을 반짝대며 때리고서도 미안하고 측은한 생각을 했는지 우리를 흔들고 있는 거야.

포마드 기름으로 윤기가 좔좔 흐르게 머리를 뒤로 훑어 올리고 약간 짧은 나팔바지에 앞이 뾰족한 백구두를 신고 어디서 훔친 건지 굵은 금반지까지 낀 젊은 놈이 한눈에 봐도 왕초의 기운이 흐르는 걸 고민할 것도 없이 금방 느꼈어.

왕초가 말하길, 자기들도 거지지만 그래도 자기들은 직업상 밥을 얻어먹기 위해 불쌍하게 보이도록 더러운 건데 너희들은 정말 더러운 놈들이라며 혀를 차대는 거야. 이렇게 더럽고 지저분한 그지 같은 새끼들은 생전 처음 본다고 침을 튕겨가며 개무시를 하는 거야. 너희는 거지 되려면 아직 멀었다고 했을 땐 뭔 말인가 했었지.

고개 돌린 왕초가 젊은 나이에 폐병으로 서방 잃고 시댁에서조차 쫓겨나 갈 곳을 헤매다 며칠 전 동냥길에 신촌 철길 다리 밑에서 데려온 젊고 예쁜 여자의 어깨에 손을 올리면서 동냥하던 동료 거지의 손을 빌어서라도 먹어야 산다며 그지 새끼는 자기들 같은 거지가 빌어온 밥 얻어 처먹는 너희 같은 새끼들이 그지라고 하니까 쉽게 이해가 되더라고. 거지 밑에 있는 인간사 말단 족보가 그지라는 걸. 거지촌에서 얻어 터지고 거지가 얻어온 밥 얻어먹으면서 알게 될 줄이야.

얼마나 꼴 같지 않으면 거지들도 우리를 거지도 아닌 그지 취급하면서 무시하는데 거지도 아래에 그지가 있는 위치인 걸 아는 대단한 계급이라는 걸 살면서 느낄 줄은 정말 몰랐던 거 같아.

사돈 남 말 하는 거지들이 우리를 인간 이하로 하대하는 것을 보니까 세상살이가 너무 허무한 게 아픈 거는 느낄 사이도 없고 내세울 자존심도 없으니까 뭐라고 표현이 안 되는 거야. 하기야, 서해 바다 소금물과 시커먼 갯벌에 절었고 구더기 우글대는 동료의 시신과 이틀을 함께하면서도 사건 이후 한 번도 얼굴은 고사하고 손에도 물다운 물을 묻혀보지를 않았잖아?!

그들은 묻지도 않았어. 자기네보다 더 거지 같은 우리 그지에게 얻을 게 뭐가 있고 또 뻔한 말단 인생 궁금하지도 않은데 물을 게 뭐가 있냐면서 배도 고플 텐데 밥이나 얻어오라고 땟국물이 좔좔 흐르는 찌그러진 미제 빈 커피 통조림 깡통과 손잡이 귀퉁이가 깨진 박을 하나씩 던져주는 거야.

얼마나 때려서 맞았는지 둘이 낑낑대면서도 못 일어나니까 왕초 거지가 뒤돌아가면서 말하더군. 오늘은 그냥 내버려 두라며 불쌍하다는 듯이 거지 천막이 울리도록 혀끝을 차대는 거야.

맞고 난 후부터는 거지들 정말 진한 의리는 있더라고 누워있는 우리에게도 똑같이 얻어온 밥을 깡통에 나누어 주고, 어디서 주워 왔는지 상처 난 얼굴과 몸에 연고를 잔뜩 발라주는데 우리 둘은 너무나 따가워서 세상에 없는 처절한 소리를 질러대며 생난리를 쳤어.

하필이면 영어로 써 있는 미군들이 쓰다 버린 소금 성분이 잔뜩 들어간 겉이 빨간 치약을 상처에 발라줘서였는데 곧 나을 거라고 닦아버리지 못하게 우리의 양손까지 잡으며 참으라는데 그 소금기가 가득한 따가움을 어떻게 참아?!

나중에 치약인지 몰랐냐고 물어보니까 정말 몰랐다며 하도 펄쩍들 날뛰어서 효과가 있는 줄 알았다고 할 때는 기가 차서 웃음도 안 나오는 거 있지. 거지들도 우리가 왜 날뛰는지 궁금은 했었나 봐.

근데 당시 거지들을 IMF 때 장사하거나 사업하다 망해서 역 지하에서 박스나 신문지 깔고 자는 노숙자하고 똑같이 생각하면 절대 이해가 안 될 거야?! 당시 거지들은 해방과 6·25 전쟁 이후 전쟁 고아나 전재산을 난리 통에 허물어진 집과 함께 잃어버려 재산 없이 고향을 등진 부모를 거의 대물림을 해서 아예 학교 입구도 못 가서 배우지도 못하고 제대로 된 집이나 가정에서 살았던 이가 몇 명 없었어.

틈새마다 검은 때가 잔뜩 낀 더러운 깡통에 담긴 밥을 먹는데 처음엔 더러워서 못 먹을 줄 알았는데 고픈 배가 입 구멍 아래에서 꼬르륵 소리 내면서 벌리고 있으니까 스스로 손이 가고 나중엔 반찬도 이것저것 뒤져 시키면 깡통 벽에 발라가며 골라 먹게 되는 거야. 인생 정말 모르는 건가 봐?! 누가 알았겠어? 생일날 얻어온 동냥 밥을 거지한테 빌어먹을 줄!

옆에서 지켜보던 거지가 손이 왜 그렇게 더럽냐고 한마디 할 때는 어안이 벙벙해지는데 하마터면 사돈 남 말 한다고 고참에게 대들려다 아차 했어!

삼 일 동안 동료 시신 옆에서 지내고 씻지 않은 손으로 더러운 깡통 속에 있는 밥과 반찬을 능숙한 손으로 반찬 발라가며 아주 맛있게 바닥까지 긁듯이 싹싹 주워 먹었는데 아마 내가 먹은 것 중에 제일 맛있는 밥이었던 거 같아. 물론 지금은 그냥 줘도 안 먹겠지만 말이야. 처음엔 멋모르고 먹은 깡통을 개울물에 닦으려다 더러워야 밥을 얻을 수 있다는 진리에 가까운 말과 함께 아물지 않은 상처로 너는 프로 거지 되려면 아직 멀었다며 고참에게 한참 얻어터진 기억도 있어.

주먹질 사이사이 그가 하는 말이 전쟁 중인 군인이 적군을 죽여야 하는 총구멍에 물을 넣는 거랑 똑같다며 거지의 직업상 특징이 더럽고 지저분한 건데 깡통이 깨끗하면 어떤 년이 밥을 주냐며 타박을 할 때는 이해가 금세 가더라고.

거지촌의 3유가 무언지 알아? 밥 얻을 더러운 바가지는 있고, 곧 죽을 병자가 있고, 또 24시간 대주기만 하고 아무것도 안 하는 왕초의 여자가 공식적으로 꼭 있지.

그럼 거지촌에 없는 3무가 뭔지 알아? 밥 먹을 숟가락은 있어도 젓가락이 없고, 변소가 정확히 없고 옆에 잘 내 여자도 정확히 없어.

요새 배우나 가수들 방송 출연하려면 예쁜 옷도 골라 입고 화장도 지들 부모 등골 휘어지는지 모르고 소속사 비위 맞추려고 비싼 돈 주고 하잖아? 결국, 90%는 사기당했다고 울분을 토하면서 제풀에 나가떨어지지만 말이야!. 근데 거지들은 물이 옆에 있어도 절대 안 씻고, 옷도 깨끗하면 일부러 찢는 거 알아? 나름대로 동냥을 잘하기 위한 그들과 똑같은 직업의식이라면 이해가 갈지 모르겠어. 그래도 거지들은 지들 부모 간이나 생골은 안 **빼먹잖아?!** 조금 삼천포로 빠진 거 같은데….

거지촌이라 예상은 했지만 막상 응가를 하려니까 편안하고 만만한 길든 변소가 없는 거야. 위에서 짓누르고 아래 구멍은 뻥 열려서 눈치 볼 것도 없이 언덕 위 산소 뒤에 한참을 앉아 있었는데 많이 먹어서 그런 게 아니라 닷새 만에 일을 보는데도 까 놓은 엉덩이가 사방에서 다 보여서 창피도 하고 새카맣게 날아드는 파리 때에 간지러워 똥도 제대로 나오질 않아서 무척 힘들었어. 간신히 생일날 먹은 거 각종 벌레들 먹으라고 산소 뒤에 전부 향기롭게 갖다준거야.

여유가 생긴 동료가 말하길 우린 거지들한테 일방적으로 얻어터져서 산 거고 거지들이 주는 밥 군소리 없이 먹어서 진짜 굶다 생고생하고 굴러온 거지인지 확신을 보였다고 말했어. 그래서 쫓겨나지 않고 산 거라고 말하는 거야. 그 말이 수긍이 가니까 절로 고개가 끄떡여지고 함께 탈출한 동료 공작원에게는 두 손을 꼭 잡고 살려줘서 고맙다고 진심으로 말했었지.

난 그때 이후 지금까지도 누구랑 싸우면 일단은 먼저 맞아 그래야 마음도 편하고 뒤에 생기는 게 있는데 그게 돈이나 이권이니까 먼저 맞은 값어치는 있는 거잖아?!

그 날 이백 명이 넘는 남녀 거지들과 맞장 뜨고 싸웠으면 졸도가 아니라 아마 죽어서 부평 공동묘지 52여 만 평 저 산소 사이 어딘가에 우리 동료 공작원들처럼 사형당하거나, 부평 군부대에서 그리고 수원 비행장 한쪽 끝에서 비행기 뜨는 소리 들으며 재판도 유언도 없이 총살당한 후 암매장되어 찾지 못하는 것처럼 우리도 찾지도 못하게 대강 묻히고 말았을 거야.

거지 생활하니까 사회에서 대우해주는 특권 같은 자유가 있다는 것도 알았어. 거지가 되면 밥 먹을 걱정은 해도 쌀 사는 걱정은 안 해도 되고, 화장실과 부엌이 없으니까 밥 안 하고 아무 데서나 바지나 치마 내리고 일봐도 혀 차며 고개 돌려주지 누가 뭐라 하지를 않잖아! 그래도 혀끝 차는 소리는 나도 거지이기 이전에 창피를 아는 인간인지라 들리긴 들렸어. 일종의 우리 거지들의 특권이라면 특권이라고 우기고는 싶어. 우리 거지? 이제는 입에 붙어서 어떨 때는 식구들 이름처럼 다정하게 느껴질 때도 있어.

그리고 더 큰 대우는 거지는 남의 집 들어갈 때 절대 대문 안 두드리고 반말 비슷하게 한마디 하면 부엌에서 먹을 거 싸 들고 나오고 양반도 아닌데 나오기 전까지는 뒷짐 지고 반말 비슷하게 크게 한마디 하면서 신호를 보내잖아. 나도 고참들과 동냥을 다닐 땐 하긴 해야 하는데 안 나올 줄 알았던 그 소리가 나도 모르게 튀어나오는 거야. '한 푼 줍쇼!?' 실미도 부대 끌려간 이후 매일 시키는 훈련만 하다가 처음으로 누군가에게 큰소리쳤던 거 같아 놀래면서도 기분은 아주 좋았었지! 내 귀엔 옛날에 암행어사가 나쁜 고을 사또 잡으려고 마패 앞으로 쭉 내밀고 "암행어사 출두요." 하는 거 같은 착각이 들 때도 있어서 꼭 거지 생활이 재미없는 것만은 아니었던 거 같아!

　그래도 우리가 천막 속 거지들에게 심하게 맞고 큰 짱돌에 항아리 깨지듯 무참히 깨졌기 때문에 그들에게 불쌍하게 보여 숨어 살 때도 생긴 거라며 두들겨 맞고 얻어터져서 무슨 훈장인 것처럼 깨진 앞니를 드러내며 동료는 장담했어. 일당백으로 싸워서 이기는 훈련만 받았던 특수부대 출신인데 밥도 제대로 못 먹어서 힘없는 거지들에게 실미도 부대 용맹한 공작원이 그것도 두 명이서 얻어터진 걸 말한다면 땅속에 있는 우리 동료들이 거짓말하지 말라고 웃어넘길지도 몰라!

　하기야, 전에 교육대장도 인천 파견대 다녀온 후에 얼굴에 옥도정기 병째로 잔뜩 처바르고 칭칭 두른 붕대에 다리 절뚝이면서 다니는 걸 보고 처음엔 부대에서도 모두 송도 깡패들 수십 명하고 혼자 싸워서 그런 줄 알았었잖아! 교육대장이 저 정도면 송도 깡패들 몇 명은 죽었을 거라고 말들 했었는데 나중에 알고 보니까 우리 부대 파견 나왔던 도 소대장보다 UDT 기수가 3기수 위인 UDU 대원 단 한 명에게 걸려서 인천 어느 부둣가에서 일방적으로 얻어터진 걸 알았을 때 우리 공작원들 모두 통쾌하면서도 한편으로는 그 악랄한 교육대장이 맞았다는 걸 믿지 않았었지!? 그 UDU 대원은 싸우고도 군복이 너무 깨끗해서 말 안 했으면 싸운지도 모를 정도였었잖아. 뭐! 그런 거랑 거의 비슷한 거 아니야?

그렇게 생각할 수밖에 없는 이유가 한번은 교관인 윤 중사가 진급을 기념해 특박을 나갔다가 술은 취했겠다. 만만한 게 뭐라고 헌병대가 근무하는 간석동 초소에 들어가 무조건 술값을 달라며 근무하는 헌병들을 향해 권총을 흔들어대면서 난리를 피웠었나 봐. 휴가 나온 군인만 보면 무조건 잡아 얼차려를 시키던 헌병들도 특수부대라고 하면 학을 때던 시절이라 차던 권총을 한 손에 움켜쥐고 초소 안의 전화를 포함 걸어놓은 작은 거울이 깨지고 모든 기물을 보이는 대로 던지고 밟아서 부수는 것을 태연한 듯이 보고만 있었다고 했어.

난동을 피우는 윤 중사를 어떻게 하질 못하고 있는데 마침 순찰을 돌던 신임 헌병소대장이 제압한다며 용감하게 권총 든 손을 낚아챘는데 순간 맞대응을 못 하고 있던 헌병들 눈이 휘둥그레지는 걸 소대장이 알아차렸을 때는 벌써 초소 천장에 두 발의 총을 쏘아댔고, 지나가던 청년이 총에 맞아 길가에 물을 쏟듯이 흐른 피는 한참을 흘러 아스팔트 길로 들어섰을 땐 건장하던 청년이 미동도 없이 죽은 후였어. 겁이 난 윤 중사는 어쩔 줄을 모르고 몇 번에 걸친 쌍욕이 섞인 고함 소리가 초소 안을 꽉 채웠었잖아?!.

헌병소대장은 상견례 날 변소 갔다 바지 지퍼에 꼬부랑 털 걸린 거처럼 어쩔 줄을 몰라 하이바로 가리고 내려 깐 찢어진 눈동자만 좌우로 한참을 굴리고 있던 거 알아?! 벗어던진 하이바가 바닥에 팅기고 돌아간 눈알에 벌벌 떨며 오줌을 지리고 있는 헌병 머리에 총구를 바싹 들이밀고 횡설수설하고 있었지만 헌병소대장이 함부로 대응을 못 한 이유가 그들을 건들면 어떻게 된다는 것을 타 초소에서도 겪은 경험이 있었기 때문이야.

결국은 보고를 받은 헌병중대장을 통하여 보안대까지 보고가 올라갔고, 마침 오류동 본부에 다녀오던 파견대장이 직접 현장에 와서는 누가 보든 말든 권총을 든 윤 중사의 턱을 날리고, 군홧발로 배를 있는 힘껏 걷어차며 정신을 차릴 수 없을 정도로 구타한 후에도 군복 입은 군인이 이딴 짓이나 하냐며 분이 안 풀렸는지 한참을 씩씩대는 숨을 몰아쉬며 이 새끼 내가 데려가서 반쯤 죽인다고 했지. 초소 안의 그 누구도 거역을 못 하고 물러서 있을 때 파견대장 운전병이 재빠르게 윤 중사를 일으켜 세워 지프차 쪽으로 데리고 갔어.

파견대장은 아직도 분이 덜 풀렸는지 부대 가서 죽을 준비하라며 난동을 부리고 지프차로 걸어가는 윤 중사의 얼굴을 헌병들이 보는 앞에서 보란 듯이 한 번 더 군홧발로 머리를 찍듯이 가격하니 얼굴 전체가 핏물로 물들었는데. 헌병소대장 앞에서 보란 듯이 윤 중사를 패던 파견대장 지프차가 주원고개를 오를 때쯤 보안대 하사가 선탑한 지프차가 무슨 개선장군처럼 뒷짐 지고 반말 찍찍 갈겨대면서 헌병 초소에 들어오는 거야.

차가 석바위를 지나 시민회관 앞을 달릴 때쯤 굳어진 핏물에 떠지지 않는 눈을 비비지도 못하고 군기가 바싹 들어있는 윤 중사를 향해 씩씩대던 파견대장의 뒤로 내민 손에는 국방색 손수건이 들려있고 윤 중사는 못 이기는 척 받아 쥐었다고 했어.

"잘했어! 우리 부대 요원이라면 그 정도 곤조는 있어야지!"

"꼭 내가 팬 거처럼 오늘 기분이 아주 좋아! 넘어가면 김일성이 저렇게 만들 수 있나?"

"네! 할 수 있습니다."

"이엉 쓸어버리는 거 헌병 소대장까지 싹 처리할 수 있는 배쌍노 있어야지?"

"네! 앞으론 그렇게 하겠습니다."

월미산 인천 파견대에는 실미도 교육대장이 발목 속 흘러내린 마른 오징어를 무릎까지 추켜올리며 벌벌 떠는 자세로 아까부터 파견대장을 기다리고 있다.

"이봐! 김 대위?"

활짝 핀 얼굴로 시원하게 박장대소하며 윤 중사의 어깨를 끌어안고 대장실로 들어선 파견대장은 윤 중사의 얼굴에 묻은 얼룩진 핏자국을 보고는 마시려던 컵에 든 물을 수건에 부어 손수 닦아준다.

"괜찮을 거야. 피만 나게 쳤으니까 뼈는 이상 없을 거야!"

"어이? 교육대장, 애들 교육 하나는 정말 잘 시켰어. 저놈 치료시켜서 한 일주일 포상휴가 상신해서 올려봐. 김일성이 때려잡을 군인들 가르치려면 그 정도 깡은 있어야지?!"

부하의 일탈로 조인트 나갈까 봐 군복 바지 속에 마른오징어까지 대고 죽었다는 생각으로 대기했는데 휴가라니! 그것도 멀쩡히 지나가는 민간인을 죽인 자에게 휴가를 보내라니!

"네, 네! 알겠습니다."

뭔지 모르고 얼떨결에 대답한 교육대장도 파견대장의 칭찬에 자세한 이유도 모르면서 기분이 좋은지 어깨가 귀까지 벌써 올라가 있다.

기분 좋은 파견대장이 챙겨준 작은 봉투를 챙겨 든 교육대장을 따라 윤 중사가 기세등등하게 뒤따르고 있다. 신포시장 안 골목길에 또 작은 골목길 끝에 숨겨지듯 있는 막걸리집에 마주 앉은 교육대장이 궁금한지 자초지종을 묻기 시작한다.

"그래도 사람은 죽이지 않았겠지?"

미심쩍은 눈으로 윤 중사에게 주전자 속 막걸리를 따라주며 묻는다. 잠시 말을 끊던 윤 중사가 민간인 한 놈을 죽였다며 반쯤 남은 술잔을 들이킨다.

오류동 깡패 부대 때부터 동기나 부대원들과 함께 기차를 세우고 버스터미널 운임소를 옮겨 놓고 오류동 시내에 똥으로 도배질하는 등 장난에 가까운 깽판을 치는데 이력이 난 교육대장이지만 섬도 아니고 인천 시내 삼거리에서 사람을 죽였다는 게 믿어지지 않는다.

교육대장은 자기 명령에 따라 윤 중사가 공작원들을 때려죽인 건 생각지도 않고 상관으로써 윤 중사의 행동에 아무런 말도 못하고 안주 없이 막걸리 잔만 계속 들이키고 있다.

파견대장의 특별 지시로 운항 허가를 받은 부대 배를 타고 개선장군처럼 실미도로 향하는 윤 중사의 얼굴엔 사람을 죽였다는 반성이나 죄스러움은 아예 찾아볼 수가 없었다.

7.

거지촌에 똥간이 어딨어, 오늘은 동쪽으로 내일은 서쪽으로 방향을 골라서 오줌을 누었고, 조그만 비석 돌 세워 놓고 누가 세나 오줌발로 쓰러뜨리며 희희덕거리면서 심심한 하루하루를 버티듯이 보냈어.

여자들은 위생은 둘째치고 생활하기가 남자들보다 더 힘들었어. 더러워져서 꽃무늬 색깔이 지워진 팬티나, 팬티 없이 치마나 바지를 올리거나 내리면 그 앞에 사내 거지들 검은 눈동자가 적어도 열 개는 깜빡이지도 않고 고무줄 바지춤으로 시키면 손을 집어넣고 뭔가를 조물거리면서 누가 지나가든 말든 헤벌린 입으로 뚫어지게 보고 있는 거야. 어딜 보냐고? 야! 임마 네가 사내면 어디 보겠냐? 얼굴을 본다고? 얼굴! 야! 거 얼굴 좋아하네!

젊은 여자 거지들이 배설 욕구를 이기지 못해 포기하는 상황이었고, 닳을 대로 닳은 나이 든 여자 거지들은 큰일도 스스럼없이 끙끙 소리

내고 힘주어 바깥바람에 쏟아부었지만, 먹은 게 많아야 세상구경 하는 것도 많을 텐데 하다못해 가스도 생기질 않아 방귀도 아니고 그냥 바람 삐져나오는 소리만 내고 기어 나오는 것은 겨우 손가락 한두 마디 만큼 딱 담배 한 까치 정도 길이었어.

더럽고 냄새 나는 것을 싼데 또 싸고 흙 덮고 싸고, 마르면 그 위에 또 싸니 종일 똥 냄새와 똥 사이에서 밥 먹고 잠도 잤어. 모르긴 몰라도 마른 똥 위에 누웠을 수도 있었을 거야. 솔직히 맞는 거보다 더 힘든 건 살랑대는 북서풍을 따라 썩은 똥과 생똥 냄새를 동시에 함께 맡는 건데 시간이 지나면서 적응되는 게 더 이상해지는 거 같더라고.

왕초를 중심으로 한 거지들 세계의 위계질서가 실미도 부대는 저리 가라였고 그래서 가끔 우리는 막내 거지라고 심심풀이로 어린것들한테도 군기 잡는다고 얻어터지고 했지만, 사실 맞는 건 실미도에서 이력이 나서 거지들의 구타는 거의 장단 맞추면서 맞아주어도 마음은 편했어.

그래도 추적당하는 입장이라 힘든 훈련을 잊고 몸과 신분을 숨기기에는 제일 좋은 곳이라 인정하니까 마음은 편한 게 지금도 그때 그들을 생각하면 고맙게 생각해.

거지들의 특징이 뭔지 알아? 순간적으로 지 성깔을 못 이겨 두들겨 패긴 해도 앙심을 갖고 체벌이나 기합은 절대로 안 줘. 성계원 나환자촌은 감방같이 감금실에 넣어 벌은 줘도 절대 때리지는 않아. 제일 천하다고 인정들을 하니까 스스로가 제일 불쌍하게 여겨지는데 거기에 가진 게 없어 맞아서 고쳐지거나 올라갈 곳이 있어야 하는데 맞아도 반성할 것이 아예 없잖아? 때리거나 맞아서는 고쳐질 게 아예 없던 사람들이 아무것도 가진 게 없던 나환자들이었던 거야.

그런데 우리가 훈련받던 실미도는 밤낮으로 패기도 하고 얼차려도 버티기 힘들 정도로 무식하게 주니까 아직은 우리 공작원들이 거지나 나환자보다는 더 불쌍했던 거 같아.

아침 일찍 부평으로 가는 팀, 간석동으로 가는 팀, 산 넘어 부개동이나 일신동으로 가는 팀들이 다 정해져 있고 밥만 얻어 오는 게 아니라 일신동은 사격장이 있어 총소리 들린 다음 날 일찍 신주 탄알들을 주워서 강냉이하고도 바꿔 먹을 수 있어 인기가 좋았고, 세상 돌아가는 소식도 가끔 가져와 항상 귀를 쫑긋하는 게 버릇이 되었어.

제일 깜짝 놀란 게 뭔지 알아? 왕초 거지한테 아침마다 누구네 거 주워왔는지 항상 새 신문을 가져다 바치고 어제 신문은 고참 순으로 뒤처리할 때 쓰려고 침을 묻혀 가며 잘라서 나누어 가지는 거야. 거지들은 하찮은 것에 목숨을 걸어서 그 신문지 아무나 못 가지고 만지지도 못해.

다음 해 어느 날, 묘지 사무실 뒤 개울 건너 닭장 울타리에 개나리 꽃망울이 노랗게 피려고 눈을 뜰 때쯤 천막 옆 양지에 거지 몇 명이 동료 공작원과 모여서 말했어.

저 아래 묘지 사무실 건너편에 예쁘장하게 생긴 숙연이라는 젊은 처자 있는 거는 사내놈들이니까 알고는 있을 거야? 공작원들 암매장할 때 친구인 희정이와 희복이랑 열나게 뛰어가다 힘들어서 되돌아 왔다는 화연이네 배다른 언니 말이야.

조금 전에 광산 입구 쌀집에서 씰 가마니 싣고 배달하고 돌아가려는 짐 자전거 뒤 칸에 실려서 산 넘어 병원 갔다고 하면서 뭐가 그렇게 우스운지 킥킥대며 한참을 아무 말도 못 하고 있더라고.

나일론 섞인 얇은 꽃무늬 치마는 시커멓게 불에 타들어 가서 발목에 걸친 검은 허리 고무줄만 남았고, 궁뎅이가 시뻘겋게 익어서 벗겨지고 얼마나 심하게 아파하는지 자전거 뒤 칸에 벌겋게 익은 궁뎅이 하늘로 치켜들고 아파 죽겠다고 엉엉대는 소리를 버럭버럭 지르며 미군 부대 무슨 보이 잡지 책에서나 볼 수 있었던 야하고 민망하고 어정쩡한 자세로 호랑이가 포효하듯이 울며불며 실려 갔다는 거야.

동네에서 참한 처자라고 모두가 좋아하고 착하다고 소문난 아가씨였는데 글쎄 뒷집에 세든 과부 포함 4가구가 함께 쓰는 문 없는 동네 공중변소에서 몰래 변소 천장 틈새 안에 숨겨두었던 담배 피운다고 성냥불을 켜고 그대로 구더기가 꿈틀대는 푸세식 항아리 안 꽈리 튼 똥 위로 불붙은 성냥을 던졌는데 커다란 똥통 항아리가 펑하고 불꽃을 일으키며 폭발해서 터진 거였나 봐.

옆집 아저씨가 쌀밥이 움직이는 거처럼 변소 입구까지 꿈틀거리는 구더기떼를 잡는다고 똥통 속에 노란 통에 든 라이터 기름을 한 통이나 잔뜩 부었는데 거기다 벌겋게 달은 성냥불을 던졌으니 착하고 예쁘다고 소문난 아가씨가 얼마나 놀라고 창피했을 거라고는 안 봐도 상상이 갔을 거 아니야?

사실인지는 모르지만 손바닥만 한 하얀 광목 팬티는 제사 지내고 지방 타듯이 깨끗하게 타서 검은 고무줄만 훈장처럼 남고 팬티 형체는 아예 남아있지도 않았다고 했어. 치마의 고무줄과 겹치듯이 팬티 검정 고무줄도 무릎 위로 전깃줄에 연 걸리듯이 걸쳤고 얇은 치마로 펑퍼짐

한 둥그런 엉덩이를 가리기에는 너무 많이 불에 탔고 너무 급해서 벌겋게 익은 궁뎅이는 가릴 생각조차도 못하고 완전히 인천의 성냥 공장 아가씨 신세가 된 거였나 봐.

그 숙연 아가씨 그 바람에 담배 피우는 거 동네가 다 알았고 그 이후 그 아가씨 착하다고 말하는 동네 어르신들 단 한 명도 듣거나 본 적이 없어. 그 아가씨 치료받으면서도 이젠 시집가긴 글렀다고 엄마한테 미친년 소리 들으면서 시집갈 때까지 구박받으며 동네 창피하다고 바깥에는 함부로 나가지도 못했데.

지금도 그때 직접 구경 못 하게 한 게 비슷하게 남아있는 이유가 있는데, 바로 전에 몰래 그 변소를 몰래 썼고 맨 위에 파리가 까맣게 앉아 있던 뱀처럼 똬리 튼 똥은 내가 싼 거였거든. 지금 같으면 어림도 없는 소리지! 근데 그 아가씨 지금도 담배 피울까? 그냥 궁금은 하네.

묘지 사무실 뒤편 개울 건너 널따란 터는 대개가 그 집 논이었는데 영감님 돌아가시고 농사지을 사람이 없으니까 한동안 가세가 기울어지더니 어느 날 뿔뿔이 흩어진 거 같더라고. 이왕 말 나온 김에 아까 숙연 아가씨 옆집 아저씨 이야기도 다른 사람은 몰라도 우리 둘이는 꼭 해야 하는 거 아니야?

그 옆집 아저씨를 둘러싸고 동네에 은밀하게 도는 소문이 있었는데 5·16 이후부터 북한을 내 집처럼 들락달락한 북파 부대 요원이었다니까 우리에게는 귀가 솔깃했어. 그 아저씨 별명이 무엇이었냐면 침술사였는데 그 이유가 북한에 넘어가서 근접 작전을 수행할 때 총 대신 엄지와 검지 사이에 기다란 대침 하나만 꼭 끼고 있다가 적군의 목에 깊숙하게 꽂아 끽소리도 못하게 순간적으로 제압했다고 해서 붙은 별명이라고 했어.

이 아저씨 사람은 참 좋은데 노름하는 거부터 술 퍼마시는 거까지 그를 둘러싼 모든 것이 좋은 소문은 하나도 없었어. 동네 노름판엔 밤마다 끼었고, 술만 먹었다 하면 밤낮없이 와이프를 취미처럼 패는데 주먹이나 연장은 절대 안 쓰는데 부부싸움만 일어났다 하면 그의 부인은 실오라기 하나 없이 다섯 식구가 사는 단칸방을 빠져나와 허옇게 뒤집어진 실성한 눈으로 그 큰 대로를 위아래로 무조건 뛰쳐나오는 거야.

좁은 동네라 어른아이 할 거 없이 할 수 없이 홀딱 벗고 신발도 못 신고 갈지자로 도망치는 모습을 구경 하게 되는데 얼마나 싸움이 잦으면 그 집 싸우는 소리만 들리면 군대의 5분 대기조처럼 동네 아줌마들이 입던 치마와 신던 슬리퍼를 챙겨서 문앞에서 기다렸는데 그 이유가 달려 나오는 그의 부인에게 도망가서 몸 가리라고 육상선수 바통터치 하듯이 치마와 슬리퍼를 건네주는 거였어.

힘껏 주먹 한번 쥐면 힘줄이 붉으락푸르락 튀어나오는 강직한 몸으로 제일 먼저 도망가지 못하게 방문을 철사로 돌돌 말아 꼭 잠그고 반대편 작은 창문을 가렸던 비닐이 누군가에 의해 찢어지면 야구장 관중석처럼 구경하는 눈동자들이 몇 개씩 보여도 찌르던 바늘은 멈추질 않았지.

옷을 홀딱 벗겨서 밖으로 도망도 못 가고 발버둥도 치지 못하게 두 발로 와이프 허리 뒤로 감싸듯 꼭 누르면 옆에 있던 어린 자식들이 기에 질려서 울지도 못하고 방구석으로 병아리떼처럼 자연히 몰리는데,

그때쯤 그의 손에는 백열등에 반짝이는 얇고 기다란 바늘이 와이프의 무릎부터 시작해서 중요한 계곡과 산만 골라 깊숙이 콕콕 찔러대기 시작하는 거였어.

그가 와이프와 일방적으로 싸울 때는 언제나 웃는 얼굴이었는데 허연 이를 드러내 놓고 히죽히죽 웃는 얼굴로 아무 말 없이 콕콕 찔러대는 바늘이 그의 와이프 가슴 깊숙이 박히는 것을 우리처럼 찢어진 비닐 창문으로 직접 봤다면 까무러치지 않을 사람이 없을 거야.

매라면 질리게 맞아 웬만한 구타는 자면서도 맞을 정도였던 우리도 그가 바늘로 마누라를 잡는 것을 보고는 솔직히 우리가 실미도에서 맞은 매는 솔직히 매도 아니었던 거 같았어. 그 바늘이 공중에 맴돌 때마다 느끼는 공포는 얼마나 클지 옆에서 보던 우리도 간담이 서늘했는데, 당하는 그의 와이프는 거의 경기에 가까운 공포를 느꼈을 거라는 생각이 들어.

그 정도로 고문에 가까운 끔찍한 폭력을 자기 와이프한테 행사하는 걸 보면서 동료가 벌벌 떨기에 네가 찔리는 것도 아닌데 왜 떠냐고 물어봤는데 돌아온 답이 걸작이었어.

"우리도 실미도에서 당하고 배운 게 폭력인데 자기도 나중에 저러면 어떡하냐고 겁을 먹은 거야."

그의 마누라가 바늘이 몸에 꽂힐 때마다 팔짝팔짝 뛰다가 얼떨결에 걷어찬 문짝이 부서지고 무슨 놈의 북한군 휴전선 넘어 남으로 탈출하듯이 문밖으로 뛰쳐나올 때쯤이면 능숙하게 동네 아주머니가 건네준 치마를 받아들고 뛰쳐나가면 레퍼토리처럼 이어지는 게 있었는데,

그게 집안 살림살이를 전부 끄집어내 맨 아래 깔아놓은 이불 위에 쌓아놓고 불을 지르는 게 코스였던 거 같아.

그럴 때마다 우리 거지들에겐 봉을 잡는 날이었는데 그 이유가 불이 나면 양은냄비나 쇠붙이들이 불 속에서 녹아내리는데, 우리 거지 몇 명은 멀찍이서 싸움구경 하다가 불씨가 잦아들면 물을 부어 식혀가면서 양은 덩어리나 쇠붙이들을 주워다가 일부는 거지 왕초에게 상납하고 나머지는 묘지 뒤에 두었다가 엿장수가 오면 동료 거지들 몰래 바꿔먹던 기억도 잊혀지질 않아.

그는 6·25 전쟁통에 작은 월세방 한가운데 떨어진 포탄에 처와 어린 아들, 그리고 부모를 한순간에 잃고 고향인 함경도를 등지고 무조건 내려와 용산역 앞에서 큰 고민 없이 잠잘 자리에 굶지 않고 먹을 수 있는 북파공작원이 되었다는 소문은 영철이 형에게 육개장 얻어먹을 때 들었던 거 같아.

소문에 의하면 원래는 개미 한 마리도 죽이지 못하는 일종의 겁쟁이였는데 동료들과 서로 패고 맞으면서 삐딱선을 타기 시작한 성격이 훈련이라는 명분 아래 몇 명의 동료를 자기 손으로 죽이고부터는 그 좋았던 인성은 완전히 없어지고 사나운 맹수로 자기도 모르고 변했다고 했어.

그는 바늘 하나만 있으면 세상의 모든 문제를 해결하는 게 주특기였다며 남방한계선까지 침투하던 북한군 전투함에 몰래 침투해 쇠로 된 배 밑창을 바늘로 뚫어 적군 수십 명을 전투함과 함께 침몰시킬 정도로 바늘로 못 하는 작전이 없었다는 소문이 돌긴 했어. 그의 허리엔 열 개의 굵은 바늘을 탄창 대신 항상 차고 다니다 적군과 단거리에서 조우할 때는 총으로 싸우는 것보다 훨씬 든든하다며 10m 전방에 있던 적의 초병 두 명이 명치에 명중한 바늘로 인해 끽소리도 못하고 꼿꼿하게 쓰러지는 북한군을 처치하던 이야기를 할 때는 얼마나 신나게 이야기하는지 침이 튀기는 것은 그렇다 쳐도 개거품 물듯이 끝이 없었다고 해.

사람의 인간성을 상상을 초월하게 바꿔주던 곳이 우리가 몸담았던 북파 부대들이었던 걸 생각하면 남편들의 인간성 말살로 저 부부처럼 얼마나 많은 가정이 불행하고 또 보지 않아서 그렇지 깨진 가정이 얼마나 많았겠어? 그도 다음날이면 그런 일이 없었던 거처럼 싱글싱글 웃으며 뒷머리를 긁고 반성은 하였는데 그 대상자가 자기 마누라나 자식들이 아니라 동네 어른들께 소주 한잔 사면서 매번 반성했던 거야.

동네 어른들이야 공짜로 술 한잔 얻어먹으니까 이해하는 척들은 하는데, 거나하게 취한 뒤 벌건 얼굴로 신고 온 고무신을 구겨 신고 돌아설 때쯤에는 너는 인간말종이라며 그 옆집 아저씨가 듣든 말든 한마디씩 내던지고 갔었지! 그중에 입바른 어른은 꼭 한마디를 더 하는 걸 잊지 않았는데, 그게 쌓이다 보니까 술만 얻어 마신 게 벌써 5년째라며 이제는 정말 정신 차리라고 어른답게 냉정하게 말하기도 했었지.

"이봐 하씨? 우리한테 술 안 사도 되니까 정신 차리고 이제 부르지도 말어! 우리에게 술 살 돈 있으면 어린 자식들 굶지 않게 그 돈으로 냄비라도 사야 밥은 먹을 거 아니야?"

어느 날 그 아저씨도 울면서 하소연 하던 때가 있었는데 자기도 그렇게 살고 싶지 않은데 뾰족한 바늘만 보면 작심삼일처럼 반사적으로 행동하는 자기를 보고 울기도 많이 울었다는 거야. 작심삼일이라고?

오후 4시 넘어 광산에 작업교대 하는 친구와 대판 싸움판이 벌어진 적이 있는데 싸움의 시작은 아주 단순했는데 따라주는 잔 안 받았다고 서로 주먹질을 하게 되었데. 엎어져 뒹굴고 있는 두 사람을 말리다 보니 힘은 없지만 허공을 가르던 주먹에 엄한 몇 사람이 맞기 시작했고, 결국은 서로가 이 새끼 저 새끼 하며 큰 싸움으로 번졌다고 했어.

그때가 우리가 거지촌에 오던 첫겨울로 12월 말경이었는데 크리스마스 끼고 연말에 구정까지 근 열흘 정도 연휴였는데 같이 싸우던 임씨가 며칠째 집에 오질 않았다고 광산에 문의를 했나 봐! 광산도 연말연시로 쉬는 시기라 가까이 사는 몇 명의 직원과 가족을 대표한 두세 명이 광산 굴을 들어갔는데 처음 들어간 사람들은 그 크기에 놀랐다고 했어. 굴이 얼마나 넓고 긴지 층을 이루면서 사방팔방으로 뚫린 걸 보면서 마지막 작업하던 곳에 다다랐는데 카바이트 불빛에 비친 현장은 얼마나 굴을 긁어댔는지 앉은 자세로 손톱이 다 빠지고 동굴 벽엔 흐르다 뭉쳐 까맣게 변한 핏자국이 선명했다고 했어.

갑자기 유족을 위해 광부들이 자던 하늘색 관사 아궁이에 임시로 연탄불이 켜지고 사망한 임씨의 일가친척들이 소식을 듣고 모이기 시작했는데 정작 그의 아들딸은 영결식장에 얼굴을 내밀지 못했는데 제일 큰애가 5살이고 그 아래 젖먹이까지 둘이 더 있어서 결국은 남동생이 위자료 협상을 하였는데, 아마 삼백몇십만 원에 타협했다고 했어. 참! 그 돈으로 집을 짓는데 남편 잃고 어린애들 셋을 키우는 피해자 집이 아니라 협상에 나섰던 남동생의 집을 저기 산 넘고 넘어 상인천중학교 정면에 지었던 거야.

남동생 친구는 이때다 하고 집적대지, 보상금은 엉뚱한 데 가있지. 이제 어떻게 사냐며 울고불고하던 그 미망인도 오래 버티질 못하고 연탄가스 중독으로 세상을 떠난 거야. 누구 말대로 불쌍한 어린 세 자녀만 남기고 말이야.

모든 게 어제 같은데 그게 벌써 60년 가까이 흘렀어.

생각난 김에 말하다 보니 그의 산소도 세월호 민간인 기념관 오른쪽 개울 건너 한 10m 높이 산에 뾰족 튀어나온 데 있는 산소가 그의 산소야. 내가 알기론 거지촌 광산 역사상 광산 안에서 일어난 최초이자 마지막 사망으로 알고 있어. 궁금하거나 사실을 확인하고 싶으면 한번 찾아가 봐. 둘레에 임씨는 혼자니까 찾기는 쉬울 거야.

임씨가 그렇게 세상을 떠나고 나중에 알게 된 것이 옆집 아저씨하고 임씨가 북파 부대 동기로, 그들 나름대로는 동지의식을 자지고 악몽 같은 지난날을 잊으려고 술자리가 잦았다는 거야. 그러니 배운 게 치고받는 싸움이라고 그들의 싸움은 일종의 몸의 대화라는 걸 이해하는 데는 정말 긴 시간이 필요했던 거 같아.

그 아저씨도 어느 날 임씨 묘가 빤히 보이는 세월호 민간인 추모관 오른쪽에 붙어있는 작은 다리 아래 물도 흐르지 않는 개울가에서 축대 쌓는 돌덩어리와 함께 짐칸에 탔다가 굴러떨어져 아! 소리도 못하고 돌아가셨는데 우는 건 그 아저씨의 군대 생활을 이해하는 와이프뿐이었고, 착한 사람을 군대가 사람을 버렸다고 땅을 치며 울부짖었다고 했어.

당시 미군 부대 둘레에는 유명한 신촌 깡패들이 있었고 거지촌 아래 삼거리파라고 또 다른 깡패들이 있었는데, 신촌파가 삼거리로 밀고 들어와 쇠사슬을 돌리면서 패싸움이 벌어졌고, 삼거리는 밀리고 밀려서 지금 묘지 관리사무소 앞에 있던 다리 난간으로 피한 옆집 아저씨 왼쪽 어깨에 일본도가 깊숙이 박혔는데 쓰러져도 싸움이 끝나지 않았고, 그때 나타난 누군가가 그들이 싸우는 걸 유심히 보고 있었던 거였나 봐.

근데 싸움꾼 중에는 단 한 명에게도 관심이 없는지 구경하던 동료와 내 쪽으로 오는데, 반반한 얼굴로 좌우로 고개를 돌려대며 가까워지는 그가 단번에 홍 소령인 걸 알아봤는데 홍 소령은 머리 기르고 거지 행색인 우리를 몰라봤는지 웃으면서 처음 만날 때처럼 신탄진 담배 한 까치를 권하면서 술 한잔하자며 그들의 버릇처럼 지시하듯이 말을 거는 거야. 순간 오줌을 찔끔 지린 거 알아?

동료와 나는 누가 먼저랄 것도 없이 담배도 뿌리치고 시커먼 거렁뱅이 겉옷 날리면서 거지촌 산꼭대기로 일단은 무조건 도망 아닌 도망을 간 거야. 얼마나 많은 젊은이들을 섬에 보냈으면 실미도에 보내기 위해 몇 번이나 술을 대작한 나와 동료를 몰라본 게 다행이라면 다행일까!

하여튼 우리가 그렇게 난리를 치는 사건이 일어났는데도 해체된 줄 알았던 오류동 깡패부대는 변하지 않고 다른 곳으로 장소만 옮긴 것 같더란 생각이 굳어지는 거야.

실미도나 거지촌에서 울분을 일으키고 앙심을 품게 하고 우리나라 서열 따질 때 나이를 제일 먼저 까잖아?! 근데 한눈에 딱 봐도 나보다 한참 어린놈들이 잘못한 것도 없는데 무조건 군기를 잡는 게 문제라는 걸 확실히 깨달았지. 그래 그 '어린놈들'!

산 넘어 일신동 사격장으로 탄알을 주우러 갔다가 군인들 몇 명 죽이는 거 확실히 봤다면서 총소리 나고 말뚝에 묶이고 얼굴이 검은 용수로 가려진 군복 입은 사람들 몇 명이 고개 푹 숙이며 쓰러졌으니까 확실히 죽인 거라는 거야.

궁금하니까 듣기는 해야 하잖아. 이왕 맞은 거도 있고 고참이 때리지 말라고 말도 했으니까 안면 싹 까고 비집고 사이에 들어가 앉아서 그들의 말을 듣기 시작했어. 궁금해서 물어보려는데 새까맣게 어린 거지 같은 놈이 고참늘 말하는 데 끼어들었다고 또 군기를 잡으면서 두 발 엇갈려 들어 올리며 나를 패자 남의 집에서 훔쳐 온 고무신을 신고 말하던 거지가 때리지 말라고 손을 저어 말리면서도 무슨 말을 하려는지 옆의 거지가 입으로 탕! 탕! 소리를 내니까 허리를 반쯤 꺾으며 앞으로 픽 쓰러지듯이 양손을 축 늘어트리고 죽은 시늉을 하다 킥킥대며 숨도 제대로 쉬지 못하며 힘들게 말을 이어가는 거야.

저 멀리 산 너머로 손가락을 가리키며 일신동 군부대 안 사격장에서 표적판 뒤에 수많은 사격에 푹 팬 흙을 파내서 몰래 군인들이 쏘아댄 탄알를 줍는데 머리를 꺼면 망태로 뒤집어씌운 군인들을 말뚝에 세워 놓고 우리를 깃발 흔들며 쫓아낸 후에 철모 쓴 군인들 열댓 명이 모였는데 총을 쏜 군인수는 정확히 9명이었고 말뚝에 묶여 죽은 사람은 4명이었다고 맨날 할 일 없어서 손가락 펴가며 산소를 세던 놈이 확신에 차서 말하는 거야. 그땐 그런가 보다 했고 동료 공작원도 실미도에서 죽이는 걸 하도 많이 봐서 그땐 대수롭지 않게 생각했나 봐.

그들이 실미도에서 도망치다가 인천에서 체포된 우리 동료 공작원들이라는 건 몇 년 후에 우연히 알게 되었고 누군진 모르지만, 그때도 가슴이 미어지고 찢어질 듯이 또 아팠어. 하여튼 우리는 거지들 덕분에 배는 고팠지만, 도망자로서 큰 위험 없이 무사히 지낼 수 있었고. 어느 날, 조용히 거지촌에서 탈출할 계획을 세웠어. 나간다고 말하면 사실인지는 모르지만, 다리를 부러뜨려 병신을 만들거나 벌떼처럼 달려들어 죽인다는 소리를 들었거든.

실제로 얼마 전에 아주머니 거지가 고향에 돌아간다고 말했다가 빙둘러선 여자 거지들한테 얼굴이 시뻘게지게 맞아 기절했었고, 구경하던 젊은 남자 거지들도 단체로 달려들어서 몸 여기저기 가리지 않고 구타를 해도 어디 하소연도 할 수가 없는 데가 거지촌인 거지!

결국, 그 아주머니 거지가 시름시름 앓고 얼마 안 있다가 죽어 우리가 얻어터져 누워있던 새카만 쌀가마니에 덮여 어디론가 사라지듯이 나가는 것도 봤어. 그리고 야트막한 언덕 위에 왕초의 친위대 몇 명이 한참을 움직이더니 제대로 먹지 못해서인지 작아진 아주머니 몸집만큼 잡풀들이 사라지고 내리쬔 햇볕에 엎어진 흙이 말라가는 것을 본 거야. 그래도 당시엔 한 30년 인생치고 뒤돌아보면 이런저런 일이 있던 거지 생활도 나름대로 힘은 들었지만 우리가 지금까지 살아가는 데 많은 도움이 된 것 같아.

희망이 없는 것은 물론이지만, 여기에 들어가려면 젊고 예쁜 여자이거나 딸이나 부인을 왕초한테 눈 딱 감고 상납해야 조금은 편하게 지낼 수 있는데 우린 왕초에겐 전혀 쓸모없는 마늘 두 쪽 외엔 아무것도 없었잖아.

거지 왕초도 권력이라고 청와대 어떤 독재자처럼 거지 왕초도 밤마다 남의 부인이나 마음에 드는 예쁜 거지 골라 올라타서 궁뎅이 들썩이고, 왕초가 실증 낸 여자는 아래에 있는 이 거지 저 거지들이 임금님 하사품 받듯이 하룻밤씩 고참 순으로 옆에 끼고 자는 게 당시 거지촌 실상이었는데 소문에 의하면 왕초가 허리끈이 없는 것이 급한 성격에 발정이 나면 허리끈을 풀 시간도 참지를 못해 안 하고 다닌다고 했어.

예쁘장한 몇몇 어린 여자 거지들은 시커먼 때가 까맣게 끼고 꾀죄죄해노 매일 밤 자기 자리에서 삼자기소차노 성발 힘들었던 거 같아. 하기야, 늙고 콜록콜록하면서 병까지든 할머니들도 발정 난 젊은 거지들이 추근대는데, 젊고 예쁘장한 어린 여자 거지들은 오죽했겠어?! 오죽하면 왕초가 가끔 가임기 나이의 어린 여자 거지들 불러다 다리는 오므릴 수 있냐? 또 헛구역질은 안 하냐며 일부러 코앞에 동냥 그릇을 들이대기도 했어. 더욱이 똑바로 걸을 수는 있냐고 물어볼 땐 한참 아랫배까지 능글맞게 좌우도 아닌 위아래로 주물럭대면서 임신 여부도 확인했잖아.

왕초가 거지들에 군림하듯이 맹아 학생들 위에 군림한 맹학교 이사장이며 목사도 있었는데, 맹인 학생들이 매일같이 젖소 우유 짜는 저녁이면 팀을 이루어 목장에서 궂은일하고 매년 추석 때쯤 되면 호미 한 자루 들고 일자로 길게 쭉 앉아서 고구마를 캐는데 눈 감고 캐는 것도 아니고 안 보이는 눈에 감각으로만 호미질을 하는데 돌과 구별을 못 하니 고구마가 제대로 캐질 일이 없잖아?!

대기하던 동네 사람들이 조그만 바구니도 아니고 쌀가마니 한두 장씩 삽과 함께 준비해서 이삭이라며 꽉꽉 채우던 때도 있었지만, 무슨 이유인지는 모르지만 우리 거지들은 거기에 끼질 못했어. 그리고 주인이 캐는 양보다 이삭이 배는 더 많다는 걸 떠벌리면 믿을 사람이 얼마나 될지 모르지만 사실은 사실이야.

고구마 심기 전에 밭을 갈아야 하잖아? 요새는 경운기라고 하는데 그때는 딸딸이라고 했어. 그 딸딸이가 뒤에 짐칸 떼어내고 밭을 갈기 위해 쟁기 연결하는 게 보일 때까지 몇 날 며칠을 동네 사람들이 삽을 들고 땅을 푹 찍어 공중에 던지면 거짓말처럼 냉이가 뿌리에 붙은 흙들을 털어내면서 10개 정도씩 바구니에 넣을 수 있을 정도로 널리고 널린 게 냉이였고 쑥이었는데 요새는 옛날처럼 많지는 않을 거야?! 요새들 밭에서 캐는 냉이는 약 주면서 기르니까 깨끗은 한데 사실 맛이 그렇잖아? 마누라가 옛맛 찾아준다며 된장찌개에 꽉 차게 쑤셔 넣어도 그때의 그 향기는 안 나오더라고.

참 거지 생활하면서 제일 편하게 먹었던 게 거지촌 위에 있던 애장골에 널려있는 까마중하고 골마다 널린 산딸기였는데…. 따자마자 눈치 볼 거 없이 입에 털어 넣으면 됐으니까 말이야. 들었던 가난을 하소연하는 것인지 아니면 추억인지 모르지만, 이제는 다 옛날이네!

그 맹학교 학생들 밭일 안 하기 시작한 게 소여물로 옥수수를 키우고 나서일 거야. 그 터가 지금 묘지 사무실 위의 주차장인데 위쪽 반은 삼거리 맹학교 학생들이 일하던 목장을 낀 밭이고 나머지 반은 포도밭이었는데 그 반이란 게 웬만한 축구장보다 넓었으니까 앞 못 보는 맹아들에겐 임금 없이 얼마나 노동 착취가 심했던 건지 상상이 갈 거야? 맹아 학생들 공부 가르치고 잘 봐준다면서 부모 속이고 웃으며 착

취한 노동이…. 맹아 학생들이 고구마밭에서 쭈그려 앉아 고구마 캐고 젖소 짜는 거 도와주고 있을 때 학교 이사장은 반짝반짝 빛나는 최고급 빨간색 포니 타고 다녔다니까! 참 그때는 우리 사회에 그런 일이 하도 많아서 도와주는 걸로 알았지 자기들 돈벌이에 이용당하는 노동 착취인지도 몰랐던 시절이지?

하루는 삼거리 맹학교에서 야구를 한다기에 아침 동냥 끝났겠다 할 일 없는 우리는 왕초를 따라 구경을 갔는데, 나 참! 또 가슴이 아프고 쓰려 오는 건 그때나 지금이나 똑같네.

앞이 보이지 않는 맹인 학생들이 딸랑거리는 방울을 집어넣은 커다란 농구공에 포수가 들고 있던 방울을 딸랑거리면 투수가 포수를 향해 공을 굴리고 귀를 바짝 들이민 타자가 굴러오는 농구공을 향해 야구방망이를 세게 휘두르면 정확하게 맞아 타격이 되어 나가고 기다렸다는 듯이 일루수가 방울을 흔들기 시작하고 공을 잡은 수비수가 방울 소리가 울리는 일루에 던져 아웃을 심판을 보던 정상인 교사가 판단하는 거였는데, 공이 크고 굴러다니는 것만 틀리고 붕 떠서 멀리 날아가는 홈런만 없을 뿐이지 전체 규칙이나 방식은 일반인 야구하고 똑같았던 거 같아.

그때 거지촌에 있을 때 지금도 보기 힘들거나 경험하기 힘들었던 인간사 여러 군상이 존재한다는 것과 내가 제일 힘들 거 같지만, 알고 보면 나보다 더 힘든 분류의 사람들이 있다는 게 위로가 되는 게 양심엔 걸리지만 참 많이 보고 느끼고 겪었던 거 같아.

해가 따스하게 쨍하고 뜬 선거가 얼마 남지 않은 어느 날, 거지촌에 깨끗한 점퍼 입고 서류봉투를 든 사람들이 호적 없는 사람 출생 신고하고 나이 든 사람들은 주민등록증도 만들라고 동회인지 나라 어디에 서인가 나왔고 서로 출생 관련 인우 보증을 두 명이 서면 호적을 만들 수 있다는 거야.

선거를 하려면 주민등록증이 필요하니까 자기 표 찍게 하려고 선심 쓰는 건데 공산주의 선거가 100% 투표에 100% 프로 찬성이라고 귀에 피가 나도록 욕하면서 배웠던 우리잖아?! 근데 허! 참! 삼천여 명이 모인 체육관에서 미리 뽑힌 대의원들이 대통령 간접 선거하는데 반대가 단 한 표도 없다면 믿어? 그것도 두 번이나!

민주 국가라는 대한민국에서 그것도 6·25 전쟁 치른 지 20여 년이나 지난 시기에 단 한 표의 반대표가 없고 무효표가 두 번의 선거 합해서 단 3표 나왔는데 공산주의 북한도 아니고 민주주의를 외치는 대한민국에서 이런 대통령 선거가 있었다고 하면 요즘 젊은이들 믿을 사람 없을 거야. 하여튼 우리 거지들은 뭐든지 준다면 다 받는 게 일종의 버릇이고 직업 의식이잖아?

도망자 신세인 우리가 마주 보면서 기뻐 옹기종기 모인 거지들 모르게 얼씨구나 하면서 속으로 소리친 거 눈치들은 있으니까 알 거야. 내일은 사진 찍으러 온다는 담당자의 말에 누군가 뒤도 돌아보지 않고 사진 찍을 때 입을 옷을 구하기 위해 집집이 빨랫줄을 확인하며 삼거리까지 간 거야. 삼거리 김씨네 빨랫줄에서 몰래 걷어온 남녀 윗도리를 순서에 의해 돌려 입으면서 거지촌 옆에 있던 이씨 집 흙담을 배경 삼아 증명사진을 찍었어.

내가 좀 어려 보이잖아. 3살 정도 깎고 부모가 지어주신 진짜 이름은 모른다 하니까 내일까지 생각하고 꼴리는 대로 지으래. 동료가 물은 적이 있는데 실미도 있을 때 제일 듣기 싫은 말이 뭐였는지 묻는 거야?

조금의 망설임도 없이 기상이라고 말하니까 동료도 수긍이 가는지 고개를 끄떡대는 거야. 잠잘 때면 그래도 악몽을 잊는데 기상 소리와 함께 또 버티기 힘든 실미도의 하루가 중간도 아니고 욕 듣고, 훈련이라는 구실삼아 얻어터져 가면서 막 시작해야 됐잖아? 그래서 세상의 모든 힘든 일을 이겨보리라 하면서 옆에 있던 왕초와 거지 아주머니가 치마 속 깊숙한 곳에서 꺼낸 주민등록증을 보여주면서 인우 보증을 서 준 덕분에 가진 이름이야. 그래서 지금의 내 이름 기상천이 만들어진 거야. 우리가 거지촌에 들어온 자체도 비록 동료의 조력과 능력이었지만 기발했던 기억도 있었고!?

새로 출생신고도 하고 얼굴에 보이는 나이에 맞게 주민등록도 받아 생각하지도 못한 신분도 해결되고 사진 딱 박힌 주민등록증이 생기니까 이젠 보이기만 해도 멀찍이 피해 다니던 경찰 불심검문도 겁나지 않고 일부러 가까이 가서 보여주고 싶은 충동이 일어날 정도로 기분은 좋았지. 다만 넓은 종이에 내 이름 혼자 있고 부모 형제도 없는 호주로 된 등초본이 나왔지만, 세월이 가서 잠잠해지고 좋은 세상이 오면 마누라는 몰라도 얼굴도 잊어버린 아들놈과 식구들은 만날 수 있을 거라 아주 굳게 믿었지.

우리 같은 사람은 출생신고를 하려면 지문 찍으러 경찰서에 가고 조사나 증인 등 준비해야 할 게 너무 많고 사실 도망자라 만들 수도 없었는데 선거철을 맞아 나라에서 해준다고 찾아오니까 탈영과 살인에 도망자 신세인 우리에게는 맛있는 떡이 거저 굴러들어온 거지.

매일 밤 잡히지 않고 평생을 어떻게 숨어 살까 고민하던 일이 생각지 못하게 술술 풀리려니까 또 그렇게 아주 쉽게 풀리더라고. 여태 숨어 살았는데 이제는 세상에다 기상천 이름 석 자 대면 운신의 폭이 무지 넓어진 거잖아. 우리 둘이는 이제는 살았다고 속으로 쾌재를 불렀어.

그렇게 신분이 해결되니까 이제 더 이상 거지촌에 숨어 살 필요도 없어지고 잡힐까 봐 불안하게 숨어 있을 필요를 못 느낀 거야. 참! 걱정 넘어 또 걱정이라고?

재발급이 되는 줄 모르고 파출소에서 지장 찍고 산 넘어 동회에서 발급받은 주민등록증을 잃어버릴까 봐 한 달도 더 입어 땟국에 찹쌀 먹인 듯 빳빳해진 빤쓰 속 작은 주머니에 넣고 한동안은 잠도 설치면서 전전긍긍하던 날들도 있었지? 생각 같아서는 지나가는 순경한테 내 사진 딱 박힌 주민등록증을 까딱까딱 흔들면서 나 이런 사람이야 하면서 먼저 보여주고 싶은 충동도 생기더라니까. 정말 그땐 그랬지!

하루는 동네에 구급차가 들어왔는데 환자를 싣고가는 게 아니라 의식 없는 어린 환자를 의사와 간호사까지 따라와서는 길바닥 모서리에 산소마스크를 쓰고 이불에 덮인 8살짜리 어린 환자를 길바닥에 놓고 의사가 보호자를 부르자 아기엄마는 엎어져 실신할 정도로 울기 시작하는 거야. 국민학생인 그의 누나와 형도 슬픔을 이기지 못하고 아픈 가슴을 울음으로 내뱉고 있었어.

하얀 가운을 입은 의사가 산소마스크를 떼어 간호사에게 건네주고 잠시 후 의사가 시계를 보면서 사망을 선고하자 온 동네 사람들이 너나 할 거 없이 울음바다를 만들고 있는데 냉정하게도 시신에 쌓인 이불만 남기고 입고 있던 병원복까지 벗기고 들고 온 단가까지 챙겨서 구급차는 떠나가고 결국 길가 지척에 있는 집안에는 들어가 보지도 못하고 미리 작성해온 사망신고서와 매장허가증을 든 채 공동묘지로 몇 명의 동네 어른들에 들려 산소 사이 조그만 터에 비석도 없이 파묻혔어. 그게 상티푸스였다는 건 그의 부모가 이사를 간 후 수군대던 동네 아줌마들 때문에 알게 되었어.

그때까지는 거지촌 쓰레기는 바람에 날리듯이 아무 데나 버려 가까운 산소에는 쓰레기가 힘없이 날렸고, 전염성이 강한 돌림병인 장티푸스 덕에 그 후론 집채만 한 바위 옆에 깊게 땅을 파고 거지촌 전용 쓰레기장을 만들었는데, 그 장소가 현재 묘지 사무실을 마주 보고 왼쪽 끝쯤인데 무슨 이유인지 모르지만 파묻은 쓰레기가 불이 났는데 위에 올라가면 뜨거울 정도였고 한 달 이상 연기가 피어올랐던 거 같아.

거지촌에 쓰레기가 생긴다니까 안 믿어질 거야? 거지들이 무엇을 써서 생긴 쓰레기가 아니라 여기저기서 이것저것 주워와서 생긴 쓰레기로 힘없는 주인 따라 나풀대며 골바람을 따라 이리저리 날아다니며 동네를 더럽히던 기억이 생생해.

다 옛날인데 끄집어내니 일 년 남짓 거지촌에 있으면서도 가슴 시린 이야깃거리가 이렇게 많은데, 우리가 가족 생각할 틈도 없이 개처럼 삼년도 넘게 훈련받았던 실미도엔 드러내지 못한 가슴 아픈 이야기가 안 하고 못 해서 그렇지 얼마나 많겠어?

어느 날, 우리 둘이는 어느덧 익숙해진 동냥질을 하면서 열심히 돌아다니다 보니 운 때가 맞았는지 잔칫집에서 얻은 동태전 몇 개와 접시째 훔치다시피 동냥한 떡과 묘지 사무실 아래 구멍가게에서 훔쳐온 거금 십오 원짜리 단팥빵에 산소에서 제사 지내고 남은 마른오징어를 사격장에서 주운 탄알과 함께 라면 박스에 넣어 왕초 자리에 놓고 박스 날개를 찢어 "왕초님, 그동안 고마웠다며 고향이 생각나서 할 수 없이 떠난다고." 감사의 글도 연필로 꾹꾹 눌러 적어서 늦게 발견하게 항상 펴져 있는 왕초의 이불 속에 넣어 두었어. 뒤도 돌아보지 않고 개울 건너고 산 넘어 닭똥이 산더미처럼 앞마당에 쌓여있는 나환자촌 닭장 있는 집에 무조건 들어가서 문드러진 손을 흔들며 질질 침을 흘리는 그들에게 잠만 재워 달라고 진짜 살기 위해서 그들의 문드러진 두 손을 망설임 없이 꼭 잡으며 매달려 사정하자 고민에 찬 그도 마을 규칙이 있어 자기 마음대로는 못한다고 중얼대가며 농장 사무실과 공동창고에 있는 마을자치회장에게 죽이 되든 밥이 되든 일단은 말해보자며 끌고 가듯이 데려갔어! 앞장선 그가 말하길 그래도 너희들은 밥 달라고 거지 짓이라도 해봤지만, 자기들 젊었을 때는 수원천 옆에 움막도 아닌 바닥만 깔고 잤고 우리처럼 두 손 내밀어 얻어먹은 게 아예 없다는 거야. 자기들은 남들이 옆에는 물론 같은 공간에서 숨도 같이 쉬지 않으려는 거렁뱅이라서 얻어먹는 게 아니라 주워도 아닌 주워 먹었다고 하면서 우리를 이해한다고 위안을 주더라고. 거지 밑에 그지 있고 그지 밑에 거렁뱅이라니? 그렇게 따지면 우리 거지들도 중산층이라고 우겨도 되는 걸까? 참! 거지에도 이렇게 다양한 계급이 있는 줄 그때 알았다니까?

　며칠을 창고 내에 쇠창살로 조그맣게 만들어 놓은 감금실에 쳐넣고 밥 주는 끼마다 묻기를, 사료 주고 닭똥 치며 도망가지 않고 일할 수 있냐며 몇 번의 다짐을 받는 성계원 자치회장과 마을 사람들인 나환자들의 성화에 화가 잔뜩 난 동료는 더러워서 못하겠다며 버티질 못하고 부개동 쪽으로 간다며 헤어져 뛰쳐나갔어.

　닭 때맞추어 사료 주고 똥 치며 힘들고 어려워도 마음 편하게 성계원에 살게 해준 것도 고마운데 어떻게 서류를 작성했는지 자기들처럼 국가에서 쌀하고 연탄과 각종 보건소 혜택을 받을 수 있게. 서류를 만들고 조치를 해줘서 큰돈은 못 벌어도 굶지는 않고 살게 되었어. 생각지도 못한 나환자 등록증이 생기긴 했지만 말이야. 그 덕분에 좁지만 산을 파내 개간한 땅에 집터를 얻을 수 있는 자격도 생겼고 국가에서 달마다 알아서 척척 주는 연탄과 쌀은 아무리 많이 먹어도 떨어지질 않았지.

　어느 날, 삼거리 주유소 건너편에 있던 하얀 옷을 입은 보건소 직원이 나와서 나를 가리키며 한다는 말이 대뜸 "불알 까러 가자." 하는 거야. 어릴 때 어른들께 장난삼아 들었던 말인데 나이 들어서 무슨 뜻인지 알고 직접 들으니까 식은땀이 확 나는 거야.

　친하고 가깝게 지내게 된 나환자 노인네들이 자식 없는 이유를 말해줄 때 나를 걱정하면서 해주었던 말도 있고 해서 겁이 확 나는 거야.

　문제가 뭐냐면 나환자 등록증이 나오면 가임기 남녀에게 제일 먼저 아기를 가질 수 없게 수술을 받아야 한다고 해서 미치고 팔짝 뛰는 줄 알았어. 시인인 마을 초대 자치회장이 떠돌이인 나를 생각해준다는 것이 나도 모르게 한센병 환자로 등록된 거였고, 당연히 국가시책인 한센병 절멸 정책에 따라 강제로 아기를 가질 수 없게 노인들이 농담처럼 쉽게 하는 일명 부랄을 깐다는 단종 수술을 받아야 하는 거였어.

그 말이 어디서 나왔냐면 돼지고기 특유의 냄새를 없애기 위해 갓 태어난 수퇘지의 아주 작은 성기를 어렸을 때 손으로 잡아떼어 버리는 말인데 그들 나환자한테는 애를 못 낳게 하는 고자로 만드는 수술이었던 거로 당사자인 그들에겐 큰북처럼 가슴을 때리던 그 말을 우리는 농담 삼아 너무 쉽게 하고 있었던 거야.

하지만 영부인을 선거철마다 문드러진 얼굴로 앞장서서 안내하던 성계원 초대 자치회장 빽도 왕초 거지처럼 무지 센 덕분에 돈 몇 푼 집어주고 넘어갔던 그때는 생각은 물론 농담이라도 아직도 말하기가 싫어.

오죽하면 영부인이 버들피리로 유명한 (전)자치회장 대동해서 전라도 방문할 때 나환자의 문드러진 손을 잡고 찍은 사진이 호외까지 발행하면서 광고지처럼 신문으로 대량 찍어냈잖아?! 그거 알아 나환자의 얼굴은 웃으면 웃을수록 찡그러진다는 거?

그리고 솔직히 영부인이 오고 싶어 왔겠어? 영부인 저렇게 나환자 손 안 잡았으면 대통령 자리 벌써 내려와야 했을 거야. 일종의 나환자 손잡고 웃으며 찍어낸 연출한 사진 한 장에 인정 많은 국민들이 속아준 거지?!

정말로 나환자를 위하고 생각한다면 혼자 와야지 한센인 중에 유명한 시인과 기자들은 왜 대동해서 오는데 그것도 십정동에 사는 몸이 불편하고 한센병으로 유명한 한나은 씨를 저 전남 나주까지 그 추운 날 악수하는 거 사진 박아서 선거 선전하는 데 이용하려고 왜 데리고 가냐고?

　영부인이라며 부평 성계원의 자치회장인 보릿고개로 유명한 한나은 시인이 같이 한센병 마을인 나자로 마을에 대한민국 한센인 중에 제일 유명한 분과 함께 영부인이 나타나 문드러진 손들을 웃으며 잡은 대문짝만한 신문을 본 선거철에 그 열기가 어떻겠어? 거기다 까칠한 문드러진 손을 살기 위해 덥석 잡았던 나처럼 영부인도 대통령 선거에 이기기 위해 앞뒤 가리지 않고 거침없이 잡고 흔들어댔으니 그 인기는 선거에 딱 맞추어 순간적으로 만들어진 거지.

　남들은 영부인이 봉사활동 했다고 국모 운운하는데 따지고 보면 전부까지는 아니겠지만, 대통령 선거 때마다 남편의 당선을 위한 일종의 선전전이었던 거 같아. 각하는 자기 마음에 안 드는 국민들 잡아다 고문해서 생생했던 젊은 사람들 지팡이 짚고 다니게 하고 말짱한 정신이었던 형과 아버지들을 달뜬 밤 여우 울듯이 혼자서 벽보고 이야기하게 한 초대 정보부장까지 했던 같은 집안사람이 증언한 것도 있잖아?

　영부인의 조카뻘 산모가 배가 고파 힘들어할 때도 방 한쪽에서 영부인 식구 자기들만 밥 먹었다고 국무총리까지 한 집안사람이 말하는데 그런 영부인이 자기 돈이면 아까워서 나환자촌에 갔고 그 뭉그러진 나환자 손을 잡고 웃었겠냐고?!

　오다 보니 언론과 국민들의 반응이 너무 좋고, 선거 때마다 각하 이미지를 한센인 잡은 손 흔들어대는 대문짝만한 사진으로 솔직히 어느 정도의 독재자 이미지는 커버했잖아? 한복 단정하게 입고 웃는 얼굴로 위문품 나누어 주는데 그것만큼 확실한 독재자 이미지 세탁한 선거운

동이 어디 있겠어! 지금처럼 나라마다 브랜드 백 상황에 따라 들고 돌아다니면서 개 껴안고 찍은 것도 아니고!

한 번 맛 들인 재미에 그때부터는 선거 때만 되면 예산이라는 울타리를 치고 나랏돈으로 구입한 위문품 차떼기로 바리바리 싸 들고 친정 나들이하듯 나환자촌 찾아다닌 거 아니겠어. 초라하고 사회적 약자인 한센인들 앞세워서 그 한센인들 맞잡은 손위로 굵은 눈물 떨어뜨리는 감격하는 얼굴 확대해서 비추고 활짝 웃는 얼굴로 카메라 보면서 손잡은 그놈의 사진 한 장 박으려고 말이야!

그렇게 닭똥 치고, 닭 기르면서 먹고 자고 한 일 년 있었지만 고향에 두고 온 처자식한테는 갈 수 없는 신세가 되었고, 그땐 나도 젊은 혈기에 밤잠을 설치던 왕성한 총각이었잖아. 여자라곤 실미도 있을 때 사건 나던 해 봄날 동료 2명이랑 교관들과 헌병들에 이끌려 부대 배 타고 지금은 대형 병원으로 변한 빨간불이 은은하던 옐로 하우스 가본 게 다였고, 하도 오랜만이라 빳빳한 광목 빤스 벗고 올라만 타면 되는 줄 알고 힘만 쓰다가 아가씨로부터 빤스가 더 빠딱 섰다며 차라리 두부랑 하라는 말을 들었던 창피하고 무안한 추억도 그 봄날과 함께 갔었던 거 같아.

하긴 암만 젊다 하여도 고기라도 먹어야 힘을 쓸 텐데 매일 꽁보리밥에 이빨에 낄 고춧가루도 안 보이는 허연 김치와 무의도에서 들고 온 채소 씨앗도 무우와 고추, 그리고 호박 같은 거만 먹었으니 힘이 나올 데가 없으니까 창피함보다 그런 말 들어도 싸다고 생각이 먼저 들더라고.

8.

　지금의 동암역 남쪽 인근에 있는 국민학교 후문에 딱 붙은 고아원에서 나이가 꽉 차 사회에 나갈 곳이 없어도 법 때문에 꼭 나가야만 하는 고등학교를 졸업하고 갓 18세를 넘긴 어린 고아인 지금의 아내를 우연히 만났지.

　어느 날, 길 좌우로 양색시 골목이 있는 신촌 미군 부대와 88정비대대 서쪽 끝 중대장 관사가 보이는 길가에서 우락부락하게 생긴 어떤 놈들에게 망설이듯 따라나서던 예쁘장한 아가씨였는데 한눈에 봐도 양공주로 팔려가는 신세라는 건 누가 봐도 확실했거든. 그들이 던져준 보자기 속 오래된 한복을 가슴에 안고 옆걸음으로 공포에 떨며 따라가는 아가씨를 정의로 똘똘 뭉친 내가 그냥 지나칠 리가 없잖아?!

　아무 이름이나 둘러대서 "연호야." 하니까 아가씨가 깜짝 놀라서 뒤돌아보고 그놈들도 나를 째려보듯이 보는데 무서움에 가득 찬 눈으로 아가씨가 무언의 구해달라는 신호를 보내는 거야. 그놈들 면상 앞에서 능청스럽게 집 나간 우리 연호를 찾았다고 동생을 돌봐줘서 고맙다고 무조건 머리를 조아리니까 이놈들도 긴가민가 서로를 쳐다보는 거야.

마침 주머니에 있던 몇 달을 아낀 백 원짜리 몇 장을 막걸리나 한잔 하라며 그들 손에 무조건 쥐어 주고 생판 모르는 아가씨의 손을 잡아 끌듯이 무조건 그들을 피해 성계원 닭장으로 데리고 왔는데 손을 놓을 때 보니까 얼마나 세게 잡았는지 아가씨 손이 새하얗고 내 등과 얼굴에는 식은땀이 한 바가지 넘게 흐르고 있는 걸 느끼면서 풀린 긴장에 바닥에 풀썩 주저앉았어. 나중에 들으니 그 아가씨 이름이 정말로 연호였고, 누가 자기 이름을 불러서 깜짝 놀랐다는 거야.

돌아갈 생각을 아예 안 하고 또 못하고 있는 아가씨를 내가 머물던 사료 창고 한쪽에서 머무르게 하고, 나는 닭들과 함께 닭장 입구에서 가마니를 깔고 며칠을 지냈어.

고아원에서 나이가 차서 쫓기듯이 나왔다는 것을 듣고 가족은 물론 당장 갈 데도 없다는 것을 알았을 때는 가슴이 아프면서도 무언지 모르는 가슴 깊이 올라오는 동병상련의 연민이 드는 거야. 달걀 거두는 걸 도와주고 닭 사료를 함께 주는 그녀를 보면서 이런저런 이야기를 나누다 보니 그녀의 팔자도 나와 별반 다르지 않은 거 같아 가슴이 시렸어.

누가 먼저랄 것도 없이, 그리고 생각하고 자시고도 없이 서로의 필요에 의해 사랑보다는 좋아하는 감정 하나만 가지고 자연스럽게 부부의 연을 맺은 거 같아.

예쁜 색시가 생기니 지난날 힘들고 서럽던 실미도와 거지촌에서의 일들은 머리에서 사라지기 시작하고 하루하루가 즐거워 이런 우연의 일치와 인연이 있을까 싶을 정도로 행복했지만, 고향에 두고 온 아내와 어린 아들을 생각하며 밀려드는 막막함은 정말 참기 힘든 고통이고 괴로움이었지!

닭장 옆에다 산 넘어 공동묘지에서 산소 이장할 때 시신 거두고 버린 관짝 판데기를 훔치듯이 주워와 사료 창고 옆에 얼기설기 어설프게 신혼 방 하나만 간신히 만들어 살기 시작한 거야. 남들이 힘들게 결혼한 거를 표현할 때 사글셋방에 냄비 하나와 숟가락 두 개로 시작한다고 무슨 수학공식처럼 말들 하잖아.

우린 수저를 살 그 돈조차 없어서 매끼니 닭장 쓸던 똥 묻은 싸리나무 손잡이 잘라서 젓가락 만들고 주인집 냄비 빌리고 팔 수 없는 깨진 달걀을 얻어와서 나라에서 주는 배급 쌀로 오직 달걀국, 달걀후라이, 달걀찜, 달걀말이에 뿌려댈 그 흔한 소금도 살 돈이 없어 비린내 나는 달걀 반찬 하나로만 끼니를 때우면서 신혼 아닌 신혼을 시작했고, 언젠가 꼭 하얀 면사포를 씌워줄 거라 몇 해를 두고 약속했지만, 결국은 큰딸년 결혼 날짜 잡아 놓고 급하게 다니지도 않는 교회 목사님께 사정해서 딸년이 지어미 꽃단장에 화장시켜주고 예비 사위가 축가 불러줘서 다 늙은 나이에 창피함도 있었지. 그렇게 마누라 소원대로 식을 올렸고, 그 날밤 세상을 다 얻은 것처럼 행복에 겨워 우는 마누라를 따라 울다 보니 날이 샜고, 딱 일주일 후인 7월 11일 날 그 목사님 주례로 딸년도 식을 올린 거야.

지금도 그때 생각하면 입 안에 닭똥 냄새와 달걀 비린내가 가시질 않고, 그 가난을 함께 버티고 참아준 마누라에게 미안하고 고생을 하도 시켜서 뒤에서 휘다 못해 굽어진 허리를 볼 때마다 가슴이 찡하고 콧등이 시린 건 아무리 사람 죽이는 훈련을 받았던 나도 아픈 마음을 감출 수가 없었어.

우리 부부는 지금도 시장에 가서 겹겹이 쌓인 하얀 달걀판이 쌓여있는 게 보이는 순간 속이 메스껍고 냄새가 나는 거 같아 거의 무의식적으로 고개부터 돌리는 버릇이 생겼고, 다른 건 몰라도 소금만은 지금도 제일 좋다는 것만 병적으로 골라서 먹게 된 거 같아.

성계원에서의 신혼생활 그 후론 반찬으로 계란후라이를 집에서는 아예 해본 적도 그리고 먹어보지도 않았고, 어쩌다 냉면 먹을 일이 있으면 주인장한테 하는 단골 멘트가 '달걀 빼고'였을라고. 가만히 있는 허옇고 노란 계란한테는 미안하지만 보기만 해도 닭똥 비린내가 나는 거 같아 아무 이유 없이 정떨어지고 싫어져서 얼굴에 표가 나도록 질린다는 게 이런 건가 봐.

김일봉 공작원은 그 더러운 천막 속 거지촌에서도 젊은이의 혈기가 무언지 신사가 걷어찬 거지 할아버지 손녀와 산소 뒤에서 매일 치마만 올리고 아침, 저녁으로 연애를 한다고 해서 깜짝 놀랐던 기억이 있어. 그 동료가 농담 삼아 하던 말이 있는데, 젊은 혈기에 바지 내리고 하긴 했는데 자존심은 있어서 신사의 손길이 먼저 거쳐 간 손녀의 거기를 한동안 만지거나 본 적은 없다고 항상 불평했었거든.

어쩐지 검은 밤에 왕초 거지에게 손녀가 불려가면 안달이 나서 그날 밤은 잠도 못 자고 불안해하면서도 신사가 거지 왕초에게 얻어터지는 걸 말리는 손녀를 보고서는 섭섭함도 있었지만, 본성이 착해서인지 항상 웃고 기쁨과 행복이 넘쳐 있었던 거 같아.

동료인 김일봉에게도 그리고 솔직히 나에게도 어느새 실미도 교육대장처럼 거지 왕초의 기세는 감히 넘을 수 없는 존재가 되어 있었던 거야.

성계원에서 뛰쳐나간 동료는 죽기 아니면 까무러치기라는 심정으로 이른 아침 새로 들어온 어여쁜 여자가 새로 생긴 신사를 기다렸다가 자기 여자 남 주기는 아깝다는 듯이 꼴값 떨며 못마땅해하는 신사를 살살 달래서 거지 석선 받듯이 손녀를 데리고 고개 넘어 부개산 언덕배기 주인 없는 산소 비석 빼내고 봉긋한 산소 터 평평하게 다져서 터를 잡았었지.

김일봉이는 신사의 도움으로 폐병이 있던 손녀의 할아버지도 모시고 살게 되었고, 신사가 마누라의 아다를 먼저 건드려 미안하다고 할 때만 해도 원망보다는 고마움이 앞서 있었을 때였어. 왕초에게 맞아가면서도 움켜쥔 치맛자락을 놓지 않고 지켰던 순결을 가져간 마누라의 첫사랑이고, 첫 남자라는 질투는 아예 없고 같이 살게 해줘서 고맙다고 무릎까지 꿇고 엎드린 채로 그의 자비로운 은혜에 눈물도 흘렸다고 했어.

동료도 우리처럼 부개동 산동네에 무허가 집을 짓고 거지촌에서 만난 처녀와 그의 할아버지를 모시고 묘 이장하면서 버린 관짝들 주워다가 얼기설기 이어 겨우 둘이 누울 수 있는 방 하나짜리 단칸방에 셋이 살았는데 관하나에 널빤지가 딱 4개 나오는데 산소를 이장해야 운 좋게 나오는 관짝으로 신혼 방을 만들려고 하니 밖에서 안 보이게 칸막이 하는 데만 석 달이나 걸렸다고 했어.

거지촌에서 옮겨올 때부터 폐병이 있던 할아버지는 얼마 안 있다가 돌아가셨고, 초상 치를 돈이 없어서 입관할 관은 벽으로 세워져 있던 이장한 남의 관짝을 다시 떼어서 모셨다는 소식이 들렸을 때는 먹고살기 바쁘고 여유도 없이 주인집 눈치 보며 닭똥 치우느라 못 갔는데 지금은 많이 후회해. 하기야, 무일푼에 상갓집에 가도 밥이나 축냈을 테고 아무 도움이 안 되었을 거라며 위안 아닌 위안을 한동안 했었던 창피한 기억이 있어.

산 중턱부터는 집과 집 사이, 하다못해 마당에도 그리고 우물 옆에도 주인을 알 수 없는 산소가 있는 집들이 많았고 집들 축대 군데군데에 비석들이 들어가서 단단하게 받치고 있었어. 비록 차갑고 날쌘 바람이 집주인인 동료의 허락 없이 마음대로 드나드는 판잣집이지만 마음이 편한 안식처가 생기고부터는 부평역 앞 리어카 안 연탄불 위에 놓인 커다란 양은 대야에서 펄펄 끓고 있는 하얀 순두부 한 양쟁이 사서 부부가 나눠 먹으며 막일을 끝내고 돌아오는 길에 새끼줄에 매달린 시꺼먼 연탄 한 장 들고 좁은 산길 올라오며 또다시 허기져 울고 있는 배를 졸라매고 둘이 악착같이 벌어서 아들, 딸 낳고 내가 옆에서 봐도 정말 열심히 살았어.

어느 날, 흘러간 세월만큼 곡괭이처럼 삐죽이 몇 개 안 남은 누런 이빨과 힘없이 축 처진 눈가에 깊어질 대로 깊어진 주름을 하고 우리는 인천 가족공원 팔각정 옆 넝쿨나무 하늘 삼아 탁상에 마주 앉아 소주잔 하나를 돌려가며 컵라면 하나에 꽂힌 나무젓가락을 주고받으며 오랜만에 길고 진지한 이야기를 했었어.

힘들게 살아남은 우리의 우정도 중요하지만, 우리 둘 중 누군가 하나라도 세상 하직하기 전에 북한 김일성이를 죽이자며 전우애로 똘똘 뭉쳤던 그 당시 이야기가 후세에 전해지도록 하자고 했어.

세월에 잊혀지고 지워진 우리 동료들의 그려지지 않는 얼굴을 억지로 그리며 우리가 농담처럼 진땀 흘리며 주고받던 이야기를 내가 먼저 꺼냈지! 오랜 기억 속에 얼굴은 지워졌지만, 옛말처럼 이름은 남은 게 우리 동료들이잖아. 그 이름에 걸맞게 가족도 찾을 수 있게 살아있는 우리가 뭐라도 해야 할 거 아니야?

오랜만에 내가 동료에게 처음으로 가슴속에 있던 말을 했어! 실미도에서는 자네는 청주 쪽에, 또 나는 대전 쪽에 연을 두어서인지 처음엔 비슷한 인원에 서로 지지 않으려고 주먹과 거친 말을 앞세워서 서로 잘났다고 으르렁대며 부딪치기도 많이 부딪친 앙숙 중의 앙숙인 우리였는데 이렇게 함께 살아서 같이 있다는 게 어떨 때는 전혀 믿어지지가 않아?!

그날 밤, 그러면 안 됐는데 단순히 째려봤다는 구실로 야간 초소근무 끝나고 화장실 뒤에서 자네를 팼던 건 진짜 미안하게 생각해. 긴 시간이 지났지만 지금이라도 진심으로 사과할게.

"뭐! 나도 잘한 게 없는데 사과는 무슨 사과? 둘이 똑같으니까 치고받은 거 아니겠어?"

"아니지? 아무리 그래도 말은 바로 해야지? 난 자네한테 단 한 대도 맞은 기억이 없으니까 치고받은 건 절대 아니지? 자넨 화장실 뒷구멍에 얼굴 처박고 엎어진 채 내 주먹 피하기 바빴는데 언제 주먹을 내밀었을까? 아니, 주먹 쥘 기회는 있었나?"

약 올리듯 미소를 지으며 곁눈질로 농담하듯이 말하자 동료도 무안한지 입술을 삐죽대며 은근슬쩍 고개를 돌리며 알아듣지 못하는 말로 투덜거렸었어.

어떻게 보면 처음부터 악연으로 만났던 우리였던 거 같은데…. 우리가 살아서 이렇게 긴 시간 함께하며 지나온 옛날이야기를 나누는 게 인연인지 아니면 운명인지 어떨 때는 헷갈리기도 했어. 그래도 결과적으로 동료의 도움으로 거지촌에서 선거에 맞춰 가짜 신분증까지 재발급받아 자유를 얻고 가정을 꾸려서 살아나 이렇게 전우애도 아니고 우정도 아닌 건 확실한데 솔직히 뭐라고 해야 하는지는 지금도 가끔 헷갈리는데, 처음엔 어떻든 간에 지금처럼 지내는 게 좋은 게 좋다고 하느님이 주신 특별한 인연이 아닐까 생각해.

이렇게 하느님이라고 쓰면 하느님이 살려줬다고 뻥 치고 간증으로 돈 버는 양남수가 알면 하나님이라고 안 했다고 죽이려고 덤벼들지도 몰라. 그때는 밤낮으로 괴롭히는 그놈의 기간병들 등쌀에 너나없이 매일매일 힘들어 사실 서로 웃을 일이 거의 없었고 그 어린놈의 기간병 놈들에게 더러운 욕 안 듣고 안 맞으려고 서로 날카롭고 예민하던 때였잖아?

시간이 좀 지나서 몇 명의 동료를 잃고서는 정신이 바싹 들어 어떻게든 죽지 않으려고 악에 받치는 전우애가 생겨서인지 지역 따지지 않고 서로 잘 어울렸지만 말이야?! 사실 돈의 유혹에 반강제로 끌려와 죽도록 얻어터지면서 생똥 쌌던 우리가 살아날 생각도 바쁜데 무슨 놈의 전우애가 있었겠어?

다만 서로 죽지 않으려고 똘똘 뭉치다 보니 살기 위한 의리가 생긴 거고, 고향에 돌아가 부모 형제 만나는 희망 잃지 않으려고 서로 협조한 마음이 더 있어서인지 아무리 생각해도 전우애는 아니었던 거 같아? 아니야? 적과 싸우든지 대치해야 생기는 게 전우애인데 그전에 우리를 속인 군사독재자에게 이를 가는 원한이 생겼는데 그걸 전우애라고는 말하기 힘들지 않아?

솔직히 난 우리가 북한 침투 못 하고, 또 안 할 거라는 건 실미도에 들어가사마사 알았어. 훈련은 그럴듯하게 하지!? 분기별로 실미도에서 할 수 없는 훈련은 오류동과 여의도에 가서 교육대장이 근무하던 오류동에 주둔하고 있는 깡패 부대원들과 외줄 타고, 무서움에 떨면서도 떨어지는 공수훈련을 받았고, 말도 해안에서 해상 훈련을 받다 보면 금세라도 북에 넘어가 김일성이 목 딸 수 있을 거 같은 착각이 드는 거리에서 해수에 머리가 노랗게 변할 때까지 거친 파도와 싸우며 훈련을 받고 실미도에 돌아오면 또 해안가 자갈밭을 박박 기어야 하는 훈련이 조금의 쉴 여유도 없이 기다리고 있었지.

그런데 사실 알고 보면 저런 훈련들은 조금 빡세서 그렇지 사실 대한민국 군인이고 주특기가 공군이나 해군이면 강도의 차이는 있겠지만 사실 다 받는 훈련이었잖아? 생각해봐? 무슨 놈의 기다란 M2 카빈총 들고 폭탄 등에 지고 가서 김일성이를 어떻게 죽이겠어?

대통령 죽이려 북한 무장공비들이 무더기로 청와대 앞까지 들이 닥쳤을 때 직장 잡으러 서울 갔더니 놀다시피 하는 군인들도 죽기 싫은지 M2 카빈은 아예 보이질 않고 전부 월남에서 가져온 M16A1총 들고 다니더만! 다루기 쉽고 잘 맞는다는 월남전 전쟁 중에 가져온 M16A1

으로도 안 되는데 하물며 앞에 있는 표적도 제대로 못 맞추는 총으로 적장인 김일성이를 카빈으로 잡아 죽인다고? 우리는 그 어떤 군인보다 사격은 손이 떨리도록 많이 해봐서 알잖아?

제대로 맞지도 않는 총 든 우리가 북파공작원이고 특공대라고? 특공대라면 어렵고 힘들어도 단 3프로라도 성공 확률이 있어야 하는 거 아니야? 그런데 100프로 접근도 못 하고 무조건 죽는 작전을 어떻게 특공대라고 할 수가 있어. 단, 몇 프로라도 살 구멍과 돌아올 수 있다는 희망은 줘야 힘이 나서 김일성이 때려잡는 자신감이라도 생길 수 있는데 희망 없는 이런 임무를 단순히 애국을 들먹이면서 설명할 건 아니잖아? 노력이나 애국심 그리고 훈련으로 될 게 있고 죽어도 안 될 게 있는데 교육대장이 말한 김일성이 죽이는 건 솔직히 불가능하잖아. 자기들만 살아있다고 함부로 입술 좌우로 비틀어 트위스트 추듯이 주께지 말고 이제는 말 되는 말만 하고 인정할 건 인정해줘야지.

어떤 기간병 놈인지 깡통을 공작원들에게 공중에 던져주면 백발백중 다 맞춘다고 인터뷰 기사가 나오는데 하도 어이가 없어 헛웃음과 놀라서 튕겨 나온 콧물에 싸인 누런 코딱지뿐인 건 알아야 할 거야? 생각 같아서는 당장에라도 벌떡 일어나 기간병 어떤 놈이 깡통 던져 줬는지 앞에 있다면 말해보라고 하고 싶어. 살다 살다 사격할 때 타깃으로 깡통 던져 줬다는 군대도 처음 듣지만, 그 던져 줬다는 기간병 놈은 용맹함으로 따지면 대통령상 받아야 할 거야.

그리고 뛰는데 뒤에서 발뒤꿈치에 기관총을 쏘아댔다고?! 총이 얼마나 반동이 심한데 단발도 아니고 그것도 기관단총으로 연발을 쏘면 암만 힘센 장사도 총구가 당연히 위로 튀어 올라 사람 몸통에 맞을 정도로 통제가 힘든데 그런 거짓말로 유족과 국민들을 현혹시켜! 저 기간병 새끼들 지들 입으로 총 딱 4발 쏴보고 실미도 부대 왔다는 놈들이 감히 밥 먹듯이 쏘아댄 우리 앞에서 그따위 거짓말을 아무렇지도 않게 하고 자빠졌어?

그리고 우리가 뭐, 야생 멧돼지야? 번쩍하면서 산꼭대기 올라가 연막탄 쏘고 총알같이 튀어 내려오게! 교육대장에게 개돼지처럼 억울한 죽음 안 당하고 죽은 내 시신 기름에 튀김 하듯이 튀기지 않으려고 살기 위해 발버둥 치면서 이를 악다문 우리 공작원들에게 그게 할 소리야? 이 새끼들 우리 없다고 만들어 내는 말들 들으면 억울해서 자다가도 눈이 번쩍 뜨인다니까.

어떤 놈은 지들하고 똑같은 밥 먹었다고 억울한 듯이 열변을 토하더니만 야! 임마 보리밥에서 쌀만 골라 처먹은 기간병 너희들하고 고르고 남은 꽁보리밥 먹은 우리 중 누가 더 억울할까? 우리는 꽁보리밥이라 30분만 있으면 배가 꺼지는데 쌀만 골라 처먹어 오전 내내 배 빵빵한 너희 기간병들이나 교관들이 양심 있다면 할 소리는 아니라는 건 알 거 아니야?

이왕 말 나온 김에 한마디 더 할게. 교관이나 기간병들도 휴가나 외출은 공작원들과 똑같이 한 적이 없다고? 그럼 그날 아침 누나 만나러 나가려다 보초 시간에 죽은 기간병과 일주일 전에 휴가 다녀온 김종수는 휴가가 아니고 뭐라고 해야 할까? 더군다나 열 명이 외출 나갔던 기간병들이 사온 소주를 자기들끼리만 낄낄대며 마신 건 어떻게 설명할 건데? 우리 다 죽었다고 거짓말하면서 가진 주둥이라고 함부로 나불대지 않았으면 좋겠어. 아마 여물 먹던 소도 저 소리 들으면 밥 먹다 말고 고개 갸우뚱할 거야?

이 새끼들 말 같은 소리를 작작해야지?

아이고! 혈압도 높다면서 왜 열을 올리고 그래? 말리는 동료가 건강을 걱정해서인지 말하면 잔소리고 쓰러지면 너만 손해라며 어디서 주워들었는지 Calm down 한다.

그건 또 뭔 말이야? 나 요즘 유치원 다니는 증손녀한테 영어 배우잖아. 아침에 마누라한테 물 좀 달랬다가 갔다 먹으라 하기에 소리를 빽질렀더니 포크로 소시지를 찍어 먹으면서 증손녀가 한 말이야. 자네도 더러운 성깔 죽이고 진정하라고 내가 유식하게 배운 영어 써먹어 보는 거야. 자네 영어 궁금한 거 있으면 이제 나한테 물어봐? 오늘 물으면 내일 손녀딸한테 배워서 가르쳐줄 테니까?

그런 말 하지 말어.

영어라면 총각 때 읍내 아가씨들 줄을 세워 놓고 "l love you!"를 구구단 외듯이 멋모르고 남발했었고, 거기에 전처와 애 엄마까지 두 여자까지 결혼하려고 꼬실 때도 써먹었는데 말이야. 그리고 단어도 세 개나 연결한 내가 두 개의 단어 연결한 자네보다는 영어 실력만큼은 위도 한참 위가 아닐까?

근데 자네 원부인 있다는 거 지금 부인이 알기는 아는 거야? 호적을 새로 만든 거 자체를 모르는데 처자식 있는 거 아예 알 리가 없지 다만 호적이 깨끗하니까 자기처럼 전쟁 고아인 줄 알고 전에 이산가족 찾기 방송할 때 같이 방송국에 가서 가족 찾기 등록하고 티브이에 나가자고 해서 말 둘러대느라 한동안 난처한 적도 있었어. 집사람은 내가 재혼이란 건 아예 상상을 못 하고 있는데. 이제는 무서워서 솔직히 말할 자신도 없어.

고향엔 언제 가봤어? 솔직히 우리 소문 방송으로 모두 알고 있을 텐데 혹시라도 고향사람들 만나고 또 추적당할까 봐 고향에 얼씬도 못 했고 어머님과 처자식 소식도 무서워서 듣지를 못하고 있어. 가끔 꿈에서 논두렁 사이로 학교에 같이 가다 노랑 민들레꽃 손에 쥐어 주던 옆집 숙이의 방긋 웃는 얼굴도 보이고, 수동이네 굴뚝에 기대어 말뚝박기하면서 올라탄 채 가위바위보 하는 친구들이 까르르 웃는 얼굴도 보이는데 꿈에서 깨면 그렇게 허전할 수가 없어.

기간병과 교관한테 당한 거 말하면 끝이 없지만, 이제라도 신문이나 티브이에 나와 뻥은 안 쳤으면 좋겠고, 제발 간증한답시고 우리 짓밟던 군화 이야기 좀 안 했으면 해. 얼마나 얻어터졌으면 그 군화의 '군' 자만 들어도 현기증이 난다니까!

교관들이나 기간병들이 무슨 주문처럼 자기들이 까던 밤을 못 까면 훈련받고 지쳐있는 공작원들 불러 그 가시가 빽빽한 밤톨을 손이나 집게도 아닌 좆으로 까라 하는데 야! 너희들 아프면 우리도 아픈 건데 우리 ×은 쇠꼬챙이로 만들었냐? 좆으로 밤 까게? 한참 총 쏘듯이 말하다 보니 내가 왜 이렇게 열을 내는지 참!

하여튼 기간병 저놈들은 똥통 속에서 그리고 배 지나갈 때 돌섬에 매달려 있던 것을 살려주었으면 우리 공작원에게 고맙다고 하지는 못

할망정 자기들 잘못한 거 모르고 시켜서 할 수 없이 한 거라고 우기고 있으니 어떨 땐 불쌍할 때도 있었어!

제 버릇 개 못 준다고 방송이나 교회에서 간증을 제2의 직업 삼아 여태 거짓말한 거 보면 기대하는 우리가 바보 아닐까 생각해

자! 이제는 거짓말하지 않기로 살아있는 기간병들 우리랑 약속하는 거다. 입에서 튀어나온다고 아무 말이나 지껄이지 말고 정 말하고 싶으면 1970년 11월에 UDU 5명 들어오고부터 부대 임무가 북파공작에서 대국민 테러부대로 바뀌었다는 것과 훈련병 일부가 살아있다는 건 말해도 되는데, 아마 어디서 단단히 받은 교육 때문에 보안각서 운운하면서 간이 붓지 않았으면 죽을 때까지 말 못할 거라고 내 장담하지!

더 자신 있게 말하고 싶으면 UDU 대원 길부곤에 관해서도 꼭! 말하고! 윤산태 같은 동료는 교육대장에 의해 동료 추행에 온갖 나쁜 죄명을 다 뒤집어쓴 채 가까이 지내던 자기 고향 동료에게 칼에 찔리고 맞아 죽었잖아?! 죽인 그도 저놈 교관들이 절대 살려주지 않을 거란 걸 산태 가슴에 칼을 깊이 꽂아 죽이면서 알았기에 동료들에게 오랜 시간 괴롭게 맞아 죽는 걸 방지하기 위하여 스스로 앞장섰던 거였어.

우리가 만난 게 인연인지 아니면 악연이었을지 몰라도 우리에겐 앞으로 어떻게 될지 모르는 다가오는 다른 운명이란 게 있잖아. 그 운명만큼은 먼저 간 동료들을 생각해서 꼭 함께하자며 내민 나의 손가락에 새끼손가락을 걸며 굳게 악다문 아귀로 한참이나 고개를 흔들던 동료였어.

그 옛날 각 지방에서 들어온 실미도 공작원들은 사람 목숨을 초개

같이 여기는 교육대장과 기간병들 때문에 무서운 타지에서 서로 의지하려고 같이 입대한 동향끼리 한때는 똘똘 뭉치기도 했었지! 한번은 입대하고 한두 달 지났었을 때였을 거야? 한때는 오류동에서 조장의 부하로 있던 소대장이 군기 잡는다고 자기는 나서지 못하고 곤장장시켜 잠도 재우지 않고 밤새 굴리면서 구타한 거는 알고 있어? 그거 모르면 실미도에서 간첩 아닐까?

얼굴을 얼마나 맞았는지 한 일주일 눈도 뜨지 못하고, 찢어진 입술에 밥도 못 먹어 한동안 우리가 매식기 돌아가면서 물에다 밥숟갈로 짓이겨서 먹이던 걸 그걸 어떻게 잊어? 한때는 자기 상관이었는데 자기가 손보기 뭐하니까 곤장장시킨 거 아니겠어?

두상구 소대장은 얼마나 무식한지 미군 부대 옆에 살았고 단단한 체구에 얼굴이 까무잡잡하고 심하게 곱슬머리였던 박도호를 보고 너희 엄마 양색시냐고 대 놓고 묻기도 했었던 또라이잖아! 그때 박도호 얼굴 봤으면 가관도 아니었지.

소대장이라 어떻게 하지는 못하고 울분을 속으로 삭이면서도 물어보는 대답은 해야 맞지 않으니까 몇 번에 걸쳐 아니라고 대답하다가 결국은 더 맞지 않으려고 "우리 엄마는 양색시입니다."를 우리 공작원 앞에서 크게 외치게 해서 망신을 준 놈이 항상 입이 삐죽이 나온 그 두상구 소대장인데 하도 악랄해서 그 이름이 지워지질 않아.

참, 우리도 눈이 삐었지 그런 놈을 우리 공작원의 억울함을 증언해 달라고 살려줬으니 말이야! 이왕 말 나온 김에 또 하나 꼭 짚고 넘어가야 할 게 있잖아?

우리 부대가 저들이 말하는 것처럼 1968년 4월에 창설해서 684 북파 부대라고 우기지만 우리와 같이 근무했던 기간병들도 솔직한 말을 안 해서 그렇지 제대시키지 않고 인천에서 파견 온 UDU 대원들에 의해서 다시 받은 훈련과 임무가 김일성이를 죽이고 북파공작을 위한 훈련이 아니라 대국민 테러 훈련이란 건 다들 잘 알고 있었잖아?!

우리가 입대할 당시 교육대장이 말한 684가 그 684가 아니라 1968년도의 68은 맞는데 뒤에 있는 4는 사월달의 4가 아니라 죽을 '사'라는 건 그해 교육대장이 우리를 모아 놓고 1968년도에 작전을 성공하든지 실패하면 죽는 각오로 훈련과 임무 수행을 해야 한다며 죽을 '사' 자를 우리 공작원들의 목숨과 연계해 강조해 말할 때 눈치 빠른 동료 공작원 몇 명은 그 뜻을 알아듣고는 놀란 눈으로 서로를 한참씩 바라보고 있었던 기억이 아직도 생생하잖아?!

우리 둘이는 억울하게 군사독재자와 일부 정치 군인들에 의해 운명을 달리한 우리 동료 공작원들의 한을 풀어줘야 하는 게 더 중요하다는 데 입을 맞추고 이런저런 이야기를 하다가 혹시나 해서 동료 공작원 윤대만에 대해서 아냐고 물어봤어. 물어보자마자 동료는 최신식 성능 좋은 컴퓨터 ENTER를 치자마자 뜨는 답처럼 다 알고 있었다는 듯이 반쯤 마신 술잔을 내려놓으며 술술 말을 꺼내는 거야.

나는 단순히 그가 화교인 줄만 알았는데 이 친구의 말을 듣고선 큰 충격을 받았더랬어. 자기가 윤대만에 대해 알기 시작한 건 우리가 실미도를 박차고 나오기 며칠 전에 화장실에서 불효를 저질렀다고 목을 매고 자살하려는 그를 가까스로 구한 후에 기간병이나 소대장들의 눈을 피해 남쪽 해안가 바위 뒤에서 눈물을 쏟으면서 하는 말을 듣고 자기도 같이 어깨를 감싸고 슬프고 억울해서 한참을 함께 엉엉 울었다는 거야.

우리 그거 뭔지 알아? 우리의 신조 간판 말이야 하고 동료가 뜬금없이 묻는다. 해골이지 뭐긴 뭐야?

그거 거기 중국 사람 묘 파왔다며?!

대답을 하자 그 해골이 누군지 아냐고 정색을 하며 동료인 김일봉이 다시 묻는다. 그 해골이 바로 윤대만 아버지 유골이라며 윤대만에게 들었던 전후 사정과 자초지종을 말해준다.

"그의 아버지가 화교로 6·25 전쟁 때 SC대원이었는데."

그런데 SC가 뭔데?

SC는 SEOUL CHINESE의 약자로 서울 차이니스 그러니까 화교로 이루어진 6·25 전쟁 중에 한국어와 중국어 양쪽 말을 다하니까 중공군과 북한군 모두를 상대로 특수임무를 하였던 우리 쪽의 북파공작 부대였다는 거야. 전쟁 끝나고 월미도에 있던 검은 기와의 중국 음식점은 해안가에서 날아든 수많은 포탄에 폭파되고 군인들이 상주하면서 정든 가게 터를 빼앗겼다시피 하였다는 거야. 당시 화교들은 법적으로 집도 못 사고, 은행에 저금도 할 수 없었고, 할 수 있는 일이나 직업도 중국 음식점뿐이 없었거든.

당시 국교도 없고 공산국가인 중국 본토는 물론이고 대만에도 돌아가기도 쉽지 않아서 윤대만 아버지는 6·25 당시 군부대 물자를 일시적으로 저장하는 곳이라는 걸 인천상륙작전 할 때쯤 북파 작전 중에 알았던 실미도 섬에 정착을 한 거였나 봐. 해안가로 떠밀려 온 국적과 신원을 알 수 없는 선원들의 무덤만 몇 개 있었던 실미도에 조그만 텃밭을 일구면서 늦가을부터 봄까지는 차가운 바다에 발 담그면서 생굴 따고 많지는 않지만 조개와 낙지 캐면서 서해안에 튀어 오르는 숭어와 각종 물고기도 잡아 말려 며칠에 한 번씩 신포동 시장과 송도역에 내다 팔면서 힘들게 정착했었나 봐.

윤대만도 중국집이 아니면 한국에서는 아예 취직해서는 일을 할 수도 없었는데, 밀가루 쳐대며 뜨거운 불 앞에서 짜장면 볶고 면 삶는 건 도저히 적성에 안 맞았나 봐.

그래서 열아홉에 결혼해 낳은 어린 아들딸과 함께 아버지 모시고 살다가 6·25 전쟁통에 적진에 뛰어들다 머리와 가슴에 깊이 박힌 포탄 파편 때문에 수술도 할 수 없는 아버지는 날씨가 흐리고 밀물이 들어오는 밤마다 생고생하시다가 돌아가시고, 네 식구가 오손도손 살다가 어느 날 우리 부대가 실미도에 들어와서는 무조건 나가라고 하면서 그들이 쏜 총에 아들이 맞아서 죽었나 봐.

윤대만의 증조할아버지는 일제 시대 당시 태극기만 안 흔들었지 이웃 나라의 독립을 위해 삼일운동에도 참여했고, 아버지는 육이오 전쟁에도 공산주의를 물리치기 위해서 국군과 연합군의 평양 진격에 앞서 목숨을 걸고 적진에 뛰어든 북파공작원이었지만 대한민국 국적도 아니고 법적으로 유엔군에 속하지도 않아 보상이나 대우도 제대로 받지 못했어. 너무 힘들지만 먹고 살기라도 하려고 들어온 곳이 당시엔 숲만 울창하게 우거진 아무것도 없던 천박한 실미도였는데.

교육대장은 사고라고 하는데 자기는 분명히 해안 초소 안에서 군인이 카빈총으로 아들을 쏴서 뻣뻣하게 쓰러뜨려 죽이는 걸 두 눈으로 똑똑히 봤는데 부대에 들어와 보니 그놈이 다름 아닌 악바리로 유명했던 섬에서 뛰쳐나올 때 우리가 살려줬던 소대장 놈인 거 알아? 그래도 군대니까 조장의 명령에 방아쇠에 손가락을 걸고도 죽이질 못한 거야.

근데 윤대만에게 더 큰 문제가 그 죽은 아들이 손이 아주 귀한 사대 녹자였다는 거였어. 그러니 윤대만이 얼마나 원한이 맺혔겠어? 결과적으로 가마당 5,000원인 80kg짜리 쌀 8가마에 아들을 판 거잖아?! 크게 쳐도 오천 원짜리 8가마니까 딱 사만 원이네. 참 그것도 죽을 '사'자인가?!

거지촌에 있을 때 들은 소문에 의하면 광산에서 연말 휴가 때 빠져나오질 못하고 어두컴컴한 굴속에서 손톱이 빠질 정도로 바위를 긁어대며 일주일 만에 돌아온 시신의 유족에겐 320만 원인가 보상받은 거와 비교하면 정말 자식 잃고 큰 개 한 마리 가격이 만 원이니 정말 개값만큼도 보상을 못 받은 격이잖아?!

4대 독자 목숨값으로 받은 사만 원어치 쌀로 식구들 밥 먹는데 제대로 박힌 정신이라면 그게 목구멍으로 온전히 넘어가겠어? 미치고 펄쩍 뛰며 한동안 억울한 한을 이기지 못하다가 송도 석산에서 울면서 붙잡고 말리는 처와 딸을 두고 아들과 집안의 원수를 갚으려고 실미도에 자원해서 오게 된 거래.

그런데 더 화나는 게 뭐냐면 죽은 아들은 데리고 나올 수 없으니까 실미도 양지바른 곳에 묻어두고 육지로 나왔다는 거야. 아침마다 섬

일주 구보할 때마다 아들의 산소를 보고 또 보면서 한을 달래고 있었는데 윤대만이 눈이 뒤집히고 돌아갈 만큼 꼭지가 돌 일이 생기고 만 거야. 기간병이나 교관들은 제대하거나 또 섬으로 들어오는 교체병력이 생기기 마련인데 나중에 온 기간병이나 교관은 관심도 없겠지만 일부러 말 안 하면 아들의 못자리를 모를 거 아니야?!

조돌구를 물에 빠뜨려 죽게 하고 지들도 미안하고 티브이에서 본 건 있어 가지고 예포 쏘면서 산소를 만들어준다는 것이 하필이면 윤대만 아들 산소를 파고 거기다가 묻었잖아. 관짝 만들 판자도 없어서 죽은 상태 그대로 묻어진 어린것의 뼈가 뭐가 남아있겠고, 더구나 파묻은 그들도 거기에 윤대만의 아들이 묻혀있는 건 모르잖아!

그날 밤 다 죽여버린다며 무기고를 털려고 2중으로 단단히 잠겨있는 문을 흔들어대던 윤대만이를 이유도 모르는 채 말리려고 동료 몇 명이 속에 입은 런닝구까지 찢겨가며 말리느라고 생고생을 했데. 단순히 훈련이 힘들어서 그런 줄 알고 말렸는데 그게 아니었던 거지.

아! 그래서 그랬구나! 조돌구의 무덤가만 가면 인상이 달라지고 땀을 질질 흘리던데 그럼 그게 땀이 아니라 아들을 그리워하는 피눈물이었나 보네!? 어쩐지 그래서 윤대만이 우리의 신조 간판의 해골만 보면 이상하게 고개를 숙이는 거야. 그땐 몰랐는데 그런 사연이 있었구나! 이제 생각해보니까 그게 아버지에 대한 예를 차렸던 거고 4대 독자의 원수를 갚는다고 다짐하는 일종의 맹세이고 예식이었던 거 같아. 사건 벌어지고 나올 때 보니까 간판에 있던 해골이 없었던 게 그럼?

맞아, 나하고 같이 우리의 신조 간판에서 유골을 떼어내 교육대장

뒈질 때 윤대만이 입었던 피 묻은 속옷에 곱게 싸서 섬 위 양지바른 곳에 묻어드렸는데 세월이 흐르고 급하게 너무 얕게 묻어서 지금은 없어졌을지도 몰라. 자네도 알다시피 서해 바닷바람이 워낙 세야지?!

아버지 무덤에 건빵 몇 개 올려놓고 실미도 빠져나갈 배 올 때까지 한참을 울었던 거 같아. 윤대만 탄창 한 개를 어깨에 메고 하늘에 향해 갈기듯이 쏜 게 나름 윤대만 아버님에 대한 북파공작원 선배로 또 동료 아버지로 조돌구가 죽있을 때처럼 우리식의 예포를 쏘았던 거야. 윤대만의 눈이 돌아가면서 갈기는 총이니까 멀리서 맴도는 다른 부대 연락선들은 아예 신경도 안 쓰더라고 그렇다고 말릴 수도 없어 동조하는 의미로 함께 실탄을 허공에 갈긴 거야.

그럼 마지막에 총소리 연발로 길게 난 게 살아남은 휴게실병 찾아서 죽인 게 아니라 윤대만 아버님 모시는 예포였던 거야? 하도 많이 쏘길래 그 교육대장 앞잡이 새끼한테 쌓였던 원한 시원하게 다 풀고 가는 줄 알았지. 너 봤어? 송도 석산에서 조그만 버선 주워서 들고 몰래 흐느껴 우는 거?

대답을 기다릴 필요가 없다는 듯이 동료가 혼자 묻고 대답하면서 말한다.

나는 내용을 아니까 유심히 보고 있었지! 아내도 딸도 다 어디론가 팔려간 것처럼 떡장수 할머니가 말할 때는 윤대만이 총을 갈기고 사고 칠까 봐 정말 조마조마했는데 손가락이 손바닥에 파고들 정도로 버선을 꽉 쥐고 참고 있는 거야. 윤대만 그때 시뻘겋게 충혈된 눈에서 떨어진 건 눈물이 아니라 핏물인 걸 나는 똑똑히 보았거든! 우리 동료 다른 공작원 다 경인국도 상에서 죽어도 윤대만은 절대 억울해서 못 죽었을 거야. 모르긴 몰라도 윤대만만은 어딘가에 꼭 살아있을 거야.

맞아, 그때 석산에서 내려와 송도에서 처음 버스 탈 때부터 안 보였잖아?! 아직 발표 안 난 동료들 몇 명 있고, 그리고 자네도 알다시피 윤대만이 잡혔다거나 죽었다는 소식 듣지도 못했고, 전에 벽제 유해발굴 때도 이름 자체가 아예 없었다는데 혹시 누가 알아?! 지금 만약에 윤대만이 자식의 원수를 갚는다면 누구에게 어떻게 갚을까? 하기야, 그때 제일 앞장선 소대장이 아이러니하게도 우리가 살려준 두상구였는데….

그 새끼 이름은 떠올리기도 싫었는데 이왕 말 나온 김에…. 암만 군대라도 그렇게 독살 맞은 새끼는 처음 봤다니까?! 훈련 중 잠시 이탈한 걸 탈영했다고 때려죽일 명분 만들어 국사봉에서부터 끌려온 동료들 보면 얼굴 어디 안 찢긴 데가 없고, 군복도 핏물에 절어 빨간색으로 물들었고 끌려온 동료 두 명은 두려워 떨면서도 제발 빨리 죽여달라고 기도하듯이 사정하는 거 우리 모두 똑똑히 봤잖아?!

끌고 오는 도중에 너무 심하게 패니까 무의도 구경나온 주민 대다수가 군대 간 아들 생각하면서 엉엉 울었다고 수십 년이 지난 지금도 무슨 놈의 전설처럼 동네에 파다하잖아? 그 새끼 꼴에 결혼은 일찍 했다고 하는데 색시가 얼굴이 예쁘고 다리를 심하게 저나 봐.

이 새끼 다른 소대장들과 이야기하다가 자기가 결혼한 스토리를 요새 용산에서 강아지 자랑하듯이 침까지 튀겨가며 말하는데 듣는 소대장들과 옆에서 작업하던 부대원 모두가 깜짝 놀랐댔잖아! 옆 동네 아가씨인데 소대장 동네에 있는 작은 사무실에 청소부터 시작해서 차 심부름까지 늦은 나이에 야간 고등학교에 다니면서 사무원 비슷하게 일했나 봐. 얼굴도 영화배우 뺨칠 정도로 너무 예쁘고 날씬하니까 용기를 주는 동네 친구들에 밀리는 척 몇 번 말을 걸었는데 들은 척도 안 하고 매번 쌀쌀맞게 사라졌나 봐.

하사관에 지원한 가장 큰 이유가 상사병 걸린 거처럼 밤마다 그 아가씨가 꿈에 보일 정도로 안달이 나니까 아무 일노 할 수가 없어 그 아가씨 잊으려고 앞뒤 재지도 않고 무조건 군대에 지원해서 왔다고 했어. 그것도 스스로 장기로 지원해서…!

입대 몇 년 후 휴가를 갔는데 길에서 우연히 마주친 그녀가 그때처럼 인사도 안 받고 더욱 쌀쌀맞게 대하니까 소대장도 악이 생겼나 봐?! 자존심 버린 지 오래됐고, 저 × 때문에 군대 말뚝까지 박았다는 생각에 화도 난 상태라 집 앞에 세워둔 경운기를 끌고 나가 차들을 피해 코스모스 핀 길가로 걸어가는 그녀를 뒤에서 있는 힘껏 들이받아 논두렁이 움푹 파일 정도로 굴러떨어졌다고 했어.

병원에서 정신을 잃고 한동안 식물인간 상태로 있던 아가씨의 생명은 간신히 살렸는데 무릎과 발은 경운기 앞대가리에 너무 세게 찍히고 받쳐서인지 뼈를 맞출 수 없을 정도로 부상이 심했고 정신없는 아가씨 목숨부터 살리려다 보니까 다리는 치료가 더디고 느려지는 바람에 병원을 퇴원할 쯤엔 지팡이를 찾을 정도로 심하게 절뚝거리게 되었데.

재활에 노력한 덕분인지 다행히 지팡이는 안 짚지만 다리가 절뚝이는 그녀와 약혼한 남자가 있었는데 결혼식 날짜까지 잡아 놓은 상태에서 파혼을 당하니까 아가씨 집 식구들이 떼로 소대장네 집으로 몰려오고 난리가 났었다고 자기 입으로 말했어.

근데 울고불고 난리 치던 아가씨 부모들 입에서 나온 소리가 뭐였는지 알아? 지금 같은 면 있을 수 없는 일이지만 자기 딸 ×신 만들었다고 소대장 부모한테 책임지라며 안방 아랫목에 아가씨를 놔두고 갔데. 그 날 이후, 날 잡아서 결혼했는데 저번에 휴가 갔던 게 결혼하고 돌아왔던 거라며 자랑삼아 웃으며 말하는데 사람 같지 않아서인지 처음으로 소대장을 째려봤던 기억이 지금도 생생해.

자기 사랑 얻으려고 남의 인생 망친 놈이 우리 소대장이었다는게 우리한테도 그 아가씨처럼 불행이었지! 두상구! 근데 이제는 갚을 대상이나 있을까?! 그러니 더 억울한 거지 대상이 사라지고 없으니!

그러면서 둘은 서로 얼굴을 쳐다본다.

참, 옛 동료 한 명 이야기만 해도 이렇게 긴 시간이 가는데 하물며 대원 전부를 말하려면 거기에다 조국 대한민국에 대한 각자의 억울함까지 더해서 말하면 누구 말마따나 소설을 써도 몇 권을 쓸 거라 생각이 든다.

이왕 말 나온 김에 김일봉과 단짝이며 실미도 부대에 들어오기 전에 실업팀에서 야구선수를 했던 전설의 실업야구 선수였던 여구부에 대해서도 이야기를 들을 수가 있었어.

김일봉의 말에 따르면 대학교에서 홈런타자로 군림하다가 연고지가 서울인 모 실업팀에 스카웃되어 들어간 여구부의 첫 게임은 관중이 꽉 찬 동대문구장에서였는데 상대가 전년도 우승팀이었데. 담이 큰 선수라 다른 선수가 가질 수 없는 특이한 기록을 보유했다고 부대 내에 소문이 자자했는데 가끔 곡괭이 자루 휘두르는 걸 보면 인정을 할 수밖에 없는 거센 바람과 안정된 자세에 그냥 전해오는 소문이 아니구나 하면서 절로 혀가 돌돌 굴려지기도 했었어.

그런 끗발에 잘나가던 놈이 여긴 왜 왔냐고 우리 공작원들끼리도 변소 뒤나 쉬는 시간에 담뱃불 태워가면서 수군대기도 했던 동료인데 그 기록이 뭔지 일면 야구를 사랑하는 팬들은 인정을 안 할 수가 없는 선물론이고 듣는 순간 그 기록과 매력에 빠지지 않고는 못 배길 거야. 인정받은 실력이 있었던 터라 첫 경기부터 운 좋게 1번 타자로 나갔는데 투수가 초구를 견제하듯이 밖으로 빠지는 낮은 볼을 던졌고, 여구부는 조금의 망설임도 없이 허리를 숙여가면서까지 배트를 휘둘렀는데, 순간 그 넓은 운동장에 '딱' 소리만 울렸고 공은 높이 떠서 오른쪽 외야석으로 날아가고 있는데 여구부는 뛰지도 않고 씹었던 껌을 휘둘렀던 야구 배트 끝에 붙여 주루 상에 놓고 천천히 걸어가기 시작하자 뒤늦게 홈 팬들의 열광적인 함성이 야구장이 떠나갈 듯이 울리기 시작했어.

실업팀에 막 입단한 신인의 이런 행동을 못마땅하게 생각한 원정팀 응원단의 야유와 홈런을 바라보는 그가 속한 홈팀의 우레와 같은 박수 속에 3루를 돌아 걷듯이 홈에 들어왔을 땐 여기저기서 여구부를 불러대느라 동대문구장이 처음이자 마지막으로 지진이 난 듯 들썩거렸다고 했어.

두 번째 타석이 3회 말에 돌아왔는데 잔뜩 인상을 쓴 상대 팀 감독의 사인에 상대 투수는 본때를 보여주려고 타석에 있는 여구부를 한참을 째려보다가 던진 공이 정확히 여구부의 가슴을 향해 기습적으로 날아들었고 그렇게 데드볼로 1루에 진루했는데 투수가 한 발을 힘차게 들고 와인드업을 할 때면 앞뒤 보지도 않고 도루를 했는데 공 두 개에 벌써 3루에 가 있는 기본적으로 견제 자체가 힘든 발 빠른 여구부였다고 했어. 여구부의 매너 없는 홈런 세리머니에 화가 잔뜩 났던 상대 투수가 기다렸다는 듯이 던진 데드볼로 나간 여구부는 볼카운트가 투 스트라이크에서 투수가 포수에게 빠른 직구로 3구째를 던지려고 와인드업을 하는 순간 던져진 공을 따라 함께 홈으로 미끄러지듯이 들어갔는데 깜짝 놀란 포수가 날아오는 공과 뛰어들어오는 여구부를 번갈아 바라보다가 포수 미트를 맞은 공이 거짓말처럼 포수 앞에 떨어지는 순간 여구부는 홈을 지나 홈 관중들의 우레와 같은 함성과 함께 벌써 동료들과 하이파이브를 하고 있었다고 했어.

공격은 물론 그의 수비도 일품이었는데, 3회 초 상대 공격 때엔 1루 쪽 내야안타와 포볼을 포함 주자가 만루에 아웃카운트는 하나도 잡지를 못하고 투수는 진땀을 질질 흘리고 있었지. 볼카운트 투 나씽에서 딱하고 걷어친 볼이 하늘 높이 떠서 누가 봐도 유격수였던 여구부가 여유롭게 아웃카운트를 잡을 수 있는 상황이라 주자들이 뛰지를 못하고 베이스에 발들을 찍고 있었는데 여구부는 날아오는 공을 향해 글러브를 넓게 벌리고 관중석도 당연히 볼을 잡을 줄 알았는데 일부로 글러브를 뒤로 빼 볼을 잡는 대신 미리 허리를 숙이고 있다가 볼이 그 앞에 뚝 떨어지자마자 재빨리 그 볼을 집어 3루에 던져 3루 주자의 태그 아웃과 동시에 베이스를 찍어 뛰지 못한 2루 주자도 당연히 아웃이 되었고, 연이어 2루로 던져 1루 주자까지 아웃시키고 반도 뛰지 못한 1루까지 던져 단번에 쓰리 아웃을 넘어 실업야구를 통틀어 전무후무한 4아웃으로 공수 체인지를 한 거야.

뜬 공을 잡았으면 당연히 타자만 아웃시키는 원아웃에 만루였겠지만 야구에 도가 튼 여구부는 공을 일부러 떨어뜨려 주루 주자 3명은 물론 타자까지 아웃을 시켰으니 상대 팀의 사기는 떨어질 대로 떨어져 원정팀의 응원석은 조용하다 못해 삭막한 분위기였었나느 해. 난번에 홈 팀 관중석은 들썩이다 못해 올라온 혈압을 이기지 못하고 쓰러진 관중도 몇 있었고, 감격에 겨워 울다시피 눈물을 흘리는 아가씨도 여러 명 보였다고 해.

그의 그 날 게임은 소설처럼 전개되는데, 3번째 타석에 들어섰을 땐 투아웃에 주루가 꽉 찬 만루였고 투수가 거칠게 던진 공을 있는 힘껏 휘둘렀는데 공을 던지던 투수의 가슴 쪽으로 일직선으로 정확하게 날아갔고 픽 소리는 고사하고 가슴을 움켜잡지도 못한 채 꼬꾸라지듯이 앞으로 푹 쓰러졌다고 해.

투아웃 이후라 딱 소리에 무조건 뛰었던 3루 주자가 들어오고 2루 주자가 뒤따라 들어와도 투수는 일어나질 못했고, 1루 주자가 홈에 발을 찍을 때쯤 볼에 맞은 투수가 정신을 잃은 걸 안 내야수가 투수가 떨어뜨린 공을 잡아 홈으로 던졌을 땐 이미 3루 주자는 물론 여구부도 홈을 훔친 이후였다는 이야기가 지금까지도 전설처럼 내려오고 있는 거야. 투수 앞에 떨어진 단순한 공이 내야 홈런이 그것도 만루 홈런이 되는 믿지 못할 상황이 되었고, 쓰러진 투수는 스스로 걷지를 못해 동료들에게 들려 나갈 때 여구부를 향한 홈팬들의 함성은 달나라에라도 닿을 듯이 우렁찼다고 해.

경기가 후반부를 향하고 상대도 만만치 않은 상대라 점수는 13대 13 동점을 이루었고 주자가 없는 9회 말 투아웃에 마지막 타석에 들어선 여구부는 저 멀리 중앙 외야석을 향해 크게 손가락을 가리킨 후에 방망이를 잡았는데 상대 투수가 견제구를 던진다고 밖으로 낮고 완전히 빠지는 빠른 볼을 던지자 한일전 개구리 홈런을 친 김제박처럼 한 발을 타석 안으로 들여놓으며 그대로 휘두르자 거짓말처럼 중앙 외야수 머리 위를 넘어서 외야석 의자 사이에 떨어진 후 몇 번을 튕겨서 유격수가 있는 그라운드로 튕겨 들어오는 홈런을 치면서 경기가 끝나버린 거지.

그날 몇 번의 타석에 들어선 여구부이지만 심판은 단 한 번도 볼을 판단할 기회가 아예 없었고 첫 타석 홈런 포함 여섯 번의 타석을 모두 진루해 대한민국 야구사에서 전무후무한 기록이 나왔는데, 하필이면 그 경기를 홍 소령 일행이 내야석에서 보고 있었고 조금의 망설임도 없이 여구부에게 접근해 갖은 미사여구로 구워삶았나 봐. 하기야, 당시는 야구를 암만 잘해도 겨우 월급쟁이였고 지금처럼 프로팀이나 해외에 나갈 기회도 없어서 홍 소령이 약속한 든든한 월급과 집 장만을 믿고 북파 부대인 실미도에 들어온 거라고 했어.

평생 모르던 야구를 아들놈 성화에 못 이겨 인천 공설운동장 야구장에 간 적이 있는데 그때가 인천 팀하고 서울의 엠한 방송국 경기였을 거야. 아다리가 맞으려는지 6회가 끝났다면서 게이트를 활짝 열고 입장료를 안 받아서 빈자리에 안으려다가 처음 온 야구장이 신기하기도 하고 열기 가득 차서 구경하려고 한 바퀴를 돌고 있었어. 좌익수 외야 밖 홈런존에서 웬 놈이 혼자서 큰 대 자로 드러누워 허공에 발길질과 주먹질을 번갈아 하면서 실미도에서도 들어보지 못한 험한 쌍욕을 고래고래 내지르고 있는 거야.

어떤 새끼인가 얼굴짝이나 보려고 가까이 가서 인상을 확인하는 순간 총알보다 빠르게 얼굴을 감추듯이 돌리고 말았어. 글쎄 저 아래 광산 입구 닭집에 사는 경아 오빠인 시구 형이었던 거야. 시구형! 원래는 이름이 희구인데 경상도 사투리의 그의 어머니가 부를 때면 카랑카랑한 사투리에 찢어질 듯 목소리가 크니까 시구로 들렸던 거야. 아마, 지금도 그 형 이름 시구로 아는 동네 사람들 있을 거야. 나도 우연히 만날 때 받은 명함 보고 이름을 알았을 때 무안했었다니까!

우리 거지들은 말은 안 해도 동네 구석구석 더러운 소식은 특파원처럼 빠르게 듣잖아. 이 형은 가끔 개울 건너 사는 이종사촌한테 개 패듯이 얻어터지고, 친구도 없고 어디서도 제대로 대접을 못 받아서인지 그 넓은 야구장 외야수 홈런존에서 야구를 보는 게 아니라 가슴에 쌓인 응어리를 풀려고 발버둥 치면서 하는 쌍욕들을 그 형의 처지를 알고 들으니까 이해가 가더라고.

그 형은 야구장에 응원을 온 게 아니라 가슴에 응어리진 한을 욕으로 풀려고 왔다고 생각하니까 남 일 같지 않아 가슴이 시렸어. 그때 야구장이 이런 식으로도 필요할 수 있다는 것을 느끼니까 어느 순간부터는 입장료가 아깝지 않더라고. 그 시구형 아직도 내가 그 광경 봤는지 말 안 해서 모를 거야.

한번은 실미도 초소 앞에서 숭어들이 몇 마리 튀어 오르고 옆에 있던 여구부가 돌을 던지자 숭어가 공중에 튀어 오르던 상태로 몸통을 맞고 두 동강이 날 정도의 상태로 잡았던 기억도 있고 지금도 야구 시즌 첫날인 매년 4월 1일이 되면 유태임 변호사가 창간한 「목포 오늘」 신문 한 모서리에 전설의 타자라며 갑자기 사라진 여구부 실종 사건이 방망이를 휘두르는 그의 사진과 함께 나기도 하는데, 당시 너무 갑자기 사라지고 신문에 대서특필된 선수라 신경이 곤두선 경찰이 수사에 나설 정도였지만 홍 소령에게 한번 넘어간 여구부는 그 이후엔 두 번 다시 세상에 나가질 못했다고 했어.

그날 송도에서 수인선 기차를 기다릴 때만 해도 분명히 있었는데 어디부터 안 보인 건지는 아직도 생각이 안 나. 누가 알아! 홍 소령이 가만히 놔뒀으면 당시 미국 그 유명한 메이저리그에 첫 번째로 스카웃되어 갔을 정도의 실력이었던 거 같다며 당시 야구를 좋아한다던 몇몇 동료들에게는 레전드로 거의 영웅이었던 여구부였잖아.

참, 우리 동료들 사이에서는 꽤 의리 있고 든든한 전우였는데 아쉬움이 많이 남는 동료야. 오래전 유족회에서 여구부의 어머님이 돌아가셨다고 할 땐 나도 고향에 있는 처자식과 가족들에게 들킬까 봐 앞에 나서진 못하고 멀리서 산소 자리만 확인했고, 지금은 해마다 기일에 맞춰 여구부 대신 막걸리 한 병 들고 들르곤 했는데 지금은 힘들어 못 간 지 꽤 됐어.

그러고 보니 덤덤하고 해탈한 성격으로 동료들과 두루두루 가깝게 지내던 김일봉은 입도 무거워서인지 나보다는 동료들의 개인사를 훨씬 많이 아는 거 같았어. 마치 라디오 틀어 놓은 거처럼 스스럼없이 동료들의 개인사가 이어져서 나오는 거야.

이야기를 이어가다 보니 처음 탈영 사고 날 때 왜 3명이 부대에 끌려와서 죽었는지 아냐며 동료가 무슨 비밀이 있다는 듯이 물어본다.

"무의도 국사봉에서 두 명이 야간 훈련 끝나고 숨어서 몰래 술 먹다 늦었고 교관들한테 처벌 받을까 봐 무서워 잡히지 않으려고 아궁이 속에 숨어 버티다가 두상구가 칼처럼 마구 쑤셔댄 지게 작대기에 버티다 잡혔던 거?" 하며 나도 어느 정도는 안다는 듯이 말을 했었다.

그날이 우리 동료들이 연병장에서 돌아가며 매질해서 죽이고 있을 땐데 날짜는 몰라도 다리 다쳐서 부평에 입원했던 동료인 구창이가 다리 쩔뚝이며 낮에 돌아온 날이잖아. 의가사 제대처럼 집에 돌아가라고 교육대장이 말해도 죽일까 봐 믿지를 못하고 동료들이 김일성이 잡을 때까지 스스로 청소나 밥이라도 한다면서 폐기 처분되어 살해당할까 봐 다리를 쩔뚝대면서도 부대에 남게 해달라고 매달리다시피 교육대장에게 충성을 맹세하고 가까스로 살아났었지. 그렇게 말할 수밖에 없었던 이유를 나중에 듣고서는 깜짝 놀랐고 나라도 교육대장의 성깔을 안다면 아마 앞장서서 부대에 남게 해달라고 사정사정했을 거 같아.

그 이유가 뭔지 알아? 모르긴 몰라도 그때 집에 보내준다고 했을 때 간다고 말했으면 악랄한 교육대장 성격에 집에도 안 보냈겠지만 아마 동료들에게 반역자로 낙인찍히게 해서 맞아 죽었을 게 확실하잖아? 그땐 구창이가 순간적으로 머리를 잘 굴려서 살았다고 봐야지?!

그때 우리 동료들은 피를 묻히지 않아도 됐으니까 얼마나 좋은지 안심하며 내쉬는 숨소리가 고래가 물차는 소리처럼 컸다니까! 그러면서 동료가 이어서 말하길 그날의 키포인트는 두 사람이 우리들에게 맞아 죽었다가 아니라는 거야. 이름은 잊었는데 별명이 고구마인 동료가 악질이고 악마 소대장인 두상구의 손 들고 나오라는 찢어질 듯한 목소리에 맞아 죽을까 봐 벌벌 떨면서 부뚜막에 있던 부엌칼로 손목을 자해하면서 자살을 시도했었는데 재수가 없으려니까 죽는 것도 마음대로 되지를 않았잖아?!

둘의 이름은 가물가물한데 이씨 하고 신씨 성이었던 동료들은 잘못했다고 무릎 꿇고 두 손을 싹싹 비는 데도 마치 사형수 끌고 가듯이 동아줄도 아니고 굵은 철사 줄로 두 손목을 뒤로 서너 번씩 뺀찌로 비틀어 돌려 꽁꽁 묶어 부대까지 한 2킬로미터를 발로 밟고 개머리판으로 치고 넘어지면 얼굴에 총구를 쑤시면서 부대까지 끌고 간 소대장이 하필이면 우리 공작원들이 살려준 두상구 소대장이었다는 게 지금도 이해가 안 가? 누가 봐도 술 먹어서 걸리면 전의 동료 공작원들처럼 넓적다리 포 뜨여서 죽을까 봐 무서워 남의 집 부엌에 숨은 거였는데 그게 탈영이란 게 말이나 돼?!

탈영하려 했다면 안 잡히려고 우리 나올 때 BIS 보트로 먼저 도망친 놈들처럼 일단 인천이나 충청도 지역 서해안으로 가지 바보처럼 술병 가운데 두고 가만히 있다가 잡혔겠어? 교육대장 지들 명분 만들려고 단순히 군기 빠진 걸 탈영으로 죄를 만들어 씌우니 동료들은 살기 위해 발버둥 치듯이 숨은 건데 법대로 처리하면 될 걸 탈영이라고 법에도 없는 배신자라는 누명을 씌워 동료들에게 맞아 죽게 했잖아?

그날 날씨는 구름 한 점 없이 거짓말처럼 너무 좋았잖아? 구름도 없고 바람까지 없었으니까! 근데 맞아 죽는 동료들에게는 그게 더 고문이었던 거야. 왜냐하면, 날씨가 나쁘면 교관들 지들이 힘들어서라도 단번에 끝낼 텐데 날씨가 너무 좋으니까!? 공작원들을 때려죽이는 데도 흥미와 재미를 느끼는 악마 같은 그들이었던 거 같아.

너도 알다시피 일단 죽기 전까지는 동료인 공작원들 모두가 무조건 때릴 수 있게 일단 몇 대씩은 무슨 룰처럼 돌아가면서 때리잖아? 입에 식당 행주로 재갈을 물린 채 철사 줄로 꽁꽁 묶인 두 명의 동료들이 공포에 찬 멍한 눈으로 동료들을 훑어보면서 살려달라는 간절한 눈빛을 보냈지만 그 누구도 그들의 눈을 정면으로 마주치지를 못했고, 이 어받은 몽둥이로 이 악물고 휘둘러대기만 했던 건 기억이 나. 아니, 잊을 수가 없다는 게 맞는 거 아니야?

근데 한 동료가 자기 차례가 되어서는 하도 얻어터져 붉은 피로 범벅된 얼굴을 아래로 깔고 있는 꽁꽁 묶인 동료 앞에서 몽둥이를 이어받긴 받았는데 쳐든 몽둥이를 휘두르지를 못하고 그 더운 날 온몸에 식은땀을 범벅인 채 눈동자가 풀린 멍한 상태로 후들후들 온몸을 떨기 시작하는 거야. 교관이나 우리 공작원 모두는 더운 날씨에 마음이 약해서 그러는 줄 알았어.

몽둥이를 들고 동료의 축 늘어진 얼굴을 한참이나 내려보던 동료가 갑자기 몸을 부들부들 떨더니 몽둥이를 팽개치고 축 늘어진 동료를 끌어안으며 "형님." 하면서 울부짖는데 맞고 있던 공작원이 그 말에 반응을 하면서 동생을 쳐다보려고 억지로라도 고개를 들려 하지만 힘이 다 빠졌는지 결국은 고개를 들지도 못하고 동생 얼굴을 마지막으로 보지도 못했어.

교관이나 때리던 우리 동료들도 정말 그 형님 소리에 깜짝 놀라서 바지에 오줌을 지린 놈도 있었고 너무 놀라 두 눈이 커다래진 조교도 있었어. 어쩐지 이름이 비슷하더니만 그때까지는 그들이 형제일 거라곤 우리 공작원들조차 아무도 눈치를 못 챘었잖나. 같은 전주이씨에 돌림자까지 같으면 형제까지는 몰라도 먼 친척뻘쯤 된다고는 생각들 하면서 가끔은 누가 할아버지뻘이냐고 농담도 했었잖아?

그 집안에 자식이 딸 없이 딱 둘인데 형제간에 얼마나 우애가 좋았는지 형이 오류동에 들어오는 날 동생이 형 따라간다고 따라왔다가 얼떨결에 동생도 홍 소령의 눈에 띄어 동료 공작원이 되어 버린 거야? 부대에서는 그들의 형제인 걸 정말 몰랐을까?

아무리 그래도 그렇지. 알고 모르고를 떠나 동생에게 형을 패서 죽이라고 시키는 저들이 정말 인간인가 하는 생각이 금세 들더구면. 나도 사실은 교육대장이 알았는지는 모르겠어.

이 말도 인간적으로 가깝게 지내던 소대장이 자랑이랍시고 죄책감 없이 말했을 땐 얼굴은 웃고 있었지만 마음은 타들어 가는 기분에 속이 보일까 봐 얼른 자리를 떴던 기억이 나네.

하지만 그 정도 상황이 만들어졌으면 형을 풀어주는 게 인지상정이 아니었을까 하는데 두상구 소대장이 저놈도 죽여야 한다며 펄쩍 날뛰는 바람에 교육대장과 교관들은 그러질 않았어. 형님이라고 외치자 놀란 것도 잠시 바로 동생을 기간병과 불려 나간 DH곤장장에 의해 바위가 울퉁불퉁한 남쪽 바닷가 작은 굴 입구로 데려가서는 글쎄! 여기부터는 그 이후 가까운 기간병이 몇 번에 걸쳐 짧게 하는 소리를 내가 길게 이은 거야.

우리와 곤장장이 두 명의 공작원을 패서 죽이고 있을 때 동생도 해안가 바위 위에서 불려 나간 우리 동료 DH 곤장장에 의해 형과 똑같이 봉둥이로 맞으며 죽어가면서도 "형님, 형님." 하는데 그 목소리가 우리에게도 들리는데 죽어가는 형님의 귓가까지도 들리지 않았겠어?

몽둥이질하는 DH 곤장장은 자기도 같은 동료이고 인간인지라 평소와 달리 미치고 팔짝 뛸 거 같아서 보지도 않고 몽둥이를 휘두르다 보니 어느새 기간병 놈들은 지들도 인간인지라 뒤돌아 서 있고 동생도 축 늘어진 채…. 뒷말은 안 해도 알겠지?

사건 날 소대장 한 명이 숨어있다 뒤쫓아간 우리 동료 공작원에게 사살됐던 굴 입구 하얀 자갈밭 모서리에 걸쳐진 동생의 시신은 핏방울을 여기저기 흥건하게 튕기며 죽었는데도 그 악마 두상구 소대장은 동생의 죽음을 확인하기 위하여 긁히고 찢어져 피가 낭자한 얼굴에 부엌에서 가져온 강식초까지 부었다며 옆에서 보던 기간병들도 치를 떨었다고 했잖아.

형이 죽는 걸 알면서도 그리고 자기도 죽는 걸 알면서도 같은 형제라면 서로 어떻게 때리고 맞겠어. 그것도 죽음을 담보로 한다면!

근데 왜 두 명이 죽었다고 하는 거야? 분명히 세 명인데! 생각해봐. 부대에 끌려와 세 명이 죽었는데 두 명이 얼굴도 비슷하고 귀도 부처님 귀이고 거기다 돌림자를 쓴다는 느낌이 들면 나라도 한 번쯤은 형제가 아닐까 생각할 수 있잖아.

나 교육대장 무서운 거 알고 있었지만 그 날은 악마도 그런 악마가 없었어. 세상에 아무리 나쁜 놈들이라도 인간의 탈을 쓰고 형제를 한 날한시에 그것도 복날 똥개 잡듯이 몽둥이로 패서 죽였잖아?!

맞아, 죽은 시신들 우리 동료들 시켜 어떻게 처리했는지 생각나지?

이제는 동료 시신들로 회 뜨고 찌르는 훈련은 당연하다고 쳐도 죽은 지 몇 시간도 안 돼 머리와 넓적다리는 칼로 뻘겋게 뼈를 바르게 해서 공작원들 간뎅이 크게 한다며 해골로 만들어 부대 내 변소와 초소 그리고 하다못해 식당에까지 이곳저곳에 판자에 묶어 걸어놨을 땐 무서움 속에서도 나는 죽으면 부대 어디에 걸릴까 하고 스스로 물음표까지 생겼더랬어. 그리고 나머지 서로 섞인 가슴뼈와 엉덩이뼈는 한 사람 분량만큼씩 라면 박스에 채워서 육지로 가져갔는데 우리 사건이 나기 얼마 전에 소래에서 발견했다며 오류동 북파 하사관 유족에게 전해준 유골이 사실은 그들 우리 동료 공작원들이란 걸 알아내는 건 그리 힘들지도 않았던 거 같아!?

내가 뼈를 챙겨 라면 박스에 넣을 때 혹시나 해서 유족들이 알아채게끔 구분이 힘든 가슴뼈는 어떻게 못 해도 골반 뼈는 표나도록 완전히 크기가 차이 나는 짝짝이에 왼쪽과 오른쪽으로 분리된 뼈에 각각 다른 칼집을 내고 두 구의 시신에서 하나는 왼쪽 뼈들만, 또 하나는 오른쪽 뼈들만 챙겨 넣었는데 그 유골에 대한 유족들의 설명이 딱 맞는 거야.

모르긴 몰라도 나머지 두 상자도 북파되었다 생사를 확인할 수 없어 아버지 찾아 달마며 날뛰는 유족들을 위로하고 달래기보다는 당장에 입부터 막으려고 성씨도 틀린 애먼 집에 보냈을 거야! 암만 무법천지 실미도 부대이고 아주 악랄한 교육대장이나 교관 놈들이라도 인간의 탈을 쓴 놈들이라면 지들도 부모 형제는 있을 거니까 느끼는 건 있을 거잖아?! 그래서 두 명 사망이라고 발표한 것도 같아.

　또한, 언제 고향에 돌아갈지도 모르고 쉼 없이 이어지는 진인힘과 가혹함을 버티지 못하고 자살한 동료는 인적사항 자체는 있어도 일가친척이 없는 고아라 저놈들 입장에서는 법적인 사망자 처리 자체가 아예 필요 없었을 거야. 세월이 아무리 길게 흘러도 너무 허망한 죽음에 가슴이 너무 쓰리고 찢어져 아프다는 말은 더 이상 하지를 못하고 부대를 박차고 나온 우리 동료들인 것이다.

　세상이 안정되고 우리를 쫓는 정보부나 보안사의 위험이 없어질 때까지 기다렸다가 발표하자고 경찰종합대학 뒷산 팔각정 건너 조용한 개국사 절터로 자리를 옮겨서도 없는 돈에 갑자기 남편상 당하고 어린 자식과 먹고살기 위해 주위 눈 피해 장사하는 통통한 여주인이 깔아 놓은 돗자리를 전세 내다시피 긴 시간 눈치도 안 보고 다 식은 컵라면 국물을 안주 삼아 딱 10병의 소주를 비우면서도 일어서질 않고 굳게 약속했어.

　그런데 그 시기가 아직도 안 오고 우린 죽을 날만 가까워지길래 이제는 더 미룰 수가 없게 되었고, 그리곤 세월에 순종하면서 살다 보니까 실미도와 동료 공작원들은 한동안 잊었었고, 핑계 같지만 또 미안하게도 처자식 돌보며 사는 게 바빠 솔직히 생각할 여유도 없었던 거 같아.

그러고 보니 우리 그동안 가슴에 쌓인 게 너무 많은 거 같지 않아? 거지촌에 있을 때 그때 저 아래 거지촌 건너 오리장 옆 유일이네 돼지 우리에서 꿀꿀이죽 훔쳐 먹던 거 생각나? 허허! 그 말을 듣자 동료가 얼마나 허탈했는지 훈련받을 때 교육대장이 복날 개장국 끓여 먹으려고 옐로 하우스에서 훔쳐온 강아지의 밥을 뺏어 먹은 적도 있었다며 말을 더듬으며 이어가질 못할 정도로 허무하게 웃기만 했어.

그 개는 더 커보지도 못하고 그해 초복에 연병장 오른쪽 바위 낭떠러지에 데롱데롱 목매달려 죽은 후에 두상구 아가리로 삼키듯이 들어 갔잖아. 난 지금도 그 새끼 있는 암퇘지하고 새끼들한테 미안해. 우리가 여물통 속의 꿀꿀이죽을 바닥까지 숟가락으로 긁어서 핥듯이 다 뺏어 먹었었잖아? 새끼까지 있는 암퇘지였는데 그걸 뺏어 먹었으니 우리가 인간이라면 할 말이 없는 거지!

그때 소문에 국민학교 선생 하다 남편의 사업이 망해 묘지 쪽으로 이사 왔다는 유일이 엄마가 아침마다 미군 부대에서 돼지 준다는 핑계로 미군들이 먹고 버린 아침 짬밥을 커다란 군용 도라무통을 반으로 잘라 리어카 가운데를 굵은 동아줄로 꽉 매서 싣고 식당 하수구에서 흘러나오는 모든 음식 쓰레기를 통에다 퍼담으면 가끔 스테이크 덩어리나 담배 꽁초도 나왔잖아.

그걸 주유소를 지나 동네 입구부터 10원, 20원씩 가난한 집 애들이 양은냄비나 바가지 들고 나와 사가는데 우리 거지촌까지 오면 거의 남아있지를 않았고 어쩌다 조금 남아 암퇘지가 먹던 그 꿀꿀이죽을 동냥이 적어 배를 쫄쫄 굶고 있던 우리가 질질 침까지 흘려 가며 훔쳐 먹었던 거였잖아?

알고 보니까 꿀꿀이죽은 비위생적이라 그냥 먹는 게 아니라 반드시 연탄불에 펄펄 끓여 먹어야 병에 안 걸리는 거였다는 건 나중에 알았지만 다 된 밥 얻어먹는 거지촌에 연탄불이 어디 있어서 끓여 먹냐며 쩝쩝하며 입맛을 다지는 동료에게 농담 삼아 물어본다.

"왜 먹고 싶어?"

"그럼! 먹고는 싶지!"

근데 또 다시는 그 시절이 와도 한번 몇 숟갈은 추억으론 몰라도 두 번은 죽어도 안 먹을 거야. 아니 솔직히 말해서 이제는 못 먹을 거 같아.

근데 꼭 먹고 싶은 게 있기는 있지! 추운 강원도에서 철책 근무했던 젊었을 때는 군대 제대하면 다음에 돈 벌어 꼭 시장 구석 얻어서라도 장사로라도 해보고 싶었고, 아직도 그 맛을 잊을 수가 없거든. 떡갈비는 떡갈비인데 우리 집이 손바닥만 한 작은 밭떼기에 돈이 없을 때니까 일반적으로 생각하는 쇠고기가 들어간 그런 떡갈비는 아니야.

어머님이 실미도 입대 한 해 전 음력 설에 처음으로 큰맘 먹고 통금 시간 피해 새벽에 방앗간에 가셔서 가래떡을 뽑아 오셨는데 몇 번 먹고 나니까 숯불에 구운 고기도 먹고 싶은데 솔직히 우리 집에 무슨 놈의 돈이 있어서 고기를 사겠어. 그것도 돼지고기도 아니고 비싼 쇠고기를….

어느 날, 어머님이 가래떡을 밥 위에 쪄서 3개를 이어붙여 도마 사이에 넣고 두툼하게 꽉 누르시는 거야. 그 위에 조미료와 간장 그리고 유일이네서 신문지에 조금 얻어온 글씨가 꾸부정하게 써 있는 고기 맛

나는 미제 조미료를 골고루 뿌려가며 구우면서 뒤집으시는데, 요즘 말로 말하면 까무잡잡하면서 스테이크 맛이 나는데 젓가락으로 한쪽을 꾹 누르고 수저로 날을 세워서 잘라 눈감고 씹으면 볼 것도 없이 비싼 스테이크 맛인 거야.

어머님을 뵐 수 없으니까 이제는 음식 맛도 추억도 하고 싶은 효도도 다 떠난 거 같아. 애 낳고 학교 보내고 생활이 조금 여유로워지니까 그때 생각이 나고, 또 억울하게 죽은 실미도 동료 공작원들 생각도 나는 거야. 우리만 아직 살아있어서 미안한 것도 있고.

참, 자네도 우리의 웬수 그놈 교육대장을 인천에서 뒈질 만큼 팼고 우리를 대국민 테러 범죄 작전에 참가시키려던 UDU 대원이었던 길부곤이 서울 올림픽 때 왔던 거는 아는지 모르겠네?!

알지, 암! 알고말고 각하 총 맞아 죽기 100일 전쯤 영화배우라며 물로 석유 만드는 것을 발명한 소련에 있는 박사 부부를 구한답시고 다리 쫙 벌려 허공에 내지르며 자기가 주인공이라고 그 당시 제일 유명한 남자 배우보다도 이름이 앞에 나왔었잖아?!

영화배우도 하고 아마 각하가 여자 끼고 술 먹다 총에 맞아 죽지 않았으면 장관은 몰라도 태권도 관련 국제협회장이나 올림픽단장 정도는 각하가 시켜주지 않았을까? 소문에 타국 생활 단 5년 만에 무슨 태권도 관련 협회장을 했다고 해서 놀랐던 기억이 있는데 어떤 분야든지 그 넓은 타국에서 단기간에 어떻게 인맥이 중요한 협회장을 하겠어? 입 다물고 조용히 살라고 뒤에서 다 밀어주는 보이지 않는 정부의 입김이 있었던 거지.

맞아, 그래도 정보부 빽은 살아있었는지 재*체육회 회장은 했다고 어디에서 본 거는 같아. 정보부하고 대통령이 영화와 체육계로 그렇게 밀어주는데 뭐라도 못했으려고?! 서울 올림픽 때는 세계해외*포체육 총연합회 *장했다는 소리도 들리고, 사실인지는 모르지만 세계한*족 체육대회 *대단장도 했다던 거 같던데!

하여튼, 들리는 소문엔 자기가 죽을 정도로 패 가지고 한 달 가까이 입원까지 시켰던 하인천 언덕에 있는 호텔카지노 매니서인 심삽신 여동생 복희하고 병문안하던 병실에서 눈 맞아 결혼했데. 그러니 훗날 이야깃거리가 얼마나 많았겠어. 손위처남을 개 패듯이 패서 입원까지 시켰으니까 말이야?

복이 많은지 2000년도 초엔 용산에서 근무했던 아들이 대통령상 탔다는 뉴스도 있었고 미국에서 도장 몇 개 운영하며 엘A 재*태권도협* 장을 기반으로 이름 날리면서 잘살다 몇 년 전 6월에 죽었다고 요새 잘나가는 어디 유튜브에 나오더만.

내가 김갑진 이름은 어떻게 아냐고? 실미도 부대에서 뻗친 젊은 힘을 달래려고 옐로 하우스로 김 중사와 헌병대에 끌리다시피 하면서 연애하러 갈 때 지들이 카지노 말하는 거 들었던 걸 사건 몇 년 후에 가서 몰래 알아봤었어. 그때 실미도사건 직후 미국에 넘어가서 한국에 없는 것도 알았지. 아마 모르긴 몰라도 북파공작원 보상금도 다른 사람들보다는 많이 받았을 거야! 실미도 있을 때도 북한을 내 집 들락거리듯이 가고 온다던 소문이 돌던 특수요원이었다니까 모르긴 몰라도 1억2천9백만 원 정도는 안 받았을까? 젠장! 진짜 받을 사람들은 여기 있는 우리인데?! 숨어 지내느라 드러내지도 못하고….

혹시 삐리칠 사건은 알아? 삐리칠은 노름해 본 놈이면 다 아는 1, 2, 7로 잡았다는 뜻이잖아? 그놈의 카지노 호텔에서 50만 원씩 주고받으며 바람 핀 가수가 있는데 이들이 모처의 호텔 방에서 옷 벗고 뒹굴다 남편과 경찰에 잡힌 날이 1월 27일로 그래서 삐리칠인 거야. 티브이에 나와 마누라 옆에 두고서 눈물 흘려대는 그 가수 때문에 대한민국 역사가 바뀌었잖아.

남편은 대통령과도 아주 친한 군대 동기였는데도 그 좋은 회사 사장 자리에서 쫓겨나고 결혼 앞둔 딸년은 스스로 죽고, 본인은 감방 가고 그 집안이 하루아침에 쑥대밭이 되어버린 거야. 엉뚱한 사람이 그 사장 자리를 이으면서 우리나라에 갑자기 댐 공사가 많아진 거야. 대통령이면 모든 나랏일을 해야 하는데 본 게 시멘트고, 주특기가 건설이라 열심히 나라 위해 일한다는 게 시멘트로 처 바르는 공사는 너무 열심히 한거 같아.

참! 말 나온 김에 우리 사망자 명단에 유씨가 있었나?

아니 없었지! 3년 이상을 함께한 동료들이니까 국민교육헌장이나 애국가처럼 무의식적으로 외우다시피 하는 게 우리 동료들 이름이잖아? 근데 유가람이 그는 왜 명단에 아예 없는 걸까?

난 집히는 게 있긴 있는데! 컵라면 국물이 없어 벽에 붙은 면을 손톱으로 긁어내다 끊어져 짧아진 라면 한가락을 입에 넣으려 최대한 혓바닥을 컵 안 깊숙이 밀어 넣으며 말한다.

생각날지 모르지만, 실미도 부대 있을 때 천둥 번개 치며 비가 주룩주룩 내리던 싸늘한 늦가을 밤에 무의도 국사봉에서 둘이 한 조가 되어 차가운 비 맞으며 추위에 벌벌 떨면서 야간 잠복근무 훈련을 한 적이 있었는데 기억나지?

그럼, 실미도에서 그 날을 잊으면 실미도 공작원이 아니지!

그때 추위도 이기고 졸음도 깨려고 이런저런 이야기하다가 내가 싸우다가 실미도 부대에 왔다고 말하니까 자기도 패싸움하다가 감방 대신에 살기 위해서 아버지 백으로 그 힘든 것은 둘째치고 북파 부대인 우리 실미도 부내가 무서운 줄 알년서도 사형낭할까 봐 위태로운 목숨을 건지려고 스스로 들어왔다고 하는 거야. 돈 있고 중앙일간지 신문사 편집장으로 사회적으로도 이름이 알려진 아버지가 있는 놈이 뭐가 아쉬워 우리 부대에 스스로 왔다고 해서 헛소리는 아니지만 이해하질 못해서 처음엔 무슨 소리인가 했어.

세상 어떤 아버지가 공부도 잘하고 사랑스럽고 새파랗게 어린 그것도 장남인 큰아들을 이북을 넘나들어 언제 살지 죽을지 모르는 북파 특수부대에 처넣을 정신 나간 아버지가 세상에 어딨겠어?! 글쎄 충청도 어디라고 듣긴 들었는데 늙으니까 다 까먹었어.

건들대는 친구 몇 명과 담배 살 돈이 없어 마른 콩잎을 말아 담배 대신 피우다가 옆 동네 패거리하고 반말한다는 하찮은 일로 시비가 붙어 싸움이 벌어졌나 봐. 간단히 젊은 패기에 부딪친 패싸움인데 그 동료는 나이도 어리지만 왜소한 체구로 싸움을 못 하는데 친구하고 어울리다 보니 같이 이 새끼 저 새끼 하면서 주먹을 휘두르고 발로 차면서 같이 싸웠을 거 아니야?!

친구가 휘두른 주먹을 맞고 비틀거리면서 도망치듯이 등을 지고 물러나는 상대를 있는 힘껏 양손으로 밀어제쳤는데 뒤로 넘어져도 코가 깨진다는 옛말이 하나도 틀린 말이 아니었나 봐? 하필이면 길 모서리 경계석인 뾰족한 화강암에 뒷머리를 찧고 순식간에 피범벅이 된 채로 손도 써보질 못하고 죽었다는 거야.

사람이 죽으니까 이래저래 집단폭행죄는 경찰신문조서 뒷장으로 슬그머니 넘어가고 집단 패싸움에 사람을 죽인 살인자로 사형이 선고될지도 모르니 겁이 덜컥 나서 이야기하다 집단살인범죄의 주범이 되어버린 거였나 봐.

아들이 경찰서에 끌려갔다는 소식을 들은 아버지가 경찰서에 왔는데 몇 해 전 중앙일간지 신문기자 시절에 취재하느라 경찰서 드나들며 얼굴을 익혔던 형사들이라 신입 빼고는 모두 아버지랑은 인사하며 커피 한 잔 할 정도가 넘는 친분으로 서로들 아는 사이였나 봐.

깡패 잡아들이며 사회 정화 운운하며 살벌하던 시절이라 패싸움에 살인을 하면 십중팔구는 사회를 정화한다며 집단 패싸움으로 몰리고 사람까지 죽일 정도면 당사자는 거의 사형을 언도받던 시절이었고, 당연히 목매달아 사형도 집행하던 시대였거든.

아버지가 편집장이고 그것도 중앙일간지 편집장을 할 정도면 당시로써는 꽤 잘나가고 또 대학도 나온 많이 배운 사람이잖아! 신문사 편집장이니까 사회적으로 아는 사람도 많고 그 아는 사람 중에 특수부대 모집관도 있었는데 그게 우리 공작원들을 실미도 부대에 입대시켰던 홍 소령이었기에 유가람의 아버지는 뒤도 안 보고 인천 해안가 폭포수 다방까지 단숨에 찾아가 의자에 앉지도 못하고 바닥에 무릎을 꿇은 채로 준비한 두툼한 봉투까지 홍 소령의 검은 가죽 점퍼 안주머니에 있는 힘껏 찔러넣었는데.

자기 아들을 제발 감방에 보낼 수 없다며 빼달라고 사정사정해서 감방 대신 온 곳이 특수부대로 북파가 주 임무인 우리 실미도 부대였다는 거야.

그런 유가람이 실미도 사건 이후 죽었는지 살았는지 그 어떤 명단에도 없는 거였잖아. 우린 한동안 눈에 인이 배기도록 신문 많이 봤잖아! 세상 돌아가는 것도 궁금했지만 해마다 8월이 되거나 남북 이야기만 나오면 우리 공작원들 찾는 소식 나올까 봐 전전긍긍했잖아.

거지촌에 살 때 밥 잘 얻어오던 똘망똘망한 별명이 신사인 친구 알아? 솔직히 얻어오는 거 보다 훔쳐온 게 더 많고 아줌마들에게 옷이나 먹을 거 훔치는 거 걸려도 신사한테는 유독 모르는 척들 애써 못 본 척 뒤돌아서 가면서까지 외면해줬잖아. 별명에 걸맞게 왕초 여자랑 눈 맞아서 사람 뼈가 층층이 산더미처럼 쌓인 납골당 안에서 때가 꾸질꾸질한 몸으로 홀딱 벗고 연애하다가 눈이 뒤집힌 왕초에게 걸려서 거의 반은 죽었던 아주 잘 생긴 그 친구를 모르면 간첩 아니야? 맞아, 그 친구 별명이 거지한테 어울리지 않게 깡통 들고 밥 얻을 때 거만한 폼이 제일 멋있다고 해서 왕초가 붙여준 별명이 신사였지!? 그런데 이름은 지금도 몰라. 김일봉도 한때는 지 마누라가 처녀까지 받치며 저놈하고 한동안 뒹굴어 먹었던 당사자인데도 남 말하듯이 참 속 편히 아무렇지 않게 말하는 게 듣는 내가 슬픈 거보다 더 가슴이 시리고 아프다.

그랬던 친구가 삼거리서 장의사에 대주는 시신 담는 목관을 독점하듯이 팔아 집도 사고 부자가 되었지만, 딸만 둘이라고 이혼하고 대를 이을 아들을 얻기 위해 미국에서 재혼하고 돈 많이 벌었다고 더 성공해서 한국에 나오면서 나에게 선물한다고 소고기 바싹 말린 육포를 엘에이 한인신문에 둘둘 말아 마켓 봉지에 넣어서 가져왔는데 그 신문을 펼치다가 산악회를 인솔하는 사진과 함께 동그란 원안에 들어있는 유가람의 나이 든 사진을 본 거야. 가람이는 양쪽 눈 밑으로 검은 점들이 하나씩 크게 자리하고 있어서 금세 알 수 있잖아?

엘에이 한인사회가 좁다고 말들 하기에 혹시나 하고 신사한테 아냐고 물어봤더니 산악회에서 회장 하는데 자기도 회원이라 잘 안다는 거야. 참! 나라에 속아 죄진 거 없이 목숨을 걸고 쫓기는 기구한 인생을 사니까 마누라 아다 따먹은 놈하고도 전화를 하고 안부를 묻는 게 하나도 이상하지 않고 되레 고맙다고까지 했데!?

그때 새로운 여자가 생겨 인심 쓰듯이 너 가져라 하면서 마누라하고 이어준 게 사실은 신사였다는 거야! 바람기 많은 신사가 새로 들어온 18세의 어리고 예쁘장한 여자애한테 정신이 팔려 바지 추켜올릴 틈도 없이 연애할 때고 전 애인이었던 자기 마누라를 더 이상 쳐다보지도 아닐 때라 거지촌 선배로 당사자인 신사의 허락을 어렵지 않게 받은 것도 있다고 했어.

일반인이라면 내 마누라하고 뒹굴며 삼각관계였던 놈하고 얼굴이나 보겠어? 우리가 동거하는 건 알겠지만 결혼해서 사는 걸 알고는 있는지 그래도 내 입으로 신사가 놀다 물려준 할아버지 손녀하고 산다는 말은 자존심이 생긴 거지 차마 못 하겠더라고! 솔직히 자존심도 있고!

어찌 되었건 신사가 따먹고 버린 여자를 결과적으로 내가 데리고 사는 게, 영! 자기도 실미도 공작원이라는 말은 차마 못 하고 친한 친구라 뻥 쳐서 어렵게 전화번호를 받았었는데 미국이라 전화를 할 줄을 알아야지! 다 늙어빠지니까 집에서 펑펑 논다며 밥 먹고 설거지는 나보고 하라는데 이게 입으로 내뱉는 말이니까 말인 거지 사실은 명령이잖아?

참! 젊은 날 죽음의 공포 속에서 교육대장에게 매일 듣던 명령인데 이제는 밥만 축낸다고 마누라에게까지 명령을 들으니까 서글퍼지는데 뭐 어떻게 하겠어? 자기도 무안한지 헛웃음을 허허 웃어대며 빈 술잔을 들었던 동료다.

딸래미가 걸어준 전화를 귀에 댄 채로 사달라는 비싼 옷 한 벌 대신 오만 원권 한 장 손 안에 꾸깃하게 집어주고 퉁 쳤잖아. 김치찌개에 넣을 마늘 몇 개 까라는 마누라의 갈갈해진 목소리를 무시하고 앞에다가 놓아준 통마늘을 본 척도 않은 채 무조건 화장실로 들어가서 문부터 잠갔어. 가람이 목소리는 오랜만에 들었는데도 눈 밑의 검은 점처럼 특유의 걸걸대며 갈라지듯이 찢어지는 소리가 있어 대번에 알겠더라고.

서로 안부를 묻고 자네도 같이 있다고 말하니까 죽은 줄 알았다며 깜짝 놀라며 반가워하는데 미국은 언제 어떻게 갔냐고 물으니까 아버지가 실미도 사건을 신문에 보도 안 하는 조건이었는데 엄밀히 말하면 협박으로 유가람은 인천에서 체포된 그 상태로 빼돌려져서 집에는 두 번 다시 못 가고, 가고 싶은 원하는 나라를 말하라고 해서 아버지가 주한미군이었던 흑인 장교에게 시집간 먼 친척이 있는 미국을 택하셨고, 부랴

부랴 그들이 만들어준 상용여권으로 바로 미국에 들어갔다는 거야.

아버지가 아들놈이 결과가 어찌 되었든 북파 부대 공작원으로 나라를 위해 일하다 일어난 사건인데 아무도 없는 타지에서 먹고는 살게 해달라고 군 간부를 잡고 사정했다고 했어. 미국 엘에이에 자바라는 커다란 시장에 알리 골목이라고 남대문 분위기를 풍기는 긴 시장이 있는데 그 옆에서 미싱 몇 대 놓고 옷 만드는 공장을 해서 돈을 긁다시피 많이 벌어 떼부자로 성공한 후, 한국에 들어와 한 날에 7명하고 차례로 선 본 후 지금의 부인과 결혼하고 자식 낳고 잘살고 있다고 했어.

그리고 한동안 연락이 없다가 몇 년 전 새벽 5시경에 엘에이는 점심때라며 밤에 전화해서 미안하다면서 엘에이 어느 식당에서 우연히 김치찌개에 혼자 밥 먹던 홍 소령을 만났다며 숫소 발정나듯이 흥분한 콧소리를 섞어가며 전화통이 울릴 정도로 크게 한 전화였던 거야.

홍 소령은 받은 뇌물도 있고 아버지를 생각해서인지 마침 점심시간이라 밥도 같이 먹었었는데 앞의 빈 의자에 철퍼덕 앉는데도 처음엔 자기를 못 알아보더라는 거야.

얼마나 많은 꿈 많은 젊은이들을 실미도나 오류동 깡패부대에 보냈으면 아버지 소개로 단독 면담 때 좋은 곳으로 보내준다고 걱정하지 말라며 한 시간도 더 조사와 면담을 했던 유가람을 지나가는 눈으로 한번 쭉 훑어보더래. 아무리 아버지가 자식을 살리기 위해서 보냈다지만 아버지도 사랑하는 자식을 언제 죽을 줄 모르는 실미도로 보낼 줄은 아예 예상도 못 하셨다며 사건이 일어나던 때 사랑하는 자식 유가람을 살리려고 보안부대 수사관들 앞에서 모든 사실을 신문에 폭로하겠다며 노발대발하면서 죽음을 무릅쓰고 버틴 끝에 체포된 유가람을 겨우 미국으로 빼돌릴 수 있었다고 하더라고.

갑자기 자기 인생을 망친 원수를 눈앞에서 만나니까 말도 더듬어지고 미국이라 주먹도 내밀지 못해 부글부글 끓다가 유가람은 가다듬은 목소리로 간신히 자기를 아냐고 물어봤나 봐. 고개를 갸우뚱하는 홍 소령에게 실미도의 실 자를 꺼내니까 얼굴이 까매지고 들었던 수저가 힘없이 바닥에 떨어지며 얼어붙어서 유가람도 한참을 말을 못 걸었다고 하면서 평생 이를 갈던 원수 놈을 직접 만나니까 자기도 어떻게 해야 할지를 모르겠다는 거야. 미국이 넓다고 생각들 하겠지만 그건 미국 사람들에게나 맞는 말이고 이민 간 우리 한인들은 사는 데가 뻔해서 언젠가는 무조건 만나게 되는 구조라는 거야. 그게 마켓이나 교회가 될 수도 있고 한인타운 웨스턴 길 한복판 사거리일 수도 있다고 했어.

자리를 피하고 싶은지 아무도 없는데 자꾸 뒤를 보며 누군가를 부르듯이 일어서려는 것을 자기도 모르게 양쪽 어깨를 짓누르며 자리에 일어서지 못하게 하니까 홍 소령도 유가람을 만난 게 불안한지 어쩔 줄을 모르고 떨기까지 하더라는 거야. 유가람도 간신히 성질을 죽이고 다 지나간 일이니까 좋게 이야기하려고 노력은 했나 봐.

홍 소령은 그 와중에도 미안하다는 말은 죽어도 안 하고 자기도 부대장이 시켜서 그렇게 할 수밖에 없었다고 되레 큰소리까지 치는데 적반하장도 유분수지 갑자기 할 말이 없어지고 사람 같지 않게 보이니까 불쌍하게 보이기 시작했다는 거야. 홍 소령 그 새끼는 내가 만났으면 멱살이라도 잡고 양 하사가 우리한테 자주 했던 죽통이라도 한 방 세게 날렸을 텐데?!

　가다나 해안가 어디에서 산다며 저런 게 있는지 물어보지도 않은 전화번호 적어주는 거 확인하는 것도 무의미할 거 같아서 밥도 못 먹고 그냥 헤어졌다며 나한테 전화한 거였어. 그리고 거지촌 친구한테서 한동안 연락이 없다가 몇 년 전에 한국에 나오면서 처음으로 양복 입은 출세한 그와 저녁 식사와 자리를 옮겨 술에 차까지 한잔하면서 유가람의 사망 소식을 들었던 거야.

　유가람이 산악회 회장으로 일행을 인솔하다가 좁은 샛길에서 여성 회원 3명이 한꺼번에 낭떠러지로 굴러떨어졌나 봐. 나이가 들었는데도 옛날에 실미도에서 받은 훈련에 자신만만해서 그들을 구한다고 낭떠러지로 뛰어내리다가 돌에 부딪히며 나무에 몸이 걸렸는데, 하필이면 충격에 목이 뒤로 접히며 꺾여서 목이 부러져 머리 뒤통수가 등에 겹친 채로 뒤로 꺾였다고 했어.

　헬기가 뜨고 구조대원들이 와서 병원으로 옮겼는데 먼저 굴러떨어진 여성 세 명은 큰 부상은 입었지만 모두 살아났고, 유가람만 얼굴 살이 찢어지다 못해 한 움큼씩 떼어져 나가고 부러진 목은 어떻게 해보지도 못하고 죽었다며 한인과 지역신문에 대문짝만하게 날 정도로 큰 사고를 당했었는데.

　미국은 우리 한국하고 다른가 봐. 글쎄 그 헬기 뜬 값하고 구조대원 출동비까지 어마어마한 청구서가 나왔다는데 살아난 여성 회원 3명은 집까지 팔아서 구조비와 비싼 병원비로 알거지가 되다시피 했는데 유가람은 사망해서인지 경찰 사건 사고 리포트만 작성하고 식구들에게는 아무런 경제적인 피해는 없었다는 거야.

얼마나 심하게 굴렀는지 얼굴이 찢어진 것도 찢어진 거지만 꿰맬 수 없을 정도로 너무 깊이 찢어지고 살점이 떨어져 나가 차마 가족이나 가까운 친인척들은 맨정신으론 볼 수가 없을 정도였다고 시신을 확인한 일부 유족과 산악회 가까운 관계자들도 큰 충격을 받았었다고 했어.

한국과 달리 미국 장례식은 마지막 날 망인의 얼굴을 관에 누인 채로 작별의 인사를 나누려 관뚜껑을 반쯤 열고 공개를 하는데 살점이 떨어져 나간 볼과 입술 그리고 기다랗게 푹 파인 이마엔 피부 색깔 넣은 석회로 채워 넣고 제대로 맞추어지지 않은 갈라진 상처엔 색조를 입힌 후 그 위에 화장을 하니 가족도 몰라볼 정도로 완전히 딴사람이 되었다고 하는 이야기를 장례식에 참석했던 산악회 동료에게 들었다며 혀를 끌끌 차대면서 전해주더라고.

가람이가 그때 고등학교 졸업할 때쯤 끌려왔던 걸로 기억하는데 정확한 나이는 모르지만 막내동생 같은 느낌에 형뻘 동료 공작원들을 위해 몰래 굴도 따다 나누어 주고 가끔 낙지에 어디서 구했는지 참기름 발라와서 몰래 주던 게 아직도 잊혀지질 않아. 그리고 미국에 산다고 어떤 소설 작가가 말한 그 동료 공작원이 유가람은 정확히 같은 인물이 절대 아닌 건 자네도 알지?!

가람이는 88년 올림픽 때도 감방에 있지 않고 미국에 살았던 게 거지촌에 있던 신사 친구가 당시에 날짜까지 박힌 햇빛에 빛나 울긋불긋한 사막이 배경인 어느 산꼭대기에서 단체로 찍은 사진을 보여주며 확인해 줬으니까 말이야. 도대체 우리 동료 공작원들이 누가 죽고 누가 살았다는 거야?

신사는 여기저기 높은 사람들에게 쑤셔준 게 많아 일찍 출세를 했는데 청와대 윗선이나 별까지는 아니어도 경비를 서는 대대장급 정도는 아쉬울 때 한 번씩 한몫 챙겨주고 해서인지 우리보다는 많은 걸 알고 있는 거 같았어. 거지 출신에서 몇 년 만에 청와대 운운할 정도의 인맥을 맺었다면 얼마나 고생을 했는지 욕은 하더라도 광대한 인맥은 대단한 거니까 인정할 건 인정해줘야지.

그때가 대통령 죽고 한 달 정도 뒤였는데 청와대 앞에서 그 대대장을 만나 두툼하게 한몫 챙겨주고 일어서려는데 그 경비대대장이 망설이며 한마디 하더라는 거야. 내년 그러니까 1980년도에는 절대로 한국에 들어오지 말고 지방에서 무슨 일이 일어나도 절대 놀라지 말고 교민들 잘 설득해 국가에 충성해주면 나라에서 한밑천 잡게 인사를 해준다는 거야. 궁금했지만 더 물을 사이도 아니라 웃으면서 흘려 듣다시피 한동안 잊고 살았데.

그 일이 뭘까 확신을 갖고 떠오른 건 공수부대에 의해 광주시민이 무더기로 죽어 나가는 5·18이 터졌을 때 무릎을 탁 쳤다며 하나회가 중심인 신군부가 12·12 이후부터 정치판에 뛰어들기 위한 명분을 얻기 위하여 부마 사태가 일어났어도 독재자의 본거지 지역은 아예 건들지 못하고 시범 케이스로 만만한 지역을 계엄령하에 두고 본보기로 대량 살상을 각오한 작전을 수립해 놓고 있었다며 암만 출세도 좋고 돈도 좋지만 사람이 죽어 나가는 건 아니라며 그 이후 그들과 거래를 딱 끊었다며 고개를 절레절레 흔들던 신사의 모습이 아직도 지워지질 않아.

그 원인이 18년 동안 독재하면서 그어 놓은 보이지 않는 삶과 죽음의 지역 경계선을 만들어 고향 사람들은 죽일 수 없으니까 저들이 붙인 광주사태를 만들었다는 생각이 번쩍 들더라는 거야. 그러니까 세상엔 우연이 없다니까! 우리가 조짐을 모를 뿐이지!

구창이가 다리 절룩이면서 부대에 돌아오던 날 기억나? 부대 초기 줄타기 및 낙하훈련을 이수하기 위해 오류동에서 줄 타다 바위 위로 떨어져 얼마나 부상이 심했으면 구급차노 아니고 헬리콥터에 실려 갔을 땐 부상 정도가 궁금해도 소대장에게조차 물어보지 못하고 모두가 죽었다고 두 번 다시 못 볼 거라며 단정적으로 말하던 우리들이었잖아?! 모두가 잊을 만할 때 돌아온 구창이를 우리는 기쁨에 눈물까지 훔치면서 교관과 기간병의 주먹이 날아들어도 아픈 줄 모르고 환호로 구창이를 열렬히 환영하던 우리였잖아!? 스스로 부엌데기라도 한다며 싸리빗자루 움켜쥐고 절룩이는 다리로 교육대장에게 살기 위해 발악을 하면서 애원했을 땐 모두가 남 일 같지 않아서 더욱 가슴이 쥐어짜듯이 아팠던 거였고?!

그 후로 수많은 동료들의 죽음을 목격한 우리는 어느 날부터인가 구창이처럼 다리가 부러질 정도의 사고는 가슴 아픈 일도 아니었고 살기 위한 본능에 충실하고 버티느라 남의 아픔은 가슴에 와 닿지도 않았어. 동료들 너나 할 거 없이 나만 살아 나가면 된다는 잠재의식이 무의식중에 있었던 거 같아. 어느 순간부터는 교관들이 동료를 때려죽이라는 명령이 떨어지기가 무섭게 기다렸다는 듯이 앞장서 각목을 쳐든 일부 동료도 있었잖아?!

구창이가 한쪽 다리를 절룩이면서 실미도에 돌아온 새벽에 하필이면 동료 두 명이 무의도에서 매복과 도상 훈련 중 소주의 유혹을 뿌리치지 못한 탈영을 빌미로 두상구 소대장에게 개 끌리듯이 끌려와 맞아 죽은 바로 그 날도 우리가 바닷물 속에서 뺑뺑이 치며 훈련하는데 소무의도 해안가에 가냘픈 몸으로 라디오 옆에 끼고 바위에 걸터앉아 노래 부르던 여학생이 생각이 나는데…? 알지?

암! 알고말고. 애지중지하는 라디오 뒤에 커다랗게 민경이라고 써서 아는 것도 있지만, 전에 교관 놈이 우리 공작원들 훈련시켜 놓고 대낮에 마을 여자아이 강간한 사건이 있었을 때 그 아이가 이장인 최씨네 건넛방에 세 들어 살던 심씨 아저씨네 둘째 딸인 민경이었잖아. 그래서 똑같은 그 이름은 다 늙어빠진 지금도 잊을 수가 없지! 그 교관은 교육대장이 저녁에 일직사관 야간 근무까지 열외시켜 주고 소주까지 따라 주며 남자가 그럴 수 있다며 아무 일도 아니라는 듯이 어깨까지 다독여 줬다는 말을 들었어.

교육대장이 남자가 섬에 오래 있으면 그럴 수도 있는 거라며 남자가 혁대 아래에서 일어난 일은 불문율에 붙이는 게 당연하다며 모두 잊고 군 생활 열심히 하라는 응원까지 받았다고 지 입으로 북한군 까부순 거처럼 개거품 물며 자랑까지 하던 걸 안 들은 부대원이 없었잖아.

피해자인 심씨 가족들 앞에서 뒷짐 지고 말했다는 소리를 들었을 땐 뭐 이런 새끼들이 있나 싶고 두고 온 여동생도 생각나서 소처럼 코가 벌렁대며 받는 열을 감출 수가 없어 미치고 팔딱 뛰는 줄 알았다니까! 뒷말을 들어보니 쌀 대두도 아니고 소두 한 말을 챙겨간 교육대장이 젊은이가 군대 생활하다 보면 외로워서 그럴 수도 있는 거 아니냐며 시간이 지나면 다 잊는다고 훈계하듯이 강간당한 아가씨와 그의 아버지에게 아무렇지도 않게 이야기하면서 임신한 아기는 바닷물 몇 번 마시면 아기가 배 속에서 말라죽어 뗄 수 있을 거라며 방법까지 가르쳐주며 사건을 무마해줬다는 말이 돌았거든.

그 새끼 제대하려고 오류동 자대 돌아갈 때까지 부른 노래가 그 아가씨가 바위에 붙은 굴보다 더 맛있었다고 실미도의 모든 건 다 잊어도 그 아가씨만은 못 잊는다고 영웅심처럼 자랑하며 헛소리처럼 지랄하던 게 아직도 눈에 선해. 씨×!

어디가 아픈지 요양 왔다는 그 여학생은 마침 그 날이 자기 생일이라며 옆에서 남학생이 쳐주던 기타에 실바람처럼 가늘게 목소리가 실렸는데 한 번도 들어보지 못한 신의 속삭임이라고 표현한 동료도 있었고, 모두가 벌린 입을 다물지 못하고 멍한 상태로 홀리듯이 들었던 거 같아. 아! 그 아련하게 목소리 깔며 부르는 노래가 우리는 물론 교육시키는 교관들까지도 심금을 울려대는 가냘프고 고운 목소리에 가슴을 먹먹하다며 담배 꺼내 들고 성냥 찾는 거 다 같이 봤잖아? 오죽하면 교관이 동료 공작원의 머리를 물속에 처박아 짓밟고 있는 것도 몰랐고 동료가 물 밖으로 고개를 쳐든 것이 소녀의 노래가 끝나자 교관이 정신을 차리고 비로소 발을 들었을 때잖아!

그때 그 여학생이 누군지 알아? 암! 알다마다. 민경이 아니야? 민경?! 내가 다른 가수 이름은 몰라도 강소희하고 민경이는 죽어도 못 잊지? 강소희가 목소리는 가지 말라고 애원하듯 첫음절만 들으면 남자인지 여자인지 구분이 안 가는데 바로 딱딱 끊어지는 목소리를 들으면 어느샌가 눈을 감고 듣게 되잖아. 기타나 색소폰 소리가 노래마다 별 일곱 개 사이다처럼 톡 쏘는 게 특이한데 딱 하나 마음에 안 드는 게 그 악마 같은 소대장 새끼가 그 노래를 너무 좋아하니까 그것도 싫더라고.

그런데 민경이는 그 어린 나이에도 기성 가수 뺨칠 정도로 너무 잘 부르니까 교관이나 기간병 그리고 우리 공작원들까지 모두가 좋아했잖아. 그때는 또 민경이 노래 듣고 싶어서 힘든 훈련을 버티던 동료도 있었고! 교관 한 놈은 우리를 훈련이라는 명목으로 물에 빠뜨려 놓고 민경이 노래 듣다가 양철통에 잔뜩 잡아놓은 쭈꾸미는 다 도망가고 소라들은 들어온 밀물에 깊이 빠져 다 놓친 적도 있잖아?

그 정도로 가냘프고 애틋하게 홀리는 듯한 목소리로 듣는 사람의 혼을 쏙 빼놓는 묘한 힘을 가진 여학생이 민경이였다니까! 나중에 그 유명한 나운나가 인정해줬다면 말 다 한 거 아니야? VVIP가 그곳 소무의도에 휴가 왔을 때 나중에 우리 부대에 파견 온 길부곤 UDU 대원 일행이 대기하고 있다가 대통령이 물속에 들어갈 때마다 물속에서 경호한 건 다 아니까 말할 필요도 없을 거야. 그 민경이가 대통령 딸이 비키니 입고 서해 바다 작은 섬을 배경 삼아 사진 찍어댈 때 직접 기타 치며 대통령 앞에서 노래 부른 건 모르지?

무의도 주민들한테는 대통령 휴가 온 거와 민경이 노래 실력은 소문이 아니라 거의 전설이라고 휴가 온 소무의도에 떡하니 기념비도 세웠다잖아. 민경이 이름은 없지만⋯. 그때 대통령 앞에서 얼마나 구슬프게 노래를 잘 불렀는지 자기 딸보다도 더 어린 그 여학생의 노래를 청와대에 가서도 그 아름답고 은은한 목소리를 잊지 못하고 가끔 집무실 창가에서 응얼대던 대통령을 자주 봤다고 경호실장이 10·26 이후 회고록에 썼던 글도 있다고 들었어.

내가 역사는 돌고 우연은 없다고 강조한 거 알지? 근데 무슨 이야기를 하려고 서두가 이렇게 긴 거야? 동료가 젊잖게 말할 때야 말이 너무 길었다는 걸 느꼈지. 그럼 수방이를 알겠네? 대통령 서거했을 때 내겐 특별한 분이라며 피 묻은 손으로 머리에 총 맞은 대통령 껴안고 있던 가수 말이야?

아! 대학가요제에서 너무 잘 불러 떨어진 그 가수?! 그럼 알고말고! 그 가수 대통령 경호실장이 파티 때마다 몇 번 불렀다고 소문났던데! 나이 40이 다되어도 서거가 뭔지 몰랐을 때였는데 부평삼거리에서 동인천 가는 2번 버스가 석바위 파출소 지날 때쯤 라디오 뉴스로 어젯밤 대통령 서거라 그래서 대체 무슨 소리인가 했어.

다만, 좋은 뜻으로 들리진 않았고, 잠시 후에 그게 대통령이 사망한 걸 높이는 한자어라는 걸 웅성대는 승객들 틈에 앉아계신 나이가 지긋하신 노인네가 깊이 빨아들인 담배 연기를 길게 내 뿜으시며 혼잣말로 그놈의 권력이 뭐라고 꼭 쥐고 있다가 죽어?

그제야 나 포함 승객들이 대통령의 죽음이 가슴에 닿았고, 뭐 모르는 국민학생들이 아버지와 삼촌들 나라에서 군사독재자인 대통령의 마음에 안 들면 마음대로 잡아간다는 법인 줄을 모른 채 선생님들이 시키는 대로 그려낸 유신헌법 포스터가 문과 벽마다 더덕더덕 붙어있던 시대를 거친 세대로 일방적으로 받은 주입식 교육 덕분인지 당시에는 솔직히 나도 가슴이 아프고 슬픔이 밀려오는 걸 느꼈는데 지금 생각하면 그게 18년 동안 이어온 대국민 사기극인 가스라이팅이란 걸 뒤늦게 알았다니까! 한쪽에선 젊은이들 잡아다가 고문하고 죽이고 있었을 때인데 말이야. 그걸 알면서도 존경한다는 생각이 떠나질 않았으니 가스라이팅이 무섭긴 무서운 건가 봐.

북한 티브이에 김일성 죽었을 때 단체로 미친 듯이 날뛰며 우는 거 보면서 뭐 요즘 세상에 저런 것들이 있나 하고 이해 못 해서 별꼴이라며 욕한 적 있지? 우리 형들과 삼촌 그리고 아버지들 잡아다 죽이고 고문한 독재자가 죽었다고 힘들게 목숨 내놓은 김재구를 찢어 죽일 놈이라고 욕하면서 말이야. 우리도 저 때는 맹목적으로 세상에 종말이 온 것처럼 온 나라가 울고불고 난리였었지! 어떻게 보면 총보다 훨씬 무서운 게 독재자의 가스라이팅이라니까?

솔직히 사람이 죽었으니까 웃지는 말아야 하겠지만 우리 아버지들과 형과 삼촌들 잡아다 고문하고 죽인 사람이 죽었다고 슬프도록 온 나라가 떠나갈 듯이 울어야 할 일이었냐고? 할머니들 하얀 모시 한복 입고 흐르는 눈물 닦으려고 작은 수건 하나 들고 바닥에 엎어지다시피 허리 꺾고 땅을 치면서 몇 시간이고 울고불고하는 걸 보면 말이야.

그런 할머니 중에 한 사람이 동네에 살았는데 당신 어머님 돌아가실 때도 늦바람을 피우느라 상중에도 밤마다 몰래 미니스커트 갈아입고 라이트클럽에 다녀왔었다고 동네 사람들이 욕하던 게 어제 같은데 말이야. 자기 어머니 죽을 때도 안 울던 년이 한 번도 보지 못한 나라님 죽었다고 안 가던 서울까지 기어 올라가 하얀 소복에 땅을 치며 곡할 때 사정을 아는 동네 사람들이 다 손가락질했었잖아!

이제는 나도 정말 늙었나 봐? 두서없이 이 얘기하다 저 얘기 하고 왔다 갔다 말을 하니 말이야!? 내 나이 80이 넘으니까 총만 쏘는 게 힘든 게 아니라 글쓰기도 정말 힘들어요! 이해해줘요.

우연히 튼 티브이를 보다 하늘거리는 드레스에 피아노 치며 불러대는 그 목소리를 듣자마자 민경이 단번에 생각났고, 아니나 다를까 그의 득이하고 아무도 흉내 낼 수 없는 목소리이기에 화면 하난의 이름과 괄호 친 대학이 뜨며 목소리를 듣는 순간 단박에 알았지.

테이프 축 늘어질 때까지 하루에도 수십 번 듣던 그 노래를 부른 그때 그 사람이 바로 우리가 훈련 때 소무의도 해안에서 몇 번 아름다운 노래를 불러줬던 민경이야.

근데 그 가수가 왜 아직도 모르겠어? 민경의 품에서 총에 맞아 서거한 그때 그 사람은 대통령이었고, 민경이 뒤에서 노래 부르기 위해 준비했다는 병풍은 결국은 민경이 아니고 서거한 대통령 시신을 뒤에 모시기 위해 잠시 쓰였다는 소문도 있던데 사실인지는 모르겠어! 우리가 아는 민경이가 소무의도에서 기타 치며 노래하던 바로 그 여학생이라니까. 대통령이 목소리를 잊지 못해 술자리에 부른 그때 그 사람이 개명한 가수인 민경인 거고, 소무의도의 그때 그 사람이 대통령 마지막 길에 노래 부른 민경이라니까.

뭐라고?! 설마! 바뀐 이름에 악독한 군사독재자를 자기에겐 아주 특별한 사람이었다고 소신 있게 말할 수 있는 이유가 총 맞고 대통령이 서거한 날 그 여학생인 민경의 품에서 죽어갔기 때문에 생긴 일종의 가스라이팅에 감춰진 연민일지도 몰라. 아니, 냉정히 말하면 이 연민도 일종의 가스라이팅이라고 봐야지. 안 그래?

여자로서 사랑은 못 받았어도 노래로라도 인정과 사랑을 받았으니 그것도 다른 사람도 아니고 대통령이었으니 남다른 슬픔과 혼돈이 생기고도 남았을 거야. 만남도 역사처럼 돌고 돈다는데 그게 정말 우연일까?

자유공원 놀이기구 옮긴 유명한 공원이 어딘지는 알지? 그걸 모르는 사람이 어딨어? 제물포역 건너에 있는 수봉공원이잖아. 수봉공원! 갑자기 수봉공원은 왜 찾아?

근데 씨×이 왜 가장 더러운 욕이 됐는 줄 알긴 알아?

갑자기 점잖지 못하게 씨×은 왜 찾아? 애들도 아니고! 뭐 마음에 안 드는 거 있어?

그 쿠데타 한 놈들이 독재로 집권한 기간이 모두 18년이라서 국민들이 징글맞게 더럽다고 침 뱉으면서 한 욕이 씨×이라고 어디서 들은 거 같아. 그 전까지는 씨×하면 잘 부르는 애창곡을 말하는 거였는데 말이야? 씨×!

18년 해 처먹었으면 한두 개 잘한 거로 인정받으면 안 되지 그간 죽은 우리네 아버지 삼촌들이 얼마나 많은데 경부고속도로도 자기들은 자랑하지만 무슨 놈의 고속도로 만드는 데 7월 7일 날 굿하듯이 날짜 잡고 77명이나 양복처럼 맞춰서 죽어. 그것도 공식적으로.

쉰들러가 나중에 왜 영웅이 되었는 줄 알아?

월남전 잘려나간 젊은 군인들 팔다리 보상금 착복해서 철강회사 만드는 거? 니들이 돈 안 해 처먹었으면 그런 공장 당신들보다 더 똑똑한 우리 아버지 삼촌들은 최하 3개도 더 만들었을 거야! 그러니까 독재자가 내세우는 치적은 엄밀히 따지면 월남전에서 죽고 부상당한 군인들의 보상금을 삥땅하고 횡령과 절도를 감추고 무마하려는 속임수고 사기이지 치적이 아니라니까?

우리 아버지나 형들 팔다리 팔아 군부들과 일부 정치가들 나눠 갖고 남은 몇 푼으로 생색낸 거라고 우리 주름살 많은 사람들이 인정해야 대한민국이 제대로 민주주의로 경제 발전을 할 거 아니야?

9.

그 바람 쌩쌩 부는 추운 새벽에 빤스까지 홀딱 벗겨 그 차가운 바닷물에 몇 번이나 쳐넣고 기간병들 겨누는 총구 앞에서 발발 떠는 우리 공작원들에게 간첩 잡아낸다고 난리 치던 날 생각나? 우리는 아줌마가 눈치를 주는데도 아랑곳하지 않고 아줌마 얼굴이 찌그러질 때마다 소주 한 병씩을 시키다 보니 머리 위에 있던 해가 벌써 만월산 쪽 서쪽 끝에 걸쳐 있는 거야.

부대에 몰래 숨어들어온 북한 첩자가 한 명 있다며 멀쩡히 살아있는 임 서방을 정보부에서 나온 애들이 비료 포대로 얼굴을 씌운 채 교육 대장실로 끌다시피 데리고 갈 때만 해도 몰랐잖아?! 하기야, 부대 인원이 한 명이 더 있다고 간첩이 침투했을지 모른다고 정보부에서 직접 조사할 때 타 부대 동명이인인 임 서방이 사망 처리된 걸 확인하고는 인간적으로 호적은 제대하면 문제없을 거라며 허무하게 한마디 남기고 돌아갔잖아.

그때 임 서방 사망 신고한 놈이 얼굴에 커다란 붉은 점이 있던 오류동에 들락거리던 보안대 점박이 하사라는 건 우리 부대 있는 부대원이라면 다 아는 솔직히 비밀도 아니었잖아! 그 이후 우리가 반 농담 삼아 웃으며 말했잖아. 임 서방은 살아도 죽은 거라고! 다른 부대에서 같은 이름인 북파공작원을 자기들이 목 졸라 죽여서 화장까지 한 놈을 임 서방이 죽었다고 엇갈려서 사망신고를 해버렸으니 당연히 우리 부대에 한 명이 낳지?!

임 서방 가족도 모르게 사망처리는 물론 사형 집행까지 해서 가족들이 들고 일어난 게 오래전 뉴스에 났던 게 그때 살아있어도 작전에 투입하면 곧 죽을 거라 제대로 서류 정리를 안 해줘서였을 거야. 하기야, 그때는 그러고도 남을 놈들이야 우리가 북한 넘나들면 죽을 거 뻔한데 자기들 입장에선 호적을 고칠 필요도 신경 쓸 필요도 없었을 거야.

우리 명단 중에 왜 인적사항이 없는 동료가 몇 명 있는 이유가 뭔지 알아? 북한 빨갱이들 죽인다는 군대 오면 신원 조회가 얼마나 심한데 그들의 인적사항이 어떻게 없을 수가 있어. 50년도 더 지난 우리를 지금도 추적하는 게 인적사항이 있으니까 그러는 거 아니겠어? 정보에 살고 죽는 게 국방부와 정보부이고 체계적으로 대외비인 비문을 얼마나 잘 관리하는 곳인데 선택적으로 기록이 없다는 게 말이 안 되지?!

생각해봐. 우리만 해도 홍 소령, 공군, 오류동 부대, 정보부와 그리고 실미도 교육대장 책상과 보안부대와 국방부까지 인적사항을 몇 번씩 적어놨는데 이름만 있고 주소와 나이가 없다고? 그런 사람들을 북한에 침투시킬 수 있을 거라고는 우린 아예 안 믿잖아!?

내 기억이 맞다면 그들은 이미 군을 제대했거나 군 복무 중에 작은 실수를 저지르고 협박에 못 이겨 군적 자체를 지우고 들어왔으면 사건 후 그들 중에 만약 체포된 동료가 있다면 우리처럼 살아났을 확률이 아주 높지.

국방부에서 작성한 문서 좀 자세히 봐봐. 유족들이 아들 형제 찾아내라고 발버둥 친 공작원들과 자기들이 우리 공작원들 시켜 때려죽인 이름만 있는 공작원들과 사형 집행한 동료들은 거짓말처럼 깡패라고 표현하지 않았잖아? 사형 집행에서 이름이 바뀐 두 사람의 행적을 당시 사진과 기록으로 확인해야 한다니까.

저 증언한다며 거짓말하거나 입 꾹 다문 기간병이나 정보부대 놈들한테는 물을 필요도 없어. 그놈들도 어떤 선 이상은 아예 겁나서 말을 못하잖아? 후방에서 일빵빵 주특기로 제대한 일반병이 제대해도 며칠을 잡아두고 입단속 교육하는데 실미도 부대 기간병에게는 더 하면 더 했지 덜하진 않았을 거 아니야? 기간병 놈들도 불쌍은 하지 아버지를 아버지라 못하는 그 심정 어떨 땐 이해가 돼.

10.

　　이게 우연일까? 그 이유는 내가 어렴풋이 전해 듣기론 공군에서 잡혀 온 동료들은 뒤로 빼돌려 다 살았다고 했는데 그들이 만약 체포됐다면 처리는 어떻게 했는지 모르지만, 군의 명예를 위해 다 빼내 갔을 거야.

　　정확하지는 않지만 아주 잘못되거나 틀린 말도 아닌 거 같아. 근데 그날 우리는 원래 기차 타고 용현동 터미널에서 버스로 청와대가 있는 서울로 가려고 했던 거 아니야? 당연히 그럴 줄 알았는데 한참을 기다려도 송도역에 기차가 오질 않는 거야.

　　조장이 시계를 몇 번 보더니 정찰을 나간 동료들이 정부군이 매복을 시작했다는 보고를 받고부터는 불안한지 안 되겠다며 버스라도 잡아타야 한다고 해서 작전이 어긋난 거였고 마침 송도유원지 왼쪽 입간판 앞에서 출발한 동인천행 버스가 돌아서 송도역 쪽에서 오는 것이 조장의 눈에 보이자 이제는 더 생각할 것도 없이 일단 버스를 잡아탄 거였어.

무더운 날씨에 땀 냄새는 진동하고 창문을 열어도 버스에 밴 땀 냄새와 뜨거운 바람에 오래된 버스라 엔진의 휘발유 냄새까지 역류해서 들어오니까 답답은 한데 그런데도 오랜만에 버스를 타니까 곧 죽을지언정 마음만은 붕 뜨는 거 있지?! 버스에 올라타니까 조장이 번호를 부르며 인원 파악을 하는데 서너 명이 없었잖아.

버스 뒷창문 저 너머 송도역 맞은편 시장 쪽 인파 속으로 총구가 뾰족 나온 총을 메고 걷듯이 뛰어가는 동료가 보이는데도 조장은 배신자라고 하지도 않았고, 짧아진 번호를 등 뒤로 들으며 모르는 척을 할 때는 만감이 교차하는 기분이 들었을 거야.

어찌 되었든 그 날 버스를 타고 청와대로 향할 수밖에 없었고, 택시 옆구리를 부딪치고 누군가 장난으로 창밖으로 던진 훈련용 연습탄에 운이 없게 버스 뒷바퀴에 펑크가 났기에 다른 버스를 갈아탈 수밖에 없었던 거였지.

무슨 이야기를 하다 삼천포로 빠졌는지도 모르지만, 이런저런 이야기를 나누다 보니 시간도 많이 갔고 대 놓고 씰룩대는 술 파는 아줌마의 얼굴을 보니까 미안해서 마지막으로 소주 딱 한 병에 컵라면을 기마이로 추가시키며 꼭 우리가 동료들 명예를 찾아주자고 두 손 꽉 붙잡고 다짐했어. 그렇게 마음먹었던 게 나이 80이 넘어 행동에 옮기게 된 거고 인생 끝이 보이기 시작하니까 더 기다리거나 망설일 시간도 이제는 없었어.

아들딸 이야기에 몸은 건강하냐는 등 가까이 있어도 서로가 살기 바빠서 오랜만에 만나니 두서없는 말이지만 많은 이야기를 했고, 말

나온 김에 처음으로 어떻게 실미도 부대에 들어갔냐고 동료의 가슴 아픈 이야기를 처음 물어봤어.

조금은 망설이는 것도 같더니 감출 것도 아니고 이왕지사 훌훌 털어버린다는 듯이 동료가 그 무서운 실미도 부대에 가게 된 것을 남의 말 얻어듣고 전달하듯이 말하기 시작했어. 그날 들었던 그의 말을 내가 조금 조리 있게 전해볼게.

왼손 한쪽만 섬은 가죽상갑을 낀 작은 키에 눈썹이가 위로 확 치켜올라간 빡빡머리를 한 20대 초반의 동안 얼굴에 시대를 앞서가는 나팔바지로 길바닥을 쓸다시피 휘젓고 걸어간 뒤에서 골목길 초입에 서 있는 두 청년은 지지 않기 위해서 죽기 살기로 가위바위보를 하는 걸 보면서 스치듯이 지나쳤었지.

동료는 하얀 와이셔츠에 넥타이를 깔끔하게 맨 양복을 입은 젊은이를 단순히 어깨를 부딪쳤다는 이유로 복날에 개 패듯이 이곳저곳을 전문 싸움꾼처럼 말 한마디 없고 사정없이 거의 본능적으로 아픈 곳만 골라 공격을 했었는데.

퍽퍽! 원투 원투 퍽! 퍽! 퍽!

살려달라는 듯이 가끔 보이는 상대의 겁에 질린듯한 눈을 독기를 가진 독사처럼 째려보며 인정사정없이 명치만 골라 아프게 두들겨 패기 시작했어. 그렇게 한참 주먹질을 하더니 조금은 지치는지 동료는 가쁜 숨을 고르고 빡빡머리에 흘러내리는 땀을 훔치면서 한마디 했어. 오늘 기분도 꿀꿀한데 이왕 때리는 주먹이니 내 주먹 원이나 풀자며 잘 걸렸다는 듯이 또다시 주먹과 발을 면상과 배를 향하여 날리고 가쁘게 얼굴을 향해 까듯이 돌려차기까지 했다는 거야.

머리와 얼굴, 그리고 가슴을 가릴 거 없이 한참을 치고 휘둘렀더니 바닥에 아파서 뒹굴고 있는 젊은이를 일방적으로 때리는 것도 지쳤는지 아니면 맞고만 있는 상대가 안 됐다는 듯이 입술에 핏기가 보이며 찻길과 인도에 반씩 걸쳐 쓰러져 있는 젊은이의 양복 주머니를 마구 뒤져 담뱃갑을 꺼내 들고 담배를 두 까치 꺼내 입에 물어 불을 붙이고 젊은이의 상의 호주머니를 향해 담배를 꾸기듯이 밀어 넣어 돌려주며 불붙은 한 개비를 엎어져 있는 신사의 입에 쑤시듯이 밀어서 물려줬데.

"야! 그러게 왜! 재수 없게 내 어깨를 왜 치고 지나가?" 하면서 너나 나나 서로 재수 없었다는 듯이 검은 장갑을 점퍼 호주머니에 쑤셔 넣으며 자리를 뜬 거였는데. 이때 구경꾼들 사이로 이 광경을 처음부터 지켜보던 젊은 청년이 떨어진 상의 단추를 주워주며 얻어터진 양복 신사를 부축해 일으켜 세우며 물었나 봐.

"어때 주먹은 쓸만해?" 하자. "아! 저 새끼 주먹 한번 되게 세네." 하면서 와이셔츠 안에서 삐쭉 삐져나온 마른오징어 몸통에서 다리를 찢어 중년에게 먼저 건네고 자기도 다리 하나를 길게 물어뜯었는데.

이게 있어도 아픈데 만약 그냥 맞았으면 나 죽었을지도 몰라 하여튼 그 정도로 주먹이 세.

"근데 왜 공격을 안 해봤어?"

"야! 새끼야, 아까 그 새끼가 주먹질하는 거 못 봤어? 덤비다 죽는 거보다 몇 대 더 맞는 게 나을 거 같아서 공격은 아예 생각도 안 했어. 아니, 솔직히 못 했어! 그리고 웰터급 동양 챔피언 정도 되면 주먹은 일단 인정하고 들어가는 거잖아? 너 같으면 덤빌 수 있을 거 같아? 그래도 나니까 이 정도지 너 같으면 벌써 뒈졌을 거야! 어때? 이 새끼 쓸 만하지?"

"응. 쓸만해."

청년은 이내 그 동료의 지나간 동선을 따라 멀리 보이는 **빡빡머리** 청년을 따라간다. 뒤이어 앞서거니 뒤서거니 하면서 오래된 작은 나무 간판이 있는 주막에 들어서고 동료에게 열나게 얻어터진 젊은이가 사리에 걸터앉으며 자초지종 싸움을 하게 된 전후 사정을 말한다.

언덕배기 작은 선술집 주모가 파리만 날리다 손님 드는 소리에 얼마나 반가운지 파리 잡던 둘둘 말은 저번 달 신문지를 방안 깊숙이 집어 던지고 집 나간 서방 맞듯이 달려오더래. 묻지도 않고 일단 막걸리 주전자를 연탄불 옆에 놓고 벌겋게 달궈진 석쇠 위에 한 방향을 향한 네 마리의 밴댕이 머리가 맛있는 냄새를 피우며 어색함이 일단 점점 사라졌었는데.

"자, 먹어!"

젊은이가 잘 익은 밴댕이 한 마리를 동료에게 젓가락으로 밀듯이 건네주는데 젊은 혈기에 주먹질한 게 미안한 것도 있고 해서 일단은 어색함도 피할 겸 못 이기는 척 받아먹었는데.

자기도 밴댕이 한 마리를 손으로 집더니 머리를 한쪽으로 살짝 꺾고 한쪽 면에 하얀 잔가시만 남기고 살을 깨끗하게 발라 벌건 고추장에 문지르며 푹 담갔다가 처먹듯이 입술에 벌건 고추장 묻혀 가며 먹는데 얼마나 게걸스럽게 먹던지 초면이라 처먹는다는 면박은 주지 않았다고 했어.

그런데 아저씨들은 누군데 나한테 얻어 터져가면서까지 술을 사는 거야? 그리고 이 아저씨는 한참 어린 나한테 그렇게 얻어터지고도 안 억울해?

"야! 이것도 사나이들이라면 다 인연 아니야?" 눈치를 살펴가며 젊은이가 분위기를 띄우려 연거푸 막걸리를 따라댄다. 난 오랜만에 멋진 싸움 구경하고 넌 스트레스 해소하고 술까지 얻어 처먹으니 이것도 인연은 인연이지? 안 그래? 씨×! 그럼 얻어터진 나는 뭐냐?

불만이 쌓인 맞은 청년이 얻어터져 가슴이 아픈지 콜록콜록하며 가슴을 쥐어짤 듯이 움켜쥐고 아프다며 헛기침을 더 해가며 불만을 드러낸다. 그러게 평소 가위바위보도 좀 연습하지 하며 놀리고 한바탕 웃으며 가위바위보는 아무것도 아닌 것 같지만 거는 거에 따라 지면 목숨도 잃을 수 있어서 어떻게 보면 기회가 있는 러시아 룰렛보다 더 무서운 게임일 수도 있어.

"에이 씨×! 그때 그 술을 안 먹었어야 했는데 젊은 혈기에 잘났다고 으스대다 얻어 마신 신세가 지금 이 신세이고 이 꼬라지인 거야!"

여기까지 말하던 동료가 갑자기 말을 딱 끊고 무슨 생각을 했는지 그 날 삼거리에서 순경의 장발 단속에 걸려 한 움큼 잘려나간 머리가 창피해서 이발소에 간 게 평생 후회가 된다면서 더 이상 말을 안 하려는 것을 마지막 술을 꽉꽉 누르다시피 따라주면서 뒷이야기를 겨우 들을 수 있었어.

옆에 꼬마가 앉아 있고 그 뒤 등받이 없는 기다란 나무의자에 그들이 순서를 기다리고 있었나 봐. 나는 장발 단속 중인 검문소에서 인천발 영등포행 시외버스에 올라탄 순경한테 끌어내려 긴 머리를 한 손에 돌려 감더니 어어 하는 사이에 가위로 움푹 파이게 잘려 할 수 없이 들른 이발소에서 얼굴에 뜨거운 수건 올리고 면도하느라 눈도 감고 있어서 사실 그때는 그들을 보지는 못했어.

왼쪽 코너 비스듬히 눈높이 선반 위에는 시험지 반 만한 조그만 화면의 흑백텔레비전이 안테나를 좌우로 넓게 벌리고 치익치익 화면을 흔들면서도 소리는 똑바로 들리는 거야. 모르긴 몰라도 대낮에 텔레비전이 나왔으니까 토요일 오후나 일요일 뉴스였던 거 같아.

왜 그때는 평일도 저녁 6시에 어린이 프로부터 시작하고 밤 열두 시면 애국가를 끝으로 방송 끝나서 조금 배웠다는 사람들은 새벽에 방송하는 채널 2번인 AFKN 보고 자랑들 하고 했었잖아!? 그래도 일요일은 아침부터 방송은 했지만, 집에 티브이가 있어야 보지?

동네 한두 집 있는 집에 가서 화면 조정할 때부터 능글능글하게 죽치고 무조건 앉아 있거나 할머니들 용돈 벌이하는 집에 5원씩 내고 밤 9시까지는 보고했잖아. 거기도 나름대로 짬밥이 있어서 채널 옆에 앉아 있는 놈만 그것도 권세라고 뱃지 한 손에 붙어있듯이 챙기고 독점하듯이 자기 마음대로 채널을 돌리고 했었지.

근데 우리 동네 할머니 티브이는 채널은 부러져 손으로는 잡지 못해서 돌리려면 조금 남은 부러진 손잡이를 뺀찌로 간신히 잡아 돌렸는데 지금 같으면 갖다버려도 벌써 버렸을 거야 안 그래? 그 날 방송이 대통령 후보들의 연설을 짜깁기해서 방송하는 거 같은데 김대주 씨가 화면에 나오는데 이발사는 내 얼굴을 면도칼로 면도를 하면서 위험하게 텔레비전을 보는 거 같더라고. 내가 실눈을 뜨고 목소리를 최대한 깔고 이발사에게 조용히 말했어.

"아저씨, 면도칼 좀 내려놓으실래요." 하니까 이발사 아저씨는 잠깐 망설이더니 얼떨결에 거울 아래 면도칼을 내려놓는 거야. 그 순간 내 오른손 주먹이 몸을 가렸던 흰 가운을 뚫고 마징가 Z처럼 튀어 올라 인정사정없이 이발사 아저씨 턱을 날렸는데 얼마나 세게 맞았는지 악소리도 못하고 뒤로 자빠지는 거야.

전혀 예상 못 한 상황에 손님 머리를 감겨주던 부인은 놀라서 소리를 지르고 옆의 꼬마도 무서워서 벌벌 떨기 시작했나 봐.

"뭐? 김대주! 대주라고!?"

"김대주 선생님이 네 친구야?" 하면서 뒤에 선생님 안 붙이길래 성깔이 나도 모르게 튀어나온 거지.

김대주 선생님께서는 앞으로 이 나라 이끄실 대통령이 될 거라며 네 친구 아니니까 앞으로는 꼭 선생님 붙이라며 하던 면도를 멈추고 턱을 받치던 수건을 던져버리며 나가려 하니까 기다리던 그들도 무서운지 내빼듯이 먼저 나가는 거 같더라고. 순간적으로 욱해서 벌어진 일인데 그게 내 인생을 180도 바꿀 줄은 누가 알았겠어.

뒤에 순서를 기다리던 놈들이 하필이면 나중에 술 사준 그놈들이었고 그들이 물색관 팀이었는지 나를 테스트해보고 감언이설로 오류동 깡패 부대에서 몇 명의 동료와 함께한 일주일 밀봉 교육받고 실미도로 끌려간 거지. 에이 씨×, 그때만 생각하면 지금도 자다가 벌떡 일어난단다니까.

자네도 알다시피 내 이야기는 이 정도 들었으면 그다음은 뻔한 거 아니야? 이것 준다 저거 해준다면서 꿈에 부풀게 희망 고문 주면서 용돈까지 두툼하게 손에 쥐어주니 쫄쫄 굶는 신세에 거절도 못 하고 그 뒤는 모르긴 몰라도 다 너 하고 똑같으니까 더 이상 말 안 할게. 그때 일을 더 생각하면 아직도 열 받아 죽을 거 같아서 솔직히 생각도 하기 싫어.

내가 우리 마누라 그놈 신사한테 아다 떼인 거 대통령 하사품 배급받듯이 데려와 함께 사는 거 하고 그때 술 받아 처먹은 게 제일 가슴 아픈 기억이고 아마 죽을 때까지 한으로 남을 거 같아.

기상천도 더 궁금은 했지만 동료도 뻔한 협박과 그들의 사탕발림에 나처럼 실미도 부대에 갔으리라 짐작해본다. 사실 지금 이 자리도 우리에겐 무척 가슴 아픈 자리인 건 너도 알지? 그럼 그거 모르면 사람도 아니지 그리고 그때 그 일을 어떻게 잊을 수가 있어. 그때가 아마 햇볕이 쨍쨍 내리쬐던 날인데 우리가 거지촌에 오고 한 일 년쯤 지났을 때일 거야.

동네 아이들 몇 명이 이곳 개국사 터에 놀러 갔다가 평평한 터가 있는 딸기 넝쿨 속에서 말은 못하고 소리도 못 내면서 손만 내저으면서 살려달라고 젊은 청년이 애원했나 봐.

그 전에 그중에 한 명이 머리가 똑같이 짧고 단정한 젊은이 몇 명에게 심하게 구타당하는 걸 목격하고 도망을 쳤었고, 결국은 그 사람은 구하지 못했는데 몇 시간 지나지 않아 죽었나 봐. 삼거리 검문소 경찰이 와서 트럭 뒤 칸에 짐짝처럼 시신을 덮지도 않고 실었는데, 나중에 아이들에게 들어보고 몇 가지 질문을 하다 보니까 그도 어딘지 몰라도 머리가 짧다는 말을 들으니 우리처럼 그런 데서 탈영을 한 걸 즉결처분한 것도 같다는 생각이 들어.

사건 이듬해 늦겨울인가 초봄에 총살시킨 우리 동료 공작원들을 팔각정 아래 길 가운데 암매장했던 놈들이니까 지리도 잘 알고 있었을 테고! 사실 동네 사람들도 여기에 고려 때 개국사 절터가 있는지 아는 사람이 거의 없었거든. 그때 돌던 말 중에 저기 산곡동 화랑농장 넘어가는데 그러니까 지금 백운역 건너 산곡동 넘어가는 오른쪽에 공수부대 있었던 거 생각나?

그럼 생각나고말고! 그 전엔 신촌 입구 미군 부대하고 담 하나 사이로 붙어 있었잖아?

맞아! 그 당시 그 부대에 저 건너 채석장 했던 막내 시동생이 그 공수부대에 근무했는데 저녁 점호 끝나고 잘 시간만 되면 너나 할 거 없이 테이프로 엄지손가락을 칭칭 감는 사람, 말년 고참은 일부러 거꾸로 자고 하다못해 어떤 병사는 엄지손가락 지문에 일부러 상처를 내서 핏덩이로 딱지가 더덕더덕 붙은 사람도 있었대.

초기 몇 명은 지원을 받았는데 앞으로 최하 5년 이상의 군생활을 더 해야 하는 공수부대 장기 하사라는 걸 눈치가 빠른 병사들이 아무도 지원을 안 하니까 부대장의 지시로 인사과에서 이 방법 저 방법을 쓰다가 결국은 낙하 훈련을 힘들게 하고 깊은 잠에 빠져 있는 부대원 몇 명의 엄지에 강제로 뻘간 인주를 처바른 후에 말뚝박는 지원서에 지장을 몰래 찍었나 봐.

이 모든 일이 그놈의 말뚝박을 장기 하사관 인원 좀 뽑아달라며 홍 소령이 부대를 다녀간 후에 벌어진 일들이지. 하여튼 홍 소령 이놈은 사람 인생 망치는 데는 일가견이 있고 안 끼인 데가 없구먼?! 그 후론 부대원들 모두가 깊은 잠도 못 자고 주먹을 꽉 쥔 채 지장 안 찍히려고 밤새 테이프로 둘둘 말고 잤다며 얼마후엔 부대 내 테이프 소지 금지령까지 부대장이 내렸다는 이야기도 들었는데.

처음엔 혹시나 해도 공수부대 훈련이 하도 힘드니까 아침에 엄지지문에 빨간 인주가 묻어있는데도 한동안 그 이유를 몰랐는데 병장 말년에 제대를 며칠 앞두고 어느 날 갑자기 호명되어서 지원하듯이 끌려간 곳이 장기 하사관으로 근무하기 위해 4개월간 하사관 교육을 받는 부대였고, 그 이후에 공수부내에 간부로 새배치받았다고 했어.

본의 아니게 몇 년을 더 군대 생활한 부대원들이 의외로 많았다면서 본인도 그렇게 될까 봐 불안해하던 모습이 지금도 눈에 선하고 잊혀지질 않나 봐.

11.

　　그날 밤, 기상천의 아들은 청천벽력 같은 소리를 아버지에게서 듣는다. 실시간 뉴스를 봐서 알고는 있었지만 믿어지지 않았는데 우리 아버지가 지금 시끄럽게 뉴스에 나오는 그 은행 총기 난사 강도 범인이라고 꼭 걸어 닫은 방문을 뒤로하고 안절부절못하며 앉아 있는 아들을 향해 스스로 말씀하시고 계신다! "애비야?" 하시며 평소와 달리 어린애처럼 도와 달라고 사정하시는 애처로운 눈빛을 보내신다.

　한동안 은행 총기 난사 사건의 범인이고 지금은 노인네가 된 기상천의 반세기 전 실미도 사건의 전후 이야기가 비 온 뒤에 무지개가 펼쳐지듯이 방 안엔 슬프고도 가슴 찢어지는 기상천 이름 전의 문태섭의 과거 실미도 부대와 관련된 악몽 같던 이야기가 아버지의 입을 통해 펼쳐지고 있다.

　아들은 점잖은 아버지가 온 나라를 발칵 뒤집은 은행 총기 난사 강도라는 것도 놀랐지만, 마당도 제대로 쓸 수 없는 늙으신 몸에 이렇게 사건 현장을 빠져나와 잡히지 않으신 게 희한하다. 어렴풋이 특수부대 출신인 건 알았지만 설마 실미도 부대 출신이란 걸 직접 들을 줄이야?! 더욱이 아버지가 실미도에서 직접 훈련받고 사건을 일으킨 당사자라는 게 놀랍고 그들 중에 살아계신 것도 놀라운데 그분이 아버지라는 게 더 놀라울 따름이다. 한참을 부들부들 치를 떨며 안타까움과 당하신 서러움에 아버지의 과거 이야기를 듣고 눈물을 흘리며 말한다.

"아버지, 걱정하지 마세요."

제가 아버지의 실미도 부대 시절 하신 일과 사건을 벌여야만 했던 당시 전후 상황을 밝혀 아버지와 돌아가신 동료분들의 억울함을 꼭 푸시도록 해드린다며 아버지께 다짐을 드린다.

그리고 지금은 운이 좋으셔서 안 잡혔더라도 인터넷이나 티브이 뉴스에 얼굴이 다 나와서 분명히 몇 시간 안에 수사관이나 정보원들이 집으로 들이닥칠 거라며 숨어 계실 장소를 물색한다고 말씀을 드리며 안심시키자 아버지 아니 기상천은 고맙다며 아들을 바라보던 눈으로 눈물을 흘리며 조금 구부러진 허리의 초라한 촌로의 모습으로 아들을 따라나선다.

"만약에 경찰이 먼저 오면 체포되시고 법에 따라 잘잘못을 가리고 실미도 부대 당시 아버지를 북파공작 훈련이 아닌 자국민 테러에 동원하려던 국가의 범죄를 밝히셔서 재판받으시면 되시겠지만 충기 범죄이고 실미도 공작원인 걸 알아서 정보부나 보안사에서 먼저 나오면 분명히 아버지를 죽이려고 할 거예요."

일단 숨으시되 정보부나 보안사는 무조건 맞닥뜨리시면 정말 큰 일

날 거라며 그들만은 무조건 피해야 한다고 아버지 기상천과 50을 한참 넘어선 아들과 오랜만에 두 손을 꼬옥 마주 잡는다. 범인인 기상천은 아무 말 없이 아들의 말을 듣고 속으로 꼭 명문 가문인 문씨 집안성을 찾아 이복형제의 존재도 알려줄 거라며 고개만 끄덕인다.

자기 방으로 건너온 아들은 믿을만한 기자들을 수소문해서 알아보고 은밀한 제보를 한다. 한쪽에 주워온 소파가 길게 놓여있는 아들의 좁은 사무실 안에 일부 통신사와 일간지, 외국 특파원 등 몇 명이 끼리끼리 편하게 자리에 앉는다. 가운데에 집에서 가져온 커다란 티브이가 켜지고 채널을 맞추며 볼륨을 조정하면서 아들이 기자들에게 미리 일부 브리핑을 한다.

"여러분께 미리 제보했듯이 저희 아버님은 이번에 사회에 큰 파장을 일으키신 총기 난사 은행 강도 범죄의 범인이신 기상천 님입니다. 저희 아버님께서 경험하시고 겪으신 1968년도에서 1971년경까지의 상황을 먼저 말씀하시고 실미도사건 발생의 진실도 속 시원히 발표하고 싶어 하십니다."

"그게 무슨 말입니까? 여기서, 그것도 은행 총기 난사 강도 사건에 그 옛날 실미도 사건이 왜 나옵니까?"

젊은 기자들의 따지듯이 하는 질문을 아들은 대답 대신 저희 아버님이 연결되셨다고 하며 리모컨으로 소리를 높이면서 티브이 옆 작은 의자에 몸을 맡기고 화면 속에 비친 아버지에게 잘 들리시냐고 물어본다.

켜진 티브이로 80대 초로의 노인이 주름진 얼굴로 썼던 모자와 허리에 찼던 수류탄을 탁자 위에 풀어놓으며 인사를 한다. 그거 범행 때

썼던 모자입니까? 통신사 기자가 묻자 아들이 대답할 때 겹쳐서 기상천도 말한다.

"네, 내가 총기 난사 은행 강도 범인이라는 것을 증명하기 위해 가지고 나왔습니다. 그리고 제 입장에서는 단순 총기 난사이지 은행 총기 강도는 절대 아닙니다."

기자들의 질문이 쏟아지기 시작하고 넓은 휴대폰 화면엔 실시간 인터뷰 영상이 뜨기 시작하자 일부 기자의 손에 익은 자판 두드리는 소리가 좁은 사무실에 울려 퍼지기 시작한다.

상황을 알아차린 기자들은 은행 총기 난사 강도, 아니 실미도 탈출 공작원 기상천의 이야기를 더 자세히 들으려고 쏟아지는 질문에 차분하게 대답하는 기상천의 담담한 모습이 더욱 돋보이는 기자회견장이다.

"은행 강도를 한 이유가 무엇이고, 강탈한 돈은 어디 있습니까?"

"강탈한 돈은 없습니다. 일 원 한 푼도 털지 않았고 빼앗지도 않았습니다."

"그럼 CCTV에 찍힌 잔뜩 짊어진 돈뭉치는 어디 있습니까?"

"그것은 돈뭉치가 아닙니다. 검은 비닐봉지 여러 개에 바람을 채운 겁니다. 경찰은 은행에서 강도짓을 하고 짊어진 것이 있으니 그렇게 돈이라고 착각할 수는 있겠지만 경찰인지 언론인지는 모르지만 사건을 크게 부풀리려고 돈이 아닌지 뻔히 알면서도 돈을 강탈했다고 보도자료를 냈다고 생각합니다. 저는 은행에서 총기 난사 난동은 피웠어도 살인과 돈을 빼앗는 강도짓은 하지 않았습니다. 나는 사람을 해칠 생각도 은행을 털 마음도, 더더욱 남의 돈을 강탈할 생각은 전혀 없고,

오직 우리 동료 북파공작원들을 대신해 대한민국 정부로부터 청춘을 억울하게 잃어버리고 한으로 남은 하고 싶은 말을 할 수 있는 기회를 얻기 위해 기자 여러분들을 만나려고 벌인 일입니다."

"돈이 아니라면 또 다른 목적이 있습니까?. 그리고 있다면 그 목적이 도대체 무엇입니까?"

"저는 실미도에서 훈련받던 공작원 출신이고, 진짜 이름은 문태섭입니다. 우리 부모에게서 받은 이 진짜 이름은 거기 있는 아들에게도 말한 적이 없습니다."

"지금 말하는 실미도가 일전에 뉴스에 나오는 그 북파 부대 실미도를 말하는 건지요?"

"맞습니다. 저는 여러분이 생각하시는 그 실미도 부대에서 훈련받은 군번 7319684 공작원으로 조사해보시면 아시겠지만 실미도 부대 입대 전에 문태섭의 이름으로 어머니를 모시고 결혼한 처와 입대 당시 돌이 막 지난 아들이 있습니다."

실미도 사건 당시 공작원들은 송도와 대방동 등지에서 전투 중 사망하거나 자폭과 사형 집행 등으로 모두 사망했다고 정부와 국방부가 정식 확인한 것을 매년 사건 당일인 8월 23일만 되면 오늘의 역사를 기사로 내기 위해서 물었던 고참 기자들을 통해서 항상 들었던 기자들이 아닌가!?

순간 기자회견장은 심심풀이 고등어 낚시하다가 생각지도 못한 돈 되는 먹음직한 횟감의 커다란 참치가 걸린 것처럼 의자 깊숙이 누워있다시피 했던 기자들의 자세도 달라지며 직감적으로 특종감인 걸 느낀 눈빛들이 빛나며 무엇부터 물을까 동요하며 술렁이기 시작한다.

티브이 화면 속에서는 마신 물을 내려놓으며 은행 총기 난사 범인 노인네가 말을 이어나가려고 할 때 앞에 앉아 있던 기자가 먼저 생각나는 대로 묻는다.

"실미도에는 왜 갔고, 어떤 훈련을 받았습니까?"

"먼저 제가 실미도에 가게 된 계기를 말씀드리겠습니다. 저는 원래는 1939년생인데, 호적상 1942년생으로, 신분을 세탁하였습니다. 1968년 초, 당시 영등포시장 지하도 입구에서 젊은 혈기에 어깨를 부딪쳤다는 사소한 시비로 모르는 사람과 말다툼 끝에 서로 주먹질을 하며 싸우다 상대가 뒤로 넘어져 사망하고, 바로 현장에서 영등포 경찰서로 잡혀간 후 수갑을 찬 채 조사를 받으려고 형사 건너편 나무의자에 앉아 있는데 창밖으로 검은 지프차에서 내린 선글라스 낀 사람이 와서 순경에게 일방적으로 몇 마디 속삭이더니 수갑이 풀리고 따라간 오류동 7069부대에서 일종의 사상 심리 훈련인 밀봉 교육을 한동안 받다가 그곳 실미도에 가게 된 것입니다."

"그럼 살인을 저질렀으니 전과가 있겠네요? 살인포함 전과가 몇 범입니까?"

"기자님들 예상과는 달리 저는 전과가 아예 없습니다."

"그 살인 사건으로 경찰에서 이름이나 주소 등 신상 기록도 작성하기 전이었고, 그래서 조사받은 기록 자체가 아예 없고, 검찰로부터도 조사를 받거나 기소를 당한 기록 자체가 아예 없으니까요? 하지만 영등포시장 로터리에서 원래 이름 문태섭으로 살 때 사람을 죽인 사실은 있습니다. 누구신지는 모르지만 그분과 그분 가족께 늦게나마 진심으로 용서를 빌고 싶습니다."

다시 기자가 묻는다.

"그럼 감방에 안 가는 조건으로 실미도에 가신 겁니까?"

"네, 맞습니다. 저는 살인은 했지만, 공식적으로 살인자도 전과자도 아닙니다. 북파 공작 훈련을 받는 조건으로 정보부에서, 아니 엄밀히 말하면 국가에서 빼돌려 오류동 공군 보안부대에 넘겼기에 아예 죄 자체를 묻지 않은 겁니다. 제가 선택할 수밖에 없는 실미도행이었고 순간적으로 사람을 죽이며 저지른 죄가 있어 할 수 없이 가족과 떨어질 수밖에 없는 북파공작원이었습니다."

"지금 이 인터뷰는 아시다시피 일부 티브이 방송국은 여러 채널에서 뉴스 특보로 생방송 중인데 이 방송이 나가면 자수하지 않으면 곧 체포될 텐데 그런데도 기자회견을 하는 진짜 이유가 무엇이고 특별히 하고 싶은 말이 있는 건가요?"

"네, 있습니다. 정상적인 군대는 정신과 신체적인 조건을 갖추면 누구나 가고 언제 들어가 언제 나간다는 제대 시기는 법으로 확실하게 보장되어 있습니다. 하지만 북파 공작 임무를 수행하는 우리는 목숨을 담보로 제일 위험한 실질적인 대북 작전을 하고도 들어간 날은 있는데 언제 나간다는 보장 자체가 아예 없었습니다. 이제는 당시 우리 공작원들이 무슨 이유로 실미도에서 교육대장과 교관 그리고 소대장들과 경계 임무를 하는 부대원들을 처리한 후에 경인가도를 타고 가면서 일어난 사건과 사건 전에 억울하게 맞아 죽은 동료들의 명예와 보상, 그리고 아직 드러나지 않고 정부가 스스로는 절대 밝힐 수 없고, 밝히지도 않고, 꼭 감춰야만 하는 실미도 사건의 진짜 원인과 목적을 세상에 알리고 싶기 때문입니다.

여러분이 화면으로 보시다시피 저는 언제 죽을지 모르는 80이 훌쩍 넘은 늙은 노인이고 은행 총기 난사 강도를 저지를 만큼 생활이 빈곤하거나 모난 인격이 있는 것도 아닙니다. 저와 하늘나라에 있는 우리 동료들은 한 맺힌 원한과 불명예를 가지고 세상을 떠나고 싶지 않고, 사랑하는 가족들에게도 이제는 우리 북파공작원은 대한민국의 훌륭한 군대의 일부였고 군인이었다고 거기에 앉아 있는 제 자식과 누구인지는 모르지만 아마 이 방송을 시청하는 분들 중에도 있다고 생각하고 먼저 간 동료 가족분들에게도 떳떳이 살라고 말하고 싶습니다."

"그럼 아까 말씀하신 진짜 실미도 사건의 목적이 뭡니까?"

그 물음에 잠시 허공을 쳐다보던 노인은 물 잔을 들고도 한참을 마시지 않고 깊은 한숨과 함께 반을 내려놓으며 말한다.

"네, 실미도 부대는 창설 때는 북파공작 훈련이 사실인지는 몰라도 남북이 서로 침투 안 하기로 약속한 후 존재 가치가 떨어지자 잘된 훈련을 아까워한 일부 정치군인들의 독재자에 대한 아부에 의해 대국민 테러부대로 전환되는 과정에서 군사독재자의 자국민을 통치하기 위한 대국민 테러 훈련이 잘못된 것을 깨달은 일부 공작원의 주동으로 일어난 사건입니다. 사건이 일어나기 얼마 전부터는 궁극적으로 북파 부대가 아니고 독재정권의 유지를 위하여 대국민 테러부대로 전환해 훈련을 이어가던 부대였다고 확인해드립니다."

갑자기 기자석이 웅성대기 시작한다.

"북파 부대가 아니면 그럼 뭡니까?"

듣고만 있던 통신사 기자가 단물이 다 빠진 씹었던 껌을 책상 아래 먼저 붙인 코딱지 위에 꾹 눌러 붙이며 묻는다.

"네, 당시 독재자인 대통령의 정권 유지와 연장 그리고 안위를 위해 정적인 야당 정치인과 정부 시책에 반대하는 방송사와 신문사 기자 등을 탄압하고 린치를 가하기 위한 대국민 테러부대가 우리가 훈련받던 실미도 부대입니다. 우리 국민을 폭행하고 위협하며 살인에 동원하기 위하여 1970년 10월 말경에 일명 실미도 부대를 해체했다가 같은 장소 같은 북파공작원들로 재창설한 자국민 테러 부대가 여러분이 뉴스를 통해서 아시는 실미도 바로 그 부대입니다."

"그럼 당시 테러를 하셨나요?"

"아닙니다. 처음엔 우리도 그런 임무의 부대로 바뀐지 몰랐는데 점점 총 쏘고, 낙하 훈련 교육이 없어지더니 어렴풋이 부대 해체 계획이 있다는 것을 흘려 듣게 되어서 모두가 집에 돌아간다는 희망에 들떠있었습니다. 그래서 모두가 고향에 돌아갈 줄 알고 좋아했는데 부대 해체 없이 바로 파견대장이 바뀐 후 이듬해 봄에 체육관을 짓고 격투기 교육은 더욱 세지고 기간병들도 태권도나 당수 유단자 등으로 바뀌면서 들리는 소리로는 정보부에서 파견 나온 다섯 명의 UDU 대원들이 가끔 나갔다 오면 기자 누구를 사시미칼로 찔렀고 편집장 누구를 팼다면서 야당 정치인 집안에 폭탄도 던졌다고 자기들끼리 자랑하듯 하는 소리를 몇 번에 걸쳐 어렴풋이 들었습니다.

아들 앞이라 창피한 말이지만 아들도 알 건 다 알기에 직접적으로 말하겠습니다. 더욱이 몇 년간 구경조차 할 수 없었던 끽동 뒷골목 아가씨들과 회포를 풀게 해 줄 때는 연애의 기쁨보다 우리를 내보내는 것이 아니라 더 긴 시간 잡아 놓으려고 선심을 쓰는 것을 느꼈고, 대국민 테러 부대 훈련일 거라고 미리 짐작한 동료 공작원 세 명은 나갈 희망 없는 제대를 포기하고 야간에 이판사판 죽는 심정으로 무의도로 건너가 결국은 갈과 굴 따는 뾰족하고 날카로운 노구로 사살하거나 동료에게 살해당하며 삶을 마감하기도 했습니다.

그런 이유들로 각하의 독재를 위한 대국민 테러하는 데 우리 공작원들을 이용할 거라고 느끼고 또 그렇게 안 것도 무의도에서 동료들이 사망한 얼마 후입니다."

"그것 가지고는 대국민 테러 부대라 하기는 좀 그렇지 않을까요?"

"어느 날, 해군 출신으로 UDT 교육을 이수한 UDU 대원 5명이, 그것도 대통령 경호 담당했던 대원까지 오고 나서는 확실히 알았습니다. 그들이 누구 차에 염산을 뿌렸고, 어느 신문사에 월남에서 가져온 M16 총에 탄창을 끼고 들어가 사무실을 엎어버리고 기자들을 구석에 몰아넣고 팼다. 사시미칼로 허벅지를 죽지 않을 만큼 찔렀고, 대문을 폭파했다는 등 그들의 영웅담을 엿듣고부터는 대국민 테러 부대로 전환한다는 걸 대개의 공작원들은 알았습니다.

그리고 그 날의 우리가 탈영한 사건은 단순히 구타를 세게 당하고 배가 고파서가 아닙니다. 그전에도 몇몇 공작원들은 기간병들의 구타를 견디지 못하고 알게 모르게 탈출할 계획을 세웠고 또 몇몇 공작원은 혼자는 힘드니까 같이 탈영하자고 부추기는 걸 공작원뿐만 아니라 일부 기간병도 눈치는 채고 있었습니다.

좀 지나면 훈련받은 대로 북으로 넘어가거나 집에 보내주겠지 하는 희망을 가지고 버티던 중이었지만 자기 국민을 죽이고 협박하는 대국민 테러 부대로 재탄생한다는 것을 알고부터는 시기를 잡지 못해서 그렇지 탈출을 부추기는 일부 공작원들도 있어 항상 준비는 하고 있었지만 모자를 움켜쥔 교육대장의 눈매를 생각하면 맞아 죽을까 봐 무서워서 감히 실행은 생각도 못 하고 있었습니다.

그동안 그보다 더한 구타와 배고픔도 참아온 우리 공작원들이고 파견대장이 바뀐 후 고급은 아니지만 급식도 좋아졌고, 담배와 달걀도 전보다는 조금 더 좋게 나오기 시작했습니다. 더군다나 사건이 일어난 전해 초에는 검은 세단 차 뒷좌석에서 각하의 성은을 입고 현직 국무총리의 애인이었던 고급 요정의 어떤 여자를 총으로 쏴서 죽이고 차를 운전한 놈에게 죄를 뒤집어 씌웠다고 낄낄대며 웃을 때는 '북파 부대인 우리도 잘못하면 군부 독재자의 농락에 의해 우리 국민을 죽일 수 있겠구나.' 하고 생각을 하게 된 계기가 되었습니다.

우리 공작원 사이에는 그 참기 힘든 구타와 훈련을 꾹 참고 받으면서도 호시탐탐 우리 국토를 노리고 우리 국민을 괴롭히는 북한 김일성이를 꼭 죽여야 한다는 반공정신이 투철했기 때문에 감히 지켜야만 할 우리 국민을 칼과 총으로 건드려선 절대 안 된다는 애국적인 책임과 의견이 힘든 훈련을 바탕으로 더욱 굳건히 형성되어 있었던 시기이기도 합니다.

거기에 그 날의 구타가 더해진 구실이었고, 같은 술을 마셔도 너무나 다른 차별 등이 더해진 거지 세상 알 만큼 알았던 나이대인 우리 공작원들이 어린애들처럼 하루아침에 배고프고 몇 대 맞았다고 생각 없이 목숨까지 걸면서 욱하고 일으킨 사건이 절대 아니라는 겁니다.

달력을 보시면 아시겠지만, 실미도 사건의 원인을 말할 때 빠지지 않는 1971년 8월 20일, 그 날 우리가 술을 마신 것도 무의도에서 훈련 끝나고 귀대할 때 다리 부상 때문에 동료와 미리 가있던 구장이가 한국 전쟁 이후 처음 남북적십자 예비 회담이 조금 전에 열렸다고 축하주로 어떤 청년이 준 소주를 수통에 담아와 취침 전에 조원들과 통일을 기리며 한 모금씩 나누어 마신 것입니다.

우리도 남북이 통일될 거란 커다란 희망과 기쁜 마음으로 나눠마신 축하주이지 단순한 음주가 아닌데 예상보다 너무나 많은 질책과 구타를 당한 것이 억울한 것은 맞지만 한때는 오류동 깡패부대에서 조장의 부하로 있던 소대장이 길보조장을 못 일어날 정도로 집중적으로 구타해서 자존심은 상했었지만 꼭 그 날의 구타만이 우리가 청와대까지 가서 총을 들이밀고 대통령을 찾아야 할 만큼의 원인은 절대 아니었습니다.

다시 한번 말씀드리지만 실미도 사건은 초기의 북파 부대가 아니라 1970년 10월 말경 해체되었다가 부대 재창설로 11월 중순 파견대장이 바뀌고 동일 공작원들로 1970년 11월께 다섯 명의 UDU 대원들과 함께 재창단한 청와대와 정보부의 군사 독재자를 위한 대국민 테러 부대입니다.”

“지금 있는 곳이 어디입니까? 그리고 범행에 사용한 총기는 어디에 있습니까?"

이때 가만히 듣고만 있던 아들이 기자들 앞에 나서며 기자들에게 말한다.

"저희 아버님은 은행 총기 난사 범죄의 심각성도 알고 계시고 자수할 마음도 갖고 있습니다."

"오늘 바로 자수하나요?"

"그건 아니신 것 같습니다."

방송사들은 특별한 계획 없이 뉴스 시간에 맞추어 잠깐 생방송으로 내보내려던 기상천의 기자회견을 정규방송까지 중지하면서 시간을 할애해 계속 생방송 활자를 우측 화면 모서리에 깜빡이면서 내보내고 있다.

아버님과 함께하셨던 실미도 공작원분들의 억울한 죽음의 이유가 정확히 알려지고 또, 아버님이 주장하시는 부분이 어느 정도 소명되며 적어도 대한민국 정부와 국방부가 인정하기는 힘들겠지만 실미도 사건의 원인은 대국민 테러 부대 전환을 반대하여 일으켰다는 아버님의 주장하는 말씀을 적극적으로 조사하여 인정해 주시고 더 나아가 우리 북파공작원들의 명단 및 사망에 관한 사진 포함 모든 자료를 유족과 국민들께 거짓 없이 발표해 주시기를 바라십니다."

화면 속의 노인인 기상천이 무슨 생각을 하였는지 앞에 놓였던 수류탄을 집어 들고 깊은 생각에 잠긴 거 같더니 아무 표정 없이 안전핀을 뽑아 높이 쳐들자 기자들은 수류탄이 터져 범인이 자결해 사건이 미궁에 빠질까 봐 깜짝 놀라며 작은 사무실 장내가 어수선해진다.

아들도 숨넘어가는 소리로 아버지를 외쳐 부르지만 기상천의 행동은 멈추질 않는다. 기상천은 마치 할 일은 다 했다는 듯이 두 눈을 꾹 감고 수류탄을 바닥으로 떨어뜨린다. 잠시후 기상천이 조정한 카메라 화면에 퍽 하는 수류탄이 크게 클로즈업되며 터지는 소리가 화면과 스피커를 통해 기자들의 귀를 때리고 하얀연기가 화면을 꽉 메우자 노인을 불러 대는 기자의 목소리와 함께 깜짝 놀란 아들의 아버지를 찾는 울부짖음에 가까운 목소리도 방송을 타고 전국을 향해 뻗어 나가기 시작한다.

천천이 연기가 걷어시고 죽은 줄반 알던 기상천이 소금의 흐트러짐도 없이 아까와 똑같은 자세로 화면을 응시하자 조용해진 장내엔 아들의 안도하는 긴 숨소리만 들리고 있다.

"여러분! 이 수류탄은 실미도 탈출 당시 일부 우리 동료들이 나누어 가졌던 것 중의 하나입니다."

"기자 양반들?! 이 수류탄으로 우리 동료들이 버스에서 자결했다고 생각하십니까? 우리는 탈출 당시 총에 맞아 죽으면 죽었지 스스로 죽을 생각은 아예 없었습니다."

"왜 총격전이 더 심했던 송도와 숭의로터리 그리고 석바위, 소사, 대방동 파출소 앞 등 통과하거나 전투했던 지역에서 수류탄이 외부로라도 단 한 발도 터지지 않았을까요?"

질문을 던진 문태섭이 한참을 기다리다 컴퓨터 화면에 뜬 기자들을 향해 말한다.

"그것은 우리 공작원 모두가 살상용 수류탄이 아예 없었기 때문입니다. 이래도 버스 안의 민간인들이 우리 공작원들이 터트린 수류탄에 피해를 입었을까요?!"

기상천은 순식간에 연기를 빨아들이는 공기청정기의 스위치를 누르며 말을 이어간다.

　"이 수류탄은 여러분도 보셨다시피 연막탄이지 사람이 죽는 살상탄이 아닙니다. 제가 추측하기론 버스를 따라 날아들던 헬리콥터에서 월남에서 가져온 M203 유탄발사기로 버스 안에 쏘아댄 것이며, 버스가 멈추자 모 장교가 버스에 올라타 치료를 준비하던 민간인 간호사를 쫓아내고 살아있던 우리 동료 두 명을 권총으로 사살한 후에 버스 바닥에 있던 훈련용 연막탄 두 발을 수거했고, 그걸 수류탄으로 발표했다고 생각합니다. 단정 짓고 우리는 탈출 시 어디서 훔치지 않았다면 살상용 세열 수류탄은 아예 있을 수가 없으니까요. 기자 양반들 그리고 젊은 여기자님들 생각해보십시오? 사건 얼마 전에 무기고를 탈탈 털어 무의초등학교에 작정하고 가지고 나간 수류탄도 연막탄이었는데, 하물며 더 깐깐해진 실미도 부대에 훈련용 외에 진짜 수류탄이 있었을 거라 생각들 하시는지요?"

　기상천, 아니 문태섭이 눈을 감고 잠깐의 침묵을 갖는 동안에 이어진 실미도 사건의 진실을 밝혀 달라는 간절한 아들의 목소리가 뒤를 잇고 있다. 아들의 아버지를 대변한 애절한 설명이 끝나자 화면 속의 기상천, 아니 문태섭이 말을 이어간다.

　"일신동 33사단, 그러니까 군부대에서 재판도 없이 총살당하고도 아직 서류상 이름조차 나타나지 않은 또 다른 공작원들의 명단과 정확하지는 않지만, 송도에서 붙잡힌 3명을 대황교동, 그러니까 서해안 공군 비행장 끝에서 개울을 등지고 비행단을 지키는 헌병들에 의해 억울하게 총살당한 3명의 우리 동료 공작원들의 시신도 수습해 오류동에서 재판 후에 처형당한 우리 동료 공작원들과 함께 유족을 대할 수 있게 정부가 적극적인 해결의 의지를 갖고 본인 사망 전에 해결해 하늘나라에 갈 때 당당히 우리 동료 공작원들을 만날 수 있게 도와주시기를 진심으로 바랍니다."

대한민국 정부와 국방부가 당시 사건의 원인 및 전말을 가감 없이 발표하면 총기를 숨긴 장소를 경찰에 알려주고 스스로 자수하실 걸로 알고 있다고 아들이 아버지를 대신해 말한다.

생방송으로 티브이에 비친 늙은 노인의 은행강도 사건은 반세기도 더 지난 실미도 사건의 본질을 더해 늙은 노인의 모험과 대담성으로 인해 MTS라는 이니셜까지 생기며 전국이 난리가 났다.

그 시각, 은행 총기 난동 강도 사건이 벌어졌던 옆 건물 옥상 무허가 창고에서 가스가 폭발하는 듯한 퍽 하는 커다란 소리가 들리고 잠시 후 119 소방차가 도착하고 곧이어 경찰차도 현장에 도착하지만 건물 어디에서도 이상이 발견되지 않자 철수하는 소방차와 경찰이다.

버스 정류장에서 지하철에서 강원도 골짜기 작은 풀장에서도, 그리고 무의도 국사봉에 오른 등산객들도 실미도를 건너가려고 마켓에서 카트를 끌던 관광객들도 작은 화면 속의 생방송 뉴스를 보느라 걸어가다가 넘어지는 등 정신이 없고, 방송국 기자들도 조금이라도 더 소스를 얻으려 자사의 아카이브 옛날 실미도 사건 기록들을 실시간 확인하면서 이리저리 뛰고 있다.

그 시각 사시사철 찬바람이 부는 충청도 괴산 산골 마을 100년도 더 되어 다 쓰러져 가는 문태섭이 태어난 집 안방에서는 60여 년을 오직 집 나간 아들이 돌아올 거라 오늘도 굳게 믿으며 집을 지키신 100살이 넘은 할머니 손에는 그 옛날 아들인 문태섭이 사준 은으로 된 십자가를 꼭 쥔 채 갓 공수부대에서 말년휴가를 나온 듯한 막내 늦둥이 증손자가 찌이직대며 흔들리는 전파를 타고 나오는 실시간 뉴스를 아무 생각 없이 틀어 놓고 이야기를 나누고 있다.

할머니는 두꺼운 솜이불을 덮고 핏덩이 손주만 남겨둔 채로 갑자기 사라진 아들의 실종신고 후 사망선고를 받아 생일에 맞춰 해마다 지내는 제삿날이지만 거의 미동도 없이 아버지의 얼굴도 모르는 문태섭의 아들이 낳은 증손자의 따스한 손을 잡고서 행복하신지 미동도 없이 가만히 누워계신다.

그때 티브이에서 은행 강도 범인인 노인네가 문태섭이 자기 원래 이름이라고 말을 하자 가만히 누워 계시던 증조할머니께서 무슨 힘이 나셨는지 벌떡 일어나 아파서 앉지도 못했던 무릎을 질질 끌며 티브이 화면 앞으로 바싹 다가가 은행 강도의 얼굴을 자세히 보려 흐릿한 눈을 비벼가며 자세히 살피기 시작한다.

증손자가 깜짝 놀라 증조할머니를 부르며 쓰러질 듯한 몸을 받치자 뼈대만 앙상한 손으로 증손의 손을 가볍게 밀어내며 갑자기 입을 벌린 채 복받친 얼굴을 하며 앙상한 손가락으로 티브이 화면 속의 깊게 주름진 늙은 범인의 얼굴을 쓰다듬기 시작한다.

입술이 파르르 떨리기 시작하고 힘없는 목소리로 "태섭아."를 몇 번 읊조리더니 증손자를 향해 기어들어가는 아주 작은 목소리로 말한다.

"네 할배다! 내가 이젠 죽어도 한이 없다. 이렇게라도 죽은 줄 알았던 아들 얼굴을 봤으니⋯. 내가 태섭이 우리 아들놈 네 보고 죽으려고 내가 여태까지 버티고 살았나 보구나!"

갑자기 힘이 쭉 빠진 듯한 증조할머니는 가만히 자리에 눕더니 손재주가 있던 문태섭이 어릴 때 만들어 바늘로 긁어 쓴 이름까지 써 있는 십자가를 손안에 꼬옥 쥔 채로 가슴에 끌어안으시고 더 이상 미동과 말씀이 없으시다.

빛바래 안방 중앙엔 국민학교 졸업 앨범에 있는 단체 사진에서 할아버지 얼굴만 희미하게 확대한 사진이 항상 걸려있고 증손도 아버지에게 들은 집안 대대로 이어온 할아버지에 대한 가슴 아픈 가족사를 알기에 기쁜 마음으로 증조할머니의 손을 꼭 잡고 미소 띤 얼굴로 아직은 다 못 감은 증조할머니의 눈을 쓸어내릴 때 증손의 손바닥에는 할머니의 기쁨의 마지막 뜨거운 눈물이 진하게 묻어나고 증손도 기쁨의 눈물을 얼룩무늬 군복 바지 위로 굵게 뚝뚝 떨어뜨린다.

한참을 티브이 속 할아버지를 응시하며 할머니 앞에 앉아 있던 증손이 이제야 천천히 실종된 할아버지 제사상을 준비하던 읍내에 사는 부모에게 전화를 드리자 그의 아버지도 슬픔 대신 기쁨에 찬 목소리로 할머님이 당신 아들의 실종에 대한 한을 풀고 가셔서 다행이라고 울먹인다.

아버지 길일을 맞아 어릴 적 색바랜 문태섭의 국민학교 흑백 졸업사진을 크게 확대해 색상을 입힌 사진을 상 중앙에 놓고 제사상을 차리던 며느리도 기뻐서 울어야 할지 웃어야 할지를 모르며 온 가족이 뉴스에 눈과 귀를 귀울이며 아버지의 말에 귀를 기울인다.

조용히 일어난 문태섭의 아들이 제사상에 있던 아버지의 사진을 내리고 대신 할머니의 영정사진을 아버지의 졸업사진 대신 상위에 눈물진 눈으로 행복한 웃음을 지으며 향을 피워 올려놓는다.

평생을 수절하며 남편을 기다리던 문태섭의 아내도 평생을 기다린 보람이 있었는지 축 늘어진 어깨에 한참을 생각 없이 허공만 바라보며 눈물이 흘리는 것도 잊고 있다.

티브이 뉴스 대신에 휴대폰 뉴스에 눈과 귀를 고정하며 돌아가신 할머니를 모시기 위해 집안 이곳저곳 어르신들께 할머님이 아버지를 보고 돌아가셨다고 이슬 맺힌 눈으로 전화를 돌리기 시작한 지 얼마 안 돼 상갓집이 되어버린 집 주위로 어떻게 알았는지 머리를 짧게 깎은 건장한 청년들이 보이기 시작하고 언제부터인지 지프차에 증화기까지 장착한 중대급 인원이 마을 입구부터 꽉 차있다.

기상천, 아니 문태섭의 집에서는 할머님이 돌아가셔서 상중인데도 60여 년을 기다리다 직접 만나지는 못했지만, 기적처럼 자식 살아있는 걸 알고 화면으로나마 보고 돌아가신 할머님의 호상이라며 경사 아닌 경사가 벌어지고 돌아가신 증조할머니와 보지도 못한 그의 아들 이야기로 뻘건 동태탕이 한 그릇씩 퍼져서 상에 놓일 때마다 소주잔을 들이키며 잃어버리고 끊어졌던 문태섭 가족의 웃음을 잃었던 어두웠던 가족사 이야기로 꽃을 피우며 기자회견 중인 아버지 옆에서 애쓰고 있는 기씨 성을 가진 배다른 동생의 존재를 이해하며 얼굴을 보려 애를 쓰고 있다.

너무 좋아진 우리의 손으로 만든 인공위성의 감시에서 벗어나기 위해 기상천은 기자회견 생방송이 끝나기 바쁘게 아들이 미리 열어 놓은 옥상 문을 나와 소방차가 출동하고 경찰차가 오고 있는 현장을 모습을 보면서 붉은색 짧은 조깅 바지에 어깨가 푹 빠진 흰 셔츠를 입은 축 처진 노인네의 모습으로 땀을 뻘뻘 흘리며 며칠 전 강도 사건이 일어났던 은행 앞을 통과해 대로를 따라 저 멀리 쓰러질 듯이 아주 힘들게 달려가고 있다.

그가 떠난 옥상의 작은 창고에는 방금 전 인터뷰한 노트북이 얼마나 급했는지 화면도 꺼지지 않은 채 덮여 있고 땀처럼 보이기 위해 얼굴에 물을 잔뜩 뿌릴 때 사용한 스프레이 물통이 뒹굴고, 먹다 남은 음식과 파리가 몰려 있는 대소변을 처리한 검은 봉지가 켜져 있는 공기청정기 옆에 입구가 꼭 묶인 채 한쪽 모서리 코너 라면 박스에 수북이 쌓여 있다.

출동한 경찰과 정보부 요원이 섞여 서로 증거물을 챙기려 기 싸움을 하며 서로 먼저 예상 이동 경로 상의 CCTV를 확보하기 위해서 일단 밖으로 뛰쳐나가는 경찰과 정보부 요원도 있다. 범인의 사진과 인적사항이 적힌 수배지가 요원들의 책상 여기저기에 놓여있는 정보부에서는 '찰칵찰칵! 또르륵!' 가슴에 찬 총집에 공포탄을 빼내고 첫발부터 실탄을 장전한 권총들을 가슴과 허리춤에 두 자루씩 차는 것도 모자라 최근에 개발한 명중률이 높은 국산 저격용 장총도 탄창을 끼운 채 챙긴다.

출동태세를 갖추고 있는 이들 정보사 요원들은 팀을 이뤄 열심히 범인의 인상착의를 외우고 만일 총기를 소지한 범인을 만날까 신경이 곤

두서 있다.

커다란 기상천의 쭈글쭈글한 주름진 현재의 얼굴 사진이 중앙복판에 커다랗게 찍혀있고 그 아래 현재 주소, 가족관계와 학력, 전과 유무, 친구 관계, 그리고 실미도 당시 군복 입고 찍은 빛바랜 문태섭의 젊은 시절 매서운 눈매의 증명사진도 비교하라고 옆에 조그맣게 찍혀 있다.

"이 영감탱이는 절대 경찰에 순수하게 체포하게 하면 안 돼! 우리가 먼저 발견하고 찾아서 무조건 쏴서 죽이고, 절대 살려선 안 되고 부상도 절대로 안 돼! 그 노인네를 무조건 죽이는 게 우리의 임무고 유구한 우리 대한민국을 살리는 길이니까! 보이기만 하면 무조건이야. 죽여! 실탄 있는 대로 다 쏴! 죽은 거 확인해도 다 쏴! 책임은 내가 아니 우리 정보부가 질 테니까!"

은행 총기 강도를 사이에 두고 체포 시 두 계급 특진을 약속받은 경찰과 또 무조건 죽이려는 정보부와 보안사의 추격전이 다 늙은 은행 강도 노인을 사이에 두고 벌써 시작됐다.

인천광역시 경찰청 내에 차려진 특별수사본부장도 고개를 갸우뚱하며 이해할 수 없다는 표정을 짓는다.

주소와 새로 만든 가족관계는 나오는데 왜 군대 전역 포함 이전의 기록이 확인이 안 되고 30살 이전의 기록은 왜 아예 없을까? 더군다나 그 많은 CCTV에 이동 경로가 연결되거나 노인의 모습을 찍힌 기록이 아예 없으니 수사본부도 기가 찰 노릇이고, 은행강도가 직원들이 현금이 잔뜩 담긴 자루를 두 개나 던져 줬는데도 10원도 안 가져갔다는 게 말이 되는 거야! "아니, 노인네가 망령이 들어 장난으로 은행 강도를 한 거야 뭐야!?" 하면서 이건 말이 안 된다면서 알지도 못하는 다 늙어빠진 은행 총기 난사 강도범의 뒷담화를 한다.

아무리 생각해도 북파 공작원 그들 중에 분명히 범인이 있을 거야! 그러니까 정보부나 보안사가 눈에 불을 켜고 뭔가를 알아내려 하며 군인들을 푼 것도 그렇다. 도대체 민간인 사건 사고에 아무런 관계와 관심도 없는 보안사가 움직이는 것도 이상하고!?

특별수사본부장도 보고서들을 확인하며 과연 당시 떠들썩한 그 사건에서 살아있는 자가 있을까? 깊은 생각을 하며 고개를 갸우뚱한다. 정말 범인의 주장처럼 실미도 공작원일까? 다 사망이라고 정부와 국방부의 공식 기록이 있고 살아난 기간병들도 모두 사망했다고 호언장담하며 증언을 했다는데. 아무리 생각해봐도 총기 분실량과 훈련받은 듯한 노인의 날렵한 동작, 총기 다루는 솜씨가 그쪽밖에 없는데….

거기다 범인이 당당하게 얼굴을 드러내 놓고 직접 기자회견을 한 걸로 봐서는? 그래, 실미도야, 실미도! 분명히 그 난리 중에도 운 좋게 살아난 실미도 공작원이 무슨 이유에선가 벌인 사건인 건 확실해! 그러면 범인인 기상천이 숨은 곳은 어디일까? 분명 멀리는 못갔을 텐데!

기상천의 아들은 아버지의 말씀을 듣자마자 물색한 장소에 미리 담요들과 작은 노트북과 폐가 약한 아버지를 위해 매연을 피하라고 공기청정기와 꽉 찬 배터리 몇 개와 라면, 물 등을 작은 전자레인지와 함께 몇 박스 쌓아놓고 아들의 당부대로 인공위성 음성 전파에 걸릴까 봐 목소리도 내지 않고 누워있는 곳은 아이러니하게도 은행 강도를 저질

럤던 바로 옆 상가건물 옥상에 월 이십만 원 월세를 내고 물건을 보관하는 조그만 창고인데 얼마 전 가게 물품 보관 창고로 쓰려고 일본에 산다는 주인과 전화로 계약하고 일 년 치 이백사십만 원 세를 미리내고 몇 개의 박스는 갖다 놓았지만 불경기라 가보지 않다가 이번에 은 신처로 쓰고 있고 밖으로 잠근 문의 열쇠는 아들이 갖고 있다.

"임자 생각은 어떤가?"

"네, 무슨 말씀인지 알겠습니다. 안 그래도 저희 정보부에서는 지난 선거 끝나자마자 각 상황에 맞게 시나리오를 짜 놓았습니다. 그리고 대주건 종팔이건 각하 앞에서 고개 드는 놈 있으면 제가 가만히 있지 않겠습니다."

"그으래?! 알다시피 내가 여기 있어야 임자도 거기 있는 거 정도는 알고 있지?"

"네, 목숨 바쳐 충성하겠습니다. 각하!"

"우리나라는 너무 약해서 조금만 틈새를 보여도 김일성이 쳐들어와 전쟁에 휘말리기가 아주 쉬워. 그러면 또, 불쌍한 우리 국민들은 어디에다 한풀이하고 살아? 자, 한 잔 받게!"

두 손을 잔에 공손히 모은 김 부장이 한 손으로 병목을 잡고 또르륵 떨어지는 대통령의 보리색 짙은 서양 술을 받으며 말한다.

"각하! 지금이라도 명령만 내려주십시오. 김일성이는 제가 바로 때려잡겠습니다."

"음, 그래? 김일성이 때려잡으려면 미군한테는 꼬투리 잡히면 안 돼!? 정보는 최대한 얻고 작전은 쥐도 새도 모르게 해야 해!? 김일성이 대 놓고 죽이겠다고 하는 작전 알려지면 월남전쟁도 있고, 소련과도 전선을 더 넓히지 않으려고 못하게 말릴 수도 있을 거야. 그리고 시간 내서 이철히랑 같이 한번 들어와."

웬만해서는 사저에서 부하들을 안 만나는 각하께서 아주 중요한 일이 있을 때 받는 보고다.

대통령이 옆의 배석했던 비서실장에게 눈짓을 하자 기다렸다는 듯이 대통령 서재 위에서 준비된 누런 서류봉투를 가져와 정보부장에게 건네는 것을 경호실장은 굳은 얼굴로 바라보고 있다.

서류 정리는 다 되어 있다며 가서 잘 확인하고 도장 찍을 데 있으면 찍으면 된다고 비서실장이 정보부장에게 설명을 끝내자 가만히 있던 대통령이 자랑하듯이 임자도 마음에 딱 드는 별장일 거라며 통근 선물을 했다는 자부심인지 대통령이 어깨를 툭 치며 웃는 얼굴을 보인다.

"네, 대단히 감사합니다. 각하!" 하며 넘치는 감격에 허리를 기역 자로 꺾듯이 깊이 고개를 푹 숙여 감사를 표한다.

김 부장은 청와대 정문을 나서면서 승용차 뒷좌석에 몸을 비스듬하게 눕히고 무엇이 억울한지 입이 툭 튀어나온 채 잔뜩 찡그린 얼굴로 거나한 욕과 함께 한마디 투정을 한다.

"씨×놈의 새끼들! 아무것도 한 것 없는 종팔이는 끝도 보이지 않는 그 큰 남쪽 섬을 거의 다 주더니만 또 백 장군은 뭘 잘했다고 옛날에지 편들고 사형당할 목숨 좀 구해줬다고 그 동생에게 군 시절 수만 명을 쫄쫄 굶게 한 군납비리로 상납받은 독직 사건으로 20년 형을 10개월 형기 산 거로 퉁 쳐대더니 그 인천 시내 노른자위 땅에 공동묘지까지 옮겨주고 커다란 학교까지 열 개가 넘게 지어주었으면서 죽으라고 궂은일만 골라 시킨 제일 충성한 나한테는 이까짓 코딱지만 한 별장 하나로 끝내려고!? 요새 기타 쳐대는 신인가수한테 푹 빠져서 망종이 나셨나?!

참! 각하도 모르시네! 그깟 별장 하나 얻으려고 내가 지한테 넙죽대는 줄 알지만 천만에! 얌마! 나도 배알이 꼴리게 네 앞에서 싹싹 바닥에 길 때는 다 생각이 있는 거야?! 아니꼬워도 나 살려고 기는 거지 네 생각해서 이러는 줄 알아? 이번 작전, 김일성이만 뒈지면 제주 땅이나 인천 학교 전부 다 내 거야. 그러니 개새끼들아, 기다려! 너희들 다 남산에 처넣고 반병신 만들어줄 테니까!"

며칠 후, 청와대 회의실에 경호실장을 대동한 대통령과 비서실장 그리고 정보부장, 이철히와 그를 따라온 인천 파견대장이 자리를 함께한다. 빙 둘러앉은 원탁에 달걀 노른자가 노랗게 뜬 뜨거운 쌍화차가 아지랑이를 피우지만, 그 누구도 감히 마실 생각을 못 하고 점점 사라진 수증기를 따라 식어가고 있다..

"자! 거두절미하고 실무자에게 직접 묻지?"

파견대장의 명찰을 한참 보던 대통령은 "김수웅." 하고 조그맣게 말하며 부르자 "네! 소령 김수웅." 하고 파견대장이 크게 대답하며 벌떡 일어난다.

"그래 준비는 잘 되어가나? 그리고 성공할 수 있겠어?"

"네! 성공할 수 있습니다."

김 소령이 자신에 가득 찬 목소리로 대답하자 옆에 있던 이철히가 조그맣게 말하라고 오른손바닥을 아래로 깔고 꾹꾹 누르는 신호를 한다.

"그래, 김일성이와 그놈들 있는 지역들은 완전히 파악은 했고?"

"네, 지형지물, 월별 날씨, 그리고 표고와 좌표 외곽 지역민들의 옷차림새까지 모든 걸 파악하고 실미도 섬에서 철저히 교육시키고 있습니다."

"실미도라면 몇 년 전에 우리 식구들 휴가 갔던 건너편 섬 아니야? 바람도 시원하고 경치가 아주 좋디니만! 그래, 그럼 이제 정식으로 보고해봐!"

김 소령은 대통령 앞에 차트를 세워놓고 비밀지도가 그려진 지도 앞장을 뒤로 넘기며 낙하 투하 좌표, 기구 운용 상황, 작전 침투 인원, 그리고 작전에 투입할 폭약 및 개인 화기들을 보고하며 김일성 비밀 침실을 둘러싼 경계 태세에 대하여 보고하기 위해 기다란 막대기로 차트를 뒤로 넘긴다.

"네, 침실을 중심으로 50m 안에는 완전무장한 밀착경호원 및 가족 그리고 비서와 시중드는 사람 외에는 아무도 접근할 수 없다는 것을 남파공비 취조 과정과 저희 침투조의 정보 및 귀순자의 진술을 종합해서 여러 번 확인하였고, 특히 북한을 방문했던 동구권 정상들의 비망록 등을 취합하였기에 정확한 정보라 확신합니다.

또 100m 안에는 경비 초소와 경호원이 상시 대기하고, 만약을 위해 외부를 향해 크레모아도 다수 설치되어 있는 것도 현지 공작원의 정보로 확인했습니다. 그리고 반경 300m, 500m에도 대공 초소들이 있고 반경 5km 안에는 민가 건물도 아예 없으며, 반경 10km 안은 상시 비행금지구역입니다.

"그러면 아예 힘든 거 아니야?" 하고 대통령이 경비가 너무 심해서 희망이 없다는 투로 묻는다.

"아닙니다. 저희도 거기에 대응해서 레이더에 잡히기 힘들고 만약 잡혀도 새 떼와 구별이 힘든 수소 주입 베론 기구를 이용하여 좌표상 김일성의 침실 바로 위까지 일직선으로 똑바로 날아가 공수침투한다면 긴 시간 끌지 않고 성공적인 작전을 수행할 수 있습니다. 그리고 지상의 낙하 착지를 20초 안에 마무리하고 바로 김일성 사살 작전에 돌입할 수 있도록 일반 낙하산보다 무게와 넓이를 반 이상 작게 특수하게 만들었습니다. 급가속으로 떨어져도 작은 부상도 면할 수 있도록 군화 바닥에 커다란 공기 튜브를 붙여 착지 충격을 흡수하여 안전하고 완전한 작전을 수행할 수 있을 정도로 만들었기 때문에 김일성의 작전 반경 안에만 있다면 적에게 발각되어도 빠르게 김일성의 사살 작전을 할 수 있는 시간이 충분합니다."

"그럼 만약에 실패하거나 잡히면?!"

"네, 작전 시에는 자살용 유리 캡슐을 언제나 마음만 먹으면 깨물 수 있도록 입에 물고 있고, 비상시 자폭할 세열수류탄을 개인별로 지급하여 준비시키겠습니다. 실패 시 또는 적에게 잡히기 바로 직전 캡슐을 깨물면 우리의 정체를 드러내지 않고 깨끗이 상황 종료할 수 있습니다. 그리고 만약을 위해 하나 더 실행에 옮기지 못할 시 공작원들의 체포를 방지하고 청소를 위해 투입조장과 공작원들도 상호 모르는 조원에게 서로 죽일 수 있도록 사살권 및 자결권도 부여합니다."

한참을 말없이 듣고 있던 대통령이 이철히를 보며 묻는다.

"임자는 아직도 북파공작 총괄을 맡고 있나?"

"네, 그렇습니다."

"그렇게들 자신 있으면 작전 한 번 더 세밀히 검토해보고 언제라도 내 명령 실행할 수 있게 확실히들 준비하고 훈련시켜서 대기 상태로 만들고 놓고 보고해봐."

각하는 전전히 고개를 들어 맞은편에 있는 정보부 김 부장에게 한마디 한다.

"임자는 지원해줄 거 있으면 확실히 지원해주고! 성공하여 공을 세우면 커다란 훈장이 있겠지만, 실패 책임도 정보부에서 전부 져야 할 거야?! 그리고 꼭 성공해야 해." 하면서 작은 목소리지만 다부지고 다 들리게 말한다.

"감히 김일성이가 시건방지게 내 모가지를 친다고! 꼭! 성공해. 성공들 하면 약속대로 임자들에게 특별히 신경 쓰지."

누구라 할 거 없이 모인 모든 관련인들이 "감사합니다." 하고 크게 소리 내어 말한다.

12.

　　1971년 8월 25일, 인천 동북산업 야간 근무자는 책상을 때리듯 유난히 급하게 울리는 전화를 책상에 엎드린 채 눈도 뜨지 않고 더듬으며 받는다.

"예예, 동북입니다."

"야! 최 사장 바꿔! 아니 아니, 네가 잘 들어!?"

서울 정보본부 전화다.

"급하니까 네가 지금 최 사장한테 직접 연락해서 전해 알았어?"

그제 일어난 실미도 공작원들 영외 탈영과 총격 사건으로 보안사와 정보부도 총 비상이 걸려있는 상태다.

"지금 당장 철장에 있는 놈 중에 3명만 데리고 빨리 올라와!"

"네, 알겠습니다. 하고 바로 최 사장이 사는 청학동 관사로 전화를 돌린다."

"응, 그래 내가 곧 갈 테니까 준비들 하고 있어!"

당직 요원은 다시 전화기를 들고 최 사장이 빨리 오는지 재차 확인한다.

통신병이 몇 번에 걸쳐 급하게 울려주는 전화벨 소리에 귀찮은 듯 전화를 받던 관사 당번병도 당직 요원의 목소리에 급한 상황을 인지하고 최 사장의 불 꺼진 문앞에 서서 보고를 한다.

잠을 청하려던 최 사장이 본부 연락에 군소리 없이 벗어 두었던 양복을 챙겨입고 방문을 열자 내기하고 있던 당번병이 새빨리 반짝반짝 빛나는 구두를 대령한다. 곧이어 건물 지하에 파 놓은 철창 앞에 나타난 요원들 앞에 덕적도에서 끌려 온 두 명과 말도에서 잡혀 온 세 명의 북파공작원들이 양손을 묶인 채 잠들어 있다가 요원들의 발걸음 소리에 부스럭거리며 머리를 세워 잠을 깨고 있다.

"야! 너희들 3명만 나갈 건데 나가고 싶은 놈 없냐!?"

춥고 불안하고 불편해서 잠도 제대로 못 자던 말도와 실미도, 그리고 선갑도 등에서 불만을 토로하거나 탈영을 시도하다 붙잡혀온 북파공작원 죄수들은 나간다는 소리에 앞뒤 따질 거 없이 서로 나간다고 없는 힘을 긁어모아 무릎걸음으로 철창 앞으로 모여든다.

"음, 전부 나가고 싶다고? 좋아, 그럼 너희들끼리 짱깨미셔(가위바위보) 해."라며 언제 왔는지 늙은 요원이 철창 앞으로 나서며 말하자 다섯 명의 북파공작원 죄수들은 묶인 두 손 중에 한 손의 줄을 움직여가며 약간 위로 올리고 짱깨미셔 준비를 한다.

"너희들, 단 한판이고 오른손만 쳐주고 안내거나 늦게 내면 탈락이니까 정신 바짝 차리고."

밤중에 홍두깨라고 영문도 모르고 훈련 도중 갖가지 이유로 윗선에 찍힌 5명의 북파공작원 죄수들은 늙은 요원이 보이게끔 철망 안에서 빙 둘러앉는다.

"짱깨미 셔! 아리고다 셔!"

"좋아, 이건 너희 4명은 다시." 하고 말하자 떨어진 한 명은 아쉬운 듯 멍하니 뒤로 물러나 그들의 게임을 부러운 듯이 지켜본다.

"좋아! 떨어진 두 놈은 불만들 없지!?" 하고 져서 안됐다는 듯이 물어보는 척한다. 곧이어 철저히 분리된 공작원들이 한 명씩 망토를 뒤집어쓴 채 차에 오르고 있다.

아무것도 모르고 3대의 승용차 뒷좌석에 한 명씩 갈라서 나누어 탄 공작원들은 뒷좌석 양쪽 요원들에게 둘러싸인 채 각 한 조가 되어 어디론가 빠르게 달리고 있다.

최 사장의 명령을 받고 맨 앞에 선탑한 늙은 요원 차는 새벽 무거운 공기 속에 조용한 침묵을 가지고 새벽 통금시간이라 차 한 대 없는 텅 빈 경인도로에 언제 어디서 나타났는지 완전무장한 33사단 헌병대 지프차의 캄보이를 앞뒤로 받으며 뒤따라 달리고 있다.

뒤집어쓴 검은 망토에 가려 보이지 않는 길을 달리며 머릿속으로 여기는 부평, 여기는 소사 하면서 어림짐작 어디로 가는지 추측해보지만 그래도 이렇게 철창에서 나오면 최소한 죽지는 않겠지 하는 희망을 품으면서 지리를 잊지 않으려 검은 망토 안에서 눈알을 굴리며 눈을 감는다. 그러다 느닷없이 눈동자 돌아가는 소리가 들린다며 살고 싶으면 가만히 있으라는 옆 요원의 말에 끽소리도 못하고 가만히 있다.

그 순간, 갑자기 왼쪽 목에 주삿바늘이 찔렸는지 따끔하고 그리곤 몽롱해지며 기억이 없다. 대방동 공군본부 입구에 다다른 요원들의 차는 조금의 망설임도 없이 같은 속도로 정문을 곧장 통과 하기 전에 감보이 하던 부평 33사단 헌병대 차가 우측으로 차를 돌리면서 빠진 후, 정문을 모두 통과하자 임무를 끝냈다는 듯이 부평 일신동 사단 헌병대를 향해 되돌아간다.

뒤이어 내기하고 있던 서울 본부 요원이 나타나서 늙은 요원의 귀에 뭐라고 속삭인다. 천천히 한번 고개를 끄떡인 늙은 요원은 창밖으로 뒤차들에 따라오라고 펴진 손을 흔들고. 헌병대 뒤를 돌아 그들이 도착한 곳은 임시 천막을 치고 버스째 실려 온 실미도 공작원들과 가족을 찾지 못한, 아니 찾으려는 노력도 없이 억울하게 사망한 유족을 찾지 못한 민간인 아가씨들의 찢어지고 떨어져 나간 시신들과 경찰들이 쏜 총알에 맞은 공작원들의 벗겨진 군복 속 총알 구멍 이곳저곳을 하얀 솜 뭉치로 틀어막은 시신들이 널브러져 있는 곳이다.

아무리 세어봐도 모자라는 시신의 숫자를 맞추기 위해 밤새 고민하던 그들이 내린 생각은 아무도 가족들이 소식을 알 수 없는 또 다른 북파공작원을 이용하는 것이었다.

"에이 씨×!"

서울 요원이 배 밖으로 튀어나온 반쯤은 썩어가는 내장을 보며 더럽다는 듯이 시신 위에 침을 퉤 하고 뱉으며 불만에 찬 목소리로 욕을 한다.

각하께서 UDU 대원들만 살려주라는 명령만 않으셨어도 시신이 딱 맞출 수 있는데 UDU 대원은 꼭 살리고 잡아도 풀어주고 사건 자체에서 빼라 하시니 국방부가 공표한 거처럼 인원을 맞출 수가 없고 명령도 어길 수가 없어 할 수 없이 사건과 아예 관계가 없고, 아무것도 모르는 불쌍한 저 북파공작원들이 여기에 오게 된 것이다.

인천 동북산업 요원들이 가마니 위의 사지가 갈기갈기 찢어지고 검은 피가 덕지덕지한 시신의 구멍마다 총알이 뚫고 들어간 자리에 조금씩 삐져나온 하얀 솜들이 핏덩이로 뭉친 채 수많은 구멍이 드러나고, 작은 테이프로 덕지덕지 붙인 번호는 28번까지 이어지다가 잘린 다리를 경계로 끝을 맺고 또 어느 시신은 몸통과 분리되어 따로 노는 손발들 몇 개가 한쪽에 쌓여 있다. 손목들을 옮겨 잘린 부위에 대보고 짝을 맞추며 하나씩 주인인 몸통을 찾아가고 있다.

여기저기 조립식 장난감처럼 찢어지듯이 흩어져 있는 시신들의 손과 발목들을 찾아 짝을 맞추는 것을 보며 억지로 구역질을 참고 있으면서도 '3명의 공작원을 왜 데리고 오라 했을까?!' 하는 의문이 조금씩 풀리기 시작할 때쯤 커다란 덩치에 검은 점퍼를 걸친 험상궂게 생긴 서울 본부 요원이 자기 쪽으로 오라고 손가락 하나를 까딱까딱 손짓한다. 잠시 멍하게 있다가 간신히 정신을 차려 느긋하게 움직이니 너희들이 대신 모가지를 댈 거냐며 소리를 빽 질러댄다.

세 명의 공작원들 누구도 제대로 눈도 뜨지 못한 채 중심을 잃고 양쪽에 붙잡은 요원들에 의해 축 늘어진 채 동공이 풀린 눈으로 멍하니 간신히들 버티듯이 서 있다.

바닥 쌀가마니 밑에 비료 비닐 포대들이 겹겹이 깔려있고, 그 아래에는 쓰다 버린 군데군데 찢긴 자국이 선명한 두꺼운 군용 천막도 핏덩어리를 품은 채 넓게 펼쳐져 있다. 동북산업 요원들이 의식 없는 공작원들을 한 명씩 데려가서 가마니 위에 길게 눕힌다.

잠시 후, 서울 요원이 어디서 구해왔는지 날이 시퍼런 커다란 작두가 공작원 옆에 놓이자 서울 요원은 작두 칼을 눌러 밟고 날 끝에 연결된 손잡이 구멍에 이어진 하얀 나일론 줄을 위아래로 젖히면서 뭐하냐는 듯이 인천 농북산업 요원들의 눈을 째려보듯 바라본다.

곧 그 뜻을 알아차린 요원이 공작원의 머리를 작두 날 아래에 목을 놓고 공작원을 길게 눕히고 일어서는데 험한 서울요원의 기합소리와 함께 뚝 소리가 나고 사방으로 뻗쳐 퍼지는 시뻘건 핏발이 휘날리며 작두 날을 경계로 좌우로 갈라선 공작원의 몸통과 반 바퀴 굴러 아래로 떨어진 머리통이 각각 딴사람인 양 몸은 몸대로 머리는 머리대로 통통 튀고 목이 잘려 구른 눈은 좌우를 보며 놀라다 곧 눈을 부릅뜬 채 멈춰있다.

"이 작두 오랜만인데도 아직도 쓸만하네! 당신들 이 작두가 무슨 작두인지 알아?"

인천 요원들 앞에 자랑스러운 듯 서울 요원은 굴러떨어진 공작원의 머리통을 옆으로 뻥 차서 밀어 놓으며 작두 자랑을 한다.

"이 작두가 몇 년 전 북한놈들 떼로 넘어왔을 때 김신주 조사하면서 우리 명령받고 북으로 넘어간 애들의 조장 머리 잘랐던 그 유명한 작두야. 그리고 이 작두의 임무는 각하를 위해서 오직 인간들 목만 자르지!"

그리고 다음 공작원도 피가 흥건한 작두에 같은 자세로 누워 똑같은 길을 가지만, 마지막 3번째 공작원은 정신이 돌아왔는지 흰자위가 보이는 놀란 눈에 바지에 오줌과 똥을 싸대고 냄새를 풍기면서 풀리지 않는 입술은 알 수 없는 목소리로 울부짖고만 있다.

그도 요원들에 힘에 의해 작두에 놓이긴 마찬가지이고, 다른 게 있다면 인천 동북산업 요원들에 의해 움켜 잡힌 머리가 꽉 눌리고 다리가 꽉 잡힌 채로 목이 날아가며 뿜는 피가 머리를 잡은 인천 요원의 얼굴에 뿌려지자 기절초풍을 하며 뒤로 쓰러진다.

다리를 잡았던 요원은 아직도 신경이 살아 톡톡 튀고 있는 다리를 꽉 잡고 손바닥이 펴지지를 않아 놓지를 못하고 고개를 돌린 채 달달 달 떨고 있다.

머리통을 잘라내던 서울 대원은 뭐가 부족한지 작두 대신 곁에 세워져 있던 무거운 오함마를 집어 들더니 굴러떨어진 공작원들의 머리들을 향해 발걸음을 옮겨가며 골이 부서지고 얼굴이 찌그러지도록 휘둘러 짓이기기 시작한다.

"저 머리통들은 쓸데없으니까 갖다 버리고 저기 몸통들은 군화들 신겨서 저 시체 있는 데로 옮겨. 자! 자! 그러면 죽은 놈이 20명, 산 놈이 4명이라고 했으니까 우리는 이렇게 20명만 맞추면 되잖아? 여기 3명까지 딱 20명 됐지?"

"저기 갈기갈기 찢겨 흐트러진 젊은 여자도 2명이 있는데 어떻게 할까요?"

대원 한 명이 여자들의 주머니 속에 있던 사진이 있는 주민등록증과 소지품을 꺼내 들며 묻는다.

"왜 그리 생각을 깊이 해?"

"어떡하긴 섞어서 관속에 나눠 담아서 묻어버려!"

괜히 유족들 나타나서 골치 아프게 하지들 말고 하면서 서울 지휘자의 수고했다는 말을 끝으로 작업자들에 의해 닦여진 새파랗게 날이 선 작두는 서울 요원이 잘 싸서 검은 비닐봉지로 꽁꽁 감아 싸서 봉하고 줄로 꽁꽁 매서 오늘 밤 정보부에서 또 쓸 일이 있을 거 같다며 잘 챙겨서 신수 모시듯 정보부로 가져간다.

"그리고 우리는 여기까지이니까 상부에 보고해. 실미도 부대원 놈들 한 명도 도망간 놈은 없다고 발표하고 만약 아직도 안 잡히고 날뛰는 놈이 있으면 북에서 넘어온 공비 놈이라고 신문사에 말하고, 그래도 정의에 불타서 윙윙대며 날뛰는 기자 놈 있으면 시범 케이스로 월미도 애들 풀어서 단단히 한 번 더 입단속시켜! 괜히 영웅심에 나라님 욕하며 아가리 나불대는 놈 있으면 누구든 남산에 데려오면 시범은 우리가 단단히 보일 테니까."

비워진 작은 관짝에 공작원들이 한 명씩 비닐에 싸인 채 머리 없는 시신들 3구가 마지막으로 동아줄에 둘둘 말리듯이 작은 관짝에 구겨져 담기고 폭발에 찢어진 누군지 모를 팔과 썩어가고 있는 냄새나는 살점과 내장들을 틈새 있는 관짝 시신들 옆에 아무렇게나 끼워 넣는다.

무더운 여름날, 시신용 냉장고는 몇 개 없는데 갑자기 20여 구의 시신이 생기자 일부만 간신히 냉장고에 넣고 나머지는 군용 천막과 판초우의에 며칠을 걸쳐 놓여있는지라 썩어가는 시신들에 달라붙은 파리 떼는 그렇다 쳐도 시신들의 몸통을 타고 오르내리는 구더기가 보이기 시작한다.

더운 여름날, 살아난 기간병들과 함께 사망한 공작원들의 신분 확인 후 냉장고에 얼렸던 일부 시신들을 정리하던 요원들도 썩어가는 냄새를 참기 힘든 듯 계속 인상을 찌푸리며 관짝에 못을 틈새도 없게 때려박고 짧고 작게 만든 관들을 담벼락 옆에 4단으로 쌓아놓고 파란 천막으로 덮어 놓는다. 그리고 검은 봉지에 2중으로 싸서 피가 뚝뚝 떨어지는 부서진 머리 3개를 인천 동북산업 요원들에게 가져다 버리라고 말하자 더럽다는 듯이 몸에서 길게 손을 뻗어 멀찍이 젊은 요원이 집어 들고 나온다.

인천 요원들도 철망 안에서 죄수 공작원들을 처치해 봤지만 모두 신기촌 화장터에서 처리했지 저렇게 많은 시신과 머리를 작두로 직접 잘라서 처리하는 것은 감히 생각조차 못 해봤다. 되돌아오는 인천 동북산업 요원들도 아직도 떨리는 심장을 진정시키지 못하고 있다. 늙은 요원은 찡그린 얼굴로 차에 오르고, 나머지 요원들도 조용히 공군본부를 나온다. 공작원들의 부서져 으스러진 머리통 3개를 뒤 칸에 실은 승용차는 일행에서 일찌감치 빠져 인천 앞바다로 계속 달린다.

그날 밤, 시신들이 관짝마다 땀 흘리듯 녹아내리고 바닥에는 흥건한 작은 물웅덩이가 생긴다. 과연 누가 알까! 천막에 처진 게 대한민국을 위해 북파 임무를 수행한 공작원들이고 대한민국의 국민을 지키기 위하여 독재 정권에 대항하다 사망한 영웅들의 시신이란 걸!

연병장이 민간인 유족들의 울음소리에 시끄러운 중에도 많은 민간인들이 공군 본부에서 마련한 의자에 앉아 있고, 군 간부와 외부 인사들이 실미도 사건 민간인 추모식과 발인을 위해 잔뜩 모여든다. 억울하게 죽은 민간인 가족이 울며불며 억울함을 토할 때도 담벼락 옆 공작원들 시신이 담긴 관짝도 억울함을 달래지 못하는지 더운 여름날 햇빛을 받아 더 많은 굵은 얼음물이 흘러내리고 있다.

마치 공작원들 시신의 한 서린 눈물처럼 흘러내리고 철천지원수인 기간병들의 추모식이 벌어질 때는 담벼락 시신의 한쪽이 죽어서도 억울한지 흔들리며 뭉개져 내렸다.

우리를 괴롭힌 기간병과 교관들을 위한 목탁 울림속에 스님의 염불하는 소리가 들리지만 아무런 의미를 느끼지 못한다.

13.

"으음! 통신보안! 반 민간인 김 병장입니다."

관짝 같은 군용 전화기가 나무 박스 안에 길게 드러누워 있다가 책상 바닥을 타다닥 치듯이 요란하게 울리자 김 병장이 점잖게 전화를 받는다. 본부 동기인 당직 하사 전화인 줄 알고 김 병장이 농담을 섞어 장난을 친다.

"너! 뭐야? 빨리 너희 부장 바꿔!"

"네, 하지만… 누, 누구십니까!?"

"하지만은 무슨 하지만. 빨리 검찰부장 바꿔."

"그래도 누구신지는 알아야…. 김 병장이 건너편 책상에서 서류를 들춰보고 있는 유 부장의 눈치를 보며 말을 더듬고 있다."

"김 병장, 누군데 그래?"

수화기를 들고 얼버무리며 어중간하게 있는 김 병장에게 당직을 서며 상부에 보고해야 할 서류들을 이리저리 넘기며 확인을 하던 유 부장이 묻는다.

"무조건 바꾸랍니다."

"응, 그래."

김 병장은 수화기에 대고 부장님 전화로 바꾸라고 통신실에 근무 중인 아래 기수 백 병장에게 말하자 특별히 연결된 전화가 없어 다 듣고 있던 백 병장이 말도 떨어지기 전에 재빨리 연결했던 빨간 선을 뽑아 부장 전화 연결을 위해 아주 깊이 꽂는다.

오늘 아침에도 출근하자마자 헌병대 중대장인 김 대위와 함께 오류동에서 총살할 실미도 공작원 4명을 국방부장관 사형 집행명령서와 함께 사형 집행에 필요한 기타 서류들을 헌병대 중대장 김 대위를 통해 인계하면서도 한동안 정들었고, 더구나 국가의 아니 불법 군사 쿠데타로 군림한 독재자의 잘못된 판단과 욕심에 너무나도 허무하고 억울하게 죽은 거라 생각하니 가슴이 아팠던 유 부장이었다.

오전 11시에 가까운 시간에 시작한 사형 집행은 순조롭게 이어나갈 줄 알았지만, 사형 집행을 하기도 전에 현장에는 어떻게 알았는지 민간인 헬기가 사격장의 붉은 흙이 휘몰아치고 나뭇가지가 꺾일 정도로 낮게 떠서 카메라 망원렌즈로 근접촬영을 했다는 헌병 소대를 인솔했던 소대장의 보고도 있다.

헬기의 신문사 로고를 보고서는 책임자인 권중금 검찰관은 함께 자리한 군종의 기도나 체포 공작원의 유언을 들을 여유도 없이 고개 숙이고 앞으로 고꾸라진 채 허리가 꺾인 그들의 사망을 확인하고는 현장을 감추기에 바쁘다.

작업현장에 급히 가져온 천막 등으로 가리면서 속전속결로 총살을 집행한 후에 현장 도착부터 사형 집행까지 근 40분 만에 끝내고 모든 상황은 병력의 부대 복귀와 두돈반 트럭으로 시신을 모처로 이동 처리한 후 종료했다.

14.

국방부에서는 연말에 청와대에 보안사령관을 대동하고 불려들어갔던 국방장관은 얼굴이 굳은 채로 의자에 앉기도 전에 대기 중인 공군과 육군 참모총장과 대변인, 그리고 인사참모를 불러들인다.

굳은 표정으로 앞에 놓인 차만 연거푸 마셔대는 국방장관과 이유를 몰라 서로 눈동자만 굴리고 있는 인사참모와 대변인이 서로가 무슨 일인지를 몰라 장관의 입만 한참을 바라보고 있다.

겨우 자세를 고쳐 앉은 국방장관이 청와대에 따로 불려가 이빨을 꾹 누르며 작은 목소리로 진급 운운하며 지시를 내리는 각하에게 충격을 받았는지 겨우 입을 열기 시작한다.

"각하께서 다른 특수부대에서 또 들고 일어날까 봐 무지 불안해하시는 거 같아서 그들 실미도 부대 체포 공작원들을 빨리 처리해야 할 거 같습니다."

"아니, 단도직입적으로 말하지!"

"될 수 있으면 대법원 재판은 아예 하지 못하게 무조건 막고 빨리 사형 집행을 하라는 내부명령이 떨어졌고, 신문이나 방송에 나가지 않고 체포되어 수원과 인천 군부대에 있는 놈들은 더 조사할 필요도 없고 재판할 필요도 없이 그냥 없애라고 구두지시로 명령이 떨어졌어요. 지금 뉴스에 나와 공군에서 4명의 군사재판이 열리고 있는 것은 할 수 없지만 만일을 위해서 가족이나 관련인 면회는 철저히 차단하고 할 수 있다면 상고도 최대한 막아서 절대 민간 대법원까지는 가지 않도록 합시다.

만약 그놈들이 상고를 하면 대법원에 서류가 넘어가기 전에 쥐도 새도 모르게 죽인 후 또 탈영했다고 군대 몇 번 출동시키고 동북산업의 협조받아 시신 네 구 만들어 북으로 넘어가다 사살됐다고 발표하고 입단속 시킨 사병 두세 명 헬기에 태워 휴가 보내면 안 믿을 국민 없을 겁니다. 그리고 지금 체포된 공작원들이 총 몇 명이고 어떻게 분산 수용되어 있는지 6관구 소속 각 부대에 알아보고 보고 올리도록 해요."

"암만 각하께 직보를 하는 보안사령관이라 해도 국방장관인 내가 직속 부하인 보안사령관에게조차 체포된 인원을 제대로 보고받지 못한다는 게 이게 말이 돼?!"

그렇게 불만이 쌓여 화를 내는 국방장관이지만 옆에 있는 육사 출신에 하나회 회원인 보안사령관은 청와대에 직보 라인이 있어서인지 상관인 장관의 불만엔 눈 하나 깜짝이질 않는다.

얼마 전 보안부대원들이 상급자들을 무시하는 것은 물론 보안대 하사가 중대장인 대위를 부대원들 앞에서 구타한 일을 문제 삼아 군의 지휘계통의 질서를 어지럽힌다는 경고성 편지까지 받았지만, 보안사령관 본인부터 국방부 최상급자인 국방장관에게도 실미도 부대 사건에 대한 제대로 된 보고가 없는 것이다. 곧이어 인사참모의 답변이 시작된다.

"네, 장관님! 제가 알기론 대방동 공군 본부 헌병대에 부상당한 채 치료받으며 체포된 4명이 재판 절차에 따라 사형을 언도받고 군법에 의해 미결수 신분으로 수용되어 있고, 오류동 공군 보안부대와 부평군 부대 내의 임시 수용 시설에도 정확히는 모르지만 각각 2명 이상 복수의 실미도 체포 공작원들이 수용되어 있는 걸로 알고 있다고 말하면서 정확한 정보는 모르겠지만 인천 만포개발단에도 몇 명이 임시 수용되어 있을 수 있다고 말하며 보안사령관의 눈치를 살펴보지만, 보안부대장은 아무런 표정이 없고 말도 없다.

그럼 그들 4명은 무슨 일이 있어도 대법원 상고 못 하게 어떻게든 포기시키고 다른 놈들은 절대 언론에 노출시키지 말라며 보안사령관을 보면서 말한다.

그리고 체포된 다른 놈들은 시간이 촉박하니까 조사만 하고 기소나 재판은 아예 하지 말라고. 국방장관이 공군총장을 바라보며 말하자 가만히 듣고 있던 인사참모가 깜짝 놀라며 말한다.

"장관님, 재판을 하지 않으면 공작원들이 벌인 초병 살해와 민간인 살인 그리고 납치 등 그들의 중대한 죄를 아예 물을 수가 없어 정상적인 대국민 결과 발표를 할 수가 없습니다."

잠시 정적이 흐르고 군사영어 1기인 국방장관을 무시하듯이 옆에서 삐딱하게 앉아 있던 하나회 소속 육사 8기 보안사령관이 허리에 찬 권

총이 불편한지 아니면 건너편에 앉아 있는 인사참모에게 무언의 협박을 하려는지 총구를 인사참모가 앉아 있는 곳으로 향하게 하고 연거푸 주물럭거리며 한마디 한다.

"한 10여 년 전에 어느 해인가 제가 경기도 부평 일신동 33사단 지역에서 사다 참모로 근무할 때 3월달 월급날에 맞추어 부평에 있는 사격장에서 고재봉이를 총살로 사형 집행한 적이 있습니다. 이번 사형 집행이나 총살처리도 그 정도 날짜에 맞추면 어떻겠습니까?"

오류동이 원소속 부대인 재판받는 4명은 오류동 그쪽 사격장에서 사형 집행하면 되고 나머지가 문제인데 언론에 발각 안 되려면 같은 시기에 맞추어 인천에서 잡힌 놈들은 수원 비행장과 가까우니까 활주로 끝에서 비행기 뜰 때 총 쏴서 죽이면 되고 부평은 여기저기 옮길 필요 없이 고재봉이 사형 집행 했던 곳인 그 부대 자체에서 그냥 쏴 죽이면 된다고 명령하듯이 의견을 말한다.

하나회원인 별 두 개짜리 보안사령관이 일반 군인이라면 감히 쳐다보지도 못할 대선배들인 별 4개를 단 공군과 육군참모총장 앞에서 조금의 망설임이나 예의도 없이 명령하듯이 말해도 일언반구도 못하는 별을 네 개나 단 안육사 출신인 육군과 공군참모총장이다.

갑종장교 출신인 인사참모와 대변인도 대답은 안 했지만 6·25까지 참전했고 대선배로 대놓고 거부한 것도 아니고 자신들도 모르는 사이에 생각할 겨를도 없이 무언의 동조를 하고 만다.

공군참모총장은 청와대에 직보하는 보안사령관의 힘을 알고 별 네 개도 보안부대에 끌려가면 일단 얻어터지는 건 어제 입대한 이등병과 하등 다를 게 없고, 일단 보안대에 끌려가면 계급은 아무것도 아니란 걸 알기에 아예 이렇다 할 말이나 표정도 없다.

그렇게 지난 연말 국방부 지휘부 내에서 오고 가던 말이 두세 달 후에 현실이 되어 4명의 총살사형 집행 문서가 국방부장관의 직인이 서류 아래 사각으로 커다랗게 빨강 인주에 찐하게 찍힌 채 공군참모총장 등 지휘계통의 서명을 거쳐 정식으로 검찰부장의 손에 문서화되어 와 있는 것이다.

3월 화창한 늦겨울인데도 봄처럼 소풍을 재촉하는 날씨에 공작원인 4명의 애국자들은 아무것도 모른 채 죽음을 향해 넓은 아스팔트 코너를 돌아 덜컹거리는 오르막 산길을 바꿔 타며 오류동 부대 사형 집행장으로 향하여 올라가고 있다.

그 시각 조금 전에 국방부장관의 사형 집행 명령서도 아니고 정부 모 부처의 체포 공작원 총살처리 협조문을 수령한 인천 모처의 기관장은 3명의 실미도 체포 공작원들을 싣고 해안선을 따라 수원에 있는 비행장으로 향하고, 일부 체포 공작원이 감금된 부평군부대는 암매장 장소를 찾느라 시간을 지체하다가 다음 날 이른 새벽 동이 트기도 전에 체포 공작원들을 세면 수건으로 눈을 단단히 가린 채 부대 내 사격장으로 소수의 총살집행 인원만 대동한 채 움직인다.

15.

그렇게 실미도 공작원들은 거의 비슷한 날짜에 재판 받은 이들은 사형 집행을, 그리고 나머지 체포 인원들은 그들이 감금된 곳에서 가까운 비행장 활주로 끝이나 또는 감금했던 부대 내에서 대한민국 국군과 독재자의 명예와 편의에 따라 총살로써 억울하게 죽음을 맞이한다.

다가오는 대통령 선거에 악영향을 끼칠 위험 요소를 없앤다는 명분 아래 실미도 일부 체포 공작원들은 기소와 재판도 없이 총살로 아주 억울한 죽임을 당하고 관도 없이 버려지듯이 암매장된 그때도 각하의 영부인은 12월에 있을 8대 대통령 선거를 위해 나환자촌을 방문하여 그들의 일그러진 얼굴과 뭉툭한 손을 꽉 잡고 신문과 티비에 대서특필할 사진 찍기에 바빴다.

지난 무덥던 여름부터 몇 개월 서로 조사받고 조사하다 보니 외딴섬 실미도에 너무나도 억울하게 끌려와 인간 이하의 취급을 받으면서도 남북으로 갈라진 나라를 위하여 북괴 김일성의 목을 베겠다는 단 하나의 목표를 가졌던 그들에게 불쌍한 생각과 인간적으로 정 아닌 묘한 감정이 들었고 유언을 받아 적은 서류를 볼 때는 미운 정 고운 정이 생겨서인지 차마 읽기가 힘들어 일단은 맨 뒤로 옮겨 놓았다.

"못난 놈들! 죽을 때라도 보고 싶었던 어머니, 아버지를 원 없이 불러는 봐야지!? 구창이도 애들이 눈에 밟혔을 텐데 한이 안 되려면 애들 이름이라노 불렀어야지."

"대한민국 국방부와 조국이 너희들에게 해준 게 뭐가 있다고, 그리고 북파공작원으로서 무슨 놈의 미련이 남았다고 마지막 가는 중에도 대한민국 만세를 부르고 애국가를 쳐 불러!? 그것도 4절까지나!? 쯧쯧 못난 놈들!"

총살당한 공작원들의 처지를 알고 있어서 더욱 측은함을 느끼는 유 부장은 그들의 억울함을 안다는 듯이 혀까지 차며 정보부와 보안사 그리고 검찰관 하다못해 헌병대 말단 부사관까지 동원해 사실을 말 못하게 막고 방해하며 더구나 부모 형제를 해친다는 등 가족의 목줄을 잡고 해대는 협박에 못 이겨 우리는 북파 부대가 아니라 대국민 테러부대라고 체포 초기 고문까지 받아가며 보안 부대에서 그렇게 외치던 진실을 공식적으로는 단 한마디도 못하고 죽은 공작원들의 한 맺힌 억울함에 가슴 아파한다. 그리고 "김일성의 목을 못 따서 죄송하다니…" 한참 유서 내용을 훑어보던 유 부장은 이 문구를 어디서 많이 들어본 것 같은 느낌이 든다.

'그래 맞아!' 오류동 정보부대 갔을 때 깡패부대 내무반 출입구 앞에

"김일성의 목을 반듯이 따온다."라고 커다랗게 써 있던 그 구호였던 것이다. 그리고 4년 전 남파공작원 김신주가 기자회견 첫마디로 "내래 박정희 목 따러 왔수다."와 너무나도 비슷하지 않은가?

'나 참!' 구호가 어떻게 유언이 될 수가 있고, 자수한 북한 공작원의 기자회견 인터뷰와 내포한 내용이 너무나도 똑같아 소름이 끼칠 정도로 섬뜩함을 느끼며 유언의 내용을 믿지 못하겠다는 듯이 고개를 갸웃해 본다.

이어서 다음 페이지를 넘겨보니

"국가를 위해서 싸우지 못하고 …." 가족이 있는 본성을 가진 인간이라면 죽을 때 본능적으로 찾거나 부르는 게 있는데 "국가를 위해서 …." 이런 말이 사형당하는 피집행자의 유언이라고…. 그것도 나름 억울하게 죽는데 그런 말을 할 수가 있다니 조금이라도 생각이 있다면 그 누가 믿을까!

학벌이 더럽게 좋은 나라 망치는 대학을 나와서인지 권중금 군검찰관 대가리로 꼴리는 대로 막 지어내서 적었다고 생각하니 유 부장도 인간인지라 한편으로는 이 상황이 슬프기도 하다. 과연 이 말을 유언이라고 믿을 사람이 있을까? 이왕 가라로 쓰는 유언이라도 어머니 찾고 두고 간 아이들을 생각해서라도 인간적으로 울부짖는 부분이 있게 써줘야지! 하기야 나도 군바리지만 군바리 대가리에서 그런 사람 같은 정상적인 생각을 했겠어?!

유 부장은 사형 집행 현장을 다녀온 하사관으로부터 들은 말이 있어 고개를 갸우뚱한다. 듣기론 생각지도 못한 민간인 헬기가 떠서 사형 집행 현장을 급하게 감추기에 바빴다는데 그 시끄러운 프로펠러 소리에 언제 유언을 들었으며, 언제 군종이 그들에게 기도를 해줬다는 거고, 가지도 않은 스님이 갔다는 건지 이해가 안 가고 헬기 소리에 무슨 놈의 대한민국 만세를 들었고 애국가를 불렀다고 서류에 기록을 하는지….

하기야, 가장 가깝게 있던 사형 집행 하사관마저도 애국가나 대한민국 만세를 직접 듣지를 못했고, 다른 현장 관계자로부터 들은 거 같다고 조금 전 전화로 확인할 때 답하지 않았던가!

쯧쯧 제대로 된 나라라면 마지막 가는 놈들 한 맺힌 유언이라도 제대로 들어 줬어야지. 그 중요한 유언을 책상 대가리에서 지들 꼴리는 대로 대강 써?! 똑똑하기만 하고 인정머리라고는 쥐꼬리만큼도 없는 법무관실 검찰관 대가리에서 얼마든지 나올 수 있다는 것이 같은 공군 보통군법 검찰관으로 꼭 그렇게까지 비인간적으로 유언도 안 듣고 제대로 된 기도 한 번 안 했을 정도로 냉정하게 처리해야만 했었는지 허무함을 느끼게 되는 것이다.

기둥에 묶여 세상을 하직하는 그 순간까지도 사형 집행 공작원들은 남은 가족들이 자기들 때문에 국가로부터 피해를 입을까봐 사실적이고 제대로 된 유언을 하지도 못한 거 같다.

아니 유언을 했더라도 비밀이 있을 시 보안상 사실적으로 적을 수가 없어서 군검찰관과 수사팀은 책상머리에서 상황에 맞게 대강 적어 놓은 것 같은 생각이 강하게 들지만 유 부장은 총살을 집행한 권 부장과 부딪치고 싶지 않아 누가 적었는지 확인하지 않고 그대로 덮어 버린다.

조국인 대한민국이 실미도 부대에서부터 사건의 해결까지 자기들에게 무대포로 한 것처럼 고향에 있는 부모형제에게도 해코지할까 봐 죽어갈 때까지도 실미도에서 있었던 계속되는 연일 구타와 언제 죽을지 모른다는 불안감에 억울하고 인간 이하의 삶을 살았던 것을 차마 말 못하고 오늘 총살당한 공작원들은 작년 사건 당일 대방동 버스와 경인가도에서 도중에 뛰어내린 후 체포된 실미도 공작원들 중 일부인 것이다.

왜 자기들이 사건을 벌였는지 하고 싶은 이야기는 얼마나 많았을까? 체포된 공작원들은 곧 죽을 줄 알면서도 독재자 각하를 위하여 정보부의 대국민 테러에 동원되기 위한 훈련을 받았다는 것을 사랑하는 가족의 안전을 생각해서 그 백이 제일 세다는 국회의원들의 질문에도 목구멍까지 밀쳐져 온 답은 차마 입도 뻥끗하지 못했다.

국방부의 지시로 헌병대와 부대 상관을 통한 협박대로 자국민을 죽이는 대국민 테러요원 활동을 안 하려고 공작원들이 사건을 일으켰다는 실미도 사건의 본질은 배고픔과 구타라는 단순 불만이 쌓여서 벌인 난동으로 굳어져 변질된 지 벌써 오래다. 그리고 심한 구타는 사실이지만 하도 많이 맞아 웬만한 타격엔 만연되어서 나름대로 적응했고 배고픔도 실미도 탈출의 직접적인 원인도 아니었다.

그 이유는 밥은 귀했지만 사시사철 눈치 보여서 그렇지 조금만 노력하면 일 년 중 더운 몇 개월 빼고는 기간병들 눈길을 피해서 생굴은 얼마든지 따 먹었고, 낙지도 잡고, 조개도 캐고, 물 위로 날아다니는 송어만 해도 널려있는데 우리가 푸짐하지는 아닐지 몰라도 배고파서 탈출했다는 말만은 사실이 아닌 것이다.

배고픔을 달래기 위해 쥐나 뱀 잡아먹었다는데 어디까지나 뻥은 뻥이지?

섬이라 서해 바다 사방으로 널린 게 튀어 오르는 숭어고 바위마다 다닥다닥 붙어 있는 게 굴과 소라인데 더군다나 밀물 때 뽀글대는 구멍만 잘 살펴도 낙지나 쭈꾸미는 기본으로 잡아 질리도록 먹을 수 있는데 일부러 바위만 잔뜩인 실미도에서 땅굴 파서 뱀과 쥐를 잡아먹었다고? 육지 주둔 어느 부대에서 주워들은 말을 사방이 바다이고 밀물 때는 일부가 갯벌인 섬에서 훈련하던 실미도 공작원들에게 억지로 끼워 맞추지들 마.

쌀밥을 못 먹고 월급을 못 받아 힘들었다는 거지 쫄쫄 굶었다는 뜻의 진술은 한 적이 아예 없었던 공작원들이다.

하기야, 체포 직후부터 보안부대에서 받을 조사 다 받은 후에 공작원들을 넘겨받은 공군 검찰관이 수사하는데 아무리 검찰관이라 해도 조사와 수사를 끝내고 도장 다 찍어 각본을 만든 보안부대와 정보부가 버티고 있었다. 그리고 공작원들의 신변도 한참을 지나서 인수했는데 정상적인 수사 결과가 나오긴 애초부터 생각조차 할 수 없었던 것이고 그렇게 할 의지도 없었던 군검찰관들이다.

너무나 억울한 공작원들은 독재자를 위한 대국민 테러를 하지 않기 위해 일어난 이 사건은 수사를 담당한 공군보안부대 수사과의 모든 요원들과 공군 법무관과 수사한 검찰부 요원들은 너무나 잘 알고 있지만 감히 보안부대나 정보부의 눈치를 보지 않고 수사를 할 간 큰 공군 검찰관은 아예 없는 것이다.

현실적으로도 10년을 채워야 변호사 개업 자격을 얻는 유 부장 같은 신분의 일부 검찰관과 제대가 얼마 남지 않아 좋은 게 좋다고 국방부와 청와대의 기분을 맞춘 권중금과 몇 명의 군법무관들이 정보부와 윗선의 눈치를 보며 대국민 테러 부대로 전환한 실미도 부대 사건을 알아서 감추고 조작해 주어 공작원들에게 모든 걸 뒤집어씌운 조서를 작성한 보안대에서 넘어온 거의 그대로 새로운 검찰 조서를 작성한 것이다.

농촌 논두렁에 앉아 국민을 위하는 척 총으로 세워진 정권이 농민들과 막걸리 쇼를 하며 웃고 있는 군사독재자의 정권 안위 때문에 공작원들은 죽는 그 날까지도 그들의 억울함을 단 하나도 풀지 못한다.

오히려 일부 조서는 단순히 배고프고 구타가 심해서 탈출해 사건을 일으킨 것처럼 오해를 불러일으켰고 모두가 참는 군대 생활을 그것도 참지 못했다는 더 커진 국민들의 원망과 억울함을 가지고 낮게 나는 헬기 바람에 얼굴에 쓴 검은 두건이 착 달라붙는 삭막한 사형장에서 아군의 과녁판이 되어 이승을 떠나갔다.

대한민국만을 생각하고 사랑한 실미도 부대 공작원들에게서 그들을 배반한 조국과 보고 싶은 가족 중 과연 무엇이 더 중요한지 되묻고 싶다.

계속 서류를 넘기던 손을 멈추고 이놈은 나보다도 나이가 일곱 살이나 많고, 군대도 나보다 먼저 오고 혼인신고를 못 해 호적에도 올리지 못한 어린 삼 남매 애들이 보고 싶다고 죽기 전에 딱 한 번만 볼 수 있게 해달라고 "검찰관님! 검찰관님!" 불러대고 목까지 쥐어뜯으며 철창의 굵은 철망을 끊을 듯이 흔들어대고 저항하더니만, "결국 그 애들도 못 보고 죽어 그 원한이 얼마나 쌓였을까?" 하며 마치 자기 일인 양

깊은 한숨을 쉬며 전화를 건네받은 유 부장은 헛기침을 하며 수화기를 귀로 옮긴다.

"네, 대위 유태임 전화 바꿨습니다. 누구십니까?"

유 부장은 수화기 너머 들려오는 목소리는 얼마나 담배를 피워댔던지 가래 끓는 소리만 들어도 단번에 그가 누구인지 알았지만 모르는 척 되묻는다.

"누구십니까?"

"어, 오랜만이오! 나 모르겠소?"

유 부장이 모르는 척 잠깐 뜸을 들이자 상대방이 먼저 입을 연다.

"어어! 여기 주안 동북산업 최 사장입니다."

그는 이번 인천 실미도 사건을 수사하면서 업무상 몇 번 만난 사이로 정보부를 끼고 공군보안부대와 함께 수사를 거의 방해 하다시피한 인물로 보기만 해도 저절로 피하고 싶고, 심한 욕을 하고 싶은 대상으로, 인품과 인격은 아예 찾아볼 수 없는 인물이다. 그런데 무슨 일로…? 가까스로 가슴에 쌓인 찜찜한 마음을 가다듬으며 물어본다.

"유 부장 그간 오고 간 정도 있고 오랜만인데 내가 반갑지도 않소?"하며 억지로 껄껄대며 반가운 기색을 한다.

유 부장이 대답이 없자 멋쩍은 듯 용건을 바로 이야기하는 최 사장이다.

"내일 아침 기상하자마자 그놈들 인솔할 버스 좀 끌고 와요."

"무슨 말인지? 그리고 버스는 출근하는 간부들에 배당되고 더구나내 담당도 아닌데요."

"이봐! 뭔 말이 그리 많아?! 수송부 수송관하고 한 부대 아니야? 그리고 배 튀어나온 간부 놈들 하루쯤 뛰어서 부대 출근하면 어때서 그래? 까라면 까고, 오라면 와야지! 당신들 우리가 시키면 시키는 대로 하는 군바리 아니야? 군바리는 그래야 하는 거 아니야?! 안 그래 유 부장!? 그리고 반드시 당신들 출퇴근하는 버스여야 합니다. 출근버스, 알겠소?"

최 사장이 강하게 또 한 번 강조하며 목소리를 높인다.

"그래도 우리는 윗선에 보고도 해야 하고, 수송부에 배차를 부탁해야 하는데 적어도 이유는 알아야 하는 거 아닙니까?"

용기를 내며 유 부장이 감히 정보부 쪽 간부에게 말도 안 된다는 듯이 항의에 못 미치는 인간적인 푸념을 조정까지 해가며 알아서 깨갱대며 말한다.

"이봐 유 부장! 지금 나한테 말대꾸하는 거야?"

정말로 유 부장은 무슨 대꾸라도 해야 하는데 전혀 생각이 나질 않는다.

유 부장도 대위로 클리포드 들고 책상머리에 앉아 최신 4벌식 타자기를 앞에 두고 피의자 조서를 꾸밀 때는 조사받는 별들 앞에서 짝다리도 해보고 조사실에서 맞담배도 피워 봤지만, 정보부의 최 사장은 보이지 않아도 기에 눌려 유 부장의 법무관 끝발 자체가 아예 먹히질 않는다.

감히 검찰관을 하면서 목구멍까지 넘어온 말을 삼키며 최 사장한테는 뭐라 말도 못하고 안하무인격의 인격 없고 예의 없는 그의 말 같지 않은 말을 듣는 척하며 억지로 듣고는 있다. 최 사장이 담배를 빨았는지 캑캑 가래 섞인 목소리로 뜬금없이 재차 말한다.

"근데 유 부장은 내가 어떤 놈이란 건 알고는 있소?"

유 부장은 겉으로는 표현을 못 하고 속으로만 '그럼 너 같은 악마는 알고도 남지.' 하면서도 똥개 새끼라고는 차마 말은 못하고 수화기든 손을 멀리 띄운 채 가만히 듣고만 있다.

"지난번에 실미도 공작원들 수사할 때 더럽고 치사한 거 경험하고 알았으면 나 열 받지 않게 더 이상 건들지 마슈. 그리고 사실 내가 여기서 월급 받고 먹고사는 것도 나라를 위해서 개똥 치듯이 그 치사하고 더러운 일에 앞장서서 하기 때문이요. 그리고 캄보이 하는 헌병이나 계호요원은 아예 필요 없으니까 최소 인원만, 알겠소!? 자, 그럼 알아들은 걸로 알고 수고하시고!"

유 부장은 전화가 끊어지고도 귀에 댄 수화기를 한참을 내려놓지 못한다.

"담배 한 대 줘."

건너편에 있던 검찰 서기 박 중사가 담뱃갑 꽁무니를 톡톡 치면서 꺼내준 한 까치를 물고 탁탁 성냥불을 긋는다.

"참, 암만 생각해도 내가 쟤들 말 들을 군번이 아닌데!?"

그놈의 정보부 끗발에 눌려서 인간 같지 않은 저런 돼지 같은 놈한테도 찍소리 못하면서도 유 대위는 인간 같지 않은 최 사장을 불쌍하고 가소롭다는 듯이 헛웃음 치면서도 가슴 한구석에서는 부글부글 끓어오르는 감정을 간신히 억누르며 추스르고 있다. 그러면서도 묘한 기분에 무서움과 가슴 답답한 압박이 엄습해 오는 건 또 무슨 이유일까?

이래 봬도 대한민국의 별 단 장군 포함, 모든 군인이 책상 건너 나무 의자에 앉기만 해도 벌벌 떠는 군 검찰인데 정보부 소속 동북산업 사장이라는 한마디에 반협박을 다 듣고 내 참…!

내일 새벽 수송부에 출근버스로 차량운행 요청하고, 본부에 연락해서 운전병들 사고 안 나게 야간 경계근무 열외시키고 푹 재우라며 김 병장에게 지시하며 사무실 밖으로 나간다.

많은 군인과 경찰과 예비군과 죄 없는 국민들을 죽게 한 죄수들이지만 오늘 아침에는 한동안 재판하면서 있는 정, 없는 정을 쌓은 공작원들의 오류동 정보부대 내에서의 사형 집행을 위해 마지막으로 유치장에 들어가 건강을 살피며 면담을 했고, 낮에는 그들을 오류동에서 권중금 부장에게 인계한 후에 공작원들의 사형을 집행하느라 신경이 날카로운 날이었다.

그렇게 뭐 같은 잊지 못할 3월 10일의 낮과 밤이 가고 3월 11일 새벽은 악마가 서서히 다가오듯이 흐물흐물한 어둠과 함께 아주 기분 나쁘게 다가온다.

송도에서 총에 맞아 힘을 잃은 한 손을 축 늘어뜨린 대원과 오류동에서 밧줄 타다 떨어지고 정식으로 등록된 군번이 없어 전에 북파 침투 전력이 있는 기록이 있는 남의 가짜 이름과 군번으로 121병원에 입원했던 대원, 총알에 관통해 신경이 끊어져서 마비된 다리를 질질 끌며 오늘이 생일이면서도 동아줄에 묶인 채 요원들의 부축을 받는 요원, 그리고 사지는 제대로 붙어 있지만 성한 곳이 없어 보이는 대원들이 해가 뜨지도 않는 동쪽을 바라보며 아무 표정 없이 일렬로 서 있다. 음력으론 1월 26일 늦은 새벽보다는 아침에 조금 더 가까울 시간이랄까!

저들은 작년 사건 때 석바위와 옥련동 등 인천 지역에서 체포되어 정보부 모처에서 조사를 받던 실미도 사건 당일 체포된 공작원들인 것이다.

실미도 험한 바위와 언제 어디서 날아올 줄 모르는 폭력에 신상하면서 장기간 훈련을 받아서인지 눈망울만은 또릿또릿한 대원들을 앞에 두고 한 요원이 훈계를 한다.

"너희들, 오늘 운 좋은 줄 알아. 그동안 조사받고 수감생활 하느라 수고했고, 여기서의 좋고 나쁜 일들 특히 우리에게 서럽거나 억울한 일들은 모두 잊도록 한다. 만일 재판을 했다면 사람도 많이 죽이고 또 죽었으니까 결과는 너희들이 더 잘 알겠지? 꼭 월남에서 공산 베트콩 무찌르고 꼭 살아서 고향에 돌아가 보고 싶은 부모 형제 만나길 바란다."

온 나라를 벌집처럼 들쑤신 그 큰 사건을 일으키고 체포된 공작원들은 아무리 생각해봐도 몸도 쓰지 못하고 일부는 제대로 걷지도 못하는 부상당한 자신들을 월남 전쟁터에 보내준다니 의아해하면서 하여튼 그 큰 사건을 벌였는데도 살려준다니 일단은 고마울 따름이다.

그동안 조사받느라 수고했다면서 요원 한 명이 점퍼 주머니에서 담뱃갑을 꺼내 실미도 공작원 한 명 한 명의 벌린 입에 쑤시다시피 깊숙이 한 까치씩 낙타가 그려진 외제 담배를 물려준다.

옆에 있던 한 요원이 따라가면서 불을 붙여줘서 한 모금 쭉 빨고 오른쪽 입술을 들어 하얀 연기를 내뿜고 또 한 모금 빨아들이는 순간 아무 표정 없이 옆에 대기하고 있던 다른 요원이 그들 앞을 지나며 각각의 입에서 담배를 잡아 뺄 때는 끊어지더라도 급하게 한 모금이라도 더 빨아 마시려고 빨갛게 타들어 가는 불을 일으키며 있는 힘껏 쭈욱 빨아 당긴다.

물었던 담배를 빼낸 요원이 뒤로 물러서자 해 뜨기 전인데도 무엇이 바쁜지 억지로 빼앗은 긴 장초 담배를 공작원들 앞에서 구둣발로 비벼 버린다.

"앞으로 입 닥치고 잘 살도록 알겠나!?"

"네엣! 알겠습니다."

살려준다는 그들의 말을 철석같이 믿으면서 '왜 묶은 동아줄은 안 풀어주지?' 하는 의심도 가지지만 그들은 진심으로 고마워서 올라오는 복받친 울음을 간신히 참는다.

그동안 외딴 섬에서 나와 기다란 천막 자루와 단단한 몽둥이에 무작정 맞아 터지고 깨지고, 거꾸로 매달리고 협박으로 죽인다며 머리에 총을 겨누고 빈 방아쇠를 당길 때 질질 흘리던 오줌과 서러움도 다 뒤로하고 잘 살라는 그 한마디에 고마워서 꾹 참았던 눈물을 흘린다.

사실 군대에서는 깨우치라고 싸리나무로 따끔하게 때리지 않고 무조건 아프라고 굵은 나무로 무식하게 일단은 세게 때린다.

"저희 같은 죄 많은 놈들에게 월남 파견 약속 지켜주시고 목숨 살려주셔서 정말 감사합니다."

대원 한 명이 크게 말할 때 나머지 대원들도 감격에 겨워 고개를 끄떡이다 누가 먼저라고도 할 거 없이 허리에 두른 굵은 동아줄에 머리가 닿도록 90도 이상으로 머리를 조아린다.

"이 은혜 죽어서도 잊지 않겠습니다."

그들은 실미도 부대에 들어온 지 4년이 되어서야 처음으로 들어보는 나간다는 말에 진심으로 감사하고 또 감사하며 조아린 머리를 한참 동안 들지 못한다.

공작원들은 월남에서 꼭 살아와 그리운 가족이 있는 고향에 돌아가리란 희망에 붕 뜬 기분을 억제하질 못한다. 그래도 보고 싶은 부모 형제 생각에 흐르는 눈물은 정상적인 인간이라면 어쩔 수 없나 보다.

잠시 후, 군용 미니버스가 라이트를 켜고 미끄러지듯이 들어와 건너 건물 앞에 정차하고 유 부장과 미니버스 선탑자와 운전병 두 명 등 일행이 그들 요원의 안내를 받아 건물 안으로 들어가 뒷모습이 사라지자 한참을 바라보고만 있던 늙은 고참 대원이 기다렸다는 듯이 지시한다.

"야! 얘네들 태워."

옆에 있던 요원들이 사건 당시 경찰의 총에 맞아 끊어진 신경 때문에 힘없이 축 늘어져 묶여 있던 공작원과 한쪽 발이 절단되어 제대로 걷지 못하는 공작원들을 밀고 끌어서 어렵게 버스에 태우고 바닥에 앉힌 다음 하얀 로프로 두 발을 의자와 함께 단단히 묶는다. 절뚝이는 공작원도 곧이어 버스 손잡이 기둥에 한쪽 발을 밀착한 채 단단히 묶이고 만다. 공작원 한 명이 월남에 파병 가는 우리를 왜 묶냐고 물어보지만 묶은 동아줄은 더욱 단단히 조여올 뿐 아무도 대답이 없다.

그 시간, 운전병 둘과 유 대위와 버스 선탑자는 밖에서 무슨 일이 일어나는 줄도 모르면서 동북산업 사무실로 무표정하게 좌우를 힐끔힐끔 살피며 들어간다. 지프차와 관사 출근버스를 몰고 온 유 부장은 두 차의 운전병 두 명과 선탑자 하사와 함께 연탄불에 붉어진 난로 때문인지 후끈후끈한 열기가 가득 찬 아무도 없는 사무실에서 추위를 녹이며 무작정 한참을 대기하고 있었다.

"야! 이놈들 얼마나 할 일 없으면 다림질만 했냐? 잘하면 손 베겠다."

최 사장이 느닷없이 확 하고 차가운 겨울바람이 들어오게 열었던 문을 힘껏 닫으면서 실실 쪼개고 비꼬며 웃으면서 들어온다.

"야! 너희들 오늘 나라를 위해서 큰일 한번 해야겠다. 진짜 군인 같은 일 말이야."

최 사장이 유 부장을 바라보며 이유도 없이 만만한 옆의 지프차 운전병의 귀를 세게 잡아끌면서 얼굴은 유 부장을 향한 채 명령하듯이 말한다.

"우리 애들이 아주 조용하게 버스에 태웠으니까 수고 좀 해주시요."

최 사장은 지프차 운전병의 고통에 찬 울부짖음은 아랑곳하지 않고 한 번 더 빨개진 귀를 튕기듯이 세게 잡아 앞으로 고꾸라트리며 말을 이어나간다. 유 부장은 무슨 말인지 알아듣질 못하고 최 사장의 무지막지한 무식한 행동에 할 말도 잊어서 고개를 기웃거려 본다. 아니 할 말 자체를 몰랐다. 뭘 수고하라는 건지를….

명령도 아니고 협박도 아닌 말 같지 않은 말들을 이해를 못 하고 할 수도 없으니 눈만 크게 뜬 채 그냥 멍하니 듣고만 있다. 아니, 듣고만 있을 수밖에 없다. 감히 여기가 어디라고 그 서슬 퍼런 동북산업, 아니 정보부가 아닌가!

생각이 여기에 미치자 유 부장도 검찰관이기 전에 사람인지라 주체할 수 없는 뛰는 가슴에 덜덜 떨며 바닥에 부딪히는 다리를 어떻게 할 수가 없다.

평소에 안 하던 두 눈을 좌우로 굴리며 '분명 무엇이 있긴 있는데?' 의심을 품고 있는데 최 사장이 아주 부드럽게 유 부장을 옆으로 보면서 말한다. 유 부장에게 앞으로 무슨 일이 있으면 서로 협조하며 살자며 유 부장의 의견은 무시한 채 말한다.

"우리도 앞으로 이런 일이 생기면 그땐 당신 일에 적극적으로 협조할 테니까. 그리고 큰일은 우리가 할 테니까 아주 작은 사소한 일은 공군 아니 당신들이 하시오."

유 부장이 대답도 안 했지만 들으려고 하는 최 사장도 아니었다. 그렇게 유 부장 일행은 무엇인지도 모를 일을 단 한마디도 못하고 맡게된 것이다.

겨울 날씨치고는 따뜻하다. 하지만 해는 아직도 뜰 줄을 모른다. 버스 안의 대원들은 묶여 있으면서도 세상에 나갈 생각에 안심이 되는지 길게 숨을 들이마시면서 마음만은 총칼 들고 월남전에 참전한 듯 미리 자유를 느껴보고 있다.

두 번 다시 이쪽을 보고는 오줌은 물론 딸딸이도 안 치겠다고 다짐하는 공작원도 있고, 두 번 다시는 섬은 물론이고 바다에도 안 가겠다고 맹세하는 대원도 있다.

"야! 너희들 알지? 이거 뒤집어써야 하는 거?"

그들 각자의 뒤엔 두 눈을 아니 얼굴을 통째로 가릴 시커먼 망토를 든 요원들이 서 있다.

"너희들 절대 차 밖을 보면 안 되고 어디 가는지 알려고도 하면 안 된다. 알겠지? 이번에 가면 우리랑 영영 안 봐도 되니까 이젠 우리 원망하지들 말고 마음들 편하게 하고 잘들 가! 알았나!?" 하고 작지만 짧고 굵게 말한다.

"네!" 하는 커다란 고함 소리에 깜짝 놀라 대답한다.

그때 버스 밖에 서 있던 늙은 요원이 버스 층계에 한발을 디디고 뒤에 선 요원들에게 말한다.

"야! 씌워!"

불쑥 들어오는 앞뒤가 검은 망토에 앞이 깜깜하다고 막 느끼기 시작할 무렵, 뒤 요원들의 손이 각자의 검은 호주머니 속으로 급하게 들어갔다 나온다.

그리고 그때 나이 든 요원이 버스 층계를 내리면서 버스 문 옆을 미군 부대서 구한 라이터 모서리로 세게 탁 치면서 내린다.

그 소리뿐이었다. '탁' 하는.

가라앉은 공기를 가르는 소리와 날카롭게 신경을 더욱 곤두세우게 하는 망토 속의 기분 나쁜 어둠이 불안감과 함께 엄습해 온다. 다시 찾아온 왠지 모를 불안감을 느낄 시간도 없이 귓가에 울림을 주는 옆 동료들의 죽어가는 그 소리에 곧이어 잔뜩 힘쓰는 동북산업 요원들의 가쁜 숨만 들린다.

느닷없이 통신 삐삐줄 같은 가는 것이 날카롭게 목을 휘감으면서 생각이나 놀랄 사이도 없이 어두운 까만 망토 속에서 시간이 갈수록 눈동자가 뒤집힌 허연 하늘이 더욱더 또렷이 보이기 시작한다. 그 와중에도 나이 든 요원이 커다란 헛기침 소리를 내며 멀어지는 뚜벅뚜벅하는 구두 소리만은 멀어질수록 더욱 크고 또렷이 들린다.

꽉 묶여 있어 발버둥 칠 수도 없이 거의 마비된 다리로 버스 손잡이 기둥을 차면서 나오지 않는 악을 쓰고 발버둥 치지만 그의 몸에서 제대로 움직이는 건 코앞에 들썩이는 검은 망토의 움직임이 점점 작아지고 있을 뿐 그 외 아무것도 없다.

그의 마비된 다리보다 힘겹게 훈련만 받느라 한 4년을 미흡한 훈련 성적에 엘로 하우스에도 한 번 못 가고 오직 오줌 싸는 본업에만 충실한 조그만 고추가 살려고 잘린 다리보다 더 세게 흔들리는 거 같다.

한 발로 치는 발버둥에 움직이는 건 캑캑 소리에 맞춰 더 조여오는 가늘고 질긴 얇은 삐삐선줄뿐이다.

'죽는 것인가?! 앞이 안 보여 상황을 분간할 수도 없다. 진짜 죽는 건가! 이왕 나온 한세상, 죽일 땐 죽이더라도 음양의 이치인 총각 딱지는 떼줘야 하는 게 아닐까?! 분명 살려준다고 약속했는데 아까도. 살려준다고… 으윽!'

옆 여기저기에서 컥컥 숨통이 막히는 소리가 꽉 막힌 창문에 울려서인지 더 크게 들리는 거 같다. 그렇게 끽소리도 제대로 못 하고 대원들이 한 명씩 축축 늘어지기 시작한다.

그것도 세상에 태어난 생일날 아침에! 씨× 생일상 대신 죽음이라니! 마지막 발버둥의 흔적도 없이. 울려 퍼진 죽음의 소리도 좁은 버스 바닥에 날리던 먼지와 함께 가라앉는다.

시간을 맞춰 버스로 돌아온 늙은 요원이 살해 작업을 실행한 요원들에게 부뚜막에 도망가는 바퀴벌레를 잡고 난 듯이 코 풀다 손바닥에 묻은 코딱지를 떼며 가볍게 손뼉을 치면서 묻는다.

"다 됐나?"

요원들의 대답이 끝남과 동시에 "자! 자! 이놈들은 죽어도 다시 살아날 능력이 있는 놈들이니까 확인하는 의미에서 다시 한번 조인다." 늙은 요원이 중얼거리듯 명령한다.

"시이작!"

그들은 있는 힘을 다해 대원들의 목을 휘감아 조이지만 이미 이승을 떠난 대원들은 미동이 없다. 버스 유리창에 비치는 고개를 떨군 공작원들 뒤에선 악마들만이 가쁜 숨을 고르며 살아 돌아올까 봐 무서워 이미 죽은 대원들의 목을 힘껏 조이고 또 조이며 갖은 인상을 다 쓸 뿐이다.

"뒈졌습니다."

"너는?"

"저도 뻗었습니다."

"수고들 했어. 다들 내려가."

늙은 요원은 축 늘어진 시신들의 목에 일일이 손을 대 보고는 만족하듯이 버스에서 내리며 퉤 하고 침을 버스 안을 향해 멀리 뱉는다.

하필이면 담배에 찌들어져 혀로 말아감은 덩어리진 굵고 누런 가래가 축 늘어진 공작원의 얼굴에 뒤집어쓴 검은 망토를 향해 날아가 착

달라붙으며 옆으로 퍼진다. 최 사장이 실실거리며 버스 운전병의 귀를 잡아당기며 살랑살랑 흔들다가 두 손을 털면서 막 사무실에 들어온 늙은 요원에게 묻는다.

"끝났나?"

"네, 깨끗이 다 끝냈습니다."

늙은 요원이 옆에 앉아 있는 유 부장 일행을 곁눈질로 눈치를 살살 보면서 대답한다.

"수고들 했어. 자네 오늘이 생일이라면서… 오늘은 아주 날씨도 깨끗한 토요일이니까 기분들 좋게 일찍 한잔들 하고들 푹 쉬지!? 회포도 좀 풀고, 가깝다고 늙은 토끼 잡으러 끽동 가지 말고, 거 이름도 좋잖아!"

옐로 하우스 하면서 거기 11호에 예쁜 아가씨가 새로 왔다며 사고만 치지 말라고 단단히 일러 말하며 머리통 속으로 무슨 상상을 해대는지 혼자 좋아서 낄낄대며 웃는다.

하여튼, 혼자 산다고 티 내지 말고 젊은 아가씨들 덕에 오랜만에 총알 좀 시원하게 빡빡 닦아서 시큼하고 캐캐한 홀아비 냄새 좀 쫙 빼고 잘 놀다 오란다. 책상 서랍 권총 아래 지그시 눌려있던 두툼한 누런 봉투를 꺼내 늙은 요원 앞 책상 위에 무심하듯 툭 던지는 최 사장이다.

"사장님, 감사합니다."

나이는 사장보다도 한참 많아 보이지만 정중히 예의를 갖추며 늙은 요원은 봉투를 챙긴다. 유 부장과 사병들은 지금 이들이 무슨 이야기를 하는지 도무지 감을 잡을 수가 없다. 그리고 딱히 알 필요도 없고, 일단은 빨리 나가고 싶은 마음뿐이다.

이 새끼들이 지금 뭐하는 꿍꿍이인지 하면서도 지프차 운전병과 선탑자는 마주친 눈만 껌뻑이며 돌아가는 상황을 모르겠다는 듯이 고개를 약간 쳐들며 본인들도 모르게 작은 입술이 벌려진 채 마주 쳐다본다. 늙은 요원이 나간 후 최 사장이 그들 앞에 미리 준비했다는 듯이 하얀 종이 한 장씩을 내밀었다.

"이게 뭡니까?" 유 부장이 묻자 최 사장이 말한다.

"매일 종이랑 생활하는 사람이 그것도 몰라요! 종이잖아, 종이." 하며 "뭐 깊이 생각할 건 없고 간단하게 서약서 한 장 써 주시오. 양식은 여기 있소." 하면서 또 다른 가운데 빈자리로 횅한 양식 종이를 내민다.

"바보같이 글자 하나 틀리지는 말고, 이게 뭡니까? 쓸 땐 쓰더라도 이유는 알아야지요?" 나름대로 서약서의 중요성을 충분히 아는 법조인이 되려고 10년 말뚝박고 아니꼬운 소리 들어가며 버티는 군대가 아닌가?

"뭐라고, 이게! 이게!? 감히 나에게 이게 뭐냐고 따져!" 최 사장이 버럭 화를 낸다. 최 사장이 부릅뜬 눈으로 바라보자 유 부장은 기어가는 목소리로 조그맣게 입을 벌려 "그래도, 이유는 알아야…" 하지만 무서워서 거의 더 말을 잊지는 못한다.

"유 부장? 옛정을 생각해서 쟤들 보는 앞이라 기 살려주는 거니까 말대꾸 그만하시오. 이유는 무슨 이유? 여기가 다 비밀이란 거 모르진 않을 텐데…"

"비밀, 비밀 말이오!"

"여긴 들어오는 자체가 비밀이라고 이 무식한 군바리야! 이 새끼가 그래도 검찰관이라고 봐주려고 했더니 하나하나 따지고 지랄하면서 덤비네?! 너 지금 나랑 해보겠다는 거야? 니 쫄따구들 앞에서 망신당해 볼래?" 하면서 무방비 상태로 옆에 서 있는 아무 죄 없는 지프차 운전병의 짜구를 있는 힘껏 세게 후려친다. 쓰러져 억울한 듯 멍하니 쳐다보는 운전병을 바라보며 유 대위에게 아주 나지막이 말한다.

"그래서, 여기서 본 것, 들은 것 그리고 있었던 일 외부에 알리지 말라고 쓰라는데 뭐 잘못됐소?"

최 사장은 불도 꺼지지 않은 담배꽁초를 옆에 있는 담배꽁초가 수북이 쌓여 있는 재떨이 대신 빨개진 얼굴로 쓰러져 있는 운전병에게 툭 던지며 씽긋 웃어 보인다.

지금 유 부장과 사병들은 정보부를 뒤배경으로 한 악마 같은 최 사장의 기에 눌리고 무서워서 빨리 부대로 돌아가고 싶은 마음뿐이다.

"유 부장, 좋은 게 좋은 거라고 인정해 줄 때 또박또박 써요. 또박또박! 여기서 걸어서 나가려면 내 머리 안 돌게 해야 한다는 것쯤은 작년 사건 때 몇 달 겪어본 유 부장이 더 잘 알 테니까 더 말할 필요는 없는 거 같고? 그리고 약속 안 지키면 쥐도 새도 모르게 뒈져도 괜찮다고 쓰면 더 좋고." 하면서 책상 모서리에 커다란 엉덩이를 반쯤 걸치고 '뿌웅' 하고 사무실이 떠나갈듯한 커다란 방귀 소리를 울리며 살짝 뜨는가 싶더니 털썩 앉는다.

"지장은 인주 아끼지 말고 꾹꾹 눌러 찍고, 그리고 두 번 찍으면 더 좋고…. 유 부장님, 됐습니까?"

최 사장이 비아냥거리는 얼굴로 한쪽 눈을 치켜뜨면서 묻는다.

"예, 다 썼습니다."

유 부장은 떨리는 양손을 마주 잡으며 억지로 말한다.

"날짜도 썼소? 어디, 으음."

3월 11일 유태임 1972년이라 쓴 종이를 쫙쫙 찢으면서 날짜는 3월 10일 어제 날짜로 쓰라며 종이를 다시 준다. 기세에 눌려 날짜를 바꿔 쓰고 벌겋게 지장을 꾹 찍은 서약서를 읽어보더니 만족하듯이 유 대위 면전에 살살 흔들어 보이며 웃는다.

"그래도 배웠다는 끗발 있는 검찰관이라 쓰기는 잘 쓰는데 만에 하나 이상한 짓을 해도 우리한테는 안 통하는 건 아시겠지?"

갑자기 무섭게 변한 얼굴로 최 사장이 유 부장에게 바싹 얼굴을 들이밀면서 담배 냄새 풀풀 나는 입에 앙칼지고 찢어지는 목소리로 말한다.

"당신들이 오늘 저들에게 행한 행동과 죄과를 담은 이 서약서는 평생 잊지 마시오. 니들도…."

걸터앉은 궁뎅이가 배겨서 불편한지 일어서면서 어느새 각서로 변한 4장의 서약서를 모아 한 장 한 장 날짜와 지문을 확인하고 만족하듯이 악마의 미소를 짓는다.

"그런데 날짜는 왜 어제로 씁니까?"

유대위의 물음에 한참을 째려보다 대꾸할 가치도 없다는 듯이 문밖으로 손을 내저으며 나가라고 대답 대신 손짓만 한다.

"좋소. 이제는 가보시오. 어서 가라고! 그리고 이 약속 꼭 지키고…. 안 그러면 여기 또 올 줄 알고 만약 또 올 때는 가마니에 들려 나가거나 다리 질질 끌지 않고는 못 나갈 거야!"

왜 서약서를 썼는지도 모르는 체 악몽을 꾼 것처럼 멍한 상태로 밖으로 나왔다.

"씨×!"

지프차 운전병 입에서 나온 소리에 유 부장은 못 들은 척 뒤떨어져 걸어간다. 그런데 아무런 말이 없어 혼자와도 될 걸 굳이 버스까지 끌고 오란 건지는 사무실을 나서는 지금까지도 이해가 안 간다.

유 부장이 막 시동을 걸어 놓은 지프차에 오르고 떠나려는 순간, "아악!" 하고 뒤차 버스운전병의 자지러지는 소리가 실미도 바닷길을 가르듯이 좌우로 쫙 찢어지는 것처럼 크게 울린다.

여태껏 들어보지 못한 놀라움에 소름 끼치는 외마디 소리가 버스 문 흔들림과 함께하면서 조금 전부터 뜨기 시작하는 붉은 해를 향해 미친 듯이 달려나간다.

유 부장도 무슨 생각이 들었는지 깜짝 놀라 차에서 뛰어내려 냅다 버스로 뛰어간다. 다리가 풀렸는지 버스 계단에 반쯤 걸터앉은 버스 선탑자는 몸을 벌벌 떨고 있었고, 운전병 또한 넋을 잃은 상태로 버스에서 멀어진 채 하얗게 몰린 정신 나간 눈동자로 온몸을 사시나무 떨듯이 떨면서 바닥에 펄썩 주저앉아 있다.

말을 잊은 건지 정신이 나간 건지 아니면 떠는 건지 떨리는 건지를 모를 통제할 수 없는 몸의 흔들림이 계속되고, 버스 문 손잡이를 잡고 반은 서고 반은 앉은 채로 멍하니 있는 버스 선탑자는 불러도 대답이 없다.

"이런 씨×!"

처음으로 부하들 앞에서 공군보통군법검찰부장인 얌전한 유 대위가 욕을 할 정도다.

오직 직감 그리고 4년이나 먹은 짬밥이 이 사태를 예견하고 있다. 인간이기를 포기한 최 사장에게 아니 저들에게 물을 사안도 아니었다.

손발이 꽁꽁 묶인 채로 망태에 씌워진 채 내동댕이친 대원들은 사건 초기 유 부장 팀에게 조사를 받았었고 발표된 4명의 인원만 남긴 채 어느 날 사라졌던 얼굴이 익은 공작원들이다.

작년 여름 사건 당일과 새벽에 인천 쪽에서 서울로 올라가지 않고 일행에서 빠져나와 도망치다가 잡힌 공작원들로서 수사를 받던 사람들이고, 상부의 지시가 없어 반년이 더 지나도 아직 기소와 재판도 하지 않았는데 시신이 되어 널브러져 있는 거였다.

조금 전 창 너머로 걸어가는 것도 보았고, 꽁꽁 묶여 있었지만 밝은 얼굴도 보지 않았던가? 분명히 조금 전까지 숨을 쉬고 살아있던 그들인데….

그러나 그들은 지금은 산 사람들이 아니었다. 숨을 못 쉬는 시신일 뿐이다. 유 부장은 발길을 돌려 아까 들어갔던 사무실로 요원들의 제지를 뚫고 뛰어들어 갔지만 아무도 없다. 씩씩거리면서 옆방을 노크도 없이 힘껏 밀어젖히고 안을 확인한다.

최 사장은 얼굴 하나 변하지 않고 빨지를 않아 생연기가 피어오르는 양담배를 벌겋게 생으로 태우면서 폐 깊숙이 들이마시고 한참을 머금은 후에 내뱉고 묻는다.

최 사장이 아무것도 모른다는 듯이 "왜 그러시오, 예의도 없이…."

하며 묻는다.

"예의, 예의요? 지금 몰라서 묻습니까?"

"그럼 모르니까 묻지 당신처럼 아는데 묻는 사람도 있소?"

연달아 유 부장이 또 묻는다.

"어떻게 된 겁니까? 도대체 저들을…. 기소도 더군다나 재판도 안 해서 형도 확정된 게 아무것도 없잖습니까? 그런 공작원들을 왜 죽였으며 더군다나 죽은 피고인들을 왜 저희 버스에 실었습니까?"

"무슨 소리요? 난 도대체 무슨 소리인지…?"

하면서 말끝을 흐리며 모르겠다는 듯이 얼굴이 순간적으로 냉정하게 싹 변하는 최 사장이다.

"몰라서 묻습니까!? 기소하고 재판해서 유죄가 나오고 형량이 떨어질 때 죽이든 살리든 해야 할 공작원들을 왜 저렇게 죽입니까? 그리고 그건 저희 군검찰이 해야 할 일이고 임무 아닙니까?"

최 사장은 아무 말 없이 가만히 뒤돌아 있다가 침묵을 깨고 보란 듯이 탁하고 책상을 내리친다. 최 사장은 유 부장 가까이 오며 오른쪽 검지로 유 부장의 가슴에 달린 계급장을 쿡쿡 찌르면서 고개를 삐딱하게 뉘이며 한참을 쳐다본 뒤에 말한다.

"이 새끼가 요것도 계급이라고 달고서는 겁대가리 없이 나한테 기어오르네? 저 밖에 있는 놈들은 여기서 한 시간만 매달아 놓고 작은 미끼 하나 던지면 당신이 시켜서 죽였다고 지들 살리려고 서로 앞장서서 진술할 거라는 건 당신도 알 텐데? 유 부장, 그래도 당신들이 죽이지 않았소?"

"네?"

유 부장은 깜짝 놀랐다. 대답한 입이 다물어지지 않고, 반문할 대답도 떠오르지 않는다. 머릿속이 하얘졌다가 현실로 돌아오는 데는 긴 시간도 걸리지 않았다. 멍하니 섰던 유 부장이 낌새를 느꼈는지 저도 담배 한 대를 달라고 부탁한다.

최 사장, 아니 이런 악마와는 정상적인 게 통하지 않는다는 건 작년 실미도 사건을 수사와 재판을 하면서 공작원들에게 고춧가루 푼 물에 얼굴을 짓누르는 고문과 매달아 놓고 가짜 조서를 작성하게 하는 살벌한 행동을 보면서 악종 중의 악종인 것을 벌써 경험해서 알고는 있었다.

북파 부대가 분명히 바뀐 대국민 테러부대 훈련과 국민을 죽이는 임무를 하지 않기 위해서 실미도를 탈주했다고 그 무서운 매에도 참고 몇 번에 걸쳐 진술했지만, 결국은 가족을 간첩으로 만들겠다고 운운하는 세 치 혀의 고문에 이기지 못하고 그들이 불러주는 대로 배고프고 구타에 시달려 뛰쳐나왔다고 진술할 수밖에 없던 공작원들이었다. 실미도 사건 초기부터 조사하던 보안사 수사관들과 군검찰 모두가 그의 말에 따를 수밖에 없어 무지하게 경계했던 최 사장이 아닌가?

유 부장은 본인의 의지와 관계없이 정신없이 눈동자를 이리저리 굴리며 최 사장의 의중을 떠본다. 벌써 나이가 삼십인 유 부장이 계급과 직책에 어울리지 않게 창피하게 울 것 같은 얼굴로 거의 사정하듯이 최 사장에게 매달리며 애원하듯이 말한다.

"도대체 저희에게 왜, 왜 이러시는 겁니까? 이렇게 안 해도 죽을 사람들이고, 그리고 재판하고 사형시켜 죽여도 우리가 죽일 일인데 굳이 왜 여기서 그것도 당신들 손으로…" 하면서도 이곳이 얼마나 무서운 곳인지 아는 유 부장이기에 차마 다음 말은 이어가질 못하는 것이다.

대답 대신 최 사장은 왼쪽 이빨이 쓰윽 들어내며 살짝 웃으며 말한다.

"당신들이 죽이지 않았소? 당신들이 죽였잖아! 안 그래? 이 ××야!? 네 부하들 앞에서 망신 한번 당해봐야 알겠어!? 너희가 죽여서 버스에 싣고 와서는 우리한테 덤터기 씌우려고 여기 왔잖아! 유 부장? 좋게 말할 때 우리한테 덤터기 씌우려고 하지 마!"

"우리는 안 죽였습니다. 정말 안 죽였다고요! 우리는 부대에서부터 빈 차로 이곳에 왔습니다."

유 부장은 손에 있는 힘을 다 주면서 힘주어 말한다.

"그으래도?"

비아냥 섞인 목소리로 말한다.

"우리는 당신들이 죽였다는 자술 증거도 있소."

또 어느새 서약서가 가운데 칸에 몇 자를 적어 넣은 게 보이더니 사람을 죽인 범행을 한 자술서로 변해 있었다.

한 손에 아까 쓴 서약서를 살랑살랑 흔들며 유 대위 귀에 대고 자그마하게 말한다.

"너희들이 사람 죽였다고 스스로 써놓은 자술서가 증거로 여기 있다고 이 새끼야! 여기 가운데 종이 공란에 내가 몇 글자 더 끄적이면 너희들은 바로 살인자고, 이건 살인을 했다는 범죄자의 진술서가 되는 거야 알기는 알아!? 이 새끼 그래도 공군 검찰관이라고 부하들 앞에서 대우해주려고 했더니 여기가 어디라고 이젠 감히 사장인 나한테 기어 올라?! 너 여기서 무슨 일 하는지 지하에 끌려가서 직접 한번 겪어볼래? 지하에 끌려가서 주전자 옆에 두고 고춧가루 한 주전자 처먹어볼 거냐고?"

화를 내는 건지 억지를 부르는 건지 최 사장의 거칠어진 입은 다물어지지를 않는다.

"자! 유 부장 이제는 상황판단이 섰을 텐데…. 안 그래요? 검찰관님? 이젠 죽인 거라 인정 좀 하고, 똥 밟았다 생각하고 자존심 버리고 나한테 사정하고 도움을 청해봐. 그래야 우리가 이야기가 될 거 같다는 생각이 들 텐데 안 그래요? 머리가 아주 좋은 검찰관님이니까 말이 통할 거 같기는 한데! 이제는 상황판단은 끝났을 테고 어떻게 해야 하는지 알 때쯤 됐을 텐데 안 그래요?"

붉으락푸르락한 얼굴에 정색을 한 최 사장이 유 부장에게 봐주겠다는 듯이 다독이듯 말한다.

"살인자가 되기 싫으면 이제는 나한테 도움을 청해야 할 때쯤 되지 않았나요? 명색이 검찰관인데 모범을 보여야지 이런 쓰레기 몇 명 쓸어 담은 조그마한 일로 우리 검찰관님이 범죄자들이 들끓는 감방에 가면 안 되잖아?"

능구렁이가 협박하면서 또 달래면서 사람을 가지고 협박을 하면서도 놀듯이 말한다.

"살인은 정말 나쁜 거라는 거 유 대위도 잘 알잖아. 그러니까 사람을 죽인 자는 살인자로 나라에서 감방에 처넣는 거고. 안 그래요?"

유 부장의 담뱃불도 벌겋게 타오르기 시작할 때쯤 고민하던 유 부장이 정신을 가다듬으며 최 사장의 얼굴을 빤히 쳐다보며 묻는다.

"그럼 우리는 어떻게 해야 합니까?"

그러자 말이 통했다는 듯이 최 사장이 웃음 띤 얼굴로 또다시 있는 힘껏 거드름을 피우며 생색내며 말한다.

"근데 당신들이 재판도 받지 않은 실미도 공작원들을 죽여서 버스에 끌고 왔는데 우리가 어떻게 도와? 도울 게 따로 있고 경찰 안 부르는 게 어디야? 안 그렇소? 이 새끼야! 이 살인자 새끼가!"

최 사장은 욕까지 섞어가면서 유 부장의 기를 확 꺾으려 한다.

"우리도 저런 거 보면 경찰 부르면 간단하겠지만, 우리가 그럴 사이는 아니지 않소!"

"그래도 방법이라도 알려줘야 할 거 아닙니까?" 사정하는 유 부장을 향해서 최 사장이 말한다.

"지금 우리가 경찰에 신고 안 하는 것만도 감사하게 생각하고 어서들 꺼져 살인자 새끼들아!"

최 사장은 담뱃불이 시뻘겋게 타들어 가도록 빨아들인 후 한참을 입속에 머금다 뱉어낸다.

"나도 사람이고 그 사이 정도 있으니까 한 가지는 알려주지. 으음 나도 사람이니까! 나도!"

최 사장도 억지를 부리는 것이 미안하고 힘들었는지 선심 쓰듯이 말하기 시작한다.

"일루 쭉 나가면 서울 쪽으로 가다가 석촌 입구를 지나 원퉁이고개 부평삼거리 헌병대검문소 약간 못 가 묘지 입구라고 주유소 끼고 오른

편으로 가보시오."

"거기는 작년 사건 때 예비군들이 총 맞아 죽고 버스가 지나간 길 아닙니까? 그런데 그곳은 왜요?" 유 사장이 묻자 "당신 바보요? 그리고 몰라서 물어? 저 쓰레기들을 처리해야 할 거 아니오? 거기 시체 묻는 사람들 있으니까 몇 명 끌어다 조용히 파묻으시오. 유 부장도 저 자들은 실미도에서 어차피 죽을 놈들이었으니까 우리처럼 죄책감은 갖지 말고…. 자, 이제는 우리는 아무것도 모르오. 당신들이 사람들 죽인 살인자들이라는 거 빼고…! 그리고 하나 더, 유 부장, 아니 검찰관님 오늘 살려준 내 은혜는 평생 잊지 말고. 하하하하! 만약을 위해서 하는 얘기인데 당신들이 죽였다는 건 꼭 기억하고. 살인자라고 당신은!"

유 대위와 가늘게 뜬 실눈을 맞춘다.

"무슨 뜻인지 알겠소?"

유 부장은 아직도 어찌할 줄을 몰라 넋 나간 상태로 애원하듯이 부탁한다.

"네, 사장님, 아무에게도 말하지만 말아주십시오!"

유 부장은 이 상황을 저들에게서 빠져나올 수 없음을 경험상 그 누구보다도 잘 안다. 작년 실미도 사건 나기 며칠 전 내무반에서 자던 공작원이 각하 욕하고 배고프고 힘들어 죽겠다며 집에 보내달라는 불만을 잠꼬대했다고 이곳 동북산업으로 끌려왔었다.

조사받던 실미도 공작원을 갈비뼈가 다 나가도록 고문하다 죽여서 사건이 일어나던 날 새벽에 원통이고개 초입에 있는 국민학교 동쪽 끝 옆 약산과 경인국도 아래 뚫린 하수구 속에 이른 새벽에 시신을 유기

해 놓았었다.

지금 버스에 태워진 공작원들의 시신들은 작년 실미도 사건 때 탈출하다 인천과 송도에서 생포한 공작원 중 일부로 어제 오류동에서의 네 명의 사형 집행에 날짜를 맞추어 자체 처리한 것이다.

여기가 어디이고, 이들이 누구이며, 또 정보부가 어떤 곳인가? 여기까지 생각하니 여기서 빨리 나가서 시신들을 얼른 파묻고만 싶은 마음이 앞선다. 이제는 되레 유 부장이 최 사장을 잡고 사람 죽인 것만은 말하지 말라고 사정하는 입장이 되었다.

"제발 부탁입니다."

사정하는 유 부장에게 최 사장이 너그럽게 답한다.

"알겠소. 조용히 파묻기나 하시오. 그리고 어차피 죽을 놈들이니까 말뚝에 묶어 총살시키나 목 졸려 죽이나 뭐 결과는 같지 않소? 그리고 저 자들은 지은 죄가 커서 솔직히 재판받나 안 받나 죽는 것은 똑같지 않겠소? 죄짓고 죽을 놈들이 조금 일찍 뒈진 것뿐이지! 안 그렇소? 총 맞아 죽을 거 목 졸려 뒈진 거고! 죄수들 파묻는 거 죄도 아니고!" 하면서 최 사장은 이 상황을 억지로 부정해본다.

"아! 그리고 유 부장 충고 하나 해드릴까? 서약서 공간 크게 띄워놓고 함부로 쓰는 거 아니야. 그리고 지장 함부로 찍지 말라고! 차라리 한 대 얻어터지는 게 낫다는 걸 언젠가는 뼈저리게 느낄 거요!?"

그리고 유 부장도 이렇게 된 이상 이제는 마음을 굳게 다진다. 이렇게 스스로 자위하니 조금은 편한 것 같기도 하다. 유 부장이 사무실을 나와 버스 쪽으로 힘없이 발길을 옮긴다. 그 사이 지프차 운전병도 상황을 파악하고 벌벌 떨면서 어쩔 줄을 모르고 초점 잃은 눈을 껌뻑이고 있다. 유 부장이 병사들 사이에서 나지막이 말한다.

"낚였다! 나도, 그리고 너희들도!"

뒤차 버스 선탑자는 거의 울먹이다시피 묻는다.

"그럼 우린 어떻게 됩니까? 아까 서약서도 썼는데." 하고 묻는다. 모두가 말이 없다.

"아니, 말도 필요 없고 너희가 봤듯이 아예 선택의 여지가 없지 않은가? 우리가 묻는다. 가슴에 영원히. 아주 영원히!"

아무도 말이 없다. 미동도 없고, 그리고 질문도 없다.

"갖고 간다. 영원히 그리고 묻는다. 시신은 땅에 묻고 오늘 일은 우리 네 명의 가슴에 묻는다. 부모 형제에게도, 그리고 장가가서 태어날 자식에게도 농담이라도 절대 말하지 말고 알겠나?!"

아무도 대답은 없지만 다짐하는 느낌은 서로가 느끼고 있다. 유 대위가 지휘자답게 정신을 차리고 묻는다.

"너희들 부평삼거리가 어딘지 아나? 거기다 묻어야 할 텐데…."

지프차 운전병이 숙였던 고개를 들며 말한다.

"아! 거기요!"

"거기, 거기 뭐?"

"거기 공동묘지가 있습니다. 어마어마하게 큽니다. 아마 세계에서 제일 클 겁니다."

"야! 임마 내가 오류동하고 인천을 좀 아는데 거기에 무슨 공동묘지가 있어?!"

"아닙니다. 저도 거기에 공동묘지가 있을 거라곤 생각도 못 했습니다. 국민학교 방학 때 부평 성모병원 옆 경찰대학 근처에 살던 이모네에 놀러 갔는데 운동하자며 이모부가 문방구에서 고무공을 사 가지고 공을 차러 가자고 하면서 산으로 올라가는 겁니다. 산꼭대기에 올라갔는데 학교 운동장보다 더 넓은 공터가 있는 겁니다. 그때, 와 하고 정말 깜짝 놀랐습니다. 그 아래에는 울퉁불퉁 파란 잔디에 회색 축대들 봉긋봉긋 모든 것이 다 사람 파묻힌 산소였습니다.

커다란 미군들 훈련용 헬기도 있고, 내려오는 길에 바위틈 약수터 물이 너무 맛있었습니다. 먼지를 뒤로 뿌리며 쫓아오는 아이들에게 초콜릿을 던져주며 달려오는 미군 지프차도 봤습니다.

마당 넓이에 정말 깜짝 놀랐고, 더 놀란 건 산꼭대기에서 공을 차는 겁니다. 톡톡 차는 게 아니라 있는 힘껏 뻥뻥 차며 진짜 축구를 했습니다. 아마 우리 부대 연병장보다도 더 넓을 겁니다."

"야, 그래도 산꼭대기에서 축구는 좀 뻥이지 않냐!"

"아닙니다, 정말 넓습니다."

"뭐, 가서 보면 알겠지. 일단 가자. 생각할 틈도 없다. 지금 몇 시지?"

"예, 아마 7시 약간 안 됐을 겁니다."

"너희들은 뒤에 바짝 따라오고. 안 보이게 시신들은 판초 우의라도 좀 덮고…."

16.

　'아무도 모른다, 암매장당한 우리가 누군지.'

　지프차가 앞장서서 선도하고 뒤 버스엔 운전자와 선탑자 모두 이동 중에 흔들리는 판초 우의를 외면하면서 뒤는 돌아보지도 않고 지프차 뒤꽁무니만 보고 달린다. 정신없이 달려서 우회전만 서너 번 한 것 같은데, 부평 공동묘지 입구에는 어떻게 왔는지도 모른다.

　지프차 운전병이 동네 가운데에는 넓고 돌을 떨어뜨려도 4~5초 후에 소리가 들리는 깊이를 알 수 없는 가로와 세로 약 4m 구멍이 뚫린 안전망이 쳐진 광산 환기구 오른쪽에 차를 세운다. 그 뒤에 또 버스를 세우고, 그 뒤, 저 멀리 약 100미터 뒤에는 아랫동네 애들이 신기한 걸 본 듯이 바삐들 헉헉대며 뛰어오고 있다.

　"아주머니? 여기 죽은 사람 파묻는 사람들 어디 있어요?"

　"지금은 아무도 없을 거예요. 전부 새벽에들 산에 일하러 벌써 나갔어요."

쌀을 씻다 쌀 뜬 물을 건너 길가 아래 밭에 휙 뿌려 버리며 대답한다.

갑자기 많은 아이들이 웬 군인 차들인가 하면서 멀리서 뒤에 서 있는 버스를 유심히 본다.

"그럼 아무도 없나요? 일할 만한 사람이요?"

"아무도 없어요. 세 팀 다 일하러 갔어요."

대답을 하면서 아주머니는 부엌으로 들어간다. 그때 누군가 건너편 변소 쪽으로 손가락을 가리키며 말한다. 개울 건너 곽씨 아저씨는 집에 있다고, 조금 전 개울 옆 변소에서 나오는 걸 봤다고 군인에게 말한다.

"그 집이 어디입니까?" 지프차 운전병이 그에게 다가가며 귀를 쫑긋하며 묻는다. 유 부장도 지프차에 가만히 앉아 있지만 날카롭게 신경써 귀를 쫑긋하며 듣고 있다.

"저기, 저 개울 건너 저 파란 대문집이요."

"빨리 가봐." 유 부장이 운전병을 재촉하자 지프차 운전병이 달려서 개울을 건너간다.

환갑이 막 지난 곽씨댁 아주머니는 식구들 직장과 학교들 보내려고 부엌에서 딸들과 함께 아침을 짓고 마루를 사이에 두고 양쪽 방안에서는 위에 형제들은 공장에 갈 출근 준비하고 아래 둘은 학교에 갈 준비들을 바삐들 하고 있다가 영문도 모르고 마당과 대문 밖에 20~30명의 동네 아이들이 군인을 따라 들어온 걸 보고 깜짝 놀란다. 대개는 동네 아이들이지만 한두 명의 어른도 양팔을 끼고 두리번거리며 걸어오고 있다.

잠시 후, 곽씨는 차려진 아침 밥상도 거른 채 말없이 군인과 함께 나간다. 같이 가는 건지 끌려가는 건지 분간이 안 되는 모습으로 한 발짝 앞장서서 걸어 얕은 개울을 건너 버스운전병이 열어주는 시신들이 있는 버스에 오르기 전 지프차에 앉아 오라는 손짓을 하는 유 부장에게로 먼저 간다.

그 사이 버스 주위로는 동네 아줌마들 여럿과 키가 작은 아이들이 시신이 있는 버스 안을 보려고 창문에 몸을 세우고 서로 보려고 뛰고 난리다. 아줌마들은 무얼 봤는지 놀란 눈으로 자기 자식들 찾아 확 잡아끌고 집으로 들어갔고, 더욱 궁금해진 부모 없이 혼자 나온 아이들은 폴짝폴짝 뛰면서 버스 안을 보려 하지만 잘 보일 리 만무하다. 그때, 누군가 차를 따라온 아랫동네 아이에게 들었다면서 말한다.

"작년에 그 사람들하고 같은 패라며 수류탄에 찢겨 죽을 때 남은 나머지 새끼들이란다." 그래서 그놈들 묻는 사람들을 찾는 거라고 마치 커다란 비밀을 알아낸 거처럼 자랑하듯이 말한다.

유 부장의 작은 목소리에 곽씨 아저씨는 고개를 작게 끄떡이고 버스 운전병이 다시 열어주는 버스 문으로 올라타고 버스가 지프차 앞을 지나 먼저 달려나가려 하자 아이들이 앞장서서 달리지만 달려가는 지프차의 꽁무니와 달리면 달릴수록 점점 멀어질 뿐이다.

앞에 가던 버스가 묘지 사무실 앞에 잠깐 서고 사무실 안쪽 창고에 있던 곡괭이와 삽을 챙겨 다시 버스에 오르는 곽씨를 보자 뒤차 유 부장이 빨리 먼저 가라고 지프차 밖으로 버스 사이드미러를 향해 손짓을 하고 두 대의 차는 속력을 내며 꽃집 앞에서 망자들이 택했는지 아니면 곽씨 아저씨가 택했는지 왼쪽 길을 택해 넓은 마당 쪽으로 흙먼지를 일으키며 달려가고 있다.

아이들도 점퍼 차림으로 또는 몇 일째 갈아입지 않은 내복 차림으로 누가 먼저라 할 거 없이 버스와 지프차 뒤를 따라 무작정 열심히 뒤따라 뛰기 시작하지만, 이내 간격이 더욱 크게 벌어진다.

꽃집과 목장 입구까지 숨을 헐떡이며 한 번에 뛰어온 일부 아이들은 무릎에 양손을 대고 거친 숨들을 내뱉고 다시 한 번 가파른 경사 길을 뛰어오른다. 뛰었다 쉬고 또 뛰었다 쉬기를 몇 번 하니 길 가운데 떡하니 서 있는 조금 큰 작은 버스가 먼저 보이고, 뒤에선 작은 지프차가 일으키는 뿌연 흙먼지도 보인다.

부평 시가지가 보이는 넓은 마당 약수터 내려가는 약간 넓은 공터로 차들이 길 가운데에 선다. 급경사를 버스가 더 오르지 못할 것 같아 길 중앙에 차들을 세우고 군인들은 부평 시내를 바라보며 가만히들 서 있고 곽씨 아저씨 혼자서 약수터 좁은 흙길 건너에서 겨우내 언 땅을 찍어대는 소리만 들린다.

곽씨 아저씨 혼자서 곡괭이로 약수터 아래 샛길과 일자로 평행하게 5미터 정도의 일정한 간격을 두고 여기저기 뿌리가 엉켜있는 소나무 숲의 땅을 찍어가며 시신들을 파묻을 장소를 찾아서 차들이 서 있는 윗길로 올라가고 있는 것이었다.

모두가 궁금한지 이리저리 살피던 애들을 군인 중 누군가가 가라며 쫓아낸다.

'궁금하다, 너무 궁금하다.' 상주 없고 울음소리 없이 여러 명이 함께 묻히는 이런 식의 장례식은 듣지도 보지도 못했고 인생의 전부가 매일 보고 들어 알아왔던 죽음을 안타까워하던 장례식은 더욱더 아니었던 것이다. 유족 같은 느낌이 전혀 없는 군인들만 있고 더군다나 저 작은 군인 버스가 영구차라니…. 그리고 하얀색의 영구차는 뒤에 관에 넣어서 따로 실려 오는데….

우는 사람도 아예 없고, 향 하나 북어 대가리나 그 흔한 막걸리 잔 하나 보이질 않는다. 곽씨 아저씨는 약수터 건너 쪽에서 윗길로 나오며 여기저기 곡괭이로 찍어보고 잘 안 파진다고 칼날같이 잘 다려진 군복을 입고 옆에 가만히 서 있는 버스 선탑자에게 말한다.

대답 없는 새파랗게 젊은 선탑자 놈의 눈치를 살피며 위로 올라오면서 몇 군데를 더 파보더니 이내 길 가장자리에 곡괭이질을 하며 시신들 묻을 곳을 계속 찾기 시작한다.

또다시 몇 명의 아이들이 거친 숨을 고르지 못해 헉헉대면서 몰리기 시작하고 죽은 사람들이 누구냐고 군인에게 물어보기도 한다. 성의가 없는 건지 아니면 죄의식이 없는 건지 추석 때 처삼촌 묘 벌초하듯이 시신들을 묻을 구덩이 팔 자리를 대강 찾는다.

또다시 돌아가란 말을 군인에게 듣고 미군 지프차 다니던 산등성이 넓은 곳에서 내려다보며 꼬마는 크면 반듯이 가족을 찾아주겠다는 다짐이 생긴 것도 있고 해서 학교도 점심 반이겠다, 멀리서 구경하듯이 그들의 구덩이 파는 작업을 지켜본다.

곽씨 아저씨가 길 양옆을 오가며 땅을 파기 시작할 때 시간이 없는지 군인 두 명이 유 부장의 지시에 의해 버스 문 옆 길가에 각자 하나씩 두 개의 구덩이를 일자로 길고 얕게 파기 시작한다. 호기심이 발동한 꼬마가 슬슬 내려가 구덩이를 살피며 지프차 뒤에 서 있는 유 부장의 눈치를 살살 보며 저 사람들이 누구냐고 물었다.

어린 나이에 대강 봐도 분명 암매장인데 너무도 당당히 대답하는 유 부장은 작년에 죽은 새끼들과 한패들을 마저 파묻는 거라고 조금도 경계나 죄의식 없이 말해줘서 무척 놀랐다. 대답해준 유 부장은 궁금증을 해결해줬다는 듯이 이젠 내려가 빨리 학교에 가란다.

멀리 남았던 몇 명의 저학년 오전반 아이들이 학교에 늦을까 봐 큰길로 다시 힘차게 뛰어 내려가기 시작하는 것이 보인다. 친구들과 함께 내려가려다 무슨 생각이 들었는지 되돌아온 꼬마는 차들과 작업 장면이 잘 보이는 언덕에 자리를 잡고 앉아 군인들이 파는 구덩이들을 아까보다 더 유심히 바라본다.

친구들 모두가 학교에 가기 위해 동네로 되돌아가는 것을 보면서도 꼬마는 내려갈 부담이 없는 점심 반이라서 그런지 아주 느긋하다.

'누굴까?'

멀리서 보니 길게 각이 딱 잡히고 깊지 않아 시신을 구겨 넣을 것만 같은 크기의 구덩이가 입을 벌겋게 벌리고 축 늘어진 시신은 반짝반짝 빛나는 사병들의 군홧발에 떠밀려 구덩이 크기에 억지로 맞춰져 긴 어둠에 갖고 간신히 끼워 들어간다.

군인들 행동에 잊어버리지 않으려고 기억을 저장하며 생각을 굳히느라 그 시간에는 곽씨 아저씨 쪽은 제대로 확인을 못 한다. 곽씨 아저씨가 작업하는 곳은 막연히 땅이 잘 파지지 않아 퍽퍽 하는 곡괭이 소리만 요란하던 길가인 것만 알 뿐이다.

길 한복판, 메마른 땅에 늦겨울 차가운 사각의 고동색 평무덤만 크게 보이고, 영원한 비밀을 간직한 것처럼 붉은 땅속에서 억울해 설칠 것만 같은 깊은 잠을 들기 시작한다.

초롱초롱한 눈망울로 꼬마는 다짐한다. 뭔지는 모르지만, 저 악의 비밀은 커서 반드시 밝히고 억울한 영혼도 달래줄 거라고! 그들은 어린 꼬마의 정의에 불타는 반짝이는 두 눈을 보지 못한 듯 반은 무시하고 반은 모르는 척 그렇게 암매장되는 죄인들의 비밀을 길바닥에 가매장하듯이 묻었지만 그래도 영원히 지워지면 안 되는 꼬마의 기억까지는 함께 묻지를 못하고 있다.

유 부장이 사병을 통해 곽씨 아저씨에게 뭔가를 내밀고 무슨 말을 하는데 20대의 사병 앞에 환갑의 곽씨 아저씨는 연신 고개를 조아리는 것이 무언가를 단단히 다짐받는 느낌의 대화 모습이다.

유 부장은 더 높고 더 깊은 곳에다 시신을 처리하고 싶었겠지만, 코앞의 언덕은 미군 지프차도 한참을 굴러 먼지 바람을 진하게 일으킨 다음에야 간신히 오르는 짧은 급경사이기에 버스가 오를 수 있는 길이 아니었다. 아니, 미군 지프차 외에는 다른 차 자체가 아예 안 다니고 못 다녔다. 버스는 당연히 언덕을 못 오를 것이라 단정해서 생각하고 그곳에 정차한 것이다.

영원한 비밀을 간직한 것처럼 붉은 땅속에 꽃다운 청춘의 하얀 꿈이 한을 가득 품고 묻힌다. 지프차가 버스 뒤에서 먼저 뒤로 돌고 버스도 그 자리에서 한 바퀴 돌아오던 길을 되돌아간다.

시신 처리를 하고 내려가는 유 대위는 양팔을 뒤로 한껏 젖히고 이

내 눈을 감고 긴 한숨을 내쉰다, '이제 끝났구나.' 안심이 되면서…. 감은 눈에 두 손이 뒤로 세게 젖혀지며 기지개가 절로 켜진다.

뒤에 버스에 탄 선탑자는 흔들려 달리는 중에도 중심을 잡으며 좌석과 바닥을 쓸고 닦는다. 지프차가 부평 공동묘지 입구에서 오른쪽으로 돌아가는데 검문소 헌병과 경찰이 한 조가 되어 마치 기다렸다는 듯이 차를 세운다.

"오늘은 차가 돌았다 하면 전부 오른쪽이구먼! 시신들 파묻을 때만 빼고!"

"충성!" 유 부장도 헌병에게 살짝 손을 들며 인사를 받는다. 경찰과 조를 이룬 헌병 조장이 지프차 번호로 소속 부대를 확인한 후 조수석으로 오면서 공군 본부 유 부장님이냐고 묻는다.

"네, 안에서 전화 한번 받아보시죠?"

유 부장은 귀찮다는 듯이 천천히 길 건너에 있는 검문소 안으로 발길을 옮기고 책상 위에 가로로 놓인 수화기를 들고 피로에 지친 작은 목소리로 전화를 받는다.

"네, 통신보안 공군 본부 검찰부장 대위 유태임입니다."

누구인지를 몰라 일단은 정상적인 관등성명을 댄다.

마치 한참을 기다렸다는 듯이 부대 상관의 다급한 목소리가 수화기를 통해 전해온다.

"유 부장, 지금 곧 일신동 33사단 사격장으로 가야겠어."

"거긴 왜요?" 유 부장의 대답이 떨어지기도 전에 몰아치는 목소리가 들린다.

"야! 지금 이 상황을 몰라서 물어? 예상했던 대로 아침에 정보부의 형식적인 업무협력 공문과 함께 상부에서 구두 명령이 내려왔어. 오늘 나머지 그놈들 나눠서 일부는 33예비사단에서 총살집행하고 송도에서 잡은 나머지 3명은 가까운 전투비행장 자체 인원으로 집행한다고 수원 비행장 끝 산 아래로 출근할 때 끌고 갔어."

"그럼 사형 집행명령서는 어디서 내려왔습니까? 국방부입니까?"

"아니, 아니지! 그들은 군인 신분이 아예 아니니까 국방부에서 내려 올 일이 아예 없잖아? 그리고 초병 살해한 놈들은 유 부장도 알다시 피 국방장관님의 사형 집행 명령이 며칠 전에 내려서 권중금 부장이 어제 사형 집행했잖아?"

"그럼 국방부 장관님의 명령이 아니면… 어디서?"

"그것까지 유 부장이 알 거는 없고, 유 부장은 명령에 따라 일만 잘 처리해. 왜 놀라나? 유 부장 답지 않게 한두 번 하는 일도 아니고? 그 리고 아무도 모르게 총살시킬 놈들을 재판도 안 했는데 무슨 놈의 사 형 집행명령서가 있어? 군종도 없으니까 유언도 듣지 않는 그냥 의자 에 앉아서 내뱉는 구두 총살 명령이지! 그놈들 교육 잘해 놨으니까 잘 처리해. 그놈들 지들이 오늘 황천 가는 줄도 모르고 생글생글 웃고들 있을 거야. 참, 지금부터는 보고 라인 없으니까 유 부장이 잘 처리하고 끝내도록 알겠나? 알겠냐고?"

"네, 알겠습니다." 유 부장은 간부의 독촉하는 듯한 소리에 간신히 대답한다.

"그리고 다시 한 번 말하는데, 지금부터 나는 모르는 일이네. 보고 할 필요도 없고… 알았나?"

"네, 알겠습니다. 충성!"

수화기를 넘어온 목소리는 자기는 피하고 싶어서인지 아니면 미안해서인지 유 부장이 인사도 끝내기 전에 전화를 끊어버린다. 수화기를 내리고 등 뒤로 위병조장의 경례를 받으면서도 어쩌다 차가 다니는 건널목 없는 2차선 길을 건너와 핏기없는 얼굴로 버스 선탑자를 부르라 한다.

"자네들은 부대로 돌아가! 아무 이야기도 하지 말고, 이내 버스가 앞장서 원통이고개 호명사절 쪽을 향해 마지막 코너를 돌아 안 보일 때쯤 유 부장이 탄 지프차도 뒤를 따라 움직이기 시작한다.

"우리는 따로 일신동 33예비사단 사격장으로 간다. ××! 오늘따라 길도 되게 덜컹거린다."

유 대위는 등을 의자에 꾹 누르고 지그시 눈을 감고 조용히 운전병에게 묻는다.

"너 욕할 줄 알아?"

"네!"

"이 새끼야, 너 욕할 줄 아냐고?"

"아! 네~에!"

"하나만 가르쳐줘."

"네, 씨×이요."

"씨×! 누가 씨×을 몰라서 너한테 묻냐? 거 시원한 거, 제일 더럽고 아주 시원한 거 있잖아?"

"저도 욕을 몰라서 갑자기 생각이 안 납니다."

둘 사이에 잠시 침묵이 흐를 때 차는 부개동을 지나 울퉁불퉁한 일신동으로 넘어가는 오른쪽 산길로 들어서는 순간 응달이라 살얼음이 있는 웅덩이에 튕겨 유 부장의 궁뎅이가 춤을 추듯이 좌우로 비틀며 계속 덜썩거린다. 갑자기 어마어마한 소리와 함께 지프차가 급가속을 하며 튕기듯이 달려나간다.

"야! 니× 씨× ×같이!" 운전병도 오늘 하루가 뭣 같아서인지 상관인 유 부장이 옆에 있는 것도 잊은 채 소리를 고래고래 지르고 가속페달을 바닥 끝까지 푹 누르며 쌍욕을 한다.

"야! 그래 임마, 그거야. 정말 오늘 ×같다."

그리고 둘이 마주 본 순간, 차가 떠날 듯이 합창을 한다.

"니× 씨× ×같이! 하하하! 니× 씨× ×같이!" 흙길에 털털거리면서도 목소리만은 생생하게 차 안에 울려 퍼지며 둘이 마주 보며 오늘 처음으로 웃음을 짓는다. 서로 양미간에 이슬인지 물방울인지 모를 촉촉한 습기가 생기고, 다시금 이번엔 눈물을 짜내듯이 커다란 웃음을 짓는다. 아주 쓰디쓴 웃음을….

그렇게 달리다 보니 오른쪽으로 긴 장대에 걸려 나부끼는 빨강 깃발과 함께 쓰러져 가는 사격장 입간판이 보이고 멀리 이리저리 주차한 몇 대의 군용 차량도 보이고 총살집행 시 이런 임무 저런 임무를 맡은 군인들이 여러 명 보인다. 이제는 버릇이 되어서 사형수를 세는 게 아니라 말뚝 수로 집행 인원을 안다.

왼쪽 작은 길로 지프차를 돌려세우자 헌병 중대장이 다가오면서 경례를 한다.

"충성!"

같은 대위 계급이지만 직책이 직책이니만큼 아침에 최 사장에게 알아서 기었듯이 헌병 중대장도 알아서 검찰관에게 기는 것이다.

"준비됐습니까?"

"네, 준비됐습니다. 저기 저 민간인들은 뭡니까? 유 부장이 사격장 200사로 표적 뒤에서 뾰족한 막대기로 땅을 파며 탄알을 캐는 핼쑥하고 꾀죄죄한 몰골의 무리를 가리키며 묻는다.

"쟤네 산 넘어 공동묘지에 사는 거지촌 애들인데 사격이 끝나면 가끔 탄알 주우려고 몰래 들어와. 쫓아도 자꾸만 들어오는데 총살 집행하는 데는 크게 문제 될 거는 없지."

"그래도 총알이 날아다니는 사격장이고 보안을 지켜야 할 재판 없는 총살인데 전부 쫓아내야지요."

유 부장의 말에 헌병 대위는 총을 든 저격수들을 시켜 빨간 깃발을 좌우로 세게 흔들며 거지들을 몰아낸다.

"근데 왜 말뚝에 묶인 사람이 네 명입니까? 나머지 두 명은?"

"네, 우리도 6명 모두를 채워서 오려 했는데 상부에서 정부와 국방부에서 생존자 발표를 4명이라 했다고 해서 두 명은 다른 두 명과 함께 어제처럼 오류동에서 처치한다고 권중금 대위님이 따로 데려갔습니다. 그리고 저 공작원들도 신경들 날카로울 텐데 눈치들 안 채게 신경 써서 문제 없게 합시다."

죽이는 자는 알고 죽는 자는 모르는 독재자의 범법을 숨기기 위해 재판 자체가 아예 없었고, 이들의 동료인 실미도 공작원들이 사형을 언도받고 어제 아침에 오류동 사격장에서 총살을 집행했기에 국민들이 모르는 생포한 이들 체포 공작원들도 실미도의 존재 자체와 증거를 완전히 없애기 위해 재판 없이 총살 집행을 하는 것이다.

헌병 중대장이 기둥 하나하나에 묶인 사형수들에게 다가가서 배운 대로 잘하라며 유언을 듣는 대신 총살 집행 시 취해야 할 주의사항을 재차 확인하며 일러준다. 그러고 보니 기도를 해줄 목사님도 염불을 올려줄 스님도 보이지 않는다.

다만 산 정상을 넘어 흙길 고개에 군용 구급차가 시간에 맞춰 말뚝에 세워진 공작원들을 향해 달려 오는 것이 보이기 시작하고 따스한 햇살 사이로 몇 마리의 시커먼 까마귀 떼가 배가 고픈지 허공을 맴돌 뿐이다.

"네, 알겠습니다요. 그냥 따발총 쏘듯이 쏘세요. 그리고 저녁에 소고기 특식 약속입니다. 기왕이면 소주도 한잔!?" 하면서 묶인 손대신 고개를 뒤로 치켜들며 웃는다.

"알았어 임마! 너희들 너무 많이 처먹고 배탈이나 나지 말고. 자, 누가 마지막으로 대한민국 만세 부르기로 했지? 너는 애국가 부르는 거알지? 임마, 닭대가리처럼 가사 까먹지 말고 애국가 거의 끝나면 다 같이 만세 삼창 할 때 공포탄 때려 쏠 테니까 놀라지들 말고 총소리 울리면 죽는 척들 잘해."

그러자 기둥에 묶인 사형수들이 기다렸다는 듯이 이구동성으로 말한다.

"아, 우리가 바보입니까? 그리고 추운데 빨리 끝내고 감방이든 월남이든 빨리 돌아갑시다."

"야, 너는 저격병들이 보기에 다리가 저는 것처럼 쓰러져야 한다."

"아이고 중대장님! 저희는 연습한 대로 잘할 테니까 중대장님께서는 걱정 마십시오."

장난하듯이 사형수 아닌 사형수가 지들이 죽는지도 모르면서 미소를 지으며 대답한다. 기소도 안 하고 재판도 없이 창살에 갇혀 있던 이들의 심정은 참 참참하다.

인사과 김 병장은 이리저리 뛰어다니며 필름을 다 썼는지 카메라에 바꿔 끼우고 말뚝에 세워진 한 명 한 명의 전신사진부터 연속으로 찍어대기 시작한다.

멋모르고 실미도에 끌려가 그것도 북파 부대로 섬에서 개고생하다가 정보부에서 만포개발단을 통해 공군에 인계해준 뒤에 실미도 사건을 일으키고, 체포되어 공군 정보부대 내 비어있는 보안대 유치장을 개조한 철창 속에서 재판 없이 약 8개월을 기다리며 지내던 실미도 사건 때 체포된 공작원 당사자들인 것이다. 부대 사무실을 임시 유치장으로 개조해 파견대장 등을 일시 구금했던 사무실을 개조한 방도 그곳에 있었다.

기대를 갖는다. 이 쇼만 끝나면 집에는 못 돌아가도 살아서 월남 갔다 오면 자유는 찾는구나! 공작원들은 그 소중한 자유를 갖기 위해 또 사랑하는 가족을 만나기 위해 이렇게 저들이 짜준 연극을 한다. 진짜처럼 머리째 눈을 가린 검은 두건도 푹 눌러쓰고 다만 다른 총살집행과 다른 게 있다면….

"그래, 이왕 하려면 진짜 같이 해야지!"

헌병 중대장이 뒤로 돌아나오면서 사로 뒤에 멀찍이 지프차에 걸터앉은 유 부장을 본다. 말없이 유 부장이 일어나면서 시작하라고 손을 들어 보이며 뒤돌아선다.

"사수 1보 앞으로!"

아홉 자루의 M16A1 총의 노리쇠 후퇴전진하는 찰칵찰칵 소리가 들리고, 곧이어 헌병 중대장의 '거총' 소리에 공작원의 가슴팍 빨강 표적에 총을 겨눈 김 일병은 손이 떨리기 시작하며 제대로 표적지를 조준하질 못하고 있다. 아홉 명의 저격병 총구가 떨리는 와중에 기둥에 묶이어 검은 망토에 눈을 가린 공작원들은 연습한 대로 애국가도 4절까지 부르고 대한민국 만세도 외쳤다.

"사격."

탕탕 탕-탕 탕탕탕- 탕- 타탕앙- 타아앙!

사격을 끝낸 아홉 명의 저격수들이 또다시 총구를 하늘로 향하고 노리쇠 후퇴전진을 하면서 탄실을 확인하는 소리가 들린다.

"노리쇠 후퇴전진! 격발!"

탁! 탁! 방아쇠를 당길 때마다 쇳소리만 정적을 깬다.

"이상 무!"

'어, 그런데 왜 아플까?'

아랫배에서 통증이 느껴진다.

'공포탄이 원래 이렇게 아픈가?'

옆 사람도 불러보려 입을 여는데 발음이 안 된다. 뭔가 이상하다. 그리고 빠르게 움직이는 군화 소리 속에 누군가 "의무관님, 이 새끼는 아직 안 죽었습니다." 하고 큰 소리로 보고하자 누군가 가까이 뛰어오는 소리가 들린다.

'아! 저 의무병도 모르는구나! 야, 임마, 우리는 죽은 척하는 거야. 그런데 분명 공포탄이라고 했는데 왜 이리 아프고 숨이 막혀올까? 다리 사이로 오줌도 안 쌌는데 찐득하고 따뜻한 물이 흐르고 배에도 뜨거운 것이 흐르는 거 같다.'

다가온 발자국 소리들이 멈추고 누군가가 한마디 한다.

"그냥 놔둬. 곧 뒈질 거니까."

'내가 죽을 줄 알았으면 너희들 때문에 부르지 못하던 엄마, 아버지를 목놓아 부르지 한 번 있는 인생 미쳤다고 애국가를 부르고 대한민국 만세를 부르냐? 이 새끼들 아무것도 모르는 선량한 청년들 꼬셔서 군대 갈 때도 바다 한가운데 실미도 섬에다 몇 년을 가두고 속이더니 죽는 거까지 또 속였구나!'

헌병 중대장이 겨울인데도 흘러내리는 진땀을 훔치며 유 부장에게로 와서 말한다.

"다 끝났습니다."

"보안을 위해 저격수들은 물론이고, 여기 있는 병사들 모두 오늘 보고 들은 것 발설 안 한다는 서명을 받아두세요. 그리고 시신 수습 끝나면 외곽 경비병들에게는 현장 보이지 말고 돌아서 가도록 조치하고…. 수고했습니다. 그리고 저건 중대장이 알아서 처리하시오."

유 부장은 김 병장이 멀리서 말뚝에 묶여 꼬꾸라진 전체 사진을 찍은 후 널브러진 마지막 시신의 두건을 벗긴 얼굴까지 찍고 전부 3통의 필름을 받아들며 말한다.

"그런데 어떻게?"

"원래 8020부대가 교도소 아닙니까? 당연히 교도소장님이 뒤처리해야 하는 거 아닙니까? 그리고 이것 봐요? 중대장 당신, 저놈들 누군지 몰라요? 우리가 언제 저놈들 법대로 구속해서 정식으로 감방에 가둔 적 있어요? 그리고 중대장 알다시피 재판은 하기나 했고?!"

"다 알면서 왜 그래요? 만포개발단이나 동북산업에서 넘겨준 놈들 처리할 때 언제 관련 부서에서 FM대로 일 처리 한 적 있냐고요? 우리가 무슨 백이 있다고 그냥 아무 소리 말고 모르는 척 갖다 버려요. 이 산 넘으면 전부 공동묘지던데 알아서 파묻고 저격병들도 입단속들 잘 시키고 수고하시오."

"부장님도 수고하셨습니다."

의무병은 공작원들의 사망을 확인하고 의무관에게 보고하자 헌병들이 시신을 비닐하우스 농사용 비닐에 한 구씩 둘둘 말아 판초 우의를 깔아놓은 관사 출근버스 바닥에 쓰레기 버리듯이 던져 싣는다.

모든 상황을 헌병 중대장에게 맡기고 유 부장은 또다시 지프차에 오른다. 그리고 아까 오류동 정보부대로 가라는 상관의 전화 명령대로 가고 있다.

"아니, 새벽부터 피곤한데 거긴 왜 가라는 거야! 다음 주 재판 준비도 있는데 씨×!"

오늘따라 평소 상소리 한번 안 하던 유 부장의 입이 몇 시간 사이에 아주 많이 걸쭉해졌다.

한 15분을 달려 7069부대 언덕길 정문에 도착하니 제대를 두어 달 정도 남긴 권중금 부장이 정문 초소에 나와 있는 게 보인다. 어제 이곳에서 재판받은 사형수들 4명을 사형 집행한 책임자이고, 검찰과장 때인 작년 사건 때 동북산업 최 사장에게 꼬투리 잡히지 않으려고 굽신대느라 공작원들을 무섭게 조지고 정보부의 뜻에 따라 조사와 수사를 담당했던 전역이 두 달 정도 남은 권 부장이다.

나이는 유 부장보다 3살 정도 많고 군대는 일 년 정도 먼저 들어왔지만, 그는 사법시험에 합격했고 유 부장은 변호사 자격을 얻으려 10년 장기근무를 하고 있는 것이다. 둘은 같은 일을 하지만 보이지 않는 지역감정과 출신학교에 안 보이는 라이벌이 있는 사이다.

"부장님이 여긴 웬일이십니까? 유 부장님은 일 잘 끝내셨습니까? 그리고 현장에서 특이 상황은 없었습니까?"

"네, 매뉴얼대로 했습니다. 애국가도 4절까지 거의 다 불렀고. 참, 한 놈이 두 발을 정통으로 안 맞고 배에 맞아서 몇 분 고생하다 죽었습니다."

"그래요?"

"참, 다음 주 재판은 다른 날로 연기되었으니까 준비 안 해도 되고 오늘은 피곤하실 텐데 다 잊으시고 푹 쉬세요. 근데 부장님은 여기 웬일이십니까?"

알면서도 혹시나 해서 또 물어본다.

어제 여기 사격장에서 총살한 놈들 시신 처리를 어떻게 했는지 알아

보고 저격병 열두 명의 참모총장님의 특별휴가 명령지를 전통을 통하지 않고 직접 가져 왔다며 얼버무린다.

"또 여기 정보부대 만날 사람도 있고 해서…. 먼저 가보세요."

정말 엿같은 날이고, 또 더 죽이려고 온 것도 다 알고 있는데 너무 피곤도 하고 저 더러운 작업에 더 이상 끼고 싶지도 않아서 지프차를 돌린다.

권 부장은 유 부장을 보내고 재판 없이 공군 보안부대 내에 만든 철창 안에서 임시 구금 중이던 실미도 체포 공작원들을 사격장 모서리 끝쪽으로 데려가기 위해 들어간다.

부대가 조용하다. 오늘도 어제처럼 행군들을 나가 벙커의 상황병과 정문 초소 경계병뿐이고, 어제 총살 현장을 낮게 날며 먼지를 날리던 신문사 헬기는 총살집행 정보가 없는지 오늘은 아예 보이질 않는다.

"충성!"

정보부대 인사계 대신 김 중사가 뛰어오다 급히 선 자세로 경례를 한다. 인사계 김 상사는 사형 집행하는 게 꺼림칙했는지 아내가 넷째도 낳고, 복강경 수술한다는 핑계를 대고 대신 식당 부식을 담당하는 본부 김 중사가 자기는 직접 초를 쏘지 않아도 된다는 말에 나서게 된 것이다.

그의 뒤에는 M16A1 소총을 맨 어제와 다른 12명의 선발된 저격수들이 두 줄로 정렬해 따르고 있다. 잠시 후, 사격장 저 아래 보안대 철창에 임시로 갇혀 있던 두 명과 실미도 사건 당시에 경인도로 상에서 체포된 공작원 두 명 등 총 네 명이 좌우로 보안대 요원에게서 총을 들고 철모를 쓴 정보부대 군인들에 인수되어 사격장으로 이끌려 가고 있다. 권 부장은 손이 시린지 점퍼 호주머니에서 손도 빼지 않고 입으로만 작게 인사한다.

"조금 변경이 있다. 마지막에 서 있는 한 놈은 조금 늦게 죽게 복부에 쏘아주게. 그리고 특별한 놈 골라서 배치하고 어제처럼 실수하지 않게 귀띔해 둬."

"네, 알겠습니다."

천천히 권중금 부장이 사격장 표적 판대기 앞에 서 있는 4명에게로 걸어간 뒤 묶여 있는 사형수에게 귓속말처럼 가까이서 말한다.

"너, 대한민국 만세 선창 맞지? 너는 애국가 4절까지 잘 부르고." 하면서 옆으로 걸어간다.

참, 뭐라 그랬더라? 갑자기 생각이 안 난다.

아까 유 부장이 뭐라 했는데?

"그래, 너는 김일성 모가지에 총구를 못 내서 미안하다 하고. 알아들었지?"

이들 4인은 정말 살려주려고 이러는지 반신반의하면서도 권 부장의 비위를 맞추려 노력한다. 권 부장, 아니 권중금 부장도 사실 오늘은 제정신이 아니다. 어제도 이곳 정보부대 사격장에서 재판을 받은 사형수들을 정식으로 사형 집행을 시키고 오늘은 이름도 모르고 정보부 인천 만포개발단에서 인수받아 공군 정보부대 시설에 감금하였던 두 명과 기소도 하지 못해 재판도 열지 못한 영등포에서 체포한 나머지 실미도 사건 관련 공작원들을 외부 모 부서의 업무협조라는 상부의 지시로 자체 총살 처리하고 있는 것이다.

17.

　　그렇게 연습 또 연습, 오류동 공군 보안부대 철창 안에서도 그리고 공군 본부 헌병대 철창 안에서도 무슨 이유인지도 모르고 누구의 지시인지도 모른 채 사형 집행 예행연습이 한참이다.

"자! 자!"

공군 본부 헌병대 구치소에서 웃음기가 싹 가신 헌병 하사가 손뼉을 치면서 만포개발단을 통해 넘겨받은 북파 부대 범법자들에게 마지막 사형 집행 연습을 시키고 있는 것이다.

"여태 연습한 대로 잘하고, 추우니까 빨리 끝낼 수 있도록 노력들 해. 자, 자기 이름들 외우고 있어?"

"저는 김태완 아니 김벼, 벼…."

말을 더듬자 헌병 하사가 워커발을 들면서 소리쳐 이름을 알려준다.

"저는 이천석 …." 구창금을 끝으로 헌병 하사보다 10살은 더 먹어 보이는 죄수가 조용히 말한다. "우리 그냥 감방 살리면 될 텐데 왜 추운 겨울에 이런 연습을 시키는 거야?" 하며 불만과 불안을 보인다.

"그리고 내 진짜 이름은 박태삼인데 왜 이름을 바꾸라는 거야." 하면서 구창금이라 외웠던 이름을 고개를 갸우뚱하면서 말한다.

"근데 넌 뭐하기로 했지?"

"네, 대한독립 만세입니다." 하고 자신 있게 외친다.

듣고 있던 헌병이 공작원의 뒤통수를 퍽 소리가 날 정도로 세게 탁 친다.

"야! 임마 일본놈 떠난 지가 내일모레면 벌써 30년인데 무슨 놈의 대한독립 만세야? 대한'민국' 만세! 민국! 알았어? 그래도 내 이름은 박태삼인데 왜 엉뚱한 이름을 부르며 외우라는 거야?"

아직도 태삼은 의심이 가는 눈초리로 좌우의 동료 공작원들을 둘러보며 묻는다.

옆에 있는 706번과 232번과 802번, 그리고 102번 죄수도 들릴 듯 말 듯 작은 목소리로 투정하며 무슨 꿍꿍이속인가 하고 불안감을 감추지 못한다.

"그리고 너는 애국가 꼭 불러야 한다. 까먹고 못 부르면 여기서 못 나가는 줄들 알고…. 너는? 김일성이 목을 칼로 못 따서 한이라고 꼭 말하고. 그리고 마지막으로 너는 뭐였더라?"

공작원이 우물쭈물하자 곧 죽을 놈이라 불쌍해서 차마 때리진 못하고 눈을 째려본다.

"근데 너는 여기 왜 들어왔냐?"

헌병 하사가 묻자 망설임도 없이 대답한다.

"잠꼬대해서요. 잠결에 욕해서요."

"야! 임마, 장난하지 말고." 농담 같은 대답에 헌병 하사가 말문이 막혔는지 한마디 한다.

"욕한다고 감방 오는 놈이 어딨고, 또 자면서 욕했다고 감방 보내는 지휘관이 대한민국에 어딨냐?"

"야. 이 새끼들아, 너희도 자빠져 자면서 대통령 욕하는 잠꼬대해 봐. 여기 안 오고 버틸 수 있나!"

얼마나 억울한지 작년 8월 초에 실미도에서 잡혀 온 공작원이 벌떡 일어나면서 말한다. 그 말을 듣자 순간 감방 안이 조용해진다.

"숨결을 고르던 공작원이 하는 말이 자면서 대통령 욕했다고 불침번이 당직 하사한테 보고했나 봐. 하필이면 그날 보고를 받은 당직사령이 날 제일 미워하는 박 중위일 게 뭐야! 아침 기상하려고 모포를 개는데 뒤에서 당직하사 군홧발이 허리에 세게 차 충격을 줄 때 알았어. 아침밥도 못 먹고 조사받고 이유도 모르면서 실미도에서 꽁꽁 묶여서 배 타고 만포개발단 철장에 있다가 여기 감방에 끌려온 거야."

"뭐라고 욕했는데?"

"대통령 이름 부르면서 독재자 개새끼 죽으라 했대. 근데 그게 국가원수 모독에 살인미수고, 죽을죄라고 아직 재판도 없이 여기까지 끌려온 거야. 지금은 나도 정말 내가 죄가 있는 건지 없는 건지 나도 모르겠다니까! 근데 너는?" 하면서 옆의 공작원에게도 물어본다.

"난 우리 부대 기간병이 월남 가고 싶다고 하길래 거기 가면 죽는다고 개값, 똥값 하는 거라고 가지 말랬더니 참 군인 정신이 한참 빠졌다나…. 때리지도 않고 조용히 수갑 채워서 부대 배에 태우던데…. 차라리 그때 실컷 얻어맞기라도 했으면 여기 감방엔 안 왔을지도 모를 텐데…. 그리고 학교 다닐 때 독재 타도 외쳤던 데모 전력만 없었어도 하는 인간적인 아쉬움이 남아."

옆에서 고개를 숙이고 외우는데 정신이 없던 공작원이 "이 새끼들아, 너희는 이유라도 있지?!" 하면서 건너편 감방까지 울리도록 소리를 버럭 지른다.

그 공작원은 아버지가 백령도 앞바다에서 실종되었다고 월북한 거라며 높은 채석장에서 바위 타는 유격 훈련 중 로프 타고 내려오자마자 몽둥이로 얻어터지면서 바로 끌려왔다고 말한다.

"몇 년 전 뺑소니 자전거 사고로 넘어질 때 무릎이 깨져도 돈이 없어 치료도 못 받은 우리 엄마는 후유증으로 걷지도 못하는데 사라진 내가 여기 있는지도 모를 거라 생각하니까 정말 더 미치겠어."

이렇게 이상한 교육이 끝나고 헌병 하사가 자리에서 일어나면서 수고했다고 담배 한 까치씩을 돌리고 옆에 있던 근무 중인 헌병 일병이 성냥을 켜서 일일이 불을 붙여준다.

오랜만에 헌병대 유치장에 구수한 담배 연기가 일자 굶주린 하이에나처럼 양쪽 방에서 군 죄수들이 일어나기 시작하고, 졸았던 놈은 눈을 크게 뜨고 냄새의 방향을 찾아 코를 벌렁거린다. 불쌍한 공작원들은 지들이 진짜 죽는 줄도 모르고 끝이 시뻘건 담배만 쭉쭉 빨아댄다.

공작원들은 아가씨 분내보다도 좋고, 엄마 젖가슴 같은 붉은 담배를 온 힘을 다 모아 봉긋 솟은 다방 아가씨 가슴 빨듯이 있는 힘껏 빨아

댄다. 아까워서 긴 숨을 내쉬지도 못하면서도 너무 좋아서 연방 싱글 벙글하지만 오랜만에 피는 담배에 머리가 핑 돈다.

　공작원들은 생각해보니 궁금하다. 진짜 사형당할 때 돌아이 아닌 다음에야 어떤 미친놈이 대한민국 만세를 부르고 애국가를 부를까? 공작원은 만약에 진짜로 죽는다면 꼭 엄마, 아버지를 부르며 죽을 거라고 생각하고 다짐한다. 그래도 좋다. 이제 내일 하루만 사격장에서 배우처럼 연기만 잘하면 나갈 수 있다. 빨리 내일이 왔으면…. 어머님도 보고 싶고, 귀진이도 보고 싶다.

18.

2325 부대장실에서 본부중대장과 인사계를 부대장이 조용히 불렀다.

"충성!"

음. 거기들 앉아 한 손에 짧은 지휘봉을 들고 손바닥을 탁탁 치면서 두 사람을 보며 말한다.

"말 안 해도 잘들 알겠지?"

조용히 처리해야 하니까 김 상사에게 잘 설명하고 입 무겁고 사격 잘하는 놈 12명만 추려. 내일 아침 식사하고 바로 군장들 꾸려서 한 명도 남기지 말고 행군들 내보내고. 알았으면 나가들 봐."

말없이 지휘봉을 들었다 내리면서 부대장은 등을 돌린다.

"중대장님, 조용히 처리할 일이라니요?"

궁금한 김 상사가 무슨 일인지 궁금해서 중대장에게 묻지만, 중대장은 아무 말 없이 앞서간다. 의자에 푹 눌러앉은 중대장은 한동안 말이 없다. 따라 들어온 김 상사에게 오늘 점호시간에 사격 좀 하고 배짱 있는 놈 12명만 조용히 고르라고 지시한다. 그리고 사격장 끝 정리정돈도 좀 시키고, 보이지 않게 가마니로 가림막도 해요.

"뒈질 놈들이 있나 봐! 쏴 죽일 놈들이 있다니까는?!"

"네? 무슨 말씀인지?"

"내일 우리에게 임무가 떨어졌어."

"김 상사가 총 쏠 놈들 열두 명 인솔하고 임무 수행해요."

"저 내일 집사람이 넷째를 낳는 날인데 저보고 사람을 죽이라고요? 그리고 저는 북한의 공산주의자들인 우리의 적을 죽이려고 군인이 된 거지 아군과 사람은 안 죽입니다."

"아무도 몰라요. 사형수라니까 죄책감 같은 거 갖지 말고 선임하사는 총은 안 쏴도 돼요."

"그런데 그들이 누구입니까?"

"그건 나도 몰라요. 4명이라니까 혹시 작년 그놈들 아닐까? 정 꺼림칙하면 알아서 김 중사 시켜요."

이렇게 실미도 사건으로 체포되거나 북파 공작 훈련 중 정보부나 상부의 지시로 감금된 죄수 아닌 죄수들이 재판도 없이 네 명씩 벽제에서 그리고 부평에서 총살로 이유도 모르고 죽어가고 벽제에 묻히고 부평에 암매장하면서 또 다른 시신들을 묻을 장소를 찾아야 하는 공군 정보부대와 공군 본부 인사과다.

19.

그 시각, 작은 뒷산과 넓은 개울을 뒤로하고 붉은 불덩이를 밀어내면서 전투기 편대가 굉음을 내며 순서대로 하늘로 치솟기 시작한다.

비행장 경비대 헌병들에게 끌려온 송도에서 체포된 세 명의 실미도 공작원들은 방향의 분간도 못 하고 뒤로 흐르는 물소리를 들으며 새벽부터 낙하산 줄로 온몸이 꽁꽁 묶인 채 몇 시간째 망토를 쓴 채로 두돈반 차 안에 앉아서 대기하다가 끌리듯이 출렁이는 줄을 따라 임시로 허술하게 박힌 말뚝을 향해 이동한다.

작은 무궁화 묘목 옆에 파란 2홉짜리 술병이 뚜껑이 따진 채 놓여있고 유언을 청취할 검찰관도 없고, 기도해줄 목사님이나 목탁 두들겨줄 스님도 안 보이며, 오직 기다란 총을 든 사병들이 헌병 중대장 인솔하에 총살을 집행하고 있다.

멀리 활주로를 박차며 이륙하는 전투기가 낮게 날아 바퀴가 들어갈 때쯤 헌병 중대장의 "사격!" 소리가 비행기에 묻히면서 벙긋대는 중대장의 입 모양을 보고 헌병들의 총구도 불을 뱉으며 공작원들의 가슴을 향해 날아간다.

푹푹! 푹! 거의 동시에 듬직하던 청년들의 몸뚱이가 비행장 끝 잔디 위로 말뚝에 허리를 고정한 채 꼬꾸라지듯 힘없이 쓰러진다. 상병 하나가 갖은 인상을 쓰며 소주병을 미친 듯이 들이키자 고참 병장이 달라고 거의 사정을 해도 입에 병 주둥이를 꽉 물고 마시자 열 받은 고참이 확 잡아 챙겨 마신다. 헌병 중대장 면전 잔디밭 위로 헌병들의 쌍욕들이 난무하지만, 그 누구도 제지를 안 한다.

"아! 오늘 하루 북한땅에서 작전을 펴야 할 공작원들이 아무런 의미도 없이 대한민국 각하의 죄를 덮기 위해 군사독재의 안위를 위해 여기저기서 아주 허무하고 억울하게 쓰러졌다."